KB177760

재현의 현재

재현의 현재

이 경 재

평 론 집

창비

| 책머리에 |

이 평론집은 최근 5년간 쓴 글들 중에서 주로 주제론에 해당하는 글들을 모은 것이다. 본래 뚜렷한 입장을 가지고 출발한 처지가 아닌지라, 한 편의 평론을 완성하는 일은 매순간 하나의 실험이고 그 대상이 되는 문학 현상은 하나의 사건일 수밖에 없다. 그러한 사건 앞에서 내가 쓰는 비평이란 때로는 진지하고 때로는 무모한 도전인지도 모른다. 그렇기에 작은 실수를 큰 실수로 만들지 않는 것도, 큰 실수를 작은 실수로 돌려놓는 것도 나에게는 언제나 끊임없는 전진과 사소한 경험의 종합을 통해서만 가능하다. 어쩌면 나에게 비평이란 눈가리개도 없이 사방을 주시하면서 맹렬하게 앞을 향해 달려야 하는 기괴한 경주마의 모습과 닮아 있는지도 모르겠다.

평론집에 수록할 글들을 모아놓고 보니 대부분의 글들이 근대소설의 기본 규율과도 같은 재현이라는 문제에 초점을 맞추었음을 확인할 수 있었다. 이러한 결과는 평소 한국문학이 급격하게 영향력을 잃고 있는 이유가 현실과 소통할 수 있는 새로운 문법을 발견하지 못했기 때문이라는 평소의 생각이 작용한 결과라고 할 수 있다. 소설이란 현실과의 긴밀한 관련 속에서 그 역할과 의의를 맘껏 뽐내온 독특한 서사장르이며, 한국소설은 비교대상이 없을 만큼 현실과의 접촉면이 넓고도 뜨거운 민족문학의 대표적 사례였다. 이러한 현실과의 긴장, 혹은 접촉의 단면을 새롭게 확보하는 것이야말로 우리 시대 문학이, 그중에서도 소설이 잊어서는 안될 핵심요소라고 생각한다.

이러한 문제의식 아래 이 평론집의 1부에서는 집중적으로 현실과 관계 맺는 소설의 새로운 문법에 대하여 고민해보았다. 결론부터 앞질러 말하자면, 그것은 '재현'과 '환기' 그리고 '리얼리티(reality)'와 '리얼(real)' 사이의 미묘한 변증법 속에서 탄생한다고 할 수 있다. 이러한 고민에서 주요한 시사점을 던져주는 작가는 김사과와 황정은이다. 김사과는 현실의 폭력과 공포를 '몫 없는 자들'이 느끼는 실감의 차원에서 이미지나 비유 혹은 분위기를 통해 전달한다. 황정은 역시 김사과와 마찬가지로 시대의 리얼리티를 재현하기보다는 시적인 목소리를 통하여 시대의 실재를 환기하는 데 치중하고 있다. 흥미로운 것은 이들이 모두 한 시대의 붕괴에 초점을 맞추고 있다는 점이다. 붕괴된다는(혹은 붕괴되어야 한다는) 것을 분명히 인식하지만, 그 배후의 맥락과 미래의 모습을 알 수 없는 상황에서, 이들의 작품은 시적인 경향을 지니게 된다. 이때 전통적인 장편소설은 단편소설적인 경향(예를 들자면, 경장편의 등장)을 보여주기도 한다. 그러나 실재에 대한 지나친 강박은 현실에 대한 물신화된 거부로 이어질 수 있다는 점에서 문제적이다. 실제 인간들의 상호작용과 생산과정에 참여하는 사회현실은 생략된 채, 사회현실 속에서 일어나는 일을 결정하는 추상적이며 유령 같은 논리만이 환기될 수 있기 때문이다. 따라서 '리얼(real)의 환기'에 머물지 않는 '리얼리티(reality)의 재현'에 대한 문제의식 역시 날카롭게 가다듬을 필요가 있다. 이와 관련하여 최진영과 배지영의 문학이 구체적인 사회·역사적 현실을 새롭게 천착하는 모습에 대해 살펴보았다.

2부에서는 한국 현대사의 중핵적 사건이라고 할 수 있는 한국전쟁과 1980년 광주를 형상화한 소설들에 대하여 고찰해보았다. 이들 역사적 대사건의 재현에서도 그 구체적인 모습은 1부에서 다룬 작품들이 동시대를 재현할 때 보이는 특징의 많은 부분을 공유한다. 한국전쟁을 다룬 황석영의 『손님』과 조은의 『기억으로 지은 집』은 '기억의 서사'이자 '유령의 서사'라고 할 수 있는데, 이는 전쟁의 고정된 실체를 상정하고 그것의 진실을 파헤쳐온 기존의 방식과는 구분되는 것이다. 김원일은 『아들의 아버지』에서 개인적 체험과 역사적 사실이 분리되어 나타나는 독특한 분단소설을 보여주고 있다. 이러한 고유성 역시 재현에 대한 민감한 자의식에서 비롯된 것으로 볼 수 있다. 1980년 광주를 다룬 공선옥의 『그 노래는 어디서 왔을까』, 권여선의 『레가토』, 한강의 『소년이 온다』 등도 재현의 불가능성에 바탕을 둔 환기의 방식으로 1980년 광주의 실재에 접근한다. 이러한 방식은 무엇보다 재현의 불가능성에 대한 처절한 인식에서 비롯된 것이기에, 1980년 광주의 아픔은 그 처절한 인식의 강도에 비례하여 더욱 묵직한 고통으로 독자에게 다가온다.

1부와 2부가 현실과 관련 맺는 소설의 새로운 문법 내지 서사시학에 대하여 고민한 글들을 묶었다면, 3부에서는 최근 한국사회의 가장 첨예한 문제들에 대해 고민한 글들을 모았다. 3부에서는 최근 소설이 민감하게 반응하는 현실 변화의 구체적 양상을 텍스트와 콘텍스트의 양 측면에서 꼼꼼하게 살펴보고자 하였다. 부채시대가 가져온 인간 실존의 근본적 변형(「부채와 실존」), 우리 시대의 사랑이 지닌 고유한 특성과 그 사회사적 의의(「우리 시대의 사랑」), 과거를 배경으로 형상화된 지극히 21세기적인 인간형(「스노브와 동물」), 인간의 인간됨을 가능케 하는 최소한의 신성(「감당과 담당의 삶」), 지극히 사적인 영역에서 이루어지는 지극히 공적인 열망(「가족 서사를 통해 드러난 유토피아에의 열망」), 아버지로 표상되는 기성 권력에 대한 무조건적 반항의 의의와 한계(「아버지, 아버지, 그리고 아버지」), 소통과 공감으로의 지향과 강박이 초래한 빛과 그늘(「소통과 공감의 사제」), 청년 실업의 지옥도가 우리 시대에 빚어낸 고유한 에토스(「우리 시대의 디오게네스」) 등이 최근 소설에서 발견할 수 있는 유의미한 현실의 구체적인 세목(細目)이라고 할 수 있다.

4부에서는 한국에서 아시아로 시선을 확장하거나, 유럽에서 아시아로 시선을 돌리는 글들을 묶었다. 「맹세의 변천사」는 1980년대적 맹세가 방현석의 2000년대 작품 속에서 베트남을 호출하는 방식에 대해 살펴본 글이고, 「서로를 비춰보는 거울」은 2012년 한해 동안 한국과 중국에서 창작된 소설작품 중 몇편을 엄선하여 비교해본 글이다. 「제국의 고차원적 회복」과 「인정 욕망이 만들어낸 인간의 역사」는 문학비평가의 본업에서는 조금 벗어난 고민의 산물이다. 앞의 글은 카라따니 코오진의 최근작 『제국의 구조』에 대한 서평으로서, 근대 민족국가 이후의 세계를 사유하기 위한 하나의 실마리로서 씌어졌다. 뒤의 글에서는 한사오궁의 『혁명후/기』를 통해 문화대혁명의 심층을 살펴보고 이상적인 혁명의 대안에 대하여 모색해보았다. 네편의 글들이 4부의 제목처럼 아시아를 이해하는 하나의 창으로서 기능할 수만 있어도 필자로서는 만족이다.

여섯번째 평론집이 되고 말았다. '되고 말았다'라는 표현 속에는 온전히 나의 의지로 감당할 수도 없는 모종의 힘이 개입되었다는 느낌이 진하게 배어 있다. 어쩌면 청춘의 빛나는 시간 중 거의 전부를 원고지 위에서 흘려보냈는지도 모르겠다. 우리 시대의 문학을 읽고 쓰는 시간은 내 가슴팍에 붙어 있는 여러 이름표를 떼어놓고 온전히 가슴속 나를 만날 수 있는 유일한 순간이었다. 최소한 나에게 우리 시대 문학을 읽고 쓰는 일은 그 자체로 성스러운 기도이다. 우리 시대의 수많은 작가들과 문학의 길을 함께 걷는 도반들에게 진심으로 감사드린다. 그러나 왠지 여섯이라는 숫자는 더이상 이러한 진정성의 고백만으로 모든 글쓰기가 정당화될 수 없다는 것을 경고하는 신호처럼 보인다. 처음 출발했을 때보다 조금은 높은 곳에서 바라본 한국문학의 모습은, 출발 이전보다 많이 나아진 것 같아 보이지 않기 때문이다. 어쩌면 한국문학을 둘러싼 환경은 악화일로를 걷고 있다는 것이 정직한 판단인지도 모르겠다. 그렇기에 앞으로는 좀더 분명하게 목소리를 내는 비평, 새로운 주장과 새로운 미학이 숨쉬는 비평, 시대의 그늘에 작은 빛이라도 될 수 있는 비평을 해야 한다는 다짐을 조심스럽게 해본다. 마지막으로 이 부끄러운 다짐이라도 할 수 있는 장을 마련해준 창비 여러분들께 진심으로 감사드린다.

2017년 7월

이경재

차 례

제 4 부 아 시 아 의 창

제 1 부

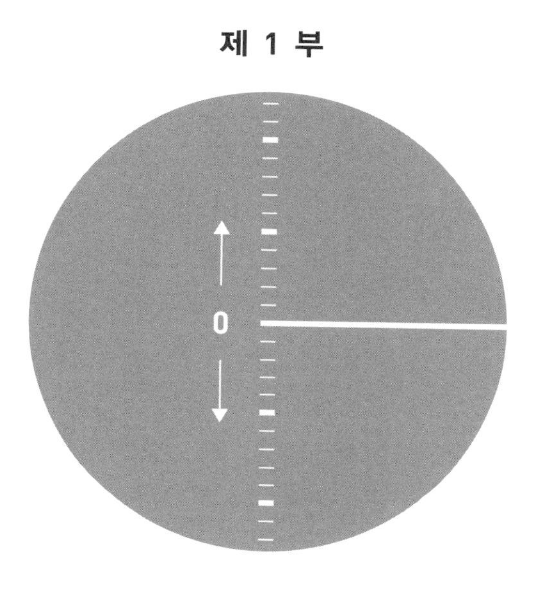

장편소설의 새로운 문법

장편소설의 새로운 가능성

1. 장편소설 논의의 현재

2007년 여름호에서 『창작과비평』이 특집으로 '한국 장편소설의 미래를 열자'라는 장편 대망론을 펼친 이후로 단편 위주의 문학 제도와 관행이 개선되고, 문예지와 싸이버 공간에 연재 기회도 늘어나면서 장편소설이 양적으로 급팽창하였다.[1] 이것은 "한국문학의 '안'(작가와 비평가와 독자)과 '바깥'(출판시장)의 요구가 맞아떨어질 결과"[2]에 가깝다. 안타까운 점은 이러한 양적 팽창에 걸맞은 질적인 성과가 가시화되지 못했다는 점이다. 오히려 문제는 여기에서부터 시작되었다. 문학환경의 미비는 오히려 장편소설의 질적 수준 미달을 초래한 진정한 원인을 가리는 환상의 장

1 이후 벌어진 장편소설 창작을 위한 문학환경의 변화와 이에 따른 양적 팽창에 대해서는 정여울이 「장편 르네상스 시대의 명암: 장편 활성화를 둘러싼 몇가지 쟁점들」(『자음과모음』 2010년 겨울호)에서 자세한 설명을 하고 있다.

2 한기욱 「한국문학에 열린 미래를: 현단계 소설비평의 쟁점과 과제」, 『창작과비평』 2011년 여름호 216면.

막이었는지도 모른다.

『창작과비평』의 지난호(2012년 여름호) 특집은 최근의 경향을 중심으로 장편소설의 현상과 의미, 나아가 한계와 전망까지 짚어본 기획이다. 백지연(白智延)의 「장편소설의 현재와 가족서사의 가능성」은 장편소설의 역사에서 가장 익숙하고 친근한 소재인 '가족'이 어떠한 방식으로 한국문학에 수용되고 있는지, 이러한 가족서사가 가져온 한국 장편소설의 혁신 가능성은 무엇인지를 꼼꼼하게 살펴보고 있는 글이다. 허윤진(許允滔)의 「분노와 경이」는 환상문학론을 바탕으로 우리 시대의 사랑이 지니는 심각한 중요성을 진지하게 설파한 실험적인 글이다. 김동수(金仝洙)의 「아름다운 것들의 사라짐 혹은 사라지는 것들의 아름다움」은 프랑스에서 주목받고 있는 미셸 우엘벡(Michel Houellebecq)의 소설을 검토하여 한국 장편이 나아갈 소중한 가능성의 한 방향을 제시한 역작이라고 할 수 있다. 본고는 지난호 장편 기획 중에서도 총론 격으로 쓰인 한기욱(韓基煜)의 「기로에 선 장편소설」을 집중적으로 검토해보고자 한다. 이 글은 지난 5년의 장편소설론의 전개양상을 검토하면서, 앞으로 나아가야 할 방향에 대한 중요한 논점들을 제시하고 있다고 판단되기 때문이다.

한기욱은 장편소설이 나아갈 방향으로 "근대의 장편소설을 근거지로 삼되 '탈근대적 상상력'을 근대의 경계를 뚫고 새 길을 개척하는 일종의 전위대로 활용"[3]하자고 제안한다.[4] 그리고 새로운 시대의 장편소설을 '창

---

3 한기욱 「기로에 선 장편소설: 장편소설과 비평의 과제」, 『창작과비평』 2012년 여름호 226면.

4 근대와 탈근대의 절묘한 조화처럼 보이기도 하지만, '근거지'와 '전위대'라는 비유에서도 드러나듯이 '탈근대'보다는 '근대'에 무게를 두고 있다. 또한 한기욱은 장편 논의에서 여러차례 근대 장편소설에 이미 내재되어 있는 탈근대적 상상력에 대한 확신을 드러낸 바 있다. 김형중(金亨中)의 2단계론을 비판하는 자리에서도 "흔히 '19세기 사실주의'라는 딱지가 붙는 19세기 장편소설의 최상의 작품들은 이미 근대의 벼랑까지 간, 혹은 그 너머를 본 예술이다"(「한국문학에 열린 미래를: 현단계 소설비평의 쟁점과 과제」 221면)라고 말한 바 있다. 『창작과비평』 지난호에서도 한기욱은 "사실은 빼어난

조적으로 재구성하는 과제'를 수행할 수 있는 핵심적인 전략으로 "근대 장편소설이 내장한 근대성찰의 풍부한 지적 자산과 탈근대적 상상력의 결합"[5]을 제시하고 있다. 근대완성과 근대극복이라는 이중과제론의 문학적 버전이라 할 만한 주장으로서 논의해볼 가치가 충분히 있는 주장이다.

한기욱의 논의에서 초점은 '근대의 장편소설'과 '탈근대적 상상력'이 무엇을 의미하는가로 모아진다. 한기욱 스스로도 "장편소설이 무엇인가를 묻지 않은 채 어떻게 그 미래를 논할 수 있겠는가"[6]라고 주장한다. 이 대목에서 한기욱은 자신의 논의를 펼치는 것이 아니라 한국 평단에서 가장 볼 만한 장편소설론으로 평가하는 신형철(申亨澈)의 평론 「'윤리학적 상상력'으로 쓰고 '서사윤리학'으로 읽기」(『문학동네』 2010년 봄호)를 다섯 페이지에 걸쳐 분석하고 있다. 한기욱은 신형철의 장편소설론이 "'윤리학적 상상력'(장편소설의 의제 설정과 해결을 가능케 하는 문학적 판단 기능), '사건-진실-응답'의 3단 구성(장편소설의 기본문법), '서사윤리학'(윤리학적 상상력을 분석·평가할 수 있는 관점), 세개의 핵심개념"을 중심으로 짜여 있다고 명쾌하게 정리한다.[7] 한기욱은 자신의 장편소설론을 펼쳐 보이기 위해 신형철의 장편소설론을 하나의 매개로 활용하는 것처럼 보이기도 한다.

그러나 이후의 논의에서는 신형철의 장편소설론을 다방면에서 부정한다. 먼저 알랭 바디우(Alain Badiou)의 진의를 왜곡할 소지가 농후한 '윤리학적 상상력'이라는 명칭의 부당함을 지적한 후, 장편소설의 기본문법으로 제시된 '사건-진실-응답'의 3단 구성은 독창적인 걸작 장편을 이

장편소설이 내장한 근대성찰의 지적 자산 속에는 이 과거 여러 시대의 탈근대적 상상력이 응축되어 있다"(「기로에 선 장편소설: 장편소설과 비평의 과제」 226면)라는 확신을 보여준다.

5 「기로에 선 장편소설: 장편소설과 비평의 과제」 226면.

6 같은 글 227면.

7 같은 글 232면.

해하는 데 오히려 족쇄가 된다고 주장한다. 마지막으로 신형철의 장편소설론이 실제 독법에서 작가의 의도에 휘둘리고, 다른 한편으로 '사건-진실-응답'의 3단 구성에 집착함으로써 작품에 대한 비평감각이 제대로 작동하지 못하고 있다고 지적한다. 신형철 장편소설론의 '명칭' '기본문법' '작품에의 적용' 모두에 대하여 문제제기를 하고 있는 것이다. 한기욱이 그나마 인정하는 신형철의 장편소설론은, 장편의 기본적인 상상력인 '의제 설정과 해결을 가능케 하는 문학적 판단기능' 하나밖에 없다. 그렇다면 한기욱이 생각하는 장편소설의 상은 무엇인가? 그것은 다음의 인용문 속에 압축되어 있다.

> 장편소설이 다루는 것은 어디까지나 개인들의 구체적 삶이 먼저라는 점을 강조하고 싶다. 그런데 유일무이한 단독자로서 그 개인의 삶, 그 개인이 타자와 맺는 관계, 주위의 자연이나 사물과 맺는 관계의 진실에 대해 근본적인 물음을 밀고 나가면 그것이 시대현실에 대한 물음에 닿을 수밖에 없다는 것이다. 달리 말하면 출발점은 한 개인의 삶의 진실을 다루는 '작은 이야기'지만 어느덧 그것은 세계와 시대현실의 '큰 이야기'에 연루될 수밖에 없다. 이 점에서 장편소설은 역사와 잠시 별거할 수는 있어도 아주 이혼할 수는 없는 형식이며, 이 형식에 문학의 역사적·인식론적 기능이 크게 의존한다.[8]

'단독자로서의 개인에 대한 관심' '윤리에 대한 집요한 성찰' '시대현실에 대한 물음'이야말로 이 시대의 장편소설이 갖춰야 할 핵심적인 요소라는 것이다. 한기욱은 「기로에 선 장편소설」에서 이 시대의 확실한 문학적 성취로 꼽는 김애란(金愛爛)의 『두근두근 내 인생』(창비 2011)을 예로 들

8 「한국문학에 열린 미래를: 현단계 소설비평의 쟁점과 과제」 227면.

며 앞의 인용을 그대로 반복하고 있다. 한기욱은 『두근두근 내 인생』에 대한 분석을 통해 앞의 세가지 요소가 작품 속에 어떻게 드러나는지를 설명하고 있지만, 이 작품이 과연 '시대현실에 대한 물음'에까지 가닿았는지는 잘 모르겠다.[9]

한기욱은 장편소설에 대한 논의를 펼칠 때마다 김영찬(金永贊)의 장편소설론을 비판의 중요한 준거점으로 삼는다. 따라서 한기욱의 논의를 제대로 이해하기 위해서는 김영찬의 논의에 대한 검토가 선행되어야 한다. 앞질러 이야기하자면 한기욱과 김영찬의 장편소설론은 차이점보다는 공통점을 훨씬 많이 보이고 있다. 김영찬은 장편을 가능케 하는 핵심요소로 "세계에 대한 주체의 태도로서 대결의 자의식"[10]을 꼽고 있는데, 2000년대 문학에는 이러한 '대결의 자의식'이 결여되어 있다고 본다. 그의 논의는 대결의 자의식이 있는 '근대문학'과 대결의 자의식이 결여된 '근대문학 이후'를 구분하는 2단계론으로 보이지만, 엄밀히 말하자면 '근대문학'과 '근대문학 이후' 그리고 앞의 두 단계를 '불가능하지만 불가피하게 종합'한 '근대문학 이후의 이후'를 구별하는 3단계론으로 보아야 한다. 앞으로 다가올 문학은 "근대문학을 향한 우울의 태도를 가슴 한켠에서 버리지 않으면서도 다른 한편으로 그것의 죽음을 애도하고 죽음 이후 계속되어야 할 새로운 삶의 모습을 모색"[11]해야 한다고 주장하고 있기 때문이다. 김영찬이 다가올 문학을 대하는 태도 속에는 근대문학에 대한 '애도'와 '우울'이 분리되지 않은 채 공존하고 있다.[12]

---

9 마지막으로 남는 문제인 '탈근대적 상상력'의 정체는 한기욱의 논의에서 친절하게 나타나 있지는 않다. 「기로에 선 장편소설」을 통해 짐작할 수 있는 것은 김연수의 『밤은 노래한다』(문학과지성사 2008)보다 고평하고 있는 그의 『원더보이』(문학동네 2012)에 나타난 초능력 아이의 설정, 기발한 언어유희 등을 생각해볼 수 있다.

10 김영찬 「문학 뒤에 오는 것」, 『비평의 우울』, 문예중앙 2011, 39면.

11 김영찬 「끝에서 바라본 한국 근대문학」, 같은 책 33면.

12 따라서 "'근대문학 이후'를 살아간다고 규정함으로써 '근대문학'이 내장하고 있는 풍

김영찬은 최근 신인들의 소설에서는 포스트-IMF시대 한국소설이 잊고 있던 "불화와 대결의 자의식이 조금씩 구조적·의식적 제약을 거슬러 힘겹게 자라나고 있다는 사실"[13]에 주목한다. 지난해(2011년) 있었던 서울시장 보궐 선거과정을 통해 "소통과 공감, 공유와 연대의 시대감각"이 드러났으며, 그러한 시대감각이 "독자와 소통하고 공감하는 장르로서 장편을 호출하는 것"이라고 판단한다.[14] 따라서 지금의 젊은 작가들은 "미학적 자기완결성에 대한 기존의 관념과 지향을 놓지 않은 채 그것을 장편이라는 장르 속에서 풀어보려는 시도"를 해야 한다고 주장한다.[15] 김영찬이 자신을 비판하는 한기욱에 대해서 "'덜 읽기'의 (무)의식적 욕망"[16]에 이끌리고 있다는 지적은, 바로 자신이 설정한 세번째 단계를 한기욱이 제대로 봐주지 않는 것에 대한 비판으로 보인다.

한기욱과 김영찬이 장편소설을 가능케 하는 핵심적인 요소로서 내세우는 것은 시대 현실과의 밀접한 관련성이다. 한기욱은 2000년대 소설을 평하면서 "시대현실로부터 거리를 둔 경향이 주도하면서 구체적 삶에서 힘을 얻는 소설 장르 특유의 활력을 유감없이 보여주지는 못했다고 본다"고 비판한다.[17] 김영찬 역시 "장편이란 시대와 호흡하는 장르이며 그런 의미에서 어떤 형식으로든 불가피하게 근대의 문제와 맞서야" 한다고 본다.[18] 김영찬은 지금 장편이 시대의 감각과 동떨어져 시대의 정신과 소통하지 못하는 것은 "현실에 대한 물신주의적 부인"[19]과 관련되며, "소통과 공감

부한 자산 — 그중에서 가장 값진 것은 근대에 대한 발본적인 비판과 통찰 — 을 이 새로운 예술적 기획에 활용하기 힘들어진다는 것"(「기로에 선 장편소설」 223면)이라는 한기욱의 비판이 김영찬의 가슴에 와닿지 않을 것임은 분명하다.

13 「문학 뒤에 오는 것」 49면.

14 김영찬 「공감과 연대: 21세기 소설의 운명」, 『창작과비평』 2011년 겨울호 303면.

15 같은 글 306면.

16 같은 글 295면.

17 「한국문학에 열린 미래를: 현단계 소설비평의 쟁점과 과제」 207면.

18 「공감과 연대: 21세기 소설의 운명」 301면.

이란 현실적 삶의 토대에 대한 감각의 공유 위에서 이루어지는 것"[20]이라고 주장한다. 김영찬이 김형중(金亨中)의 장편 논의[21]를 언급하며 브리꼴라주(bricolage)나 입체소설 같은 형식의 소설에서 문학적 성취를 결정하는 것은 그 형식의 기발함이나 새로움이 아니라 그런 형식적 표현이 가까스로 이르게 되는 "인간과 세계에 대한 '한치'의 통찰"[22]이라고 말하는 대목에서는, 김영찬이 장편소설을 평가할 때 시대현실과의 관련성을 얼마나 중요하게 생각하는지가 잘 드러난다.

필자 역시도 장편소설의 성공 여부를 결정짓는 것은 시대현실과의 관련성에 있다는 입장에 기본적으로 동의한다. 새로운 시대에 걸맞은 방식으로 현실을 담아낼 때, 작품의 질적인 성취는 물론이고 독자와의 소통과 공감 역시도 좀더 넓고 깊게 이루어질 것이라고 생각하기 때문이다. 다행스럽게도 몇몇 작가들은 현실과 관계 맺을 때에만 가능한 소설의 풍부한 인식론적·정서적 역능(力能)을 포기하지 않으면서도 문학과 현실의 새로운 관계 맺기에 성공하고 있다.

---

19 같은 글 307면.

20 같은 글 308면.

21 지난 5년 장편소설에 대한 중요한 입장을 제시한 또다른 평론가로는 김형중을 들 수 있다. 김형중은 "복잡한 서사, 중층적 성격 묘사, 사건들의 거대한 인과관계, 한 사회의 총체적 조망"(「21세기 장편소설의 현주소」, 『문학과사회』 2011년 봄호 253면)을 갖춘 근사한 장편소설은 여전히 행방이 묘연하다고 지적한다. 이러한 현상의 본질적인 원인은 세계가 "더이상 유기적이고 인과적인 인지의 대상이 되지 못하고, 사회의 총체적 조망은 더이상 불가능할 만큼 모호하고 파편적"(같은 글 256면)인 것과 관련된다. 프루스뜨의 『잃어버린 시간을 찾아서』나 제임스 조이스의 『율리시스』와 같은 모더니즘의 대표적인 장편소설 역시 모레띠(F. Moretti)가 말한 브리꼴라주로 규정하는 김형중이 보기에 "굳이 장편소설 개념을 특권화하는 것은 현실에 부합하지도 않고 권장할 만하지도 않"(「프랑켄슈타인 박사의 소설 쓰기: 2011년 여름, 한국 소설의 단면도」, 『문학과사회』 2011년 가을호 223~24면)은 현상이다.

22 「공감과 연대: 21세기 소설의 운명」 305면.

2. 아우슈비츠 이후에 불가능해진 것은 시가 아니라 산문이다

오노레 드 발자끄(Honoré de Balzac)의 『고리오 영감』(1835)의 마지막 장면이, 라스띠냐끄가 뻬르 라셰즈 묘지의 언덕에서 빠리 중심가를 내려다보며 "이제부터는 빠리와 나의 대결이야!" 하고 외치는 것으로 끝난다는 것은 널리 알려진 사실이다. '세계와 대결한다는 자의식'이야말로 장편소설을 가능케 하는 기본정신임을 실감하게 하는 대목이다. 이와 관련해 김사과는 매우 예외적이며 뚜렷한 개성을 보여준다. 최근 소설이 "세계에 대한 관심도, 변화에 대한 의지도 없"으며 "리얼리즘이 빠져 있다"라고 김사과는 이야기한다.[23] 그러나 '촌스러운 구식 문제'로 수만명이 다치거나 죽거나 하는 일이 매일같이 일어나는 현실에서, 자신은 소설을 통해 "그것을 쳐다보고 싶고, 그것을 기록하고 싶고, 그걸 개선하고 변화시키고 싶다"[24]라는 세계와의 대결 의지를 김사과는 선명하게 드러낸다.

김사과의 『테러의 시』(민음사 2012)가 담고 있는 동시대 현실의 진폭은 매우 넓다. 주인공 제니는 막장의 오디세이아라 불릴 만큼 고통으로 가득한 이 시대의 문제적인 지점들을 전전한다.[25] 이러한 여정을 통해 우리 사회의 핵심적인 문제가 다양하게 다루어진다. 별다른 희망 없이 자격지심만으로 자기를 갉아먹는 젊은 세대의 모습, 껍데기만 남은 중년의 고달픈 삶, 불법 이민자들이 겪는 차별과 고통, 공산주의는 악마의 사상이라고 설교하며 물질적 성공을 위해서라면 어떤 일도 가리지 않는 세속화된 종교, 남성중심주의와 기존 사회에의 적응만을 강조하는 보통 사람들의 의식,

23 김사과 「하루키와 나」, 오늘의 문예비평 엮음 『불가능한 대화들』, 산지니 2011, 115면.
24 같은 글 117면.
25 제니는 모든 것이 모래인 도시에서 자라나 서울 외곽에 있는 불법 섹스클럽으로 팔려간다. 이후 섹스클럽의 손님이던 정 박사의 가정부로 있다가 영국에서 온 불법체류자인 리와 빈민촌 '페스카마 15호'에서 생활한다. 페스카마 15호가 철거된 이후에는 고시원으로 쫓겨난다.

입주민의 삶과는 무관한 차원에서 이루어지는 철거 문제, 우리 안에 깊이 잠재되어 있는 식민주의,[26] 사회적 약자를 향해 가해지는 가공할 폭력 등이 빠짐없이 드러나는 것이다.

이러한 현실의 문제를 다루는 방식은 제목에 드러난 '시'라는 말에서도 알 수 있듯이, 전통적인 장편소설의 그것과는 매우 다르다. 김사과는 전통적인 장편소설의 재현방식, 즉 사건들의 짜임새 있는 인과관계에 바탕을 두고서 한 사회를 전체적으로 조망하는 방식에 대하여 지극히 부정적이다. 이것은 제니와 리가 매주 서울 시내의 교회를 돌며 돈을 받고 자신들이 살아온 삶을 이야기하는 부분에서 잘 나타난다. 제니와 리의 이야기는 거듭될수록 더욱 비참해지고, 더욱 슬퍼지고, 더욱더 사람들의 마음을 사로잡게 된다. "한마디로 이야기는 거듭할수록 그럴듯해"(176면)지는 것이다. 흥미로운 점은 이야기를 반복할수록 스스로가 자신들의 이야기를 점점 더 믿을 수 없게 되며, 그들의 과거는 "대형 교회의 거대한 스크린 속, 그리고 에이치디 카메라의 메모리 안에서만 존재"(177면)하게 된다는 사실이다. 사람들이 쉽게 공감할 수 있도록 하는 잘 짜인 이야기 속에서 삶의 진실은 어느새 사라져버리는 것이다.

이 작품은 형식에서 전통적인 소설과는 다른 실험적인 기법이 다양하게 사용되고 있다. 단문으로만 일관하는 문장, 외국어의 무자각적인 사용, 시와 같은 행갈이 기법, 희곡과 같은 대사 사용 등이 그것이다. 띄어쓰기를 자의적으로 구사하여 낯설게 하기 효과를 내고, 몇몇 어구의 반복을

26 정 박사 가족의 아침은 우리 안에 깊이 뿌리박힌 일상의 식민주의를 드러내기에 모자람이 없다. 그 식탁은 미국식 아침 인사, 미국산 버터, 미국산 오렌지 주스, 미국산 씨리얼, 미국식 쌜러드, 미국식 쌜러드드레싱, 미국산 유리잔, 미국식 키친 테이블, 미국산 에스프레소 머신, 미국식 커피, 미국산 토스터, 미국식 흰 빵, 미국산 소설, 미국산 나이프, 미국식 오믈렛, 미국산 접시. 미국산 포크, 미국산 커피잔, 미국산 베이컨으로 채워져 있다. 그것들을 정 박사의 가족은 미국식으로 굽고, 잡고, 자르고, 꼬고, 떨고, 씹고, 덮고, 닦고, 익힌다.

통하여 리듬을 창출하기도 한다. 또한 현재 시제로 일관하는 것도 눈여겨볼 만하다. 이러한 점들은 대부분 산문보다는 시적인 것과 관련된 특징이다. 특히 1부와 3부에서는 특정할 수 없는 시공간에서 환각과 현실이 뒤죽박죽된 온갖 묵시록적 이미지가 가득하다. 이와 관련해 다음과 같은 슬라보예 지젝(Slavoj Žižek)의 말을 경청할 필요가 있다.

> 아도르노의 유명한 말에는 수정을 가해야 할 것 같다. 아우슈비츠 이후에 불가능해진 것은 시가 아니라 산문이다. 시를 통해서는 수용소의 견딜 수 없는 분위기를 성공적으로 환기할 수 있으나, 사실주의적 산문은 그렇게 하지 못한다. 말하자면, 아도르노가 아우슈비츠 이후 시가 불가능하다고(혹은 정확히 말해 야만적이라고) 선언할 때, 이 불가능성은 가능한 불가능성이다. 시는 그 정의상 언제나, 직접 말할 수 없는 것, 오직 넌지시 암시될 수만 있는 어떤 것에 '대한' 것이기 때문이다. 한걸음 더 나아가면 이는 말이 닿지 못하는 곳에 음악은 가닿을 수 있다는 오래된 경구와도 통한다. 쇤베르크의 음악이 일종의 역사적 예감처럼 아우슈비츠의 불안과 악몽을 그 일이 있기도 전에 분명히 표현해냈다는 이야기가 있는데, 일리가 있는 말이다.[27]

이 인용문에서 슬라보예 지젝은 아우슈비츠 이후에 불가능해진 것은 시가 아니라 산문이라고 말한다. 시를 통해서는 수용소의 극단적인 분위기를 환기할 수 있으나 사실주의적 산문으로는 그렇게 할 수 없다는 것이다. 제니의 삶 역시 사실주의적 산문을 통한 재현이 불가능한 고통의 극한에 해당한다고 해도 과언이 아니다. 제니는 자신을 강간하는 아버지 밑에서 '돼지처럼'이 아니라 '돼지'로 자랐다. 그녀는 처음에 이름도 없는

27 슬라보예 지젝 『폭력이란 무엇인가』, 이현우·김희진·정일권 옮김, 난장이 2011, 27~28면.

( )이다. 제니는 말 그대로 "아무것도 없으며 아무것도 아니다."(33면) 제니에게는 엄마, 돌아갈 집, 친구, 주민등록증, 여권, 나라, 가족, 직업 등이 없고, 조선족, 중국말, 중국, 서울, 불법, 섹스클럽, 돈, 나라, 국민, 지위, 고향, 맛, 프랑스, 독일, 일본, 혁명, 학생, 노동자, 젊음, 신좌파 같은 말도 모른다. 하나의 값싼 불량상품이 되어 세상을 전전하는 그녀에게는 폭력과 폭력, 그리고 폭력이 이어질 뿐이다. 이러한 그녀의 삶을 비롯한 지금의 세계를 문학적으로 형상화하는 방법은 재현이 아니라 환기에서만 찾을 수 있었는지도 모른다. 김사과는 모호한 이미지, 분위기만으로 충만한 비유, 내면에 바탕한 추상을 통해 현재의 악마적인 현실에 걸맞은 내적 형식을 끄집어내고 있다. 이를 통해 드러난 세상의 폭력과 공포는 객관화된 형상 이전의 실감으로 독자에게 전달된다.

자신의 이름조차 기억할 수 없으며, 머릿속에는 아무것도 남아 있지 않은 제니는 "텅 비어버렸다"(180면)라고 이야기된다.[28] 이 문장 바로 뒤에 제니는 "이게 구원을 받는다는 것인가?"라고 자문한다. 흥미로운 것은 제니의 '텅 빈 상태'야말로 김사과가 『테러의 시』에서 말하고자 하는 구원과 직결된다는 점이다. 제니는 생물학적으로는 살아 있지만 사회적으로는 완벽하게 죽은 존재로서, 자본주의 질서 속의 '몫 없는 자들'(part of no part)에 해당한다. 이들은 공식적으로는 나름의 몫을 가지고 있지만, 사회 속에서 적절한 자리를 배당받지 못한 존재들이다. 씨몬 베유(Simone Weil)가 '진리를 말할 수 있는 유일한 사람들'이라고 말한 이들의 위치야말로 지젝이 "사회의 진리가 발생하는 지점"[29]이라고 말한 것에 해당한다. 무(無)로 수렴되는 제니를 통해 한국사회의 근원적인 적대와 극단의

---

28 제니의 상상적 자아라고 할 수 있는 리는 "동물로 키워진 인간들의 특징은 특징이 없다는" 것이며, 자신은 "그저 텅 빈 기분"을 느끼고 제니의 얼굴은 "언제나 텅 비어" 있다고 말한다(168~69면).

29 슬라보예 지젝, 앞의 책 306면.

폭력성은 그 실체를 선명하게 드러낸다.

그렇다면 그들의 위치에서 발생한 진리는 무엇일까? 그것은 지금의 자본주의 질서에 대한 총체적인 무시이다. 그것은 파국을 향해 미친 듯 달려가는 현실이라는 폭주 기관차를 정지시키는 일에 해당한다. 3부는 서사와 묘사, 현실과 환각, 과거와 현재가 프랜시스 베이컨(Francis Bacon)의 그림처럼 뒤엉켜 흘러내린다. 일종의 묵시록인 이 대목에서는 온갖 이미지와 환영을 통해 김사과식의 전망이 드러나고 있다. 제니가 거쳐온 모든 것들은 파괴된다. 페스카마호를 연상시키는 서울 남서부의 한 재개발 공사현장은 알 수 없는 이유로 붕괴되고, 집창촌으로 기능하는 서울 동북부의 낡은 아파트에서는 난투극으로 사람이 죽는다. 정 박사는 자신의 집에서 목을 매달고, 대형 교회에서는 화재가 발생해 목사를 포함한 여러 사람이 죽는다. 제니와 리의 머리 위로 모래가 폭우처럼 퍼부어지는 상황에서 피투성이의 제니와 리는 "완전히 아무것도 남지 않게 될 때까지. 그래서 더이상 다시 돌아올 수 없도록, 다시 시작할 수 없도록, 그리하여 모든 게 진짜로 텅 비어버릴 때까지"(218~19면) 서로를 으깬다. 완전한 무로 돌아가는 그 순간 리는 "그들이 가까이 왔어"(219면)라고 속삭인다.

지금의 세계는 완전히 사라져야 한다는 것. 그 모래 더미 위에서 다시 시작해야 한다는 강력한 메시지를 읽을 수 있다. 이러한 인식은 지금의 자본주의 질서에 대한 반(反)동일시의 태도는 물론이고, 비(非)동일시의 태도도 아니다. 이것은 일종의 무(無)동일시에 가까운 전략인지도 모른다. 이러한 태도는 현존하는 권력을 지속시키는 데 기여하는 현란한 지적 유희에 불과한 것은 아닐까? 이와 관련해 지젝이 알랭 바디우를 따라서 시스템을 더욱 부드럽게 작동하게끔 만들어주는 국지적 행동에 참여하기보다는 아무것도 하지 않는 편이 더 낫다고 주장한 것을 기억할 필요가 있다. 왜냐하면 오늘날 진정한 위협은 수동성이 아니라 유사행동이며, '능동적'이고 '참여적'이 되려는 이 충동은 실제로는 아무 일도 일어나지 않고 있다는 사실을 은폐하기 때문이다. 이러한 유사행동에 대해 지젝은 비판적인 참여와 행동을 통해서 권력을 쥔 자들과 '대화'하기보다는 '불길한 수동성'으로 퇴각하는 것이 오히려 진정 어려운 일이라고 주장한다.[30] 김사과는 『테러의 시』를 통해 근본적인 차원에서 '불길한 수동성'을 고수하고 있는 중이다.

3. '장편소설의 논픽션화'가 아닌 '논픽션의 장편소설화'

공감과 소통을 전제로 해서 성립하는 장편소설을 위해서는 현실과 관계 맺는 독특한 방식에 대한 고민이 지속적으로 필요하다. 이와 관련해 실제 발생한 문제적인 사건을 적극적으로 작품에 끌어오는 것도 하나의 방법이 될 수 있다. 이것은 독자가 절실하게 느끼는 삶의 문제를 직접적으로 다룸으로써 시장에서의 공유폭을 한껏 넓힐 수 있다는 장점이 있다. 나아가 이러한 방식으로 창작된 장편소설은 현실고발 기능, 독자들과의 공감확장 기능, 리얼리티 창출 기능 등에서도 일정한 효과를 발휘할 수 있을 것이다. 물론 호기심 위주의 소재주의나 흥미만을 우선시하는 감상주의에 함몰되는 상황은 경계해야만 한다. 김예림(金艾琳)은 실제 사건을 바탕으로 한 소설화와 관련해 다음과 같은 우려를 밝히고 있다.

> 『도가니』처럼 요구에 직접 따르는 것 또는 이 요구 체계 자체를 활용하는 것도 하나의 길일 수는 있다. 하지만 문학이 이런 식으로 정위되고 마는 특유의 구조 자체를 부단히 의식하면서 발언할 수 있는 힘은 역시나 중요하게 느껴진다. 현실과 문학 사이의 문턱 없는 순환 노선, 즉각적인 응답 체

30 슬라보예 지젝, 앞의 책 9~10면.

계의 속도에서 벗어날 때, 문턱 없음과 응답 강박이 드러내는 미적·현실적 척박함의 근원을 비판적으로 성찰할 수 있을 것이다.[31]

현실의 사건을 문학에 가져올 때, 김예림이 지적하고 있는 '현실과 문학 사이의 문턱 없는 순환 노선'과 '즉각적인 응답 체계의 속도'는 반드시 경계해야만 할 요소이다. 그러나 많은 평자들의 우려처럼 지금의 장편소설이 여전히 현실성과 그것에 바탕을 둔 교감능력을 확보하고 있지 못한 상황에서는, 이러한 우려보다는 "난만한 부조리의 지대, 인권의 사각 지대, 부실한 존중 구조의 지대에서, 모순과 부정의를 직접적으로 드러내는 데 열심인 문학"이 지닌 "나름의 진정성"[32]에 더 큰 기대를 걸고 싶은 마음이다.

손아람의 『소수의견』(들녘 2010)은 구체적인 사건을 소설화할 때 우려되는 '문턱 없음과 응답 강박'과는 거리를 둔 채, 공공의 문제를 문학적인 방식으로 제기하는 데 성공한 작품이다. 아현동 철거현장에서 발생한 살인사건과 뒤이은 법정공방을 핵심으로 다루는 이 소설의 대부분은 법정에서 검사와 변호사가 벌이는 논쟁으로 이루어져 있다.[33] 이 때문에 단조로운 느낌을 줄 수도 있지만, 실제로는 정반대이다. 이 법정은 하나의 개별적인 사건을 다루는 개별화된 무대가 아니라, 한국사회의 기본적인 정치적 대결이 벌어지는 첨예한 전선이기 때문이다. 손아람의 『소수의견』은 우리 시대의 가장 비극적이면서 징후적인 사건인 용산 참사를 가져와

31 김예림 「'존중' 없는 사회의 대중문화, 그 욕망과 미망에 대한 단상: 『도가니』와 『완득이』를 중심으로」, 『문학과사회』 2012년 여름호 163면.

32 같은 글 163면.

33 이 작품은 말할 것도 없이 용산 참사에 바탕을 둔 장편소설이다. 그 일례로 홍재덕 검사가 수사자료 열람 요청을 거부하는 모습을 꼽을 수 있다. 용산 참사로 기소된 철거민들의 재판에서 검찰은 총 1만여쪽의 수사기록 중에 자신들의 수사 결론에 반하는 3천여쪽의 기록은 제출하지 않고 있다. (박래군 「'용산 참사'로부터 생각하는 인권」, 『실천문학』 2009년 여름호 221면)

독자와 공감대를 만들면서, '법의 공정성'이라는 시대의 핵심적인 의제를 설정하는 데 성공한 것으로 보인다. 이러한 성격의 장편소설이 지닌 가치는 현실의 구체적인 사건에서 가져온 소재나 인물들이 작가의 문제의식에 의해 얼마나 시대의 정곡에 다가갈 수 있느냐를 통해 결정된다. 요컨대 문제는 '장편소설의 논픽션화'가 아니라 '논픽션의 장편소설화'이다.

4. 그들이 가까이 왔어

오늘날 장편소설은 작품의 질적 성과는 물론이고, 독자와의 소통과 서사성의 회복도 동시에 요구받고 있다. 이처럼 다양한 요구를 수용하기 위해서 무엇보다 필요한 것이 현실과의 연관성을 회복하는 일이다. 지난 세기 한국문학에서 소설이 현실과 관계 맺는 양식은 비교적 안정적이고 뚜렷했는데, 그것은 당대 현실의 객관적인 재현을 목적으로 전형적 인물과 세부의 정확성을 추구하는 것이었다. 이러한 방식이 성립하기 위해서는 '객관'을 담보해줄 수 있는 보편타당한 제3의 시각이 전제되어야만 한다. 그러나 지금 이곳에서 창공의 별과도 같은 그런 입장을 확보한다는 것은 여간 어려운 일이 아니다. 이러한 상황에서 기존 관념이나 스타일의 반복은 지금의 현실과는 무관한 물신화된 관념론을 소설적으로 번안하는 일에 불과할 수도 있다. 진정한 장편소설의 시대를 열기 위해서는 시대에 대한 진지한 성찰은 물론이고, 그러한 성찰의 결과물을 예술적으로 형상화하기 위한 자기만의 고유한 방법론적 탐구가 무엇보다 절실하다.

이와 관련해 일군의 작가들은 자기만의 목소리를 발견하는 데 나름의 성과를 내고 있다.[34] 이 글에서 집중적으로 살펴본 김사과 역시 그중의 하

34 이에 대한 구체적인 논의는 졸고 『끝에서 바라본 문학의 미래』(실천문학사 2012)의

나이다. 김사과는 산문적인 견고함으로 시대의 리얼리티를 재현하기보다는 시적인 목소리로 시대의 실재를 환기하는 데 성공하고 있다. 현실이 가하는 폭력과 공포를 '몫 없는 자들'이 느끼는 실감의 차원에서 이미지나 비유 혹은 분위기를 통해 전달하고 있는 것이다. 김사과가 그려내고 있는 대상은 현실과는 무관한 가상의 공간으로 치닫는 경우도 흔하다. 그러나 그 가상의 공간이야말로 시대현실이 부과한 심리적 실재와 맞닿아 있다는 점에서 현실과의 관련성은 더욱 끈적하다고 볼 수 있다. 이미 우리는 문학의 기로에 당당하게 서 있는 신인류를 만나왔는지도 모른다. 『테러의 시』에서 마지막으로 울려온 속삭임인 "그들이 가까이 왔어"라는 말처럼 말이다.

2장 '재현을 둘러싼 아포리아들'에서 미숙하게나마 진행해보았다.

21세기를 담아내는 세가지 방식

◆

김사과의 장편소설을 중심으로

1. 아직도 소설을 읽어야 한다면……

2000년대 작가들은 '세계에 대한 대결의 자의식'[1]이 부족하다고 지적받아왔다. 그들의 소설에는 시대를 제대로 응시하거나 저항할 줄 모르는 '왜소하고 체념적인 주체'가 웅크리고 있다는 것이다. 이것은 IMF가 가져온 사회·정치적 변화에 대응하는 소설의 가장 주류적 반응으로 이해되어왔다. 그러나 이러한 선입관으로는 이해하기 어려운 1984년생 작가가 있다. 바로 김사과이다. 이미 장편소설 『미나』(창비 2008) 『풀이 눕는다』(문학동네 2009) 『나b책』(창비 2011) 『테러의 시』(민음사 2012)와 소설집 『02』(창비 2010)를 발표한 김사과는 여러편의 의미있는 산문도 발표하였다. 그중에서도 「하루키와 나」라는 산문에는 2000년대의 일반적인 소설 경향과는 다른 김사과만의 의식이 명료하게 펼쳐져 있다.

김사과는 「하루키와 나」라는 작가산문에서, 카라따니 코오진(柄谷行

1 김영찬 「문학 뒤에 오는 것」, 『비평의 우울』, 문예중앙 2011, 39면.

人)이 『근대문학의 종언』에서 말한 입장과 자신이 문학에 대해 가지고 있는 생각이 일치한다고 말하고 있다. 자신이 소설에 입문하게 된 계기가 된 작가는 무라까미 하루끼(村上春樹)이지만, 처음 소설을 쓰기 시작했을 때 의식적으로 했던 훈련은 하루끼적 세계관과 스타일에서 벗어나는 것이었다고 고백한다. "이미 해결되었다고 생각되는, 역사와 함께 사라졌다고 생각되는 그런 구식의 문제들—전쟁과 가난, 근본주의와 테러리즘과 인종주의 따위는 오히려 점점 더 우리의 일상생활을 뒤흔들고 있었"으며, 그렇기에 "하루키적 태도는 시대에 뒤떨어진 나이브한 것으로 느껴졌다"[2]라는 설명이다.

나아가 요즘 소설들이 '하찮다'고 일갈한다. 이때의 '하찮음'이란 미학적 완성도와는 무관한 "야망이 없다"(115면)라는 의미이다. "거기엔 세계에 대한 관심도, 변화에 대한 의지도 없다. 내용과 스타일 모두에서 과거의 것을 답습"(같은 곳)만 하고 있다고 비판한다. 더이상 예술은 세계의 문제를 떠맡으려 하지 않으며, 의미를 놓아준 댓가로 자유를 얻은 다음 거침없이 하찮아졌다는 것이다. 대신 이제 예술은 "즐겁고 신나는 자기들만의 원더랜드"(117면)에서 짜릿한 유사 환각체험이나, 자기치유, 유머, 완성도, 기발한 재미, 발랄함, 늦은 오후의 여유 따위를 추구한다고 말한다.

김사과는 "세계를 가득 채운 진부한 문제들, 빈부 격차, 철거민의 죽음, 민주주의의 위기, 다국적 기업의 횡포, 농민문제, 테러리즘, 세계화의 부작용 따위가 소설과 만나 가능성과 아름다움, 다른 세계에 대한 상상 따위를 만들어내는 걸 상상할 수가 없"음에도, "변화를 기다리는 게 아니라 만들어내야 한다"라는 전의를 다진다(119면). 그리고 "상상력의 힘을 믿"기 때문에 가능하다면 그 '비전'을 소설을 통해서 만들어내고 싶어한다

2 김사과 「하루키와 나」, 오늘의 문예비평 엮음 『불가능한 대화들』, 산지니 2011, 114면. 앞으로 이 글을 인용할 경우 본문 중에 면수만 표시하기로 한다.

(같은 곳). "세상을 변화시키는 건 더 큰 폭력이나 절망이 아닌 다른 이미지를 꿈꿀 수 있는 힘에서 온다고 믿기 때문"(120면)이다. 결론적으로 김사과는 "상상해내야 한다. 세계와 소설 양쪽 모두에서, 가능한 미래를 발견해야 한다"(같은 곳)라고 주장한다.

자신의 소설은 카라따니 코오진이 근대문학의 종언을 증명하는 근거로 삼은 하루끼와는 다르다는 것, 지금의 문학은 세계에 대한 관심과 변화에 대한 의지가 없어 하찮아졌다는 것, 자신은 상상력의 힘으로 새로운 세상의 문제를 드러내고 새로운 비전을 만들어내고 싶다는 것 등이 김사과의 문학적 자의식을 떠받치는 핵심이라고 할 수 있다. 김사과의 소설은 이러한 당찬 전의와 포부를 바탕으로 해서 창작된 것으로 보인다. 이 글에서는 '분노의 정념 3부작'이라 부를 수 있는 『미나』 『풀이 눕는다』 『테러의 시』를 대상으로 하여, 한국문학의 새로운 미래를 조금이나마 더듬어보고자 한다.[3] 『미나』 『풀이 눕는다』 『테러의 시』는 조금 과장하자면, '소설-에세이-시'에 대응된다고 말할 수 있다.

2. 신체에 새겨진 계급을 재현하는 소설

『미나』는 한 여고생이 친구 여고생을 죽인 실제 사건에서 모티프를 얻어 창작된 작품으로, 우리 시대의 여러가지 문제를 산문적인 진지함으로 다루고 있다. 이 작품의 P시는 한국의 모든 도시가 그러하듯이 사교육 열풍이 대단하다. 『미나』에서는 386세대이며 고상한 취향을 가진 부모를 둔 미나와 미나의 단짝인 수정이 핵심인물인데, 단짝인 수정이 미나를 끔찍하게 살해하기까지의 과정을 기본 서사로 삼고 있다.

3 『나b책』(창비 2011)은 청소년 소설로서 이번 논의에서는 빼기로 한다.

이러한 살해에는 세가지 의미가 내포되어 있다. 첫번째는 모든 인간관계가 지닌 불가해성이라는 실존의 위기가 있으며, 두번째는 경쟁만을 가르치는 우리의 교육환경이 있으며, 세번째는 빈부를 가르는 새로운 적대의 기준에 대한 문제제기가 있다. 수정이 미나를 살해한 계기가 되는 사건은 또 한명의 친구인 지예의 자살이며, 지예의 자살로 인해 앞에서 말한 세가지 문제가 표면화된다. 『미나』에서 관심을 두는 것은 살해에 내포된 세가지 의미 중에서 특히 두번째와 세번째이다.

이 살인은 세계적으로 유명한 한국의 입시 스트레스, 그리고 그것을 만들어내는 사회문제와 연결된다. 작품 속에서 학생들의 삶은 "학원. 집. 학교. 시험. 학교. 학원. 숙제. 과외. 학원. 집. 과외. 학원. 집. 학교. 다시 학원. 다시 과외. 다시 시험 다시 숙제 다시 학교 다시 학교 다시 학교. 집. 학원"(157면)으로 끝없이 이어지는 거대한 감옥에서의 삶이다. 이 사회는 학생들에게 너무도 폭력적인 비유를 가슴속에 새기며 살게 하는 지옥인 것이다. 수정의 말을 들어보자.

> 예를 들어서. 모두가 말하는 것. 예를 들어서. 친구를 짓밟고 올라서라. 숨이 막혀온다. 이런 건 다 비유잖아? 아무런 힘도 없이. 나는 진짜가 필요했어. 예를 들어서. 나는 니 손을 밟아 으스러뜨렸어. 비유가 아니라 진짜로. 그렇게 하면 어떻게 될까? 어떤 일이 일어날까. 진짜 밟는 거랑 비유적으로 밟는 거랑은 어떤 차이가 있을까? 그리고 이제 나는 알았어. 차이가 없어. (308면)

우리는 이 사회에서 성공하기 위해서는 '친구를 짓밟고 올라서라'라는 정언명령에 충실해야 한다고 주입받는다. 그러나 이 정언명령 자체를 폭력이라고 생각하지는 않는다. 그런데 누군가가 실제로 친구를 짓밟고 올라선다면, 그는 법의 처벌을 받을 것이다. 그러나 앞의 인용문에서 수정은 그러한 비유가 사실은 실제의 폭력과 아무런 차이가 없다는 것을, 어떤 의미에서는 더욱 폭력적일 수 있다는 것을 힘주어 말하고 있다.

또한 이 살인이 제시하는 것은 육신에 새겨진 빈부 격차라는 문제이다. 그것은 취향의 문제일 수도 있지만, 보다 중요하게는 우리의 삶 전반을 관장하는 구분의 감각과 관련된다. 미나는 "좋은 교육을 받고 자란 부모 밑에서 역시 좋은 교육을 받고 자란 아이 특유의 균형감각으로 자유롭게 행동하여도 절대 선을 넘지 않는"(50면) 아이이다. 논술 선생은 "문법구조가 완벽한 박력 있는 글을 쓰는"(270면) 수정이 아닌 수많은 책이 있는 서재가 갖춰진 집에서 자란 미나를 칭찬한다. 이러한 상황에서는 "노력하면 할수록 미나는 높아졌고 수정 자신은 낮아"(271면)질 수밖에 없다. 이러한 상황에서 들뢰즈, 데리다, 맑스를 아는, 나아가 "절대로 순결하며 절대로 완벽"(59면)한 수정이 설령 지예를 자살로 내몬 경쟁에서 이겨 일류대학을 가고 번듯한 직장을 얻더라도, 수정이 미나를 이기는 것은 불가능하다. 미나 아버지의 공식적인 직업이 번역가 겸 소설가이며, 미나가 지금 누리는 경제적 부가 복권에 당첨된 것에서 비롯된 것으로 설정한 것은, 이 작품에서 보다 중요한 빈부 격차를 정신적이고 문화적인 것에서 찾고자 한 의도에서 비롯된 것으로 보인다.

수정이 직접적으로 미나를 살해하게 된 계기 역시도 이러한 문화적 습속의 차이에서 비롯된다. 미나는 지예가 투신자살하자 수업도 안 받고 시험지도 백지로 내고는, 자퇴한 후 대안학교로 전학한다. 지옥 같은 경쟁을 뚫고 어떻게든 사회의 상층부로 진입하려는 수정에게 이러한 미나의 행동은 자신이 흉내도 낼 수 없는 행위로서, 미나의 우월성을 증명하는 절대적인 행위이다. 이러한 사정을 가장 잘 아는 것은 미나이다. 미나는 수정에게 "너는 니 머리로 다 해결할 수 있다고 생각하지?"에 이어 "그건 노력한다고 생기는 게 아냐"라고 말한다(286면). 그러면서 단 하나의 해결책으로 "착하게 살아"(287면)라고 말한다. 수정의 말처럼, 미나는 스스로가

"개선의 여지가 없"는 '악마'인 것이다(288면).

『미나』는 전통적인 소설 문법에 여전히 충실한 면모를 보인다. 이 작품에는 짧은 대화가 빈번하게 등장하여 희곡이나 시나리오 같은 분위기를 풍기지만, 그것이 작품의 장르적 성격을 결정적으로 규정하는 것은 아니다. 오히려 욕설이 간간이 섞인 이 짧은 대화는 고등학생이라는 주인공들의 실제 생활에서 우러나온 리얼리티를 창출하는 효과를 발휘한다. 『미나』는 친구 살해라는 충격적인 실제 사건에서 모티프를 얻어 입시지옥이라는 문제, 그리고 육체와 습속의 차원에서 작동하는 빈부 격차의 문제를 다루고 있는 작품이다.

3. 자본을 향해 대공포를 쏘아대는 에세이

『풀이 눕는다』의 주인공 '나'는 등단한 지 3년 된 소설가이다. '나'는 자신이 "결국 아무것도 쓰지 못할 것"(23면)이라는 비관에 빠져 있다. 거리에서 '나'는 '풀'을 발견하고 곧바로 사랑에 빠진다. '나'와 풀은 삼층짜리 벽돌집의 옥상에 있는 작은 옥탑방에서 동거를 시작한다.

'나'는 "어디에도 무엇에도 누구에도 적응하지 못하"(13~14면)는 사람이다. "근면하고 쾌활한 워킹클래스"(15면)인 가족들과도 전혀 어울리지 못한다. 가족은 책을 읽지 않고, 쾌활하고, 잘 자고, 사람 만나는 걸 좋아하고, 하루하루가 즐겁기 짝이 없는 평범한 사람들이다. 주변 사람들도 마찬가지인데, 그런 사람들을 대표하는 것이 바로 동생이다. 더군다나 그녀는 옷을 파는 쇼핑몰을 운영하는 큰 부자이다. "그녀가 더 많은 돈을 벌수록 우리 가족은 그녀 앞에서 비굴해지기 시작"(19면)했다.

'나'는 자본주의 질서의 완벽한 타자가 되고자 한다. "돈을 하찮게 여"기고 "돈은 똑같지. 누구한테나 완전히. 하지만 사랑은 유일해"(56면)라며,

오직 자신과 흡사한 풀에게 집착한다. 돈은 "있는 사람들한테 뜯어내면 되는 거야"(같은 곳)라고 생각하는 주인공이나 "고등학교를 졸업한 뒤 누구한테도 손을 벌린 적이 없었"(같은 곳)다는 풀이나 돈을 중요시 않는다는 점에서는 유사하다.[4]

현재의 문단은 강력한 비판의 대상이 된다. 문인들이 '문학의 밤' 따위의 제목을 달고 화려한 파티에서 나누는 이야기는 부동산이나 펀드 같은 것들에 불과하다. "문학의, 문학에 대한, 문학을 위한 이야기만을 끝도 없이 나눌 것이며 그것이 상상조차 할 수 없을 정도로 아름다울 것"이라는 생각은 "근거 없는 망상"일 뿐이다(17면). '나'에게 "문학상 시상식 따위 좆도 아"(70면)닌 것이다. 시상식 뒤풀이가 이루어지는 프렌치 레스토랑을 보며 "거대한 저금통"(75면)이라고 말하고, 레스토랑의 많은 문인들을 보며 "난 영원히 저 안에 속할 수 없을 것이다"(79면)라고 단언한다. 문인들이란 '나'와 같은 꿈을 가지고 있지 않다. 그들은 생활이 있고, 예절이 있는 평범한 사람들에 불과하다. 심지어 이 작품에서 문인들은 가장 자본주의적인 인간으로 소개되는 동생과 "같은 부류의 사람들"(80면)로 그려진다.

풀이 관여하는 미술계도 마찬가지이다. "그림을 그리는 것만으로도 너무 행복"(109면)한 풀은 공모전에서 번번이 떨어진다. '나'는 풀이 홍대 미대는 물론이고 뉴욕이나 베를린으로 유학을 갔다 오지 않은 공고 출신이기 때문이라고 생각한다. 풀의 전시회 오프닝 날 '나'는 저항의 의미로 미술관에 가서 담배를 피우는 등의 난동을 부린다.

---

4 『테러의 시』에도 풀과 같은 상상적 타자가 등장한다. 그것은 정 박사의 아들인 재준의 영어 과외 선생인 토니이다. 토니는 제니를 처음 본 순간부터 "같은 종류의 사람이라는 걸"(95면) 느낀다. 제니는 자신을 강간하는 아버지 밑에서 돼지처럼, 정확히 말하자면 돼지로 자랐다. 토니 역시 마약 딜러인 아버지 밑에서 개처럼, 역시나 개로 자랐다. "동물로 키워진 적이 있는 인간들은 서로를 알아보"(167면)는 법이다. 둘 모두 불법체류 외국인이라는 공통점도 지니고 있다. 타인의 눈에도 "제니와 리는 샴쌍둥이처럼 보"(130면)일 정도이다.

세상은 자본의 논리, 자본의 욕망으로 움직이는 곳이다. 거대한 주상복합빌딩들을 보며 '나'는 "누구도 저 빌딩들을 거절할 수는 없을 거라고. 누구도 그럴 힘을 가지고 있지 않을 거라고. 여기에 사는 그 누구도 저 빌딩들이 가리키는 미래에서 벗어날 수가 없을 거라고"(140면) 생각한다. 빌딩들이야말로 "욕망이란 관념 그 자체"(146면)인 것이다. '나'는 도시의 백화점을 보며 "저런 옷 입고 다니는 사람들, 저런 차 타고 다니는 사람들 죽이고 싶다는 생각한 적 없니?"(129면)라고 풀에게 질문할 정도로 자본의 논리와 욕망을 강력하게 부정한다. 이러한 부정의 정신이 '나'와 풀을 보통 사람은 이해하기 힘든 극단적인 모습으로 살아가게 하는 힘이 된다.

주인공이 풀을 좋아하는 이유 중의 하나는 "저런 데(주상복합빌딩—인용자)서 살고 싶어하지 않기 때문"(145면)이다. 작품의 마지막 부분에서 '나'와 풀은 거리의 시위대를 보며 "우리들의 심장은 같은 박자로 두근거리고 있"(282면)으며, "우리가 가려는 곳은 같은 곳"(283면)이라고 생각한다. '나'와 풀이 지닌 예술가로서의 행태는 바로 시위대의 정치적 행위와 유사한 의미를 갖는 것이다. 그들은 배고픔, 불편함, 불투명한 미래 따위에 항복하는 대신, "삶을 불확실성 속으로 완전히 밀어넣"(161면)는 것을 선택한 존재들이다.

"더러움의 밑바닥에서 더욱 필사적으로 아름다움을 찾아 헤매는 가엾은 사람들"(168면)이야말로 김사과가 『풀이 눕는다』에서 찾고 있는 이상적인 주체들이다. 부랑자들은 자본의 질서 밖에 있는 존재들이기에, 동생처럼 물신에 찌든 사람보다는 아름답게 그려진다. '나'는 LA에 갔을 때, 길을 잃어버려서 "부랑자 같은 사람들로 가득한"(142면) 거리에 이른다. '나'에게는 그 사람들이 "어려서부터 저렇게 되면 끝장이라고 배운 바로 그런 사람들인데. 근데 너무 아름답다는 느낌"(같은 곳)이 든다. '나'는 모든 게 끝장나버리면, "엘에이로 가서 거지가 될"(144면) 계획이다.

이 점에서 김사과의 전략은 전위적인 구석이 있다. 오늘날의 자본은 부권적 권력이 아니라 모권적 권력에 가깝다. 그것은 힘과 폭력에 바탕을 둔 강제적이며 외적인 지배가 아니라 우리 내부에 깊이 침투하여 마치 우리 자신이 그것을 바라는 것과 같은 모습으로 우리를 지배하는 것이다. 부성적 지배는 규범과 법을 통해 이루어지며, 그 과정은 오히려 부친 살해를 충분히 가능하게 한다. 그러나 모성적 지배는 어머니와의 신체적 동일화에 의해 이루어지기 때문에 모친 살해가 불가능하다. 따라서 자기 안에 스며든 자본의 논리로부터 벗어날 때 진정한 시대의 아침은 가능할 수 있다. 이러한 김사과의 발본적인 상상력과 전략은 다음의 인용문에서 선명하게 드러나 있다.

> 만약 사람들이 더이상 원하지 않게 되면 저것들은 순식간에 무너져버리고 말 거야. 그게 유일한 목적이었으니까. 하지만 절대 그런 일은 없을 거야. 저건 이 도시를 만든 사람들의 욕망 그 자체니까. 저걸 원한 건 우리들이야. 그래서 이 도시가 이따위로 생겨먹은 거야. 우리가 이런 모습의 도시를 원했으니까 이런 모양이 된 거라고.
>
> (…) 세상은 너 혼자 아름답게 살도록 내버려두지 않아. 그렇게 되면 자기들이 무너져내리고 마니까. 그러니까 막으려고 들 거야. 무슨 짓을 해서라도. 무슨 수를 써서라도 네가 저것들을 사랑하게 만들려고 할 거야. 그런데도 니가 말을 듣지 않으면?
>
> 너는 파괴당할 거야. 짓밟힐 거야. 너는 절대로 못 이겨. 절대로. 그리고, 그러니까, 풀.
>
> 너는 절대로 지면 안 돼. (146~47면)

지금의 세상에 대한 적개심이 강렬할수록 '나'의 진정성에 대한 집착은 강박적인 것이 된다. '나'는 자기화된 타자인 풀을 세상에 내놓는 데 주저하며, 풀과 자기만으로 이루어진 공동체를 원한다. 둘만의 상상적 이

자관계에 제3자가 개입하는 것은 용납할 수 없는 일이다. 풀은 전시회 오프닝을 하게 되고, 그것을 계기로 서울대 미대에 다니는 김권을 알게 된다. '나'는 "부르주아 학교에 다니는 인간하고 어울려서는 안돼"(193면)라고 말한다. 부자인데다가 잘생기고 사교적이며 재능까지 있는 김권을 보고 '나'는 "동생이랑 닮은 데가 있"(200면)다고 생각한다. 나중에 풀과 김권이 "한마디로 말해 완벽한 친구"(234면)가 되자 '나'는 절망한다. 김권을 만나지 말라는 '나'의 말에 풀은 "싫어"라고 하고 '나'는 "그가 내 말에 거절할 수 있을 거라고는 단 한번도 생각해본 적이 없었다"며 당황스러워한다(236면). 이 순간 '나'는 풀과 단둘이서만 지내던 "그때의 나는 완벽하게 행복했던 것"이고, 풀과 자기 사이에 김권이 끼어든 "지금의 나는 완벽하게 불행한 것만 같았다"고 생각한다(247면). '나'는 풀의 그림을 찢고, 풀은 떠나가버린다.

그러나 자본주의 질서에 대한 절대적 부정을 통해 자신을 정립한 풀에게 세상은 결코 적응 가능한 곳일 수 없다. 작은아버지의 죽음을 계기로 '나'와 풀은 다시 만난다. 풀은 고시원에서 살며 그림도 그리지 못하기에 이전과는 달리 "뾰족한 데가 있"(264면)다. 풀은 "일을 하러 가면 다들 나를 말이 통하는 청소기나 생각할 능력 같은 거 없는 병신 취급해"(274면)라고 하고, "이건 사는 게 아니야"(273면)라고 말한다.[5]

따라서 진정한 가치를 추구하는 '나'와 풀이 이토록 타락한 세상에서 살아간다는 것은 불가능하다. 더군다나 둘만의 이상적인 무중력의 공동체는 더더욱 지속되기 힘들다. 이제 가능한 둘만의 공동체를 위해서는 현실의 가능성을 초월한 새로운 방식이 필요하다. 그것은 풀이 스스로의 몸

---

5 이러한 상황은 꼭 지금의 상황에만 국한되는 것은 아니다. '나'와 풀에게 세상은 IMF 이전에도 "똑같이 개 같았"(277면)을 뿐이다. 부자에게 필요한 건 더 많은 거지이고, 그러한 거지를 양산하는 것은 위기이다. 그래서 "부자들은 위기를 사랑"(278면)하는 것이다.

에 불을 지르고 뛰어내리는 것이다. 풀은 그것을 단행하고, 이제 꿈이 이루어진다. '나'는 "벌써 그곳으로 가고 있"으며, "우리는 함께할 것이다"라고 말하는데(294면), 작품은 "우리는 그곳에서 돌아오지 않을 것이다"(같은 곳)라는 문장으로 끝난다.

『풀이 눕는다』는 소설가인 '나'가 화가인 풀과 지낸 1년여의 시간을 기본적인 스토리 시간으로 삼고 있다. 세상과 불화하는 예술가인 '나'가 대공포처럼 쏘아대는 기존 사회에 대한 분노의 정념이 이 소설을 채운다. 관점인물을 주인공이자 화자로 내세운 『풀이 눕는다』는 자신의 내면을 직접적으로 드러낸 에세이의 성격을 지니고 있다.

4. 현실(Reality)이 아닌 실재(Real)를 위한 시

김사과의 『테러의 시』는 제목에 등장하는 '시'라는 말에서도 알 수 있듯이, 현실을 재현하는 방식이 전통적인 소설과는 매우 다르다. 주인공 제니는 이 시대의 고통스러운 지점들을 전전하는데, 그 여정을 통해 우리 사회의 핵심적인 문제가 다양하게 다루어진다.[6] 이처럼 문제적인 사회적 지점들은 전통적인 장편소설과는 다른 방식으로 작품 속에 재현된다. 이것은 제니와 리가 매주 서울 시내의 교회를 돌며 돈을 받고 자신들이 살아온 삶을 이야기하는 부분에서 잘 나타난다. 흥미로운 점은 그들이 이야기를 반복할수록, 다음의 인용문처럼 자신들이 이야기를 점점 더 믿을 수

6 별다른 희망 없이 자격지심만으로 자기를 갉아먹는 젊은 세대의 모습, 껍데기만 남은 중년의 고달픈 삶, 불법 이민자들이 겪는 차별과 고통, 공산주의는 악마의 사상이라고 설교하며 물질적 성공을 위해서라면 어떤 일도 가리지 않는 세속화된 종교, 남성중심주의와 기존 사회에 대한 적응만을 강조하는 보통 사람들의 의식, 입주민의 삶과는 무관한 차원에서 이루어지는 철거 문제, 우리 안에 깊이 잠재되어 있는 식민주의, 사회적 약자를 향해 가해지는 가공할 폭력 등이 빠짐없이 드러나는 것이다.

없게 된다는 점이다.

> 이제 그들의 과거는 대형 교회의 거대한 스크린 속, 그리고 에이치디 카메라의 메모리 안에서만 존재한다. 하지만 어쨌거나 그들의 이야기는 부유한 신자들의 마음을 흔들어놓는 데 성공한다. 제니와 리는 바로 그것을 위해서 자신들의 과거를 헐값에 팔아치우고 있는 것이다. 그것을 그들도 잘 알고 있다. (177면)

이러한 인식은 『테러의 시』보다 먼저 발표된 단편 「더 나쁜 쪽으로」(『작가세계』 2011년 봄호)에서 이미 나타난 바 있다. 이 작품은 김사과가 최근에 생각하는 미학적 자의식이 잘 드러나 있는 작품이다. 예술가인 '나'는 거리에서의 삶을 살고 있다. 그 거리에서의 모든 것은 "단 하나의 평범하고 밋밋한 회색의 거리로 요약"(41면)된다. 이것은 꿈도 희망도 잃어버린 김사과 소설의 기본전제인 역사 이후의 현실에 대한 상징으로서 기능한다. 작품의 배경은 유럽의 한 도시인데, 굳이 그곳의 시공을 특정할 필요는 없다. 작가는 현대사회 일반을 지칭하는 모호한 공간으로서 그곳을 남겨두고 싶은 것으로 보인다. '나'는 왕년에 현대사회에 대한 모호한 적의와 혐오를 담은 노래로 인기를 끌었던 예술가의 연인이다. 이 연인을 대하는 '나'의 태도에는 그야말로 애증이 병존하는데, 그것은 거리를 떠나고 싶어 몸부림치지만, 끝내 "벗어나는 것은 불가능"(41면)한 상황과 유사하다. 여전히 해결할 수 없으면서 '나'를 부끄럽게 만드는 궁금증은 "왜 나는 그를 떠나지 못하는가?"(54면)이다. 회색의 거리를 떠나고 싶어 몸부림치지만, "벗어나는 것은 불가능"(41면)하다. 결론적으로 말하자면 작품은 화자가 예술가와 그가 속한 거리를 비판적으로 성찰하는 형태로 진행된다.[7]

---

7 "그는 이 거리의 모든 사람들을 알고 이 거리에서 일어난 모든 일을 했고 마침내 이 거

끝내 그에게서 '불면과 외로움'밖에 발견하지 못한 '나'는 새벽에 맨발로 '더 나쁜 쪽을 향해' 걸어간다.

「더 나쁜 쪽으로」에서는 매끈하고 아름답게 재현된 현실의 모습이 상품화의 사례로서 받아들여진다. 먹이를 구하지 못해 아사하는 북극곰들의 희고 깨끗한 죽음이 극도로 세련된 방식으로 화면을 통해 전시되는 순간, '나'는 "내 삶이 완전히 잘못되었다는, 아주 빌어먹게도 잘못되었다는 느낌에 사로잡힌"(48면)다. 세련된 재현의 기술 속에서는 죄 없는 백곰의 죽음조차도 '희고 깨끗한 죽음'으로 포장될 수 있는 것이다. 이러한 포장 속에서 진실은 어느새 자취를 감추게 된다. 자신도 이러한 문화적 제도의 일부라는 뼈저린 자책은 '나'를 계속해서 어딘가로 떠나가도록 만드는 근본적인 힘이다.

무엇보다 가장 큰 문제는 지금의 미학체계는 가장 본질적인 사회적 문제마저도 돈벌이의 수단으로 만들어버릴 수 있다는 것이다. '나'가 교류하는 "높은 수준의 교육을 받은 취향 좋은"(55면) 예술가들은 "저 진짜 노동자들, 험한 말을 입에 달고 살며 좋지 않은 냄새가 나고 싸구려 술과 담배를 즐기고 음악을 모르며 책을 멀리하는 그런 종족들과 아주 멀리 떨어져 있"(56면)다. 사람들은 더이상 공장에서 노동운동이나 자본가의 착취를 연상하지 않는다. 도시의 공장은 모두 텅 비어버렸으며, 실제로 가동되는 공장은 "우리들의 눈에 보이지 않"(58면)기 때문이다. "죽어 있는 공장에서 사람들이 보는 건 미학적 가능성"(같은 곳)이다. 좋은 교육을 받고 취향 좋은 젊은 예술가들은 "세상은 미학적 가능성으로 차고 넘치고 그걸 잘만 이용하면 누구나 부자가 될 수 있"(같은 곳)다는 것을 너무나 잘 알고 있다. 과거처럼 노동자들을 착취하지 않아도 버려진 공장, 버려진 아파트, 버려

리의 전문가가 되었다. 멀지 않아 그는 이 거리의 대가로 칭송될 것"(50면)이다. 그는 "가치 있는, 그러나 이미 끝나버린 역사의 영역에 속해" 있으며, 그런 그에게 '나'는 '역겨움'과 애정을 동시에 느낀다(51면).

진 발전소, 버려진 성, 쏘비에뜨산 군복과 배지를 미학적 질서로 잘만 전유한다면, 얼마든지 사람들의 사랑을 얻고 부자가 될 수 있다.

이러한 인식의 바탕 위에서 환상적이며 시적인 장편소설 『테러의 시』가 창작된 것이다. 『테러의 시』는 사건들의 연쇄를 통하여 유기적인 플롯을 만들어내는 전통적인 소설과는 다른 실험적인 기법이 다양하게 사용되고 있다. 무엇보다도 이미지와 분위기를 통하여 객관화된 해석 이전에 작가의 내면에 존재하는 표상으로서의 현실을 직접적으로 전달하는 데 애쓰고 있다. 이외에도 단문으로만 일관하는 문장, 외국어의 무자각적인 사용, 시와 같은 행갈이 기법, 희곡과 같은 대사 사용 등도 적극적으로 이용된다. 또한 띄어쓰기를 자의적으로 구사하여 낯설게 하기 효과를 내고, 몇몇 어구의 반복을 통하여 리듬을 창출하기도 한다. 현재 시제로 일관하는 것도 눈여겨볼 만하다. 이러한 특징은 대부분 산문보다는 시적인 것과 관련된다. 특히 1부와 3부에서 이러한 특징은 더 강화된다. 이를 통해 김사과는 기존의 재현체계와는 다른 방식으로 시대현실을 문학적으로 담아내고자 한다.

이와 관련하여 『테러의 시』는 적지 않은 성과를 내고 있다. 한가지 안타까운 점은 기존의 미학체계에서 벗어나고자 하는 격렬한 시도가 키치화된 대중문화의 논리로 포섭되는 장면이 존재한다는 점이다. 섹스클럽에서 제니가 겪는 일과 페스카마 15호가 있는 빈민촌이 철거되는 장면은 어떠한 가치판단이나 감정도 배제된 채 카메라의 눈으로 보듯 묘사되고 있다. 총체적 조망의 시선을 확보하기 힘든 지금의 상황에서는 이러한 고통에 대한 정밀한 투시 자체가 적지 않은 현실 재현의 의미를 지닌다. "건물 앞은 이미 쫓겨난 사람들로 가득하다. 어둠속에서, 반쯤 벗거나 입은 채로, 울부짖거나, 서성이거나, 멍하니 주저앉아 있는 사람들은 주인을 잃은 가축들 같다"고 할 때, "그건 그들이 살아온 삶 자체가 무너져내리는 느낌"을 직접적으로 전달해주는 것이다(149면). 그러나 이러한 묘사가 어던지 하나의 상투화된 의장으로서 격하될 가능성은 충분하다. 섹스클럽에서 제니의 매춘 장면을 적나라하게 장시간 묘사할 때, 그것이 하드코어 포르노의 장면과 겹쳐지는 것이 대표적이다.

5. 성장의 의미

이상으로 살펴본 김사과의 장편소설은 모두 세계에 대한 분노와 적개심으로 똘똘 뭉쳐 있다. 이때의 세계는 전 인류를 살뜰하게 통제 관리하는 자본의 거대한 성을 의미하기도 하지만, 동시에 그러한 거대한 성을 형상화하는 기존의 미학체계를 가리키는 것이기도 하다. 세상 전체에 대한 적개심은 반대로 자기들의 순수성에 대한 강박적인 집착으로 이어지고, 그것은 결국 자기파괴로 귀결된다. 자살이나 상상적 자아에 대한 타살이 그것이다. 최근에 올수록 분노의 대상은 자본이라는 거대한 성보다는 기존의 미학체계를 향하고 있다. 그리고 그러한 분노가 직접적으로 발화되기보다는 그러한 분노에 걸맞은 새로운 형상으로 나타나는 중이다. 김사과는 감히 성장이라는 말을 붙여도 부끄럽지 않은 우리 시대의 흔치 않은 작가이다.

장편소설의 경량화가 의미하는 것

1. 장편소설의 경량화

최근 장편소설의 중요한 특징 중 하나로는 경량화를 들 수 있다. 중편보다는 길고 장편에 비해서는 짧은 원고지 400~600매 분량의 소설이 잇달아 출판되고 있는 것이다. 한 대형 출판사는 경장편소설을 시리즈로 출판하는 모습까지 보여주고 있다. 현재 한국소설을 대표한다고 말할 정도의 중량감 있는 작가들도 이러한 경장편소설 출간에 동참하고 있다. 이것은 장편소설의 경량화가 특수한 현상이 아니라 집중적인 조명을 요구하는 현단계 한국소설의 중요한 흐름임을 보여준다.

이 글에서는 장르 선택 역시 역사적·사회적 상황과 대응된다는 입장에서 최근 장편소설의 경량화 경향을 살펴보고자 한다. 지난 계절(2013년 가을)에 『문학과사회』에서는 특집으로 장편소설 대망론을 비판적으로 다루었다. 이 특집에서 김태환은 "장편소설의 질적 측면과 소설사적 맥락을 고려하지 않고, 추상적인 분량의 차원에서 뭉뚱그려서 장편소설이라는 범주를 설정하는 것은 무의미하다"[1]라고 주장했다. 기본적으로 한국문학사에서 장편소설은 '근대 시민사회의 대표적인 서사양식'이라는 문학사회학적인 입장에서 창작되고 논의되어 왔다.[2] 지금도 시대현실과의 관련성은 장편소설의 성패를 결정하는 기준 중의 하나가 될 정도로 중요하게 여겨진다. 새로운 시대에 걸맞은 방식으로 현실을 담아낼 때, 작품의 질적인 성취는 물론이고 독자와의 소통과 공감 역시도 좀더 넓고 깊게 이루어질 수 있기 때문이다. 최근 장편소설의 경량화는 전통적인 한국적 장편소설이 현실과 맺는 관계양상에 변화가 일어난 것과 무관하지 않다고 판단된다. 이 글에서는 현실과 관계 맺는 양식의 변화가 장편소설의 경량화에 어떻게 연결되는지 장르비평적 관점에서 살펴보고자 한다.

2. 단일성의 세계

장편소설의 경량화와 관련해 주목할 만한 작가는 황정은(黃貞殷)이다. 황정은은 두권의 장편소설을 발표하였으며 그것이 모두 경장편소설이다. 첫번째 장편소설인 『百의 그림자』(민음사 2010)는 약 160페이지이고, 두번째 장편소설인 『야만적인 앨리스씨』(문학동네 2013)는 약 155페이지에 불과

1 김태환 「누가 말하는가: 서술자의 역사」, 『문학과사회』 2013년 가을호 301면.

2 한국 근대문학에서 '장편'과 '단편'이라는 용어는 길이의 차이를 뜻하는 것에 불과했다. 한국 근대문학사에서 장편소설이 하나의 양식 개념으로 자리 잡은 것은 1930년대 중후반의 일이다.(김영민 「근대 개념어의 출현과 의미 변화의 계보」, 『현대문학의 연구』 9집, 2013 참조) 한국적 장편소설의 개념을 확립하는 데 가장 크게 기여한 문인은 김남천(金南天)이다. 김남천은 「조선적 장편소설의 일고찰」(『동아일보』 1937년 10월 19일~23일)에서 로만이 자본주의 사회에서 가장 전형적인 문학양식이며 로만은 시민사회의 모순과 갈등의 현현 형식이라는 인식을 보여주었다. 김남천은 「소설문학의 현상」(『조광』 1940년 9월호)과 「소설의 운명」(『인문평론』 1940년 11월호)에서도 헤겔(G. Hegel)과 루카치(G. Lukács)의 소설론에 바탕을 두고 근대 시민사회와 장편소설의 밀접한 관계를 강조하고 있다.

하다. 이들 작품 역시 시대적 현실을 재현하기보다는 시적인 이미지나 비유 혹은 분위기를 통하여 시대현실에 바탕한 심리적 실재를 환기하는 소설이다.

『百의 그림자』에서 사실성을 구성하는 것은 철거를 앞둔 은교의 직장인 전자상가, 은교와 무재의 연애 서사, 그림자가 되거나 그림자를 본 사람들이 겪는 각각의 불행한 내력들이다. 특히 각각의 사람들에게 '그림자가 일어서는 상황'은 우리 사회의 구체적이고 문제적인 풍경들을 드러내고 있다. 폐지를 줍는 노인들과의 육박전은 최서해(催曙海)나 강경애(姜敬愛) 소설의 에피소드가 연상될 만큼 처절한 느낌을 주기도 한다. 특히 이 소설을 시종일관 지배하고 있는 '그림자'는 각각의 인물이 처한 현실이 지닌 불행의 느낌을 매우 독특한 방식으로 전달하는 데 탁월한 기능을 발휘한다.

『百의 그림자』에서 가장 인상적인 것은 등장인물들의 지나친 선량함이다.[3] 황정은이 『百의 그림자』에서 만들어낸 인물들처럼 섬세하고 선한 인물들은 우리 문학사에서 흔치 않다. 더욱 중요한 것은 그들을 둘러싼 현실은 철저하게 암울하다는 점이다. 그렇다면 이런 악한 사회에 속한 등장

---

3 은교와 무재의 대화는 이런 식이다.
"은교 씨는 무슨 노래 좋아하나요.
나는 칠갑산 좋아해요.
나는 그건 부를 수 없어요.
칠갑산을 모르나요?
알지만 부를 수 없어요.
왜요.
콩밭,에서 목이 메서요.
목이 메나요?
콩밭 매는 아낙이 베적삼이 젖도록 울고 있는데다, 포기마다 눈물을 심으며 밭을 매고 있다고 하고, 새만 우는 산마루에 홀어머니를 두고 시집와버렸다고 하고……"
(73~74면)

인물들의 선함을 어떻게 이해해야 할까? 『百의 그림자』에서는 그토록 암울한 현실을 만든 인간들과 전례를 찾아보기 힘들 정도로 선량하고 윤리적인 인간들 사이의 관계가 잘 보이지 않는다.[4] 이로 인해 악한 현실과 선한 인물이라는 이분법이 성립하고, 이러한 구분 속에서 은교와 무재가 엮어가는 사랑의 공동체는 그것 자체로 게토(ghetto)화될 가능성도 지니고 있다.

『야만적인 앨리스씨』는 『百의 그림자』를 거꾸로 뒤집어놓은 작품이라고 해도 과언이 아니다. 이 작품에 등장하는 인물들은 하나같이 악하다. 『百의 그림자』를 상징하는 어휘가 '은교 씨'와 '무재 씨'라면, 『야만적인 앨리스씨』에서는 단연코 '씨발'이다. '은교 씨'와 '무재 씨'라는 호칭이 서로를 충분히 사랑하면서도 서로의 고유성을 최대한 인정해주는 태도의 압축적 표현이라면, '씨발'은 상대방의 인격, 나아가 존재 자체를 완벽하게 무시하는 태도의 집중된 표현이다.

이 작품은 여장을 하고 거리를 떠도는 앨리시아의 탄생기라고 볼 수도 있다. 그는 "추하고 더럽고 역겨워서 밀어낼수록 신나게 유쾌하게 존나게 들러붙는" 존재로서, 앨리시어를 보는 사람들은 모두 "불쾌해"진다(8면). 그러나 앨리시어의 '존재' 이유는 바로 사람들을 불쾌하게 만드는 것이다. 이 작품에서 앨리시어를 괴물 같은 존재로 만든 것은 그를 둘러싼 철저하게 악한 존재들이다. 『百의 그림자』가 악한 현실과 선한 인물이라는 두가지 대조적인 색깔을 보여주었다면, 『야만적인 앨리스씨』는 악이라는 단색으로만 되어 있다. 이러한 측면에서 『야만적인 앨리스씨』는 길게 쓴 단편소설이라고 말할 수 있을지도 모른다. 장편소설이 기나긴 인생의 기록으로서 인상의 통일이 덜 중요한 것과 달리, 단편소설은 삶의 한 단면

---

4 조세희(趙世熙)는 『난장이가 쏘아올린 작은 공』(1978)에서 뫼비우스의 띠와 클라인 씨의 병을 통해, 이 병든 세상에서 악의 존재를 찾자면 '신조차 예외일 수 없다'는 엄격한 테제를 제시한 바 있다.

을 날카롭게 드러내기 위해 통일된 인상, 단일한 정서 등을 핵심적인 특징으로 하기 때문이다.

악함의 가장 강렬한 존재는 앨리시어의 어머니이다. 어머니는 앨리시어와 앨리시어의 동생에게 어마어마한 폭력을 행사한다. 그때의 어머니는 '씨발됨'이 되는데, 그것은 "지속되고 가속되는 동안 맥락도 증발되는, 그건 그냥 씨발됨이라고 말할 수밖에 없는 씨발적인 상태"(40면)이다. "씨발 상태가 되어 씨발년이 된 그녀"는 자신의 자식을 '짐승'이라 부르고 '짐승'처럼 다스린다(65면). 그녀에게 앨리시어는 "씨발, 감각하고 반응한다고는 상상할 수 없는 것. 상상하기가 싫은 것"(125면)이다. 흥미로운 점은 어머니 역시 가정폭력의 희생자라는 사실이다. 그녀는 배우지도 못했고 아버지로부터 엄청난 폭력을 당하기도 했다. 힘들게 벌어온 돈도 모두 아버지에게 빼앗겼다. "작고 조용한 사람"으로 "나쁜 짓을 하지 않는"(42면) 그녀의 어머니는 아버지의 폭력을 수수방관했다. 이 작품에서는 그러한 어머니야말로 "포스트 씨발년을 탄생시킨 씨발년"(43면)이라고 규정된다. 앨리시어의 어머니에게 '폭력적인 아버지와 방관하는 어머니'가 있었다면, 앨리시어에게는 '폭력적인 어머니와 방관하는 아버지'가 존재한다.[5] 부모를 제외한 앨리시어의 나머지 가족도 악한 존재들이기는 마찬가지이다. 앨리시어는 이복형과 이복누나에게 자신이 처한 상황을 말하면 그들이 안전한 잠자리를 마련해줄 것이라고 기대하지만, 배다른 누나는 앨리시어 형제에게 아무런 관심도 없다. 그들 역시 '씨발'인 것이고, '좆같다'고 말할 수밖에 없는 사람들인 것이다(74면).

앨리시어가 사는 고모리 역시 악이 촘촘하게 쌓여 있는 거대한 무덤이

5 아버지는 보상금을 받는 일과 자신이 기르는 개를 잡아먹는 일에 골몰할 뿐이다. 은행이 도산되어 고통받는 사람들의 모습을 TV로 보며 "저 난리를 봐라, 하며 한점 무게도 악의도 없이 남의 불행을 향해 천진하게 웃는"(54면) 아버지는, 자식들을 향해 퍼부어지는 아내의 엄청난 폭력에 대해서도 별다른 신경을 쓰지 않는다.

다. 이 마을 사람들은 온통 재개발 보상금을 조금이라도 더 받기 위한 욕망에 광분한다. 그들은 앨리시어와 앨리시어의 동생이 똑같이 저능하다고 대놓고 뒷말을 하고, 허락도 없이 감을 따먹는다고 욕을 퍼부으며, 사탕을 훔쳤다고 손목을 비틀면서 눈을 부라리고, 지나가는 척하며 앨리시어의 집에서 나는 소리를 몰래 듣고 간다. 동생은 가출한 형을 찾아나섰다가 하수처리장에서 폭발사고로 죽는다. 구타 흔적으로 가득한 미성년의 사체를 두고, “끔직한 모성, 상습적인 구타, 가족의 무관심, 비정한 이웃, 우리 사회의 단면, 기타의 평가와 비난”(155면)이 앨리시어의 집을 중심으로 한 고모리 일대에 쏟아지지만, 문제는 그 모든 것들이 “소낙비처럼 한순간”(같은 곳)이라는 것이다.

앨리시어가 이 고모리로 상징되는 악으로부터 벗어날 수 있는 길은 없다. 그것은 앨리시어가 어머니를 이기고 싶다는 생각에 찾아간 구청에서도 잘 나타난다. 그곳에서는 사설 상담기관을 소개해준다. 상담사는 나긋나긋한 태도로 “만사의 근원은 가족”(108면)이라며, “부모님과 함께, 가능하다면 두분을 모두 모셔오고, 사정이 안된다면 어머님만이라도 꼭, 모셔오세요.”(109면)라고 말할 뿐이다. 이 상담사의 말대로라면 엘리시어의 고민은 애초에 해결될 수 있는 문제가 아니다. “애초에 말이 통하지 않는다. 말귀가 없다. 못 알아듣는다”(110면)라는 앨리시어의 말은 앨리시어와 같은 존재가 이 사회에서는 ‘말할 수 없는 존재’에 불과함을 선명하게 부각한다. 앨리시어가 자기 안의 뜨거운 것을 필사적으로 말한다 해도 그것은 언제나 지워져 들리지 않게 되는 것이다.

이처럼 악으로 가득한 세상[6]에서 앨리시어 역시 선한 것과는 거리가 먼

6 앨리시어의 친구인 고미는 여자처럼 치장하기를 즐긴다는 이유로 아버지에게 변태새끼라는 욕설과 함께 두들겨맞는다. 고미의 아버지는 고물상을 경영하면서 노인들을 상대로 사기를 치고, 노인들도 고미의 아버지를 상대로 사기를 친다. 나중에 앨리시어는 고미를 폭행하는 고미의 아버지를 폭행하며, “개새끼들아, 너희는 좆같다, 너

존재가 된다. 동생의 노트를 찢어버린 계집애를 꼬드겨 찢어버릴 계획을 세운다. 앨리시어는 무신경한 인간은 상처를 받아봐야 안다며 "찢어져야지. 두고 봐라 너도 찢어져야지"(18면)라고 생각하는 것이다. 나아가 앨리시어는 "그 계집애뿐 아니고 동생을 건드렸던 그 새끼와 그 새끼와 그년을 남김없이 그 골목으로 이끌고 가서 모조리 찢어버릴 것"(39면)이라고 하며 적의를 불태운다. 이러한 감정은 동생에 대한 사랑으로 이해할 수는 없다. 엘리시어는 동생에 대하여 "누구보다도 이 새끼가 싫다. 너무 약해서 징그럽다. 그는 병신이고 똥이다"라고 생각하며, "동생을 묻"으려고까지 하는 형이기 때문이다(39면).

이러한 상황에서 앨리시어는 "저능한 새끼에서, 저능한 것도 모자라 난폭한 새끼"가 "가시처럼 뾰족한 인간"이 되어(116면) 고모리를 돌아다니며, 나중에는 '추하고 더럽고 역겨워서 밀어낼수록 신나게 유쾌하게 존나게 들러붙는' 여장 남자 앨리시어로 탄생한다. 앨리시어는 거리의 진열장에 자신을 비추어보고 "어머니와 닮았다"고 느끼며, "씨발년으로 이 거리에 서 있다"고 선언한다(159면). 앨리시어는 자신의 모습 속에 어머니와 고모리가 지닌 모든 악을 있는 그대로 모방(mimesis)한 존재라고 할 수 있다. 그러나 모든 것이 균일하게 악한 세계 속에서 과연 악이 존재할 수 있는지는 의문이다. 악에 대한 집요한 형상화는 끝내 악을 자연화하는 아이러니한 결과를 낳을 수도 있기 때문이다.

무 좆같다"(142면)라고 말한다. 앨리시어가 잠이 안 오는 동생에게 해주는 옛날 얘기조차 "서방 잡을 넌, 씨발년, 쌍년"(33면)으로 가득하다. 동생에게 앨리스 이야기를 하는데, 앨리스는 토끼 굴에서 아래로 떨어지는데, "아무리 떨어져도 바닥에 닿지를 않"(132면)는다. 심지어는 엄마가 보는 TV에서는 "고발하거나 고통을 다루는 프로그램을 틀어두고, 아내가 남편을 배반하고 남편이 아내를 등쳐 먹는 내용의 프로그램, 방치된 아이들, 더러운 집과 이웃에 불을 지른 사람들, 귀신이 들렸다고 주장하는 사람과 그를 고쳐보겠다는 사람들이 등장하는 프로그램"(97~98면)만이 등장할 뿐이다. 아이들도 예외가 아니다. 앨리시어의 동생은 주원이와 학교에서 짝을 하는데, 아이들은 말을 잘 못한다며 주원이를 바보라고 놀린다.

3. 독백성의 세계

김영하(金英夏)의 『살인자의 기억법』(문학동네 2013)은 치매에 걸린 은퇴한 연쇄살인범이 자신의 딸을 지키기 위해 마지막 살인을 계획하는 이야기이다. 이 작품의 서사는 매우 간단하다. 전직 수의사인 김병수는 열여섯살 때 술만 마시면 가정폭력을 휘두르던 아버지를 베개로 눌러 죽이는 첫번째 살인을 저지른다. 이후 30여년 동안 수십명의 사람을 죽였으나 약 25년 전부터는 살인을 하지 않고 있다. 그런데 김병수의 동네에 네건의 연쇄살인이 일어나고, 김병수가 범인이라 생각하는 박주태가 딸 은희의 곁을 맴돈다.[7]

이 작품의 핵심은 수십명의 생명을 빼앗고도 잡히지 않은, 어찌 보면 신의 경지에 오른 이가 치매라는 병에 의해 철저히 붕괴되어가는 과정이다. 소설이 진행될수록 최소한의 사건마저 사라지고 오직 김병수의 이야기만이 남아 김병수가 말하거나 쓰는 잠언들로 작품이 채워진다. 독자들이 읽는 것은 김병수의 독백이기도 하고, 김병수의 기록이기도 하다. 그야말로 화자의 독백적인 목소리 이외에는 아무것도 작품 속에 남지 않는다. 김병수는 치매 환자이기에 그의 말이 지닌 진위를 확인할 방법은 없다. 후반부로 가면 주인공이 말하는 사실과 타인이 말하는 사실이 서로 배치되는 지경에까지 이른다. 김병수의 이야기는 일종의 망상이기도 하지만, 김병수에게는 결코 양보할 수 없는 사실이기도 하다. 그 망상 혹은 사실만이 이 작품이 독자에게 남겨주는 거의 유일한 진실이다.

사실 치매가 생기기 이전부터 김병수는 철저히 고립된 생활을 해왔다. 그것은 김병수가 바로 연쇄살인범이라는 사실과 밀접하게 관련되어 있

7 '나'는 일흔이고 은희는 겨우 스물여덟이다. 은희 엄마는 '나'가 마흔다섯에 마지막으로 저지른 살인의 제물이다. '나'는 은희를 자신의 딸로 입양하였다. 이후 교통사고를 당한 후 '나'는 뇌의 변화로 연쇄살인을 그만두게 되었다.

다. 살인자로서의 삶은 "나 혼자 모든 것을 결정하고 집행하는 삶"(87면)이며, 검거를 피하기 위해서 김병수는 "마음을 터놓을 진정한 친구"(57면)를 결코 만들 수 없었다. 김병수가 추구하던 즐거움에 "타인의 자리는 없"으며, "타인과 어울려 함께하는 일에서 기쁨을 얻어본 기억" 역시 없다(92면).

기억을 잃어가는 지금 김병수의 독존적 세계를 채우는 것들은 다음과 같은 신체적 변화에 따른 독백들이다.

"머리가 복잡하다. 기억을 잃어가면서 마음은 정처를 잃는다."(48면)

"고통 없이 죽을 수 있다는 게 유일한 위안이다. 죽기 전에 바보가 될 테고 내가 누구인지조차 모르게 될 테니까."(52면)

"몇분 전의 내가 몇분 후의 나에게 명령을 내리는 것이다. 나라는 인간은 이렇게 끝없이 분리된다."(76면)

"나는 영원히 현재에만 머무르게 된다. 과거와 미래가 없다면 현재는 무슨 의미일까."(93면)

"인간은 시간이라는 감옥에 갇힌 죄수다. 치매에 걸린 인간은 벽이 좁혀지는 감옥에 갇힌 죄수다."(98면)

"모든 것이 뒤섞이기 시작했다. (…) 기억과 기록, 망상이 구별이 잘 안 된다."(109면)

"약을 먹으려면 기억력이 필요한데 그게 없으니 약을 찾아 먹지를 못한다."(115면)

"중증 치매 환자와 짐승이 뭐가 다를까."(117면)

"그들은 자꾸 '어제'를 언급하는데 나는 그들을 '어제' 만난 기억이 없다."(132면)

"사물의 이름과 감정을 잇는 그 무언가가 파괴되었다."(145면)

이러한 인용들이 보여주는 것은 시공간상으로나 인간관계에서나 김병수가 완전히 고립되어 혼자 남게 되는 과정이라고 할 수 있다. 이러한 과정은 점점 빨라지고, 마지막에 이 작품은 "한없이 작아진다. 그리하여 하나의 점이 된다. 우주의 먼지가 된다. 아니 그것조차 사라진다"(148면)라는 문장으로 끝난다.

이 작품에서 구체적인 삶의 세부는 더이상 아무런 의미도 지니지 못한다. 여기에 인간관계의 사회·역사적 맥락이나 복잡한 환경 따위는 아무런 필요가 없다. 나아가 김사과나 황정은의 경장편소설에서 나타난 것과 같은 시대적 실재의 환기 같은 것도 문제가 되지 않는다. 김영하의 『살인자의 기억법』에서는 서사와 별다른 관련도 없이 시대적 상황을 제시하고, 그것과는 완전히 단절된 채 살아가는 김병수의 삶을 두번이나 반복해서 이야기하고 있어 흥미롭다.

그 첫번째는 살인을 저지른 30년 동안의 한국 정치사를 숨 가쁘게 정리한 후에, 곧이어 "그러나 나는 오직 살인만 생각했다. 이 세상과 혼자만의 전쟁을 벌이고 있었다. 죽이고, 달아나서, 숨었다. 다시 죽이고, 달아나서, 숨었다"(32면)라고 말하는 대목이다. 두번째는 북한을 규탄하는 대회가 열리는 장면을 묘사하는 부분에서이다. 이 자리에서는 "붉은 돼지 김일성을 찢어 죽이자"(88면)와 같은 구호가 외쳐지고, 깡패들이 손가락을 자르며 멸공을 외치는 등의 열광적인 분위기가 연출된다. 그러나 곧이어 "사람들이 공산당이라는 유령을 잡으러 다닐 때, 나는 나만의 사냥을 계속했다"(90면)라는 문장이 뒤따라 나온다. 이 대목에서 독자들은 독존적인 세계에서 살아가는 김병수를 다시 한번 확인하게 된다.

이 작품에서 그나마 서사적 갈등이 있다면 그것은 김병수가 딸 은희를 박주태로부터 지키려는 것에서 발생한다. 그러나 작품의 후반부에서 김병수는 은희가 박주태에게 살해당한 것으로 이해하지만, 그것조차도 "김은희 씨는 아저씨 딸이 아니잖아요. 요양보호사잖아요"(134면)라는 말을 통해 그 진위가 불분명해진다. 『살인자의 기억법』은 이처럼 철저한 망상의 기록인 것이다. 바흐찐(M. Bakhtin)은 어떠한 소설도 완전히 독백적일 수는 없다고 말했지만,[8] 김영하는 『살인자의 기억법』에서 한 치매 환자의 독백으로만 이루어진 소설을 시도했다고 할 수 있다.[9]

그러고 보면 '나'는 이미 작품의 시작 부분에서 "거기(소설—인용자)엔 내게 필요한 문장이 없었다. 그래서 시를 읽기 시작했다"(8면)라는 고백을 한 바 있다. 김병수의 삶은 결코 소설로 표현할 수 없는, 오직 시로서만 가능한 무엇임을 이 문장은 상징적으로 보여준다. 김병수는 지방 문예지에 자신의 시를 발표하기도 한 엄연한 '시인'이기도 하다(38면).

8 바흐찐에게 독백성은 시 장르의 특징이다. "시인의 언어란 단일한 것이며 개별 발언 또한 단일한 독백과도 같이 폐쇄적인 것이라는 관념을 받아들이는 한도 내에서만 시인이다. 이같은 관념은 시인의 작업의 장인 시 장르에 내재한다. 이것이 시인이 실재하는 언어적 다양성 속에서 방향을 설정하는 과정을 결정하는 요인이다. 시인은 자신의 언어에 대해 홀로 완벽한 주도권을 가져야 하며, 그 언어가 지닌 모든 측면에 대해 똑같은 책임감을 지니고 그것을 오직 자신의 의도에만 종속시켜야 한다."(미하일 바흐찐 『장편소설과 민중언어』, 전승희 옮김, 창비 1998, 107면)

9 배수아(裵琇亞)의 소설 『알려지지 않은 밤과 하루』(자음과모음 2013)는 이러한 독백성과 관련해 가장 철저한 작품이다. 이 작품의 주요 인물은 전직 여배우이자 오디오 극장 사무원 김아야미, 유학파지만 극장의 폐관으로 아야미처럼 실업자 신세가 된 극장장, 극장장의 친구이자 이혼녀이며 암환자이면서 아야미의 독일어 교사인 여니, 여니가 아는 독일인 친구인 소설가 볼피, 제약회사 영업사원으로 신약을 팔러 다니는 부하, 늙은 사진작가이자 시인인 김철썩 등이다. 이 작품은 여러가지 착종된 설정을 통하여 등장인물의 자기동일성을 끊임없이 의심하게 만들고, 나아가 여러 인물은 사실 한명의 무의식 내지는 꿈의 표현으로 읽을 수 있는 가능성까지 열어두고 있다. "그녀는 혼자였다"(7면)라는 문장과 "이외의 내용은 아직 아무에게도 알려지지 않았다"(같은 곳)라는 뒤이은 문장에서 알 수 있듯이, 이 작품은 '혼자이자 모두'인 오직 '그녀'의 이야기이다.

4. 시적인 것의 의미

최근 창작된 경장편소설들은 전형적 인물의 일상적 삶의 세부들을 사건의 구체적 시간 속에서 묘사하거나 인간관계의 사회·역사적 복잡성과 환경을 중요하게 다루지는 않는다. 그것들은 당대 현실의 중요한 지점을 다루고는 있지만, 김사과와 황정은의 소설에서 나타나듯이, 이미지와 분위기를 통하여 시대의 실재를 환기하는 데 치중하고 있다. 이러한 방식은 충분히 시적인 것이라고 말할 수 있다.

이와 관련해 『테러의 시』 『야만적인 앨리스씨』 『살인자의 기억법』의 기본 시제가 현재형으로 되어 있다는 점은 주목을 요한다. "시간도 문학의 종류를 결정짓는 한 요인"[10]이 되는데, 과거형을 기본으로 삼는 소설과 달리 시는 현재형을 기본으로 삼기 때문이다. 이는 자신을 완결된 형태로 드러내는 서사와 달리, 시(서정)가 생의 순간적 지각(생각, 비전, 무드)을 표현하는 장르인 것과 관련된다. 『야만적인 앨리스씨』에서 앨리시어의 삶은 자연스러운 것이 되어버린 악과 지속되는 고통으로 채워져 있다. 그렇기에 앨리시어의 삶과 그가 속한 세상은 한순간의 영원한 연속이기도 하다. 그것은 과거형으로 표현되는 어떠한 의미 부여나 가치 판단도 불가능한 상태이다.

동시에 김사과의 『테러의 시』와 황정은의 『야만적인 앨리스씨』는 한 시대의 붕괴 자체에 초점을 맞추고 있다. 붕괴된다는(혹은 붕괴되어야 한다는) 것은 분명히 인식하지만, 그 배후의 맥락과 미래의 모습은 알 수 없기 때문에, 이들 작품은 시적인 경향을 지니게 된다. 물론 실재에 대한 지나친 강박 역시 현실(reality)에 대한 물신화된 거부로 이어질 수 있다는

---

10 김준오 『한국 현대 장르 비평론』, 문학과지성사 1990, 23면. 괴테(Goethe)에 따르면 서정과 극은 현재형의 장르이고 서사는 과거형의 장르이다.

점에서 문제가 될 수 있다. 실제 인간들의 상호작용과 생산과정에 관여하는 사회현실은 생략된 채, 사회현실 속에서 일어나는 일을 결정하는 추상적이며 유령 같은 논리만이 환기될 수 있는 것이다. 즉, 주관적인 차원을 강조한 현실의 환기에서는 세상이라는 실제적인 영역에서의 객관적인 차원이 빠져버릴 수도 있는 것이다. 이때 전통적인 장편소설은 시적인 성격을 강렬하게 지니게 되며, 동시에 단편소설적인 경향을 지니게 된다. 총체성이 해체된 자리에 심리적 실재에 바탕을 둔 단일성이 강력한 모습을 드러내게 되는 것이다. 이것은 작가 고유의 특성이나 작가적 역량의 한계라기보다는 사회·역사적 상황과 연관되는 근본적인 문제라고 보아야 할 것이다. 김영하의 소설에 나타난 독백성 역시 사회현실과의 관련성을 최대한 차단한 후에 남게 되는 장편소설의 한가지 모습이라 할 수 있다.

새로운 장편소설을 위한 하나의 조건

1. 실재(Real)에서 다시 현실(Reality)로

2007년 이후 한국문학의 중요한 화두 중의 하나는 장편소설의 활성화였다. 이를 위한 여러 방면의 노력을 통하여 이전보다 양적으로 풍성한 장편소설의 시대를 열었다고 자평할 수 있다. 한가지 아쉬운 점은 질적인 측면에서 장편소설의 활성화라는 말에 걸맞은 성과를 아직까지 뚜렷하게 보여주고 있지 못하다는 점이다. 필자는 진정한 장편소설의 시대를 열기 위해서는 시대에 대한 진지한 성찰은 물론이고, 그러한 성찰의 결과물을 예술적으로 형상화하기 위한 자기만의 고유한 방법론적 탐구가 무엇보다 절실하다고 주장한 바 있다.[1] 이와 관련해 나름의 성과를 낸 작가로 김사과를 언급하였다. 김사과는 산문적인 견고함으로 시대의 리얼리티를 재현하기보다는 시적인 목소리로 시대의 실재를 환기하는 데 성공하고 있다는 주장이었다.

1 졸고 「장편소설의 새로운 가능성」(『창작과비평』 2012년 가을호) 참조.

김사과 소설의 주요한 특징으로 언급한 그것은 2000년대 소설의 주요한 특징 중 하나이기도 하다. 그것은 전통적인 리얼리즘 소설에 대한 반발로 시작된 흐름으로서, 일종의 '실재주의'라 지칭할 수도 있다. 이러한 경향이 가져올 수 있는 긍정적 효과는 적지 않지만, 실재에 대한 지나친 강박 역시 현실(reality)에 대한 물신화된 거부로 이어질 수 있다는 점에서 문제가 될 수 있다.[2] 주관적인 차원을 강조한 현실의 환기에서는 세상이라는 실제적인 영역에서의 객관적인 차원이 빠져버릴 수도 있는 것이다.

최진영(崔眞英)의 『끝나지 않는 노래』(한겨레출판 2011)나 배지영(裵志瑛)의 『링컨타운카 베이비』(뿔 2012)는 부분적으로 판타지 등을 활용하고 있지만, 보다 전통적인 방식으로 구체적인 사회·역사적 현실을 천착하고 있다. 2000년대 소설의 주요한 특징 중의 하나였던 '실재에 대한 강박'과는 거리를 둔 장편소설들인 것이다. 두 작품은 여성공동체를 다룬 점 등을 비롯해 여러가지 주제상의 공통점을 지니고 있다. 그러나 그러한 주제를 다루는 방식에서는 분명한 대비를 보여주고 있다. 따라서 리얼리티의 형상화와 관련해서 좋은 논의거리를 던져준다고 생각한다. 또한 이들 작품은 당대가 아니라 두 세대나 한 세대 이전의 삶을 다루고 있다는 점에서 주목을 요한다. 한 세대 정도 이전을 배경으로 삼는 것은 현재 창작되는 장편소설의 뚜렷한 경향을 이루고 있기 때문이다. 따라서 두 작품에 대한 검토는 장편소설이 나아갈 방향에 대한 검토와 더불어 과거를 다루는 소설적 방식에 대한 논의에까지 자연스럽게 이어질 것이다.

2 라깡(J. Lacan)은 현실(reality)과 실재(the real)를 다음과 같이 구분한다. 현실은 실제 인간들이 상호작용과 생산과정에 관여하는 사회현실인 반면, 실재는 사회현실 속에서 일어날 일을 결정하는 자본의 냉혹하고 '추상적'이며 유령 같은 논리이다. (슬라보예 지젝 『멈춰라, 생각하라』, 주성우 옮김, 와이즈베리 2012, 185면)

2. 관념화된 전체성으로 지향된 비판정신

최진영의 『끝나지 않는 노래』는 삼대에 걸친 여성 수난사를 다루고 있는 소설이다. 이 작품에서 여성을 가장 고통스럽게 하는 적은 가부장제 이데올로기를 철저히 내면화한 '엄마들'이다. 가장 대표적인 존재로 두자의 할머니를 들 수 있다.

이 작품에서 두자의 할머니는 마르께스(G. G. Marquez)의 마술적 사실주의가 생각날 정도로 환상이 개입된 상태로 형상화된다. 이러한 환상은 할머니가 지닌 가부장적 의식을 더욱 강조하는 효과를 발휘한다. 두자의 엄마는 아들을 낳다가 죽는데, 두자의 할머니는 죽은 며느리가 낳은 손자를 보고 비죽비죽 새어나오는 미소를 감추지 못한다. 늙은 할머니는 젖이 콸콸 쏟아져 손주는 물론이고 자신의 아들에게까지 먹일 정도이다. 할머니는 나중에 자신의 유일한 손자인 장수가 죽었을 때, 장수의 재가 담긴 상자를 꼭 껴안고 죽는다. 할머니의 시체에서 그 상자를 도저히 떼어놓지 못해, 결국 할머니는 상자와 함께 땅속에 묻힌다. 이후 마을에는 비 오는 날이면 장정을 업은 할머니 귀신이 나타나고, 저고리를 풀어헤친 할머니 가슴에선 "시꺼먼 젖이 줄줄 흐른다"(30면)라는 소문이 퍼진다. 두자의 시어머니 역시 "죽은 할머니가 시어머니의 몸에 들어가 사는 것 같았다"(59면)라고 할 만큼 가부장제에 깊이 길들여진 또 하나의 '엄마'이다.

이 작품에서 '엄마'에 대한 공포는 두자의 심리적 실재를 드러내는 꿈으로 나타난다. 꿈속에서 두자는 "내는 엄마가 무섭소. 엄마 소리 붙은 것들은 다 무섭소" "엄마들은 다 마귀요. 지 새끼만 귀한 줄 아는 귀신이요. 아들 잡아먹는 도깨비요"라고 말할 정도이다(63면). 이 작품은 역사적 비극이나 사회적 모순의 원인까지도 결국에는 자기 자식만 챙기는 '엄마' 의식에서 찾고 있다.

무슨 주의든 사람 무시하지 말고 때리지 말고, 빼앗지 말고 죽이지만 말았으면 좋겠다. 두자는 가끔 들려오는 소문을 들을 때마다 생각했다. 하지만 또 자기 시부모나 죽은 할머니를 떠올리면 그게 뜻대로 안되기도 하겠구나, 하는 생각도 들었다. 그들은 제 자식이 너무 아깝고 소중해서, 제 자식 아닌 것들은 모두 도둑놈에 잡것에 막 대해도 되는 물건 취급했으니까. (72면)

엄마들은 열네살부터 지금까지 열심히 일했다. 휴가 한번 가지 않고 열심히 일했는데도, 엄마들은 여전히 가난하다. 도대체 왜? 나 역시 그렇게 될까? 돈과 성공과 경쟁이 절대 기준인 전쟁터에 자기 자식을 몰아넣는 것. 자식을 전쟁터에서 빼낼 생각을 하는 게 아니라, 아이의 손에 가장 좋은 무기를 들려주는 것. 그것 또한 엄마들의 아름답고 숭고한 희생이었다. (298면)

이러한 엄마들은 사실상 사회가 만들어낸 것이다. 사회가 원하는 것은 "아줌마가 아닌, 오직 헌신과 희생밖에 모르는 엄마"였으며, 아름다운 엄마란, "나눠 먹는 방법을 가르치는 엄마가 아니라 오직 내 자식에게만 모든 것을 먹이는 엄마"였던 것이다(263면).

이러한 엄마들로 인해 두자의 삶은 말할 수 없는 고통의 연속이다. 두자는 "남의 집 사람 취급"(17면)을 당하며, 주걱 잡는 힘이 생기면서부터 집안일을 한다. 두자는 이전에 본 적도 없으며 물론 이름도 모르는 김태철에게 시집을 간다. 그 남자를 따라가면서 두자는 "싫다. 싫다. 싫다는 말이 목구멍까지 올라"(49면)온다. 두자는 아무도 자기를 반기지 않는 시집에도 "내 자리가 생기겠지. 저 닭장만큼은"(57면)이라고 생각하지만, 그 자리는 결코 생기지 않는다. 어느날 태철은 전쟁 중에 만난 여자라며 임신한 여자를 데리고 나타나고,[3] 두자는 집을 나와 베 짜는 일을 한다. 이토록

3 태철의 가족 이야기는 너무나 정형화된 틀에서 벗어나지 못한다. 새로 들어온 여자가

고통스러운 삶을 겪으며 두자는 점차 변모해간다. "피우면 죽을 줄 알았던"(127면) 담배도 배우고, 다시 살림을 차리자는 태철의 말에 "당신 어무이가 내는 싫다"(131면)라며 당당하게 거절하는 것이다.

그러나 두자의 각성은 거기까지이다. 결국 태철의 집에 들어간 두자는 자신이 낳은 쌍둥이에겐 더 모질게 굴고 태철의 두 아들을 시동생 돌보듯 키운다. 시간이 지날수록 두자 역시 또 한명의 '엄마'가 되어갈 뿐이다. 두자는 "여자애가 공부 많이 해봤자 써먹을 데도 없으니 일찍부터 돈 버는 재주나 익히는 게 평생을 위해 바람직한 일"(147면)이라고 장담하듯 말한다. 쌍둥이인 수선과 봉선이 국민학교만 졸업하고 공장에 나가는 것과 달리 태철의 두 아들은 학업을 이어간다. 두자는 봉순이 가출하자 "겁대가리 없는 년이라고 욕이나 하고, 돌아오면 가만 안 둘 거라고"(169면) 말하기도 한다. 봉선이 수선에게 보낸 돈은 그대로 두자의 손으로 갔고, 두자는 "그 돈을 차곡차곡 모아 첫째와 둘째의 학비에 보"(178면)탠다. 흥미로운 점은 이러한 모습을 보이는 두자는 더이상 두자가 아닌 '엄마'로 호칭된다는 사실이다. 두자의 이러한 변모는 한국사회에서의 가부장제가 얼마나 강력한 힘을 발휘하는지 잘 보여준다.

『끝나지 않는 노래』의 에필로그에서 두자는 가부장제 이데올로기의 화신인 할머니도 이해하게 된다. "두 년한테 역정만 내고 일만 냅다 시키고, 수고했다, 미안하다 말 한마디 안하고 살았어도 그게 어디 내 탓이겠나. 그땐 그게 당연한 줄 알고 살았는데. 지들이 사랑도 못 받고 자랐다고 생각하는 것모양 내도 그래 살았는데……"라고 두자가 독백한 후, 곧이어 "그랬구나, 할머니. 그래, 그래 살다보이……"라고 내뱉는 것이다(321면).[4]

중등교육까지 받았으며 아들도 잘 낳고 재산도 불렸지만, 결국 사기를 치고는 자식까지 두고 야반도주하여 태철네 가족을 막장으로 몰았다는 것이다.

4 사실 이 이해는 오래전부터 준비되어온 것이다. 수선과 봉선을 키우면서, 두자는 자연스럽게 "나는 누가 키웠을까"(104면)라는 의문을 가지며, 자연스럽게 할머니도 한번

두자의 인생은 수선과 봉선에게도 그대로 이어지며, 둘은 "집에선 외양간 염소보다 후진 대접"(153면)을 받는다. 늘 일하고 늘 야단맞는 삶을 살아야 했던 것이다. "야, 이년아, 이것아 대신 학생, 아가씨, 처녀 소리를 듣는 수선이, 봉선이. 그게 가능이나 할까"(159면)라고 생각할 정도이다. 결국 봉선은 큰오빠를 위해 일만 하는 자신의 삶을 용납하지 못하고, 가출하여 대구에 가서 일을 하지만, "일을 한다고 해서 좋아지는 건 없"(176면)다. 두자가 그랬듯이, 수선 역시 엄마의 뜻에 따라 이명호와 갑작스럽게 결혼식을 치른다. 명호는 결혼식을 올리고 삼개월 만에 중동으로 떠나고, 수선은 시집에 남아 힘들게 시어머니와 시동생을 뒷바라지한다.

여성들이 겪는 이러한 고통 앞에 예외는 존재하지 않는다. 두자와 함께 살았던 분녀는 남자들의 관심을 거리끼지 않는, 당시로서는 자유분방한 여성이다. 분녀는 뜨내기 남자를 따라 마을을 떠나는데, 마지막으로 '우는 여자 그림'을 두자에게 보내는 것에서 알 수 있듯이(160면), 분녀 역시 행복한 삶과는 거리가 멀다. 봉선은 분녀처럼 남녀관계에서 자유로운 편이다. 공장이나 양품점에서 봉선은 자신이 기계인지, 종인지, 인간인지, 개인지, 가위인지가 의심될 만큼 고통스러운 노동에 시달리는데, 그로부터 벗어나기 위해서는 "역시나, 연애를 하지 않을 수 없었"(218면)던 것이다. 그러나 남자와의 연애는 순간적인 방편일 뿐, 강고한 가부장제의 굴레에 균열을 내지는 못한다. 이러한 특성은, 봉선이 처음으로 성관계를 맺을 때 엄마를 생각하며, "죄책감이나 미안함, 불만 혹은 원망이나 슬픔 같기도 한, 흐리멍덩한 감정"(177면)을 느끼는 것에서 잘 나타난다. 봉선은 엄마에 대해서도 이중적인 감정을 느낀다. "엄마는 늘 나빴어. 난 엄마 이해 안해" "나는 엄마 따위 절대 안해. 자식새끼 있어 뭐해"라고 말하지만, 곧 "에이씨. 지랄맞게 보고 싶네, 엄마, 수선이, 우리 엄마"라고 말하는 것이다(237면).

쯤은 자기를 돌봤을 거라고 생각하는 것이다.

『끝나지 않는 노래』에서 남자들은 아버지보다는 아들로서 존재하는데, 이것은 엄마의 힘이 센 것과 관련하여 나타나는 현상이다. 두자의 아버지는 아내가 죽어 "평생을 홀아비로 사는 것보다 더 괘씸한 불효는 없다는 말을 들을 때"면, "더 무섭고 지독한 죄책감"을 느낀다(18면). 두자의 남편 태철 역시 어머니의 시선에서 조금도 벗어나지 못한다. 봉선의 아들 동하는 초등학교 시절부터 고등학교 때까지 가혹한 폭력을 동반한 왕따를 당한다. 동하는 남성적 폭력에 의해 핍박당하는 수난자로서 형상화되는 것이다. 그를 구원하는 것은 수선과 봉선이라는 두 엄마이다. 『끝나지 않는 노래』에서 엄마는 이토록 힘이 세다.

이 작품에서 혈연은 어떠한 긍정적 가치도 담보하고 있지 못하다. 오히려 새로운 가능성은 혈연을 뛰어넘은 관계에 의해 제시된다. 두자와 두자의 새엄마 관계가 대표적이다. 새엄마가 아버지와 육박전을 치르는 모습을 보며, 두자는 "웃고 싶었다. 바닥에 너부러져 꿈쩍도 못하는 아버지를 내려다보며 통쾌하게 웃고 싶었다"(41면)라고 말한다. 오히려 두자는 핏줄이 섞인 할머니나 아버지가 아닌 새엄마에게서 연대감을 느끼는 것이다.[5] 나중에 두자는 새엄마를 향해 "내는 엄마를 내 엄마라고 생각하고 살았니더. 우리가 닮은 구석은 하나 없다캐도"(48면)라고 말한다. 두자는 새엄마를 향해 "동기간 같았고, 제 앞날 같았다. 알 수 없는 동지애가 외롭고 남루한 두자의 마음을 어루만졌다"(85면)라고 느낀다. 이러한 공감과 연대는 두자의 새엄마 역시 자신의 이름을 떠올리는 것을 "오래전에 죽은 조상 이름 떠올리듯"(33면) 머뭇거리는 소외된 여성이기에 가능한 것이다. 수선과 봉선은 단칸방에서 각자 낳은 아이를 하나씩 데려와 함께 키운다. 아이들은 친엄마를 구분하지 않고 수선과 봉선을 모두 엄마라고 부른다. 이

5 첫번째 장편 『당신 옆을 스쳐간 그 소녀의 이름은』(한겨레출판 2010)에서 최진영의 핏줄에 대한 거부는 지독한 측면이 있다. 『당신 옆을 스쳐간 그 소녀의 이름은』의 소녀는 자신을 낳아준 부모를 가짜라고 생각하고 진짜 부모를 찾아 떠난다.

역시 혈연적 질서의식에 바탕을 둔 전통적 가족관계와는 무관한 모습이라고 할 수 있다.

앞에서 살펴보았듯이, 두자의 삶은 딸인 수선과 봉선에게 이어진다. 그리고 두자의 삶은 또한 그녀의 할머니로부터 이어져온 것임이 드러나고 있다. 이 작품에서는 삶의 이러한 고통이 영원할 것이라는 생각이 곳곳에서 드러난다. 대표적으로 다음과 같은 인용문을 그 사례로 들 수 있다.

> 시집오는 날, 엄마는 나더러 세상이 많이 좋아졌다고 했다. 새 인생을 살라고 했다. 좋아진 세상도 없고 새 인생 따위도 없다. 좀 덜 힘든 날과 좀 더 힘든 날이 있을 뿐이다. (60면)

두자는 쉰이 다 되어가는 남자의 씨받이가 된다. 이때도 "딸 낳으면 굶어 죽고, 애 낳다 죽고, 애 키우다 죽고. 내 자식도 내 동생도 내 엄마도……"(107면)라고 말한다. 특수성이 소거되고 모든 것이 일반화되는 것이다. 심지어 두자의 손주 세대인 동하와 은하가 나누는 대화에서도 세상은 변함이 없다는 의식이 선명하게 드러난다. 여성은 지난 시절 말할 수 없는 고통을 당했다는 것, 그리고 지금도 고통받고 있으며 그러한 고통은 앞으로도 변함없을 것이라는 것. 이러한 인식은 이 작품을 지배하는 하나의 절대명제이다. 이러한 절대명제는 두자의 손녀 은하의 비참한 삶과 죽음을 통해서도 다시 한번 확인된다.

3. 파편화된 서사의 이면에 놓인 공백

혈연에 바탕을 둔 가족관계의 부정이라는 측면에서 배지영의 『링컨타운카 베이비』는 아주 과격한 모습을 보여준다. 이 작품에서 주인공 M은

"난 링컨타운카에서 태어났어. 아니, 발견됐지"(324면)라는 스스로의 말처럼, 누군가의 자식으로 '출생'한 것이 아니라 낯선 자들에 의해 '발견'된 존재이다. 1980년부터 1990년대까지를 다루고 있는 이 작품에서 주인공 M은 차량 절도범 형제에 의해 링컨타운카 안에서 발견된다. "내 존재가 마치 연기처럼 세상에 홀연히 나타"(79면)난 것이다. M은 처음에는 육교 위에서 구걸 행위를 하는 골목집 건너편 방의 거지 부부에게 30만원에 팔려갔다가, 거지 부부가 사라진 후에는 꽃마차에서 정 마담을 도와주는 마미에게 맡겨진다.

1부의 대부분은 통금이 없어지고 섹스산업이 흥청거리던 1980년대 모래내 방석집 골목을 다루고 있는데, 첫사랑, 에로스, 쌍과부 등 묘한 이름의 간판을 내건 술집들과 평화여관 등에 대한 상세한 묘사로 가득하다. 그곳에는 영화배우 출신의 성은이 이모, 성기에 이빨이 달려 있는 순옥이 이모, 미스코리아 출신의 설희 이모, 사내에게 마음을 잘 주는 깨순이 이모, 열세살 때 재일교포 남자의 양녀로 팔려가 성노리개가 되었다가 돌아온 유미 누나가 살고 있다.

"다닥다닥 붙어 있는 쪽방들이 어둡고 좁은 길을 마주하는 골목집들, 이모들이 꽃마차에서 일하는 것, 그녀들을 또다시 여관으로 보내는 것, 그리고 그녀들의 사랑도, 따지고 보면 모조리 무허가"(162면)인 그곳은 법을 뛰어넘는 인간적 우애가 살아 숨쉬는 곳이다. 그곳에는 도망간 아가씨를 "세상 끝까지, 아니 지옥에라도 쫓아가 반드시 잡아오고야 마는 삼촌들"(150면)이 존재하지만, 이들조차 별다른 비판적 조명을 받지 않는다. 특히 2부와 3부에서 그려지는 험악한 세상과의 대비를 통해서, 그 골목의 따뜻한 인간적 속성이 오히려 더 부각된다. "난 어디에 있을지 모를(아니, 어쩌면 처음부터 없었을지도 모를) 친부모를 잃는 대신, 마미와 형님과 꽃마차 이모들과, 그리고 세상을 오만하게 바라볼 수 있는 굳건함까지 얻었"(79면)기에 모래내 골목에 살게 된 것을 축복으로 받아들인다.

이 작품에서 핵심인물인 유미 누나는 이 모래내 공동체야말로 가족공동체임을 표 나게 강조하며 "넌 내 동생이니까. 내가 가장 사랑하는…… 가족이니까"(144면)라고 말한다. 유미 누나는 M과 헤어지면서 "멀리 떨어져 있어도, 만나지 않고 있어도, 우린 이어져 있어. 가족이잖아. 마미도 순옥이도 그리고 너도. 가족이 아니라고 생각한 적 없어. 날 낳은 아버진 날 버렸지만 그런 날 살린 건 피 한방울 안 섞인 사람들이야. 그게 진짜 가족이지"(146~47면)라고 하며 다시 가족이라는 사실을 강조한다. 왜 그토록 가족이라는 기표에 집착할까라는 의문은 있지만, 이 작품에서는 '피 한방울 안 섞인 사람들'이 '진짜 가족'인 것이다.

결국 모래내 술집들은 철거되고, 그곳에서 일하던 이들은 대부분 몰락한다. 3부에서 M은 백화점이 무너지는 바람에 실종된 마미를 찾기 위해 유미 누나의 행방을 수소문한다. 마미는 실종 직전에 백화점에서 유미 누나를 만났기 때문이다. 유미 누나를 찾기 위해 모래내 이모들을 재회하는 과정은, 모래내가 시간의 흐름 속에서 산산이 부서져버렸음을 확인하는 과정이기도 하다. 모래내 공동체를 파괴한 것은 국가권력, 반공 이데올로기, 외세 등인데, 이것들은 작품 속에서 모두 폭력적 남성성과 관련을 맺고 있다.

부산에서 서커스단 단장과 동거하고 있는 순옥이 이모를 만나지만, "어쩐지 순옥이 이모의 중요한 무언가가 사라지고 고장난 것만 같"(269면)은 모습이다. 순옥이 이모는 유미 누나가 비행기 테러범을 닮았다는 이야기를 한다. 다음으로는 서울 근교 등산로에서 박카스 아줌마로 살아가는 김 마담 아줌마를 찾아간다. 김 마담 아줌마의 도움으로 찾아간 성은이 이모는 약에 취한 채 밑바닥 생활을 하고 있다. 완전히 폐인이 된 성은이 이모는 "유미는 찾지 마"(277면)라는 말을 한다. 이후에 만난 정 마담 아줌마는 평범한 가정주부로 변신하였는데, "앞으로 날 찾지 않았으면 하는 뜻"(279면)이라며 수표를 건넨다. 그러면서 성은이 이모가 그렇게 망가진 이유는 유미에 대해 떠들고 다녔기 때문이며, “누군가는 다 듣고 있”(281면)다는 경고성 발언을 한다. 이처럼 한때 모래내 골목을 환하게 밝혔던 이모들은 몰락했으며, 몰락의 배후에는 폐인이 된 성은이 이모와 정 마담 아줌마의 말이 암시하듯이, 국가권력의 폭력이 자리 잡고 있다.

M의 첫번째 부모가 되었던 거지 부부가 ‘빨갱이 새끼’로 몰려(33면) 구걸통과 함께 어딘가로 끌려간 것도 반공을 내세운 국가권력에 의해서이다. 거지 아빠는 은행 경비의 반공 교육에 감명을 받아, 구걸통에 “멸공하여 경제 발전 이룩하자”(34면)라는 표어를 써 붙였는데, “반공정신이 거지 구걸통, 거지발싸개 같은 소리란 말인가,라는 오해”(같은 곳)를 받아 끌려간 것이다. 이후 구걸로 벌어들인 돈은 “북한에서 보내온 공작 대금”(같은 곳)으로, 엄니의 전남편인 망태 노인에게 월북한 형제가 있다는 사실 등은 모두 ‘빨갱이’의 증거(35면)로 둔갑한다. 거지 아빠에게 반공 교육을 지나치게 시킨 은행 경비는 고춧가루 고문으로 후각과 미각을 잃었고, 죄질 나쁜 아빠는 삼청교육대로 끌려간 후 영영 사라져버린다. 엄니는 풀려나지만, 넋이 나간 모습을 보이다가 며칠 뒤 자살한다.

인간적 우애가 넘쳐나는 모래내 골목이지만 정부와 긴밀한 줄이 있는 류 형사는 예외적인 존재이다. 류 형사는 모래내에서는 누구도 찍소리 못하는 무소불위의 권력자로 팁은커녕 술값도 내지 않는다. 서로 사이가 좋지 않은 이모들도 류 형사에 대해서는 한마음 한뜻으로 싫어한다. 류 형사는 장사에 막대한 지장을 줬지만, 그의 힘을 빌리지 않으면 장사조차 할 수 없다. 본격적인 철거가 이뤄지기 전날 류 형사는 공중변소에서 “똥물을 모든 구멍마다 가득 담은 진정한 ‘변’사체”(165면)가 된다.

2부는 M과 마미가 모래내를 떠나 정착한 뺏벌이란 이름의 기지촌이 배경이다. 2부 역시 1부와 비슷한 구조적 유사성을 보여준다. 모래내가 “모조리 무허가”(162면)였던 것처럼, 기지촌에서도 M과 마미가 살아가는 방법은 불법이다. 마미와 M은 미군의 훈련지를 따라 다니며 간단한 음식과

성을 팔고, 부대가 훈련을 하지 않을 때면 송씨 아저씨를 도와 미군부대 PX에서 물건 빼돌리는 일을 한다. 마미와 M은 뺏벌에서도 미스 킴 아줌마와 함께 공동체를 구성한다.

그러나 이러한 삶 역시 곧 파괴되어버리는데, 이때의 파괴자는 마클이라는 미군 병사이다. 생존을 위해 M은 캠프를 중심으로 한 전국 각지의 블랙마켓 유통망을 완벽하게 장악한 짝눈 밑에서 심부름을 한다. 케네스 마클 이병은 M이 마약을 배달해주다가 만난 사이로, 그는 미군 2사단의 대표적인 골칫거리이다. 온갖 반인륜적 범죄를 저질러도 마클이 받는 제재는 잔디 깎기나 월급 지연 정도에 불과하다. 이 모든 것은 "한국이 미국에 굽실거리며 만든 법"(221면)과 마클을 사랑하는 램버트 장교의 힘 때문이다. M은 마약을 배달하러 갔다가 마클에게 겁탈당할 위기에 처한다. 이때 초능력을 사용하여 마클의 옆구리를 오프너로 찌르고 위기에서 벗어난다. 이후 마미는 마클이 휘두른 끔찍한 폭행으로 말을 잃어버리고, 미스 킴 아줌마는 살해당한다. 마클이라는 인물은 분명 '미군'의 상징성을 지니고 있다. 그러나 이보다 본질적인 것은 마클이 폭력적 남성을 대표한다는 점이다. 마클이 지닌 폭력적인 남성성은 M을 강간하려는 장면에서 선명하게 나타난다.

나중에 유령 카레이서이자 희대의 차량 절도범이 된 M은 키라라는 바텐더와 사귄다. 어느날 M은 마클이 와인 오프너로 키라를 내리꽂는 장면을 목격하고는, 달려가 만능키로 마클을 찔러 죽인다. 그러나 곧 M은 자신이 죽인 사람은 마클이 아니라 낯선 백인 남자임을 발견한다. 그럼에도 "후회는 없다. 그는 여자를 괴롭혔고 여자를 찌르기까지 했다. 그가 마클이 아니란 걸 알았어도 결과는 같았으리라"(322면)라고 생각한다. 『링컨타운카 베이비』에서 여성을 위협하는 폭력적 남성은 철저한 응징의 대상인 것이다. 평화로운 여성공동체를 위협하던 류 형사의 끔찍한 죽음 역시 이러한 면을 확인시켜준다.

『링컨타운카 베이비』에서는 '여성공동체/파괴자로서의 폭력적 남성'이라는 구도를 확인할 수 있다. 이러한 이분법 속에서 남성으로서 M은 여성공동체의 수호신이라는 역할을 부여받는다. 마미가 M에게 행하는 유일한 가르침은 "여자 안 울리는 사내로만 자라면 된다"(148면)라는 것이다. 이러한 가르침에 따라 여자를 사랑하고 보호하는 존재로 성장한 이가 바로 M이다.[6]

이 작품은 '존재하는 모든 것은 축복'이라는 점을 강조하고자 한다. 이것은 모래내 사람들의 삶에 대한 전폭적인 긍정을 의미한다. 그들이 우리 사회의 가장 소외받은 약소자들이라는 점을 생각할 때, 이러한 명제가 지닌 사회적 의미는 결코 작은 것이 아니다. 그럼에도 그것은 사회적 실천과는 그 층위를 달리하는 것이다.

『링컨타운카 베이비』에서 초월적인 능력을 소유한 우씨 아저씨는 "하나를 얻으면 하나를 잃게 돼. 그게 인생이야. 우린 이미 완벽한 존재여서 다른 걸 담아낼 만큼 넉넉하지 않거든"(127면) 혹은 "무언가를 만들거나 없애지 마. 위험한 거야. 중요한 것을 잃게 만들지. 잘 만들어진 네 인생을 괴롭힐 거야"(같은 곳)라고 말한다. "네 감,정,소,리, 너의, 직,관에, 확,신을 가져. 너를, 속이는, 사람들, 말에, 휘,둘리,지 마. 능,력,에 휘둘리,지 마. 이미, 너는 완벽,해"(129면)라고 그는 반복해서 말한다. 이러한 말은 우씨 아저씨가 데리고 다니는 원숭이가 전해준 말로 설명됨으로써, 그 신비스러운 권위가 더욱 부각된다. 이후에도 우씨 아저씨는 "무언가를 새롭게 만들거나 없애지 마, 위험한 거야. 중요한 것을 잃게 만들지. 잘 만들어진 네

6 M은 "여자는 여자라는 사실만으로도 모두 공평하게 대해야 한다. 여자로 태어났다는 것만으로, 인생에 있어 충분한 어려움을 겪었다. 남자들은 상상할 수 없을 정도로 많은 눈물을 흘렸다. 남자는 절대 견뎌내지 못할 상처를 그녀들은 묵묵히 이겨냈다. 마미가 그랬듯, 유미 누나가 그랬듯, 꽃마차 이모들이 그랬듯, 그리고 미스 킴 아줌마가 그러했듯. 그러니 세상 모든 여자들에게 사랑스러운 눈길을 보내지 않을 수 없다"(252면)고 믿는다.

인생을 괴롭힐 거야"(234면)라고 다시 충고한다.

결국 백인 남성을 살해한 '나'는 유령 카레이서이자 차량 절도범인 자신의 신분을 완전히 노출한 채 도주한다. 마지막 순간 마미가 남겨준 독약을 입에 넣지만 "마미가 내게 남겨준 '독약'은 '불량식품'"(328면)이다. 마미는 자신이 짝사랑했던 형님이 준 것으로 믿었던 그 물건을 몰래 바라보며 살아왔다.

> 몸에 해로운, 촌스러운, 다디단, 말할 수 없이 하찮은, 아무도 귀하게 여기지 않는, 잘해봐야, 기껏해야 추억거리에 불과한, 하지만 누군가에겐 인생인, 희망인, 사랑인, 전부인. 내가 살아왔던 대로, 마미가 살아왔던 대로, 그냥 10원짜리 혹은 100원짜리 불량식품에 불과한. (328면)

'불량식품'이야말로 모래내 사람들의 삶이며, 그러한 삶에 관심을 기울인 것이 바로 이 작품의 문학적 특징이다. 이 불량식품은 사회적 편견에서만 벗어난다면 진정으로 가치있는 물건임에 분명하다. M의 목숨을 빼앗지도 않고, 마미에게 살아가는 힘을 주었던 것처럼 말이다. 그러고 보면, 이 불량식품이야말로 진정한 링컨타운카라고 할 수도 있을 것이다. 실제로 찰리 아저씨의 폐차장에서 링컨타운카를 처음 본 M은 "자신이 얼마나 아름다운지, 그 영혼이 얼마나 고귀한지 모르고 함부로 몸을 굴렸다가 상할 대로 상해버린 꽃마차 이모들의 모습과도 같았다"(209면)라고 생각한다. 이것은 우리 사회의 가장 이질적인 타자이기도 한 모래내 골목의 삶을 그 고유성 자체로 인정한다는 점에서 윤리적이라고 말할 수 있을 것이다.

배지영은 지난 시기의 약소자라고 할 수 있는 모래내 이모들을 통하여 최근 현대사를 재현하는 데 나름의 성과를 보여주고 있다. 또한 마지막 결론에서 선명하게 드러나듯이, 모래내 이모들은 하나의 대안적 공동체로서 제시되는 측면도 존재한다. 아쉬운 점은 모래내 공동체가 담보한 가치가 막연한 인간애에 머문다는 점이다. 이로 인해 지난 시절의 모래내는 새로운 미래를 만들어갈 정치적 기획으로 기능하지는 못한다.

4. 변증법적 지양을 위하여

두 작품은 주제상의 여러 공통점이 있지만 현실을 다루는 방식에 있어서는 대조적이다. 최진영의 『끝나지 않는 노래』는 현실의 부정적인 모습에 대한 비판적 열정으로 뜨겁게 끓어오른다. 최근의 소설이 시도조차 하지 못하는 여성 수난의 역사를 예술적으로 개괄하고자 하는 웅장한 스케일을 선보이고 있는 것이다. 최진영은 지난 시절 여성이 받은 고통을 하나도 빠짐없이 기어이 말하고야 말겠다는 의욕으로 작품을 썼다. '두자–수선·봉선–은하'로 이어지는 주요 서사 중간중간에 지난 100여년간 한국 여성이 겪은 젠더적 차별과 고통의 목록이 빼곡하다. 화순을 통해서는 신교육을 받은 남편과 결혼해 고통을 겪는 여성의 삶을 이야기하고, 1950년대 세상을 떠들썩하게 했던 박인수 사건을 가져와 "정조를 지켜야 하는 건 여자뿐이었고, 남자들은 제 성기만 잘 지켜 집안 대만 안 끊어놓으면 그만"(102면)이었다는 비판을 하기도 하고, 전후엔 다산한 여성에게 표창을 주고 장한 어머니로 치켜세우더니 1970년대에는 아이를 많이 낳으면 생각 없고 무식한 어머니로 몰았던 국가의 정략적인 태도를 비판하기도 한다. 1997년 외환위기가 닥치자 "전쟁 후와 비슷한 이유로, 사회는 다시금 강한 어머니와 현모양처를 강조하기 시작"(263면)한 것도 비판적으로 언급된다. 수선을 통해서 중동에 남편을 노동자로 보낸 '사우디 부인'에게 사회가 가한 감시와 폭력을 드러내기도 한다. 수선의 시어머니는 혼수를 이유로 며느리를 타박하는 모습도 보여준다. 거기다 수선의 동성애 문제까지. 최진영의 소설 제목이 '끝나지 않는 노래'인 것은 상당히 징후적이라고 할 수 있다. 이 작품은 산문적인 디테일보다는 세계관의 전달에 무엇보다도 초점을 맞추고 있기 때문이다. 이와 관련된 것으로서 한국전쟁, 부정선거, 1972년 개헌, 계엄령, 긴급조치, 전태일의 분신 등의 역사적 사건은 인물들의 삶과 결합되지 못한 채 흘러 지나갈 뿐이다. 그럼에도 현실에 대한 전면적 파악의 지향이라든가 100여년의 역사를 하나로 파악하고자 하는 통일적 구성에 대한 의욕 등은 고평할 만하다.

이에 비해 배지영의 『링컨타운카 베이비』는 시대상황과 당시 풍속에 대한 정밀한 재현에 좀더 치중한 작품이라고 할 수 있다. 최진영의 『끝나지 않는 노래』가 여성억압적 사회에 대한 비판이라는 작가의식으로 전체를 조감하는 '시(노래)적인 소설'이라면, 『링컨타운카 베이비』는 세부의 정확성을 바탕으로 한 시대상의 재현이라는 산문성에 충실한 '소설적인 소설'이라 말할 수 있다. 그러나 이러한 세부가 일정한 세계관에 의하여 통합되지 않을 경우 소설은 트리비얼리즘(trivialism)적 무사상성에 빠져버릴 수도 있다. 『링컨타운카 베이비』는 이러한 우려로부터 완전히 자유로운 것은 아니다. 이 작품의 핵심에는 '대한항공 858기 폭파사건'에 대한 의혹이 놓여 있다. 김현희가 실제로는 모래내 방석집을 주름잡던 유미누나일지 모른다는 소설적 문제제기를 하고 있는 것이다. 이러한 문제제기는 폭력적 남성성을 대변하는 국가권력에 대한 문제제기로 자연스럽게 연결된다. 때로는 장난스럽게, 때로는 진지하게 그 의혹을 파고들어가며 작품의 상당 부분을 이 내용으로 채우고 있다. 그러나 그 결론은 조금 싱겁다. 나중에 'KAL 858기 사건'이 사회적으로도 한창 논란이 되는 상황에서 M은 "그녀가 정말 유미 누나라 해도, 아니다, 그녀는 유미 누나가 아니다. 그런 주장 따위 내게 아무 도움이 되지 못한다는 걸 이제 알았다"(299면)라는 결론을 내리는 것이다. 이러한 결론은 그동안의 탐구를 무화시키는 것에 지나지 않으며, 앞에서 살펴본 '존재하는 모든 것은 축복'이라는 식의 정신승리법에 바탕을 둔 조금은 안일한 해결책이기도 하다. 이렇게 될 경우 작품에서 드러난 여러가지 서사들은 무의미한 파편으로 흩어져버린다. 그러고 보면 정밀한 각각의 장면들은 작품의 전체적인 주제와는 무관하게 그 자체로 소비되어버리는 경향이 있다. 형님과 메기의 결혼과정, M이 마클에게 겁탈당할 위기에서 벗어나는 장면, M이 짝눈 패거리에 의해 가혹한 고문을 당하는 장면 등은 대표적인 사례로 들 수 있다. 현실생활의 잡다한 여러가지 문제가 고도의 사회적 시각으로 종합되지는 못하고 있는 것이다.

최진영의 『끝나지 않는 노래』와 배지영의 『링컨타운카 베이비』는 고유한 방법론에 기초해 현실에 대한 진지한 성찰을 내보이고 있는 작품들이다. 최진영은 관념화된 전체성으로 편향된 비판정신을 보여주고 있다. 지나치게 선명한 비판정신과 전체를 지향하는 작가의 과도한 의욕으로 인해 소설적 묘사의 두께가 상당 부분 소실되어버리는 문제점이 나타난 작품이다. 이에 비해 배지영의 『링컨타운카 베이비』는 지난 시기 상징적 질서로부터 배척된 적대의 증거이자 사회적 증상에 해당하는 모래내 사람들의 삶을 형상화했다는 문학사적 의미가 있다. 또한 정밀한 묘사를 통하여 현실의 잡다한 모순을 드러내기도 하였다. 그러나 부분적인 서사들을 통합해줄 수 있는 고도의 사회적 의식은 그리 선명하지 못하다. 그 결과 서사들은 파편화된 채 그 자체로 소비되는 경우가 많다.

진정으로 시대와 사회의 리얼리티를 문제 삼는 소설은 '관념화된 전체성으로 편향된 비판정신'과 '파편화된 서사의 이면에 놓인 공백'을 변증법적으로 지양한 바탕 위에서 창작될 수 있을 것이다.

제 2 부

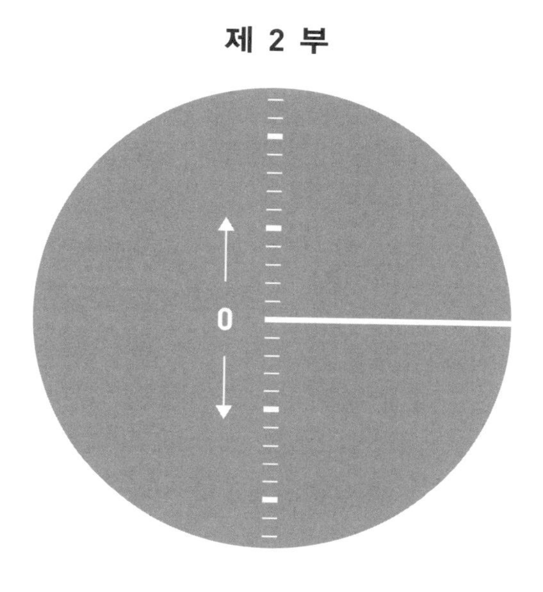

6·25와 5·18의 재현

한국전쟁에 대한 새로운 소설적 형상화

◆

황석영과 조은을 중심으로

1. 기억의 서사화

한국전쟁은 한국 현대사는 물론이고 한국 현대문학사에서도 핵심적인 대사건이다. 엄청난 수의 사상자가 발생한 한국전쟁으로 인해 우리 민족은 거의 모두가 심각한 상처를 입었기 때문이다. 이념전쟁, 동족상잔, 국제전, 내전의 성격을 모두 지닌 한국전쟁은 60년이 지난 지금까지도 계속해서 상처와 통증을 유발하는 현재의 사건이다. 한국전쟁은 "전쟁이라는 재난과 파국 속에서의 죽음과 상처, 가치의 붕괴 체험, 희생과 안주 부재, 방향 상실·분열·굶주림, 증오"[1] 등을 만연하게 하였고, 이로 인해서 현재까지 이산과 분단의 비극적인 조건이 소설의 영역에서 계속해서 다루어지고 있다. "한국작가로서 문제작가가 되려면 문제작으로서의 6·25소설을 써내어야 한다는 관념이 성립되었을 정도"[2]라는 평가가 있을 정도로,

1 이재선『현대 한국소설사』, 민음사 1991, 82면.

2 조남현「6·25소설의 인식론과 방법론」,『한국현대문학사상의 발견』, 신구문화사 2008, 247면.

한국전쟁의 소설적 형상화는 한국소설의 주요 소재라고 해도 과언이 아니다. 이와 더불어 한국전쟁 소설에 대한 비평적 논의도 비교적 활발하게 이루어져왔다. 이미 한국전쟁 소설에 대한 논의는 문학사적 정리의 단계에 진입했다고 해도 과언이 아니다. 그중에서 대표적인 문학사적 평가를 정리해보면 다음과 같다.

김병익(金炳翼)은 1980년대에 「6·25와 한국소설의 관점」이라는 글을 통해 한국전쟁을 다룬 소설들을 네가지로 유형화한 바 있다. 수난의식을 전통적인 한의 정서로 응결시킨 것, 소년이 세계와 인생에 대한 각성을 얻게 되는 것, 전통적 사회체제와 가치관의 붕괴를 그린 것, 전쟁에 대한 적극적인 극복의지를 드러낸 것이 그것이다.[3]

이재선(李在銑)은 한국전쟁과 관련된 현대소설의 양상을 다음의 여덟가지 항목으로 정리하고 있다. 첫째, 6·25는 한국 현대소설에서 엄청난 사건사적인 그리고 재난의 배경으로서, 전후 현대소설의 구조와 밀접한 상관관계를 지닌다. 둘째, 전쟁이 추동한 사회의 수직적 변화와 수평적인 변화의 내용은 오늘에 이르기까지 현대 한국소설의 보편적인 소재와 주제를 이루고 있다. 셋째, 6·25전쟁의 체험은 성장-발전 소설로서의 전쟁소설과 일반적인 전쟁소설의 형태를 낳았다. 넷째, 전쟁 체험과 추체험이 문학적인 상상력에 작용함으로써 우리 소설은 전쟁이 지닌 파괴성과 폭력성에 대한 사실적인 제시는 물론이고 이에 대한 비판력이 그만큼 강화되었다. 다섯째, 이데올로기의 배타성이나 절대성 혹은 영웅주의보다는 휴머니즘을 강조하였다. 여섯째, 휴전상태는 현대 한국소설이 분단·이산문학의 성격을 띠도록 했다. 일곱째, 전후문학의 해명을 위해서는 이미지나 상징화 장치 등 심리적 가치에 대한 규명이 필요하다. 여덟째, 6·25전쟁과 분단문제는 그 체험과 현실이 문학적인 형상화를 압도하고 있고, 또 보다

3 김병익 『지성과 문학』, 문학과지성사 1982, 95~101면.

높고 넓은 시각에서 그것을 형상화하기에는 현실의 제약이 여전히 많다는 것이다.[4]

김윤식(金允植)과 정호웅(鄭豪雄)은 한국전쟁과 관련된 소설들을 세가지 측면으로 나누어 고찰하고 있다. 첫째, 전쟁의 직접성과 서사적 형식의 문제, 둘째, 소재적 차원의 극복과 분단소설의 다양성, 셋째, 개별성의 일반화 및 공적인 부(父)의 탐구가 그것이다. 첫째 항목에서는 한국전쟁 직접체험 세대의 소설을 다루고 있는데, 여기에 속하는 소설들은 (1) 염상섭(廉想涉)의 『취우』처럼 현상과 본질의 균형이 깨지면서 일상적 삶으로 무게중심이 옮겨진 유형, (2) 박영준(朴榮濬)의 「용초도 근해」나 오상원(吳尙源)의 「유예」와 같이 현상과 본질이 서로 대립하는 유형, (3) 현상과 본질이 완전히 분리되었고 그 통합 지향이 없는 손창섭(孫昌涉)과 장용학(張龍鶴)의 작품, (4) 반공이라는 이데올로기적 선입관에 따라 현실을 그린 유형으로 나누어진다. 첫째 항목은 전쟁의 직접성에 붙박여 있거나 그것으로부터 일탈적으로 초월한 세계라고 정리할 수 있다. 둘째 항목과 관련해서는 주로 한국전쟁을 유년기에 체험한 세대의 일인칭 소년 화자 시점의 소설들을 다루고 있다. 소년의 '순진한 눈'에 비친 전쟁 또는 전쟁 이전의 혼란상을 그림으로써 혼란스러운 당대 현실을 떠올리고, 한편으로는 세계의 실상에 눈뜨는 소년의 성장과정을 추적하는 작품들, 아버지 탐구를 통해 아버지가 표상하는 지난 역사를 전면적으로 복원하려는 소설들, 샤머니즘적 모성으로 아버지의 욕망과 폭력에 의해 상처입고 찢어진 과거와 현재를 감싸안으려는 작품들이 그것이다. 셋째 항목과 관련해서는 이데올로기로서의 부성(父性) 원리를 탐구한 소설들, 귀향 형식을 띤 소설들, 분단의 원인에 대한 토대분석적 접근을 보인 작품들, 반근대적 세계와 소설 미달 형식의 소설들, 이산의 세계를 그린 소설들이 주로 언

4 이재선, 앞의 책 137~39면.

급되고 있다.[5]

1990년대 이후 한국전쟁을 소재로 한 소설은 이전처럼 활발하게 창작되지 않고 있다. 이것은 일차적으로 한국전쟁과 관련해 한국의 젊은 작가들이 소설을 쓰는 데 필요한 최소한의 직간접 체험을 하지 못한 점을 이유로 들 수 있다.[6] 이외에도 2000년대 들어 사람들이 실감으로서 공유하는 영역이 점차 줄어든 것과도 관련된다. 사람들의 사회적 공동경험의 폭이 좁아지고 또 공동경험이라 하더라도 의식의 상대주의적 구조에 따라 그 수용의 양상이 판이하게 달라지면 인간경험의 교환 가능성은 희박해진다. 이러한 특징은 기억의 문제에도 그대로 적용되어, 공유할 수 있는 집단의 기억은 점점 줄어들게 된다. 이러한 특징이 가장 선명하게 드러나는 것이 바로 한국전쟁의 서사화이다.

이 글에서 다루려고 하는 황석영(黃晳暎)의 『손님』(창작과비평사 2001)과 조은(曺恩)의 『침묵으로 지은 집』(문학동네 2003)은 한국전쟁을 다룬 이전의 소설과는 여러 면에서 다르다. 일단 두 작품은 지금까지 한번도 다루어진 바 없는 사건들과 사람들을 대상으로 삼고 있다. 『손님』에는 한국전쟁 당시 북한 지역인 황해도 신천에서 벌어진 비극적 사건과 그것에 연루된 사람들이, 『침묵으로 지은 집』에는 반공투사도 빨치산도 아닌 아버지와 오랜 동안 침묵해야 했던 여성들이 등장한다. 두 작품은 한번도 표상된 바 없는 사건에 대한 기억을 중심으로 한 서사라는 공통점이 있다. 『손님』은 소년 시절에 고향을 떠났던 요섭이 반세기 만에 황해도 신천을 찾아 한국전쟁의 전후사를 재구성하는 것이고, 『침묵으로 지은 집』은 한국전쟁 당시 다섯살이었던 아이가 50년이 지나 끊임없이 그 시절을 강박적으로 기억하는 것이다.

5 김윤식·정호웅 『한국소설사』, 문학동네 2000, 469~97면.
6 조남현, 앞의 글 247면.

자신이 겪은 사건의 기억이 타자와 공유되지 않았다는 점에서, 두 작품의 주요 인물은 사건과 그 기억 속에서 세계의 외부에 방치된 채 살아왔다고 할 수 있다. 작품의 주요 인물들은 그들이 겪은 한국전쟁의 기억이 망각 속에 방치되지 않도록 최선을 다하는 영매(靈媒)들이다. 그들이 겪은 폭력적인 사건에 대한 기억이 타자와 나누어지지 못하고 망각의 어둠 속에 묻혀버린다면, 그것은 그들을 영원히 타자화하는 폭력이 될 것이다. 따라서 이들의 기억을 나누어 가지려는 황석영과 조은의 노력은 그 자체로 소중하다.

21세기에 들어서서 그동안 억압되어 있던 기억이 갑자기 수면 위로 부상하게 된 계기는 무엇일까? 기억은 담론과 마찬가지로 사회의 권력관계가 작동하는 장이며 역사적 시점마다 새로운 해석을 요구하는 장이기도 하다. 무엇이 기억되고 무엇이 망각되는가는 현실의 문맥에 따라 결정된다. 그렇다면 2001년과 2003년이라는 거의 동일한 시기에 한국전쟁과 관련된 기억들이 서사화된 것에는 이유가 있음이 분명하다. 그것은 바로 2000년 6·15남북공동선언과 뒤이은 남북 이산가족 상봉이다. 황석영은 『손님』의 '작가의 말'에서 "한국전쟁 50주년이던 작년 6월부터 『손님』의 집필이 시작되었다. 또한 작년은 남북 정상회담이며 이산가족 상봉 등의 사건으로 남북관계의 실질적인 변화가 시작되기도 했다"(262면)고 언급하고 있다. 『손님』의 집필과 2000년의 6·15남북공동선언이 깊이 연관되어 있음을 드러낸 것이다. 조은의 『침묵으로 지은 집』이 서사의 대상으로 삼고 있는 시간은 2000년 8월의 1차 남북 이산가족 상봉부터 2002년 4차 이산가족 상봉이 이루어지기까지의 기간이다. "어머니와 나는 그동안 침묵해왔던 아버지에 대한 이야기를" 제1차 남북 이산가족 상봉 이후부터 조금씩 말하기 시작한 것이다(268면). 이 소설에서는 지난 50년 동안 침묵 속에 가라앉아 있던 기억이 이산가족 상봉 장면과 함께 인물들의 의식 속으로 떠오르는 대목이 자주 등장한다. 황석영의 『손님』과 조은의

『침묵으로 지은 집』은 그동안 어둠속에 방치되어온 한국전쟁의 기억에 빛을 비추는 각기 다른 방식을 보여준다. 두 작품은 서로의 특징을 비추는 거울이기도 하다.

2. 실재계와 교섭하는 미학적 환상의 힘

『손님』의 리얼리즘적 성취는 무엇보다도 주요 등장인물로서 유령이 등장한다는 점이다. 이때의 리얼리즘은 당연히 기법 차원이 아니라 현실의 문제를 직시하고 해결의 방법을 제시하는 정신의 차원에서 찾을 수 있다. 유령의 모습이야말로 비유나 상징이 아닌 실제로서 사건이 지니는 사회·정치적 의미를 완벽하게 보여준다. 신천 사건은 상식으로는 파악할 수 없는 세계, 환상으로만 간신히 표상할 수 있고 극복할 수 있는 세계이기 때문이다.

슬라보예 지젝(Slavoj Žižek)은 죽음을 상징적 죽음과 실재적 죽음의 두가지로 나눈다. 실재적 죽음은 생물학적 죽음을 의미하며, 물질적 자기 소멸을 함축한다. 상징적 죽음은 현실적인 육체의 소멸을 포함하지는 않지만 대신 상징적 우주의 파괴와 주체적인 위치의 절멸을 수반한다. 이럴 때 우리는 상징계에서 배제되는 산 죽음을 겪게 되며, 그로 인해 더이상 타자를 위해 존재할 수 없게 된다. 상징적 죽음을 맞이하기 위해서는 우선 상징계적 의미가 주어져야 한다는 점을 생각할 때, 유령들에게 발언권을 준다는 것은 발화를 통해 실재적 죽음에 더해 상징적 죽음의 기회를 준다는 것을 의미한다.[7]

7 지젝은 실재적 죽음과 상징적 죽음 사이의 간극이 유령을 낳는다고 보았다. 셰익스피어(W. Shakespeare)의 『햄릿』에서 햄릿의 아버지는 실재계에서는 죽었지만, 유령이 되어 끊임없이 나타난다. 그는 살해당함으로써 상징적 죽음을 도둑맞았기에 유령으로

『손님』의 유령들은 생물학적 죽음만을 당했을 뿐, 상징적 죽음을 맞이하지 않은 존재들이다. 류요한, 순남, 일랑 등은 남과 북 모두에서 어떠한 상징적 위치도 부여받지 못하고, 그들의 죽음에는 어떠한 위상도 부여받지 못한다. 그들의 죽음에 의미가 부여되더라도, 그것은 체제 이데올로기에 의해 전유된 거짓 죽음일 뿐이다. 따라서 이들이 말을 한다는 것은 마지막으로 자신들의 정당한 위치를 돌려받는다는 의미를 지닌다.

북한에서 황해도 신천에서의 학살은 미군에 의하여 이루어진 것으로 공식화되어 있다. 다음의 인용 중 첫번째는 박물관의 해설원이 전하는 신천 사건의 개요이고, 두번째는 신천 사건을 직접 겪은 요섭이 해설원과 안내원의 발화에 대하여 문제제기를 하는 부분이다.

> 지난 조국해방전쟁 시기 미제침략자들은 조선에서 인류력사상 일찍이 그 류례를 찾아볼 수 없는 전대미문의 대규모적인 인간살륙 만행을 감행함으로써 이십세기 식인종으로서의 야수적 본성을 만천하에 낱낱이 드러내놓았습니다. 흡혈귀 신천지구 주둔 미군사령관 해리슨 놈의 명령에 따라 감행된 신천 대중학살은 그 야수성과 잔인성에 있어서 제이차 세계대전 시기 히틀러 도배들이 감행한 오스벤찜의 류혈적 참화를 훨씬 릉가하였습니다. (99면)

요섭은 이들의 호소가 기획된 것임을 잘 알았다. 요섭 자신도 당시의 그 자리에 있었으니까. 그러나 참극은 거의가 사실일 것이다. 악몽은 사실이지만 꿈에서 깨어났을 때 그 생생함을 잃어버린 말은 또한 얼마나 가벼운가. 수십 수백번 거듭된 말은 마치 타버린 책의 종잇장처럼 검게 일그러져

계속 나타나는 것이다. 그는 자신의 상징적 빚이 청산된 후에야, 즉 햄릿이 클로디어스를 죽여 자신의 상징적 위치가 분명히 드러난 후에야 비로소 완전하게 죽는다. (토니 마이어스 『누가 슬라보예 지젝을 미워하는가』, 박정수 옮김, 앨피 2005, 147~49면)

허공에 떠서 나풀거리고 있었다. 거기 찍혔던 활자와 의미는 재가 되고 먼지가 되어버렸으리라. (108면)

신천 사건과 관련한 북한의 공식 입장은 미군이 양민 3만여명을 학살했다는 것이다. 북한은 '미제 학살기념 박물관'이라는 건물까지 세워 그것을 공식화하고 있다.[8] 그 안에서 안내원과 해설원은 수십년간 되풀이한 이야기를 또다시 반복한다. 이러한 목소리를 통해 수만명의 죽음에는 미국에 의한 희생이라는 의미가 주입된다. 전쟁의 상처가 비롯된 근원을 모두 '미제'에 돌려버림으로써 신천의 수많은 사람들이 겪은 상처의 책임으로부터 '우리'는 벗어나게 된다. 이를 통해 '우리'의 도덕적 순결과 위대함은 계속해서 유지된다. 죽은 자나 산 자나 이러한 기억의 전유로부터 벗어날 수 없다. 이것은 한국전쟁이라는 사건을 경험한 이들의 목소리를 억압하고 봉쇄하는 이데올로기적 효과를 낳고 있다. 이것은 사건의 기억을 나누어 가지는 것〔分有〕과는 무관하다.

대표적으로 류요섭의 형인 류요한은 한국전쟁 이후 40여년간 살아 있었지만, 일종의 '산 죽음(undead)'의 상태에 있었다고 볼 수 있다. 실재계 속에서는 여전히 존재하지만, 상징계 속에서는 부재했던 것이다. 류요한의 미국 이민은 그가 한반도 내에서는 어떠한 상징적 위치도 부여받을 수 없었음을 의미한다. 북한의 공적인 목소리 속에서 류요한의 상징적 위치는 찾을 수 없으며, 남한에서는 신천에서의 죽음 자체가 발화될 수 없었

---

8 기념비, 박물관, 예술, 영화 등 각종 장르에 걸친 전쟁기념은 전쟁이 남긴 트라우마의 '부정적 승화'를 꾀하는 듯 보이지만, 사실은 그 자체로 트라우마의 '증상'에 가깝다. 20세기 전쟁기념의 문화는 20세기 총력전이 남긴 트라우마가 통제됨 없이 무수히 재연되는 과정에서 형성되었다. 전쟁의 참상을 생생하게 담은 각종 미디어들, 그리고 희생에 지나친 의미를 부여하는 담론 및 내러티브들은 트라우마의 신경증적 표출에 불과하다. (전진성 「트라우마의 귀환」, 전진성·이재원 엮음 『기억과 전쟁』, 휴머니스트 2009, 47면 참조)

던 것이다. 그는 남과 북 모두에서 철저하게 망각된 것이다.

황석영의 『손님』은 유령들에게 상징적 죽음의 기회를 부여하여 그들을 저세상으로 인도하고자 한다. 이를 위해서는 상징적 죽음에 앞서 상징계적 위치가 부여되어야 한다. 그렇다면 이 작품에 등장하는 수많은 유령들은 어떠한 상징적 위치를 부여받는 것일까? 이 작품에 등장하는 유령들은 크게 공산주의자와 기독교도들로 나누어진다. 이것은 단순하게 맑스주의와 기독교라는 이념의 대결만을 의미하는 것은 아니다. 전자는 대부분이 빈농계층이고, 후자는 대부분이 지주계층이기 때문이다. 따라서 이것은 계급간의 갈등을 내재한 대립이라고 할 수 있다.[9] 이 작품은 다성적 구조를 통하여 산 자와 죽은 자, 공산주의자와 기독교도들에게 동등한 발언의 기회를 부여한다.[10] 그렇다고 해서 모두가 똑같은 비중으로 다루어지는 것은 아니다.

이 둘 중에서 작가는 직접적이지는 않지만 비교적 뚜렷하게 전자의 편을 들어주고 있다.[11] 그것은 두가지 소설적 장치를 통해 나타난다. 우선,

9 황석영의 『손님』은 조정래(趙廷來)의 『태백산맥』(1986)처럼 우리 사회의 계급 갈등이라는 내적 원인을 한국전쟁의 기원으로 보고 있다.

10 이 작품은 "현재와 여러 층위의 과거가 부단히 교차되는 서술을 하고 있으며, 한 인물에 시점을 고정하지 않고 여러 인물들 각각의 시점을 교차시키고 있다. (…) 하나의 사건을 여러 인물들 각각의 시점으로 반복 서술함으로써 빚어지는 이 다성적 구조는 각 인물들 사이에 대화적 관계를 형성하고 각 인물들 자신에 대해 반성적 작용을 일으킨다"(성민엽 「이데올로기 너머의 화해와 그 원리」, 『창작과비평』 2001년 겨울호 246면)라는 진술이나, "이 소설은 기독교도와 공산주의자로 구분되어 죽은 자들이 생존 시에 서로에게 전할 수 없었던 진실을 전하는 소설, 즉 죽은 자들이 대화하며 사건의 진실을 다층적으로 구성하는 소설이다"(양진오 「해원하는 영혼과 죽어가는 노인들」, 『문학과 사회』 2001년 가을호 1232면)라는 진술은 이러한 특징을 잘 드러낸다.

11 이와 관련해서 "그 살육에 직·간접적으로 연루되어 있던 사람들이 자기 이야기를 하는 것으로 그치고 그 모든 것을 단순히 정당화시키는 방향으로 나아갈 경우 비인간적인 것을 강요하는 억압에 대해 저항하는 인간의 모습을 무화시키는 허무주의에 빠지게 될 것이다. 작가는 이를 피하기 위하여 여러 목소리를 재현한 다음에 무엇이 인간을 황폐하게 만들었으며 또한 이것으로부터 벗어나려고 무엇을 했는가 하는 점을 궁

기독교도인 요한이 순남 아저씨나 박일랑 등에게 저지른 폭력의 양상이 반대의 경우보다 훨씬 심각한 것으로 형상화된다. 다음으로, 이 작품에서 일종의 관점인물이라고 할 수 있는 요섭과 요한의 외삼촌이자 기독교도인 안성만의 시각이다.[12] 안성만은 기독교도이지만 삶의 기본 원칙에 충실해 공산당으로부터도 인정을 받는다. 그는 끝까지 살아남는 인물로서, 우리들의 하나님을 믿는 긍정적 인물이다. 안성만은 북의 토지개혁에 대해서도 "가난하던 이들이 땅을 분여받아 굶주리지 않게 된 것은 예수님의 행적으로 보더라두 훌륭한 일이었다"(276면)라고 평가한다. 그리하여 이 작품은 궁극적으로 기독교도들이 보인 광기가 더욱 문제라는 인식을 드러내고 있다.

두 집단의 대립은 처음에 "기독교 측은 성전을 위한 싸움과 순교요 공산당 측은 인민을 위한 계급투쟁"(177면)이라는 성격을 지녔다. 그러나 45일 동안 계속된 살인 끝에 요한은 자신들이 더이상 사탄을 멸하는 주의 십자군이 아니며 믿음도 타락했다고 느낀다. "이제 우리의 편먹기는 끝났다고 생각"(246면)한 지경에 이른 그들은 서로를 원수보다 더 미워하게 된

극적으로 드러나게 해주고 있다"(김재용 「냉전적 분단구조 해체의 소설적 탐구: 황석영의 『손님』」, 『실천문학』 2001년 가을호 327면)라는 김재용(金在湧)의 견해는 경청할 만하다.

12 이 작품을 기독교와 맑스주의라는 외부의 사상에 대한 맹목적인 숭배가 가져온 재앙을 그린 것이라고 한다면, 그러한 맹목적 태도에 맞서 삶에 밀착한 진실을 구현한 인물이 바로 안성만이다. 안성만은 일제 강점기 감옥살이를 한 중학교 선생님이 해준 "사람은 무슨 뜻이 있거나 가까운 데서 잘해얀다구 기랬디. 늘 보넌 식구들콰 동니사람들하고 잘해야 한다구"(173면)라는 말을 좌우명으로 삼고 있다. 이 좌우명은 이데올로기나 신념이 아닌 당면한 일에 몸을 던져 최선을 다하라는 의미를 담고 있다.(홍승용 「미래의 조건」, 『진보평론』 2002년 여름호 231면 참조) 그렇다면 이 소설은 이념/생활의 대립구도로 이루어져 있고 작가는 후자를 지지한다고 볼 수 있다. 성민엽(成民燁)은 이 작품이 "맑스주의/기독교는 그보다 더 넓은 범위에서의 대립, 즉 본래적인 것/외래적인 것의 대립('손님'이라는 비유를 사용하자면, 주인/손님의 대립)의 한 항목으로 수렴된다"(성민엽, 앞의 글 243~44면)라고 지적한다.

다. 그 결과 여자를 술안주 삼아 윤간하고, 상호는 요한의 누이 가족들을 죽이며, 요한은 상호의 약혼녀 가족을 죽인다. 마지막에 이들은 "자기 자신까지도 증오"(248면)하기에 이른다. 사실 '편먹기'라는 것 자체가 이들이 믿는 기독교가 하나의 이데올로기로 전락한 상태임을 증명한다. 류요한의 이러한 고백이 끝난 후에야, 요한은 아우에게 "고향땅에 와서 원 풀고 한 풀고 동무들두 만나고 낯설고 어두운 데 떠돌지 않게 되었다"(250면)라고 하며, 다른 헛것들과 함께 저승으로 건너간다.

황석영의 『손님』은 기억이라는 문제와 관련해 황해도 신천 사건을 북한의 국가주의에 의한 폭력적 전유로부터 구원해내고 있다.[13] 이를 위해 진지노귀굿이라는 전통 의례를 글의 기본 구성방식으로 가져왔고,[14] 이외에도 여러 환상적 장치를 동원하고 있다. 그러나 황석영은 모든 죽은 자들에게 정당성을 부여함으로써 무책임한 상대주의에 빠지지는 않는다. 그는 나름의 시각으로 그 사건의 의미를 분명히 규정하고 있다. 그것은 가지지 못한 자들의 자기 목소리 내기와 가진 자들의 광기 어린 복수극이라는 것이다. 이러한 작가적 시각은 1980년대 민중주의 진영의 한국전쟁 관련 소설들이 보인 역사인식과 이어진다.

13 황석영의 『손님』은 북한의 국가주의로부터는 벗어났을지 모르지만 기독교와 공산주의를 손님으로 인식하고 그에 대비되는 '우리 고유의 것'을 상정한다는 측면에서 민족주의적인 측면을 강하게 지니고 있다.

14 『손님』은 황해도 진지노귀굿 열두 마당을 작품의 기본 구성방식으로 삼고 있다. 사실 샤머니즘을 통한 한국전쟁의 극복이란 윤흥길(尹興吉)의 『장마』(1980)에서 대표적으로 드러나듯이, 한국전쟁 소설의 중요한 한 축을 형성한다. 그러나 『장마』에서는 샤머니즘이 세계관의 차원에서 수용되었다면, 『손님』에서는 작품의 기본적인 구성방식으로 활용되고 있다는 점에서 그 차이가 발견된다. 이 작품은 진지노귀굿처럼 완전한 죽음에 이르지 못한 자들을 천도(薦度)해주는 역할을 한다.

3. 이데올로기적 환상의 거부를 통한 '사건'의 증언자 되기

조은의 『침묵으로 지은 집』의 기억은 한국전쟁 자체를 의미하기도 하는 아버지를 주인기표로 삼아 형성된다. 이 작품의 의미는 철저히 한국전쟁과 아버지를 주인기표로 삼아 형성되는 것이다. 프롤로그에서는 이러한 사정을 다음처럼 밝히고 있다.

> 그녀에게 아버지는 부재하다. 기억이 시작되는 때부터 아버지는 부재했으므로. 그녀의 기억은 1950년 6월 25일에 시작된다. (…) 6·25 때 다섯살이었고 지금은 쉰다섯인 한 여자의 기억. 다섯살에 아버지가 부재하게 된 딸은 스물여섯에 혼자된 어머니와, 쉰다섯과 일흔여섯이 되어 잊은 기억들을 서로 물어낸다. (7면)

"내 기억 오십년 속에는 두개의 큰 기억의 줄기가 있다. 하나는 전쟁이고 다른 하나는 연애사건이다"(232면)라는 말처럼, 전쟁과 연애사건은 『침묵으로 지은 집』을 떠받치는 두 기둥이다. 그러나 그중 핵심적인 것은 전쟁으로, 연애사건도 결국에는 전쟁의 상처로부터 파생되어 나온 것이 대부분이다.[15] 가회동 숙모가 다른 남자의 아이를 낳은 것도, 미인이었던 영심이 아짐이 총상으로 턱이 없어진 것도, 진희 어머니에게 숨겨놓은 딸이 있는 것도 근본적으로는 한국전쟁과 관련되어 있다. 심지어는 아들과의 근친상간을 의심받는 명희의 시어머니에 대해서도 '나'는 그녀가 "한국전쟁 때 혼자된 사람이 아니었을까"(231면)라는 생각을 해본다. 미란 언니의 불행한 결혼생활도 한국전쟁 당시 평양까지 다녀온 원정 언니와 관

---

15 전쟁의 영향으로부터 여성도 예외일 수는 없으며, 여성은 전쟁 시스템을 지탱하고 보완하고 유지하는 불가결한 요소로 기능해왔다. (와까꾸와 미도리, 『전쟁이 만들어낸 여성상』, 손지연 옮김, 소명 2011, 48~84면)

련이 있는 것으로 그려진다. 또한 전쟁과 연애사건에서 벗어난 듯 보이는 사건이나 기억도 깊이 파고들면 전쟁의 상처와 이러저러한 관련을 맺고 있다. 어린 시절부터 주위에는 "좌익으로 찍혀 사회활동을 못하는 아버지들"(161면)이 너무도 많았고, 초등학교 때 담임이었던 신영진 선생이 비극적인 삶을 산 것도 군사기밀 누설죄에 걸렸기 때문이다.

조은의 『침묵으로 지은 집』은 황석영이 『손님』에서 한국전쟁과 관련된 인물들에게 상징적 의미를 부여한 것과 달리 아버지에게 어떠한 의미도 부여하지 않으려 한다. 다음의 두 인용문에서 보듯, 그녀가 그토록 상징적 의미를 부여하고자 하는 아버지는 끝내 의미가 부재한 공백으로 남는다.[16] 그것은 아버지가 가진 "보통 남자" "중간에 있던 사람"(269면)으로서의 정체성에 기인한다.

> 언젠가부터 난 부단히 아버지를 그려보려고 애썼다. 마음속에서 그리고 지우고, 그리고 지우고를 여러번 했다. 여전히 그려낼 수가 없다. 처음에는 아버지에 대한 집안의 침묵이 너무 완강해서라고 생각했는데 꼭 그것만은 아니다. 아버지의 흔적이 별로 없어서라고 생각했는데 그것만도 아닌 것 같다. 내가 아버지를 그릴 수 없는 것은 아버지의 행적에 대해서 모르기 때문이라고 생각했는데 꼭 그런 것만도 아니다. 아버지에 대한 어머니의 평가가 너무나 엇갈려서라고 생각했는데 그것도 아니었다. 이제 생각해보니 그렇다. 우리 역사에 그런 사람은 설 자리가 없어서였다. (260~61면)

그녀는 가묘로 있는 아버지, 아니 아버지의 가묘가 아버지의 초상일지도

16 심진경(沈眞卿)은 "서술자 주변의 친인척들 및 그들 직계가족의 과거와 현재를 오가면서 '블랭크 스파트'를 찾아내어 '침묵의 벽에 갇힌 가족사'를 조각그림처럼 짜맞추는 지난한 작업을 서둘러 마친 뒤 '나'가 다시 도달한 지점은 바로 아버지의 실종"(「이야기꾼의 두가지 존재 방식」, 『파라21』 2003년 여름호 346면)이라고 말한 바 있다.

> 모른다는 생각을 한다. 그녀가 화가여도 아버지의 초상을 그리지는 못했을 것이라는 생각을 한다. 만약 화가였다면 아버지의 초상을 그리는 일을 평생 했을지도 모른다. 그러나 한점도 완성시키지 못했을 것이라는 생각을 한다. (285~86면)

조은은 한국전쟁과 아버지를 하나의 '사건'으로 바라보고자 한다.[17] 다섯살 때 갑자기 사라져버린 아버지는 그야말로 작가에게는 설명할 수 없는 사건 그 자체일 것이다. 그것은 어떠한 의미화 이전에 부조리함 그 자체일 수밖에 없다. 어찌 보면 한국전쟁과 그에 따른 분단의 폭력성은 공유 불가능한 체험인지도 모른다.

그러하기에 '나'는 아버지 즉 한국전쟁을 기억하는 것이 아니라, 아버지 즉 한국전쟁이 '나'에게 도래한다. "6·25의 기억은 늘 그런 식으로 아주 엉뚱한 기억이나 생각들과 함께 떠오른다"(36면) "기억들은 어느 순간 틈입해 들어온다"(60면) "아버지에 대해 더 지울 일이 없을 만큼 지워졌을 때 그런 때 아버지는 내 일상 속에 모습을 드러내고는 했다"(264면)와 같은 문장에서 드러나듯이, 아버지와 한국전쟁에 대한 기억은 '나'에게 "덮고 덮고 또 덮어도 기어나오고 마는 기억"(207면)이다.

그런데 조은의 『침묵으로 지은 집』이 진정으로 문제적인 것은, 작가가 아버지의 초상을 끝내 완성하지 '못하는' 것이 아니라 '않는다'는 점이다. 조은의 아버지는 역사적 트라우마가 발굴되고 다시 뒤덮이기를 반복하며 그러한 끊임없는 과정만을 흔적으로 남기는 허상의 유적지, 기억에 대한

17 오까 마리(岡眞理)는 일관되게 사건은 언어화될 수 없다고 말한다. 사건이 언어로 재현되면, 반드시 재현된 현실 외부에 누락된 사건의 잉여가 있다는 것, 사건이란 항상 그와 같은 과잉됨을 잉태하고 있으며, 그 과잉됨이야말로 사건을 사건답게 만든다는 것이다. 표상 불가능한 사건을 표상하는 것, 말할 수 없는 사건에 대해 말하는 것, 그것은 무엇보다도 사건의 말할 수 없음 자체를 증언하는 것이 되어야만 한다고 오까 마리는 주장한다. (오까 마리 『기억 서사』, 김병구 옮김, 소명출판사 2004, 148~49면)

기억을 일깨우는 이른바 '기억의 터'일 뿐이다.[18] 아버지를 끝까지 유령으로 남김으로써 아버지를 기억하려 하는 것이다. 이는 전쟁이라는 폭력적 사건의 근원적인 부조리함을 회피하지 않으려는 의도에서 비롯된 것이다. 아버지는 침묵으로 언제까지나 말하는 존재가 된다. "상황이 바뀌면 아버지에 대한 어머니의 이야기도 늘 바뀌었다"(271면)라는 말에서처럼, 아버지를 하나의 모습으로 규정하는 것은 하나의 이데올로기에 기댄다는 것을 의미한다. 그것은 한국전쟁이 지닌 근원적 부조리함과 비극을 하나의 틀로 규정하는 일이며, '보통 남자' '중간에 있던 사람'을 좌익 혹은 우익으로 몰아서 죽였던 광폭한 시기를 망각하는 일이기도 하다.

조은은 이런 아버지의 형상을 공산주의자나 반공투사로 만들지 않는다. 그렇다고 해서 민족 상처의 대변자이자 상징, 나아가 남북화해의 매개자로 그리려고 하지도 않는다. 그것은 그들을 곧 '통일' 담론으로 수렴하는 일이다. 통일 담론의 등장은 극단적 반공주의의 해체라는 점에서 작지 않은 의미를 지닌다. 그러나 그동안의 국가적 기념이 수많은 포로들의 비극적 체험을 '반공투쟁 신화'로 전유했듯이, 새로운 기념은 포로들의 헤아릴 수 없는 상흔들을 '통일'이라는 조화로운 미래로 수렴한다. 반공, 통일, 회색, 배신 등 한국전쟁 포로에 대한 표상들 속에 상처 입은 사람들의 목소리는 가려지고 망각된다.[19]

작가는 쉽게 상징적 죽음을 아버지에게 선사하고, 아버지의 유령으로부터 벗어나려고 하지 않는다. 반대로 말할 수 없는 아버지에게 언제까지나 매달림으로써 자신의 책임을 다하고자 한다. 그렇다면 작가는 다분히

---

18 전진성은 독일의 미술가 안젤름 키퍼(Anselm Kiefer)의 작품을 이러한 시각에서 분석하였다. (전진성 「우울에서 애도로: 안젤름 키퍼의 미술작품에 나타나는 역사적 트라우마」, 전진성·이재원 엮음 『기억과 전쟁』, 휴머니스트 2009, 418면)

19 이동헌 「한국전쟁 기념의 주변인들: 한국전쟁 반공포로」, 전진성·이재원 엮음, 앞의 책 366~67면 참조.

전략적으로 우울증의 주체가 되고자 하는 것이 분명하다.[20] '나'는 아버지에 대한 애착이 너무 강해서 결코 완벽한 애도에 이르지 못한다. '나'는 애착 대상과 단절하기보다는 오히려 상실한 대상과의 동일시를 통해 한 몸이 되고자 한다. '나'는 아버지를 포기하지 않고 아버지를 자기 안에 담아둠으로써 체념한다는 역설적인 모습을 보인다. 조은에게도 애도가 이루어진다면, 그것은 우울을 지양하기보다 오히려 우울의 한가운데서 우울을 인정함으로써 가능하다.

이 작품은 중간에 이탤릭체로 표기된 부분이 나온다. 이 부분에서는 작품의 나머지 부분과 다른 시점이 사용된다. 이 작품은 기본적으로 '나'를 화자로 삼아 진행되는데, 이탤릭체로 되어 있는 부분에서는 서술자가 '그녀'에 대해 이야기하는 방식으로 진행된다. 이탤릭체 부분에서는 작가의 목소리가 보다 직접적으로 드러난다고 볼 수 있다. 그런데 마지막 단락은 이탤릭체로 되어 있지만 다음과 같은 서술자의 진술로 되어 있다.

우리는 어느날 그녀의 어머니 나이만큼 늙어 호호할머니가 된 그녀와 서울의 시청 앞 광장에서 마주칠지도 모른다. 그녀는 어느 해 '붉은 티셔츠'가 시청 앞 광장을 덮었을 때 거기에 있지 않았다고 말할 것이다. 그 주변에서 서성이고 있었다고 말할지도 모른다. 그리고 미 대사관을 삼킨 '촛불의 바다' 속에도 가지 않았다고 말할 것이다. 그녀는 그 시간 어둠속에

20 프로이트(S. Freud)에 따르면, 리비도 집중은 자신의 충동적 에너지, 즉 리비도를 외부대상에 투사하여 그와 결합된 새로운 자아정체성을 획득하는 심리적 기제이다. 만약 리비도 집중의 대상이 상실되었다면, 리비도 에너지를 점차적으로 다른 대상으로 옮겨가는 것이 정상적이며, 이를 통해 상실된 대상에 대한 애도도 가능해진다. 그러나 부재하는 대상과 자신을 동일시하며 그에 집착하는 경우, 투사할 적절한 대상을 찾지 못한 에너지는 자기 자신에게로 쏠리게 되어 바깥세상과 자아를 격리시킨다. 이러한 심리상태를 프로이트는 우울이라 규정한다. (프로이트 「슬픔과 우울증」, 『정신분석학의 근본개념』, 윤희기 옮김, 열린책들 2004 참조)

잠긴 세종로를 혼자 걷고 있었다고 말할지도 모른다. 그녀는 이순신 장군을 기점으로 광화문의 한쪽은 촛불의 바다가 하늘까지 밝히고 있었지만 다른 한쪽인 세종로 거리는 가로등까지 꺼진 칠흑의 밤이었음을 증언할 몇 안되는 사람일 것이다. (312면)

이것은 아버지와 한국전쟁에 섣부른 의미 부여를 모두 거부하고, 그 트라우마의 심연을 드러낸 작가가 앞으로의 사건들에 대해서도 그와 같은 입장을 견지해나갈 것임을 선언하는 장면이다. 조은은 공식적인 기억에 줄 서지 않을 것을, 그러한 공식 기억이 놓칠 수 있는 혹은 억압할 수 있는 사적인 기억의 가능성과 의미를 놓치지 않을 것을 다짐하고 있는 것이다. 아버지의 초상을 그리는 일에 실패한 것은 다분히 전략적인 것임을 다시 한번 확인할 수 있다.

4. 분단소설의 새로운 패러다임

황석영의 『손님』과 조은의 『기억으로 지은 집』은 한국전쟁의 소설화와 관련해 여러가지 새로움과 의미를 지니고 있다. 소재적 차원에서 볼 때 두 작품은 일찍이 다루어진 바 없는 북한 지역에서의 비극적 사건과 중도적 인물의 행방, 침묵했던 여성들의 삶을 복원해내고 있다. 또한 두 작품은 '기억의 서사'라 할 만큼 기억을 중심으로 서사가 짜여 있다. 이것은 그동안의 한국전쟁 소설이 고정된 실체를 상정하고, 그것의 진실을 파헤쳐온 방식과는 구분되는 것이다.

다음으로 두 작품은 유령의 이야기라고 부를 수 있다. 이 유령은 반세기가 되도록 수없이 쌓여온 여러 담론들로도 상징화될 수 없었던 한국전쟁의 조각이다. 실재의 상징화는 완전하지도 못하고, 완전할 수도 없다.

그렇기에 상징계는 실재를 완전히 봉합하지 못하며, 상징화되지 않은 실재의 조각은 언제나 남아 있게 마련이다. 이 실재의 조각이 유령으로 돌아와 현실에 달라붙은 것이 『손님』과 『침묵으로 지은 집』이라 할 수 있다. 이러한 유령에 대한 해석 혹은 대응은 두 작품이 각기 다르다. 황석영의 『손님』에서는 실제로서의 유령이, 조은의 『침묵으로 지은 집』에서는 주인공의 아버지가 상징적 유령으로 등장한다. 그러나 그 결말은 상이하다. 『손님』에서 류요한, 순남, 일랑 등은 고백과 대화를 통해 상징적 죽음을 맞이하여, 유령이기를 그만둔 채 영원한 죽음의 상태에 이른다. 작가는 실재계의 죽음만 당하고 상징계의 죽음을 당하지 않은 이들에게 상징계의 좌표를 마련해줌으로써 완전한 죽음에 이르는 기회를 제공한 것이다. 『침묵으로 지은 집』의 아버지는 이데올로기의 결핍에 의한 유령이 된다. 균열되고 파편화되어 있으며 상처로 얼룩진 현실에 이데올로기적 환상이라는 스크린을 드리우지 않는 것이다. 작가는 마지막까지 아버지에게 상징적 죽음을 안겨주지 않음으로써 끝내 아버지를 유령으로 남게 만든다. 이것은 아버지를 유령으로 만든 한국전쟁이라는 전대미문의 사건을 정시한 결과인 동시에, '사건의 증언자'로 남고자 하는 작가의 의지가 낳은 결과로 볼 수 있다.

황석영의 『손님』은 실제의 유령들이 자신들의 말을 하는 환상적인 수법이 전면적으로 사용되고 있다. 이처럼 최근에 한국전쟁을 다룬 소설들은 환상을 전면적으로 사용하는 특징을 보인다. 이 글에서 다룬 황석영의 『손님』과 임철우(林哲佑)의 『백년여관』(한겨레신문사 2004)을 대표적으로 들 수 있다. 『손님』에서 환상은 모두 비합리적이고 초자연적인 현상이 우리의 일상적인 세계에서 일어난다는 특성이 있다.[21] 문학작품에서 환상의

21 케네스 자호르스키(Kenneth J. Zahorski)와 로버트 보이어(Robert H. Boyer)는 상위 판타지와 하위 판타지를 구분한다. 상위 환상은 비합리적 현상이 2차 세계에서 일어나는 경우이고, 하위 환상은 비합리적 현상이 우리의 일상 세계에서 일어나는 경우이다.

기능은 크게 현실에 대한 문제제기와 억압되고 감추어진 욕망의 폭로로 정리해볼 수 있는데,[22] 『손님』에서 환상은 특히 전자의 기능과 관련된 것으로 보인다. 이때 환상은 현실을 새롭게 볼 수 있게 해주며, 현실과는 다른 세계나 가능성을 상상하게 하는 장치로서 기능한다. 주인공이 체험하는 환상은 물론 허구일 수 있지만 그것을 통한 현실에 대한 성찰은 무엇보다도 현실적이라고 말할 수 있다. 환상의 전면적인 사용은 현실과 역사에 대한 인식론적 확실성을 진지하게 성찰하는 과정에서 빚어진 상상력의 산물로 이해할 수도 있다.

(Kenneth J. Zahorski and Robert H. Boyer, "The Secondary Worlds of High Fantasy," Roger C. Schlobin ed., *The Aesthetics of Fantasy Literature and Art*, Norte Dame: University of Norte Dame Press 1982, pp. 56~59) 임철우의 『백년여관』에서 환상은 현실에 대한 불안이 투사된 일종의 악몽과 같은 것으로 나타난다.

22 졸저 『한국 현대소설의 환상과 욕망』, 보고사 2010, 188면 참조.

역사적 사실과 개인적 체험의 분리

◆

김원일 장편소설 『아들의 아버지』

1. 두가지 새로운 의미

김원일(金源一)의 『아들의 아버지』(문학과지성사 2013)는 사회주의자였던 아버지를 통해 일제 말기부터 6·25까지의 한국 현대사를 집중적으로 그리고 있는 작품이다. 분단과 전쟁은 한국 현대소설에서 가장 많이 다루어진 소재일 것이다. 간단하게 한국 현대소설에서 분단과 한국전쟁이 형상화된 방식에 대하여 정리를 해보면 다음과 같다. 전쟁 직후인 1950년대에는 주로 반공과 휴머니즘이라는 선명한 주제의식을 바탕으로 분단과 전쟁의 문제들이 소품으로 다루어졌다. 1960년에 최인훈(崔仁勳)의 『광장』이 발표되기 전까지 이러한 경향은 그대로 이어졌다고 말할 수 있다. 이후 1960~70년대에는 소년이나 소녀 등을 초점화자로 등장시켜 그들의 눈을 통해 전쟁을 바라보는 소설들이 많이 창작되었다. 그러던 것이 1980년대에 들어 급격한 민주화와 더불어 학계의 연구 성과가 축적되면서, 분단과 전쟁의 문제를 리얼리즘적인 시각에서 총체적으로 다룬 장편소설들이 창작되었다. 그러나 1990년대 후반부터 각종 포스트 담론의 유행과 더불어 분단과 전쟁은 사실상 한국소설의 주요 테마에서 사라져버렸다고 해도 과언이 아니다. 이러한 흐름은 지금까지도 이어져오는 것인데, 한국을 대표하는 원로작가 중의 한명인 김원일이 묵직한 장편으로 다시 분단과 전쟁의 테마를 들고 나타났다.

김원일의 『아들의 아버지』는 두가지 측면에서 중요한 의미를 지닌다. 우선 작가론적인 맥락에서이다. 주지하다시피 김원일 소설에서 좌익활동을 했던 아버지는 배경이긴 했지만 늘 모든 현실의 근본적 중핵으로 존재했다. 『아들의 아버지』는 이러한 아버지의 삶을 후경이 아닌 전경에 두고 적극적으로 탐색해본 작품이라고 말할 수 있다. 이 작품은 누나와 '나'가 거의 목숨을 걸고 서울에서 고향인 진영으로 돌아가고, 다시 아버지의 전력 탓에 진영에서의 생활을 견뎌내지 못한 가족이 대구로 떠나서 "죽기 아니면 겨우 살아남기"(373면)인 삶의 투쟁을 시작하는 것으로 끝난다. 『아들의 아버지』는 김원일의 대표작이라고 할 수 있는 『마당 깊은 집』(1988)이 시작되기까지의 전사(前史)를 다룬 것이라 할 수 있다. 다음으로 이 작품은 분단과 전쟁의 형상화와 관련한 소설사적 맥락에서 독특한 의미를 지닌 것으로 이해할 수 있다.

2. 불행한 시대의 어둠 뒤편으로 사라진 서러운 영혼

김원일이 이 소설에서 그리고 있는 아버지는 다름 아닌 '아들의 아버지'이다. 제목만 본다면 이 작품의 아버지는 아들의 입장을 통해 형상화되는 아버지로 이해할 수 있다. 그러나 이 작품 속의 아버지는 시대 속에서 고유한 사회적 의미 역시 충분히 지닌 존재이다. 본래 아들에게 아버지란 공적인 세계의 대변자일 수밖에 없다. '아들의 아버지'는 개인 김원일의 아버지인 동시에 특정한 시대의 아버지이기도 한 것이다.

먼저 공적인 영역에서의 아버지를 살펴보자. 이 작품의 머리글에는 "그래서 격동의 한 시대를 어깨 겯고 험난한 에움길을 아버지와 함께 걷다 어둠속으로 사라진 패자들의 발자취와, 아들이 유년 시절에 겪었던 그 시대를 좀더 구체적인 기록으로 남겨야겠다고 마음먹었다"(7면)라는 창작 동기가 등장하는데, 이것이야말로 『아들의 아버지』가 담고자 하는 공적인 아버지 상의 핵심이라고 할 수 있다.

작품에서 아들의 아버지 김종태는 해방 이후 우리 정치사의 주요한 한 흐름을 형성한 세력에 속한다. 해방 이후 나타난 세가지 정치세력으로는 이승만으로 대표되는 한민당 노선과 김일성으로 대표되는 북로당 노선, 그리고 박헌영으로 대표되는 남로당 노선이 있다. 이 중 박헌영 노선은 조선공산당의 적통을 잇는 정치노선으로 일제 강점기 때에도 한반도 내에서 치열한 사회주의 투쟁을 벌인 정치집단이다. 이들 세력은 해방공간에서 월북하여 김일성과 함께 북한을 건국하였지만, 끝내 김일성 세력에 의하여 비참하게 숙청당한 후 역사 속으로 사라져버리고 만다. '격동의 한 시대를 어깨 겯고 험난한 에움길을 아버지와 함께 걷다 어둠속으로 사라진 패자들'이란 바로 이 정치세력을 의미한다고 할 수 있다. 아들의 아버지는 죽음을 당하지는 않았지만, 에필로그에서 간단하게 소개되듯이 정치적으로는 죽은 상태와 다름없는 삶을 살게 된다. 아버지는 박헌영처럼 숙청당한 것은 아니었지만, 뚜렷한 활동도 하지 못한 채 끊임없이 이어지는 사상 검토와 사상 검열, 사상 강습, 사상 교양을 받아야 했던 것이다.

아버지는 명문이었던 마산공립상업학교를 졸업하였고, 조선인으로는 취직이 어려운 금융조합에 다녔으며, 읍내 지주 아들들로 중등교육 이상을 받은 젊은 식자층과 어울렸다. 이러한 아버지가 일본 유학을 다녀온 후에 사회주의의 영향을 받아 혁명가의 길을 걷기 시작한다. 그의 사회활동은 주로 농촌계몽운동의 일환으로 사설 강습소를 개설하는 것이었다. 해방 이후에는 조선공산당 청년동맹 경상남도 지부를 결성하며, 간부 교육을 담당하는 지도위원으로 활동한다. 나중에 남로당이 지방조직 건설에 착수했을 때에는 경남도당 책임지도원 자리에 앉는다. 이 무렵이 혁명가로서 아버지의 인생에서 황금기라고 할 수 있다. 아버지를 찾아오는 사람이 줄을 잇고, 사람들은 아버지를 일컬어 '애국자'라고 말한다(158면).

그러나 곧 아버지와 가족에게는 일제 강점기와 같은 고단한 삶이 다시 펼쳐진다. 1947년 들어 아버지와 어머니는 지서로 연행되어 조사를 받는다. 결국 아버지는 1946년 가을 추수봉기를 선동한 죄로, 어머니는 불고지죄로 20일간 구류를 살고 풀려난다. 이후에도 아버지는 계속 민애청 경남지부에서 부위원장급인 지도위원으로 활동한다. 1948년에 아버지는 경찰에 검거되고, 지인의 도움으로 간신히 풀려난 후에는 서울로 상경한다.

아버지는 6·25 전에 서대문형무소에 수감된다. 6월 29일 엄청난 고문에도 불구하고 가족의 거주지와 동지를 말하지 않은 아버지는 걸음도 제대로 걷지 못하는 모습으로 가족들 앞에 나타난다. 아버지는 서대문형무소 미결감에 갇혀 있어 26일 자정과 27일 새벽 사이에 벌어진 서대문형무소의 좌익사범 처형 대열에 끼이지 않고 살아남은 것이다. 아버지는 인민군이 서울을 점령하자 성동 구역 임시인민위원회 위원장에 임명되었고, 이후에는 서울시당 재정경리부 부부장이 된다. 이후 국군과 유엔군이 서울을 수복할 때, 아버지는 가족을 남겨두고 홀로 월북하게 된다. 공적인 아버지의 삶이란 박헌영으로 대표되는 사회주의 계열에 섰던 혁명가의 삶이었다고 정리할 수 있다.

3. 사상과 계집질에 미친 미치광이

이처럼 『아들의 아버지』는 "이 책은 당신의 탄생 100돌에 맞추어 북녘 땅 어느 뫼에 묻혀 있을 뼛조각과, 불행한 시대의 어둠 뒤편으로 사라진 서러운 영혼에게 바쳐져야 함이 마땅하겠다"(9면)라는 머리글에 비교적 충실한 편이다. 그러나 이 작품에는 어머니(가정)의 입장을 통해 형상화되는 '또다른 아들의 아버지' 모습이 강력하게 남아 있다. 이때의 아버지는 조금은 일그러진 왜상(歪像)과 같은 형상을 지니게 된다.

흥미로운 점은, 이 작품에서 아버지가 보여준 혁명가의 길은 곧 외도의 과정이기도 하다는 점이다.[1] 아버지는 일본 유학에서 돌아와 신여성과 사설 강습소를 열고, 이후에는 신여성과 함께 부산으로 가 살림을 차린다. 어머니는 고모와 함께 부산 살림집을 찾아갔고, 그날 밤 세 여인은 아버지를 기다리며 함께 밤을 지새운다. 신여성은 "부두의 짐꾼 노릇 할 남자하고 같이 살게 되다니"(101면)라고 한탄하고, 어머니는 "내 눈에 흙 들어가기 전에 민적은 안 팔 낀 게 그리 알아요"(103면)라는 말을 남기고 그 집에서 나온다. 마당에 나설 때 그 강한 어머니는, 고모 말마따나 "자기 신세를 두고 우는지, 그 여자 팔자가 불쌍해서 우는지" 알 수 없는 눈물을 흘린다(같은 곳). 사실 아버지는 "어머니와 그 여자 사이에서 줄광대 노릇을 하며 어느 면도 포기하거나 버리지 않았고 낙상하지도 않은 채 줄타기를 계속"했으며, 어느 순간부터는 "두 여자는 관심의 대상 밖"에 놓고 지냈다(111면). 아버지는 해방정국에서도 임신한 아내가 있는 집에 진주 기생을 하나 데려와 함께 살기까지 했다.

아버지의 외도가 아니더라도 어머니의 삶은 혁명가의 아내로서 매우 고통스럽다. 일제 말기에 부산항 부두에서 노동운동을 하던 아버지로 인해 어머니는 주재소로 끌려가 엄청난 고문을 당한다. 아버지의 외도가 어머니 마음에 앙금을 남겼다면, 아버지의 사상문제는 어머니의 육체에 직접적인 고통을 안긴 것이다. 1948년 이후에도 어머니는 아버지의 활동으

1 흥미로운 것은 아버지가 식민지 시기부터 주로 했던 사회활동이 교육사업의 외양을 지니고 있다는 점이다. 그러나 그토록 무관심하면서 소외시켰던 아내는 일자무식이었다.

로 겨우내 지서, 청방, 서청 사무실로 끌려다니며 추달을 당하고 고문을 견뎌내야 했다.[2]

『아들의 아버지』에서는 이령경이 2003년 성공회대 석사논문으로 발표한 「한국전쟁 전후 좌익 관련 여성 유족의 경험 연구」라는 논문이 소개되고 있다. 이 논문에 소개된 할머니 열다섯명은 빨갱이로 몰려 남편을 잃었으며, 이들의 삶에는 "전쟁 중에 겪는 직접적인 폭력 말고도 빨갱이 가족이기 때문에, 가부장제 사회의 여성이기 때문에 겪어야 하는 구조적·문화적 폭력과 차별이 내재"(321면)해 있다. 어머니가 겪은 삶이야말로 이러한 삶을 가장 잘 보여준다. 가부장제 사회의 여성이 겪는 고통은 바람피우는 아들의 모습까지 옹호하는 할머니의 모습을 통해 잘 드러나고 있다.

평생 처자식을 돌보지 않은 아버지는 6·25전쟁 중에 나름 끗발 있는 관리로 있을 때에도, 가족들을 참을 수 없는 굶주림의 상태로 방치한다. 궁핍을 견디다 못한 딸이 관공서로 아버지를 찾아갔을 때, 아버지는 기껏 낡은 옷 보퉁이를 들려 보냈고 가족은 그 옷을 팔아 살아가게 된다. 어머니는 아버지를 일컬어 가족을 돌보지 않은 "사상과 계집질에 미친 미치광이"(323면)라고 부른다.

'나'는 어머니가 '시민성'을, 아버지가 '예술성'을 대표한다고 본다. 어머니가 "생명력 질긴 건실하고 무던한 생활인"(46면)이라면, 아버지는 감성적이고 자기 욕망에 충실한 예술성을 보여주는 인물이라는 것이다. 어머니가 늘 강조하는 "게으른 사람이 되면 어른이 되어도 밥을 굶는다, 거짓말하는 사람은 신용을 잃는다는 따위의 말"(239면)은 어머니의 성격을 잘 드러낸다. 이러한 어머니의 강력한 생활력은 아버지가 부재한 상황에서 가족의 삶을 꾸려가는 기본적인 힘이 된다. 어머니는 잠시 몸을 의탁

2 나중에 "빨갱이 여동생 집"(225면)이라고 해서 고모와 고모부는 집까지 수색당하고 지서로 연행당한다.

하고 있던 집의 안주인이 딸을 아기업개 계집애로 주어버리라는 말에도, "우리 식구는 누구도 손을 몬 뒵니더. 살아도 같이 살고 죽어도 같이 죽겠심더"(361면)라고 말하며 굳건하게 가족을 지킨다. 『아들의 아버지』는 바로 이 '무던한 생활인'의 눈을 통하여 '사상과 계집질에 미친 미치광이'라는 새로운 이념형 아버지 상 하나를 조각해내고 있다.

4. 새로운 분단소설의 탄생

『아들의 아버지』는 아버지의 실체에 다가가고자 하는 아들의 욕망으로 뜨겁다. 진실에 대한 강렬한 욕망은 머리글 갈피마다에 배어 있으니, 400페이지에 가까운 소설은 바로 그 욕망에 의해 가능했을 것이다. 그러나 우리 모두가 알고 있다시피, 설령 본인이 자신에 대해 자서전을 쓴다고 하더라도 그것이 사실일 수만은 없다. 따라서 이 작품에 드러난 아버지를 향한 진실에 대한 욕망은 어디까지나 불완전한 것이다. 그러한 사실은 다음의 인용문에도 선명하게 드러나 있다.

> 사실 나 자신도 아버지란 사람에 대해서는 잘 모른다. 아니, 아버지에 대해서 제대로 알고 있는 게 없다고 말해야 정직한 고백일 것이다. 나는 아버지와 대화를 나누어본 추억이 없다. 그분이 어릴 적 내게 던졌던 몇마디 말만 어렴풋하게 남아 있을 뿐이다. 그러므로 내게 당신의 이력에 대해, 당신이 품었던 이념을 갖게 된 동기와 변천과정에 대해, 당신 인생관에 대해 허심탄회하게 밝히는 말을 들은 바 없었다. 그런 고백을 들었다며 내게 말해준 사람도 없었다. 다만 주위 사람들이 들려준 말을 종합해서 내 나름대로 살을 보태거나 뺐을 뿐이다. 주위 사람들도 자기의 안목이나 수준으로 저울질한 아버지 인상담을 내게 전했기에 그 말의 객관성을 신뢰할 수도 없

다. 그러므로 눈앞을 가리는 안개 뒤편의 잘 모르는 사람을 두고, 내가 잘 알고 있다는 투로 쓰고 있는지도 모른다. 내가 그리는 그분 모습은 장님이 코끼리 다리를 더듬고 난 후에 몸통 전체를 상상해서 그리듯, 추측의 꼬리를 붙잡고 열심히 따라가는 것이거나, 아니면 내가 가공으로 만들어낸 그럴싸한 아버지란 인물을 서툰 솜씨로 주물러 사람 형체로 조각하고 있을 뿐인지 모른다. 내가 수십년에 걸쳐 아버지를 모델로 여러 소설을 써올 동안 결점과 장점을 잘 반죽하고 거기에 소설적 상상력을 보태어 만들어낸, 그럴싸한 아버지란 가짜 틀에 맞추어 이 글을 이끄는지도 모른다. 아니면, 이번 기회에 당신의 본심에 좀더 가깝게 접근해보려는 시도가 엉뚱한 다른 사람으로 만들어놓는 우를 범할 수도 있다. 그래서 이 글은 자전이라기보다 소설에 가까울 수도 있을 것이다. (37면)

아버지의 실체에 다가가기 위해 작가가 선택한 고유한 방법론은 사실(fact)을 사실로서 제시하는 방식이다. 이러한 사실은 크게 두가지로 나누어지는데, 일제 강점기부터 한국전쟁에 걸친 역사적 사실과 김원일이라는 작가의 개인적 사실이 그것이다. 작가의 고향인 진영에 대한 자세한 설명, 일제하 소작쟁의의 내력, 한국의 공산주의 역사, 대구 10·1사건 등은 역사적 사실에 해당한다. 5장은 모두 15페이지로 되어 있는데, 전부가 진영 하사마농장 소작쟁의로 이루어져 있을 정도이다.

이외에도 해방정국의 상황과 국민보도연맹과 관련된 역사적 사실이 매우 상세하게 다루어지고 있다. 이것은 모두 아버지로 대표되는 정치세력의 정치적·역사적 신원과 밀접한 관계를 맺는 사실들임에 분명하다. 역사적 사실에 대한 이야기 중에서도 보도연맹 가맹자에 대한 집단학살 이야기는 작가의 육성이 많이 담겨 있는 부분이라고 할 수 있다. 서술자는 남한의 20만 지하 남로당원이 인민해방군을 맞아 봉기할 것이라는 예상이 빗나간 이면에는 보련 가맹자의 죽음이 빚어낸, "사회 전반에 깔린 공포

분위기도 일조"(312면)했다고 이야기한다. 그리고 1950년 7월 중순에서부터 9월 초순에 이르기까지 인민군이 점령하지 못한 지역에서 예비 검속된 보련 가맹자와 각지의 형무소에 수감되어 있던 좌익사범이 집단으로 죽었는데 그 수는 대략 20여만명으로 추정된다고 말한다. 20여만명의 죽음 중에 민간인 살해죄로 재판에 회부된 끝에 사형선고를 받아 집행된 유일한 사례로 진영읍 진영지서 주임 김병희를 소개하고 있다. 이러한 사실은 전쟁 중에 수많은 민간인 죽음을 만들어낸 무자비한 폭력에 대한 비판을 담고 있다.

이러한 역사적 사실은 그 자체로 완전히 독립된 것으로 다루어진다. 그것은 직접적인 역사적 문헌의 인용을 통해 이루어지고 있는 것이다. 이를테면 이 작품에는 일반적인 소설에서는 찾아볼 수 없는 다음과 같은 자료가 직접적으로 제시된다.

> 사회학자 정해구 저서 『10월 인민항쟁 연구』(열음사, 1988)에서 종합한 사회 각계의 견해는 다음과 같았다. (187면)

> 김정일의 전처요 김정남의 생모인 성혜림의 언니 성혜랑이 쓴 자서전 『등나무집』에 강동정치학원을 묘사한 대목이 보인다. (264면)

> 1960년 국회양민학살사건진상조사특위 구성에 앞서 민주당 박찬현 의원은 부산 지역 피학살자 수가 1만여명에 이른다고 주장한 바 있다. 부산시의 경우 학살에서 살아남은 증인의 진술을 종합하면 다음과 같다. (307면)

이러한 서술은 무척이나 낯선 것이라고 할 수 있다. 전통적인 소설에서는 이런 역사적 사실을 드러낸다 하더라도, 어디까지나 상상력의 손길을 거치는 과정이 존재하기 때문이다. 그러나 『아들의 아버지』에서는 마치 논문의 참고문헌을 인용하는 것처럼 직접적으로 역사적 사실을 소개한다. 이것은 진실에 대한 욕망이 만들어낸 결과라고 할 수 있다.

동시에 『아들의 아버지』에는 작가의 집안 내력과 같은 작가의 개인정보가 드러난다. 그리고 이 작품의 '나'를 김원일로 판단할 수밖에 없도록 여러가지 직접적인 정보를 제시하고 있다. 다음의 인용문에서 김원일은 구체적으로 자신이 그동안 써온 작품을 들어 친절하게 설명을 해주고 있다.

> 소설가가 된 후 나는 이인택 씨 내외를 단편소설 「어둠의 혼」에서 이모부와 이모로, 장편소설 『바람과 강』에서는 주인공 이인태와 그의 처 월포댁으로, 장편소설 『불의 제전』에서는 안시원과 울산댁으로, 두 분으로부터 받은 영향을 여러 각도에서 내세우기도 했다. (21면)

> 나는 우리 집안의 할머니와 어머니 고부간에 메울 수 없었던 당시의 간극을 단편소설 「미망」에서 이렇게 그렸다. (228면)

일반적으로는 소설은 현실의 인물을 그대로 드러내지는 않는다. 이처럼 역사적 사실과 개인적 사실을 있는 그대로 드러낸 것은 『아들의 아버지』가 보여주는 낯선 형식이라 할 수 있다.

『아들의 아버지』에는 구체적인 체험을 통해 역사적 의미를 환기시키는 전통적인 소설양식의 모습에 충실한 부분도 존재한다. 그것은 "한 사람의 생애 중 있었던 사실과 일어났던 일이 기억에 저장되어 추억이 되는 연령대가 몇살 때부터일까?"(200면)라는 문장으로 시작되는 13장부터라고 할 수 있다.[3] 이 부분부터는 작가의 구체적인 체험과 기억에 기초해 이야기가 전개되며, 특히 6·25를 그리는 부분에서는 이러한 특징이 가장 선명하

3 1942년생인 작가에게 기억이 시작된 시점은 1947년부터이다.

게 드러난다. 사실들의 나열에 집중하던 소설이 갑자기 문학적 감동의 폭풍을 일으키는 것은 6·25를 그리는 대목부터이다.

6·25는 어린아이였던 작가의 시각에서 그려지고 있다. 교장이 어린 학생들에게 동무란 말을 쓰는 일, 청계천 시궁창에 버려진 시체를 파먹는 살진 쥐를 보고 아무렇지도 않게 생각하는 일 등이 대표적이다. 서울이 수복될 무렵에 아버지는 아들의 앞에 마지막으로 모습을 나타낸다. 아버지는 우는 아들을 보며, "넌 남자잖아. 아버지를 보고 울다니. 남자는 함부로 눈물을 흘리면 안돼"(338면)라고 말한다. 이제 아들에게 남겨진 삶은 결코 눈물 따위로는 헤쳐나갈 수 없는 진창인 것이다. 그러하기에 아버지가 그러했듯이, 어머니도 아들에게 "무슨 일이 있더라도 울지 마라. 운다고 문제가 해결되모 얼매나 좋겠노. 울 일이 있어도 남자는 참아야 해"(365면)라고 말한다. 이 부분들은 소설이 지닌 구체적 형상화의 힘이 얼마나 강력한 힘을 지니는지를 설득력 있게 보여주는 대목이라고 할 수 있다.

김원일은 『아들의 아버지』에서 아버지의 실체에 다가가겠다는 평생의 비원과도 같은 처절한 욕망의 힘으로 새로운 분단소설의 형식을 선보이고 있다. 그것은 역사적 사실을 있는 그대로 드러내는 것이다. 이것은 역사적 사실에 바탕을 두지만, 작품 속에서는 어디까지나 상상력의 가공을 거친 구체적 형상화를 통해 역사적 진실을 보여주는 전통적인 소설 방식과는 매우 다른 모습이라고 할 수 있다. 이 작품에서는 개인적 체험은 체험대로(6·25를 다룬 부분), 역사적 사실은 사실대로 분리된 채 전개되고 있다. 이것은 어찌 보면 체험을 역사의 맥락 속으로 용해시키는 전망의 부족을 드러낸 결과일 수도 있지만, 『아들의 아버지』의 경우에는 다분히 의도적인 것이라고 할 수 있다. 『아들의 아버지』는 진실에 대한 욕망이 새로운 창작방법론을 추동해내고 있는 또 하나의 문제작이다.

광주를 통해 바라본 우리 시대 리얼리즘

◆

공선옥과 권여선을 중심으로

1. 리얼리즘 특집들

『자음과모음』 2014년 봄호 머리말에서 심진경(沈眞卿)은 "이즈음의 한국문학이 현실 재현의 위기, 그 자체를 즐기는 것처럼 보이는 것은 왜일까? 당면한 사회역사적 현실을 외면하는 것이 더 문학적이라고 주장하는 것처럼 보이는 것은 왜일까?"(5면)라며 현재 한국문학의 반리얼리즘적 경향에 대한 심각한 문제제기를 하고 있다. 이러한 문제의식에 기초해 『자음과모음』 봄호 특집은 우리 시대에 엿보이는 리얼리즘의 가능성을 탐색하고 있다. 권성우(權晟右)는 「리얼리즘의 품격과 아름다움」에서 김원일(金源一)의 『아들의 아버지』(문학과지성사 2013)와 조갑상(曺甲相)의 『밤의 눈』(산지니 2012)에 담긴 리얼리즘 문학의 가능성을 높이 평가하며, 이를 바탕으로 리얼리즘 문학의 가치와 의의를 다음과 같이 역설하고 있다.

다소 편협한 루카치식의 고전적 리얼리즘이나 전망과 세계관을 중시하는 진보적 리얼리즘이 아닐지라도 인간과 현실, 사회를 투철하게 응시하는 리얼리즘 문학은 여전히 필요하고 소중하다. 『아들의 아버지』와 『밤의 눈』이 바로 그러한 작품에 해당한다. 그렇다면 리얼리즘은 단지 수많은 문학적 기법 중의 하나가 아니라, 그 어떤 시대에도 핵심적으로 존재하는 중요한 양식이자 문학적 태도에 해당하지 않을까. (191면)

『오늘의 문예비평』 2014년 봄호 역시 '다시 리얼리즘이다!'라는 특집을 통하여 우리 시대 리얼리즘의 가능성과 의미를 진지하게 묻고 있다. 머리말에서는 진보문학의 재구성을 위해서는 리얼리즘의 낡은 망령을 확실하게 애도하는 것과 더불어, 그 잉여와 잔여를 새로운 시작의 단초로 삼아도 좋을 것이라고 하면서 "지금이야말로 '리얼'에 대한 발본적인 사유를 통해, 세속의 일상에서 공통적인 것을 추출하고 그 힘을 특이성의 지맥들로 분출시키는 행동을 시작할 때다"(21면)라는 포부를 밝히고 있다. 특집 글 중에 최원식(崔元植)의 「사실의 힘, 진실의 법정」은 특집에 수록된 조정환(曹貞煥)의 글이 이론적인 검토를 하고 있는 것과는 달리 구체적인 작품을 통해 현시대 문학의 리얼리즘을 구체적으로 고찰하고 있는 글이다. 흥미로운 것은 이 글 역시도 권성우와 똑같은 작품들, 즉 김원일의 『아들의 아버지』와 조갑상의 『밤의 눈』을 따로 또 겹쳐 읽으면서 새로운 가능성을 모색하고 있다는 점이다. 작품을 읽으며 느끼고 배운 바들을 꼼꼼하게 정리한 후에 최원식은 이상적인 (리얼리즘) 문학이 갖추어야 할 조건을 다음과 같이 피력하고 있다.

내용이 형식이 되고 형식이 내용이 되는 그 경지가 형식의 앙가주망일 것인데, 여기서 한걸음만 더 나아간다면, 내용과 형식은 둘도 아니고 하나도 아니다(不二不一). 회통론의 정수다. 리얼리즘과 모더니즘이 서로의 발생근거인 그 사회문학적 맥락을 소통적으로 이해하면서 대화를 지속할 때 기우뚱한 균형 속에 서로가 서로를 머금은 무언가 새로운 문학이 탄생하지

않을까? 벌써 그 대화는 시작되었다. (80면)

특집을 구성하지 못하는 잡지가 심심치 않게 발견되곤 하는 주조(主潮) 상실의 시대에 이처럼 『자음과모음』과 『오늘의 문예비평』이라는 두 잡지 모두 리얼리즘을 화두로 들고 나왔다. 두 잡지는 기본적으로 과거의 잿더미에서 사리(舍利)를 건지는 조심스러운 자세를 기본으로 삼고 있다. 많은 평자들이 논의를 하고 있는 가운데, 흥미로운 것은 구체적인 작품을 통해 리얼리즘의 실제 성과를 검토하고 있는 글들이 사전에 약속이라도 한 것처럼 김원일의 『아들의 아버지』와 조갑상의 『밤의 눈』 두 작품을 대상으로 하고 있다는 점이다. 두 작품은 지금으로부터 60여년 전에 일어난 한국전쟁을 주요한 소재로 삼고 있다는 특징이 있다. 실제 리얼리즘의 성과로 거론되는 작품이 두 세대 이전의 과거를 다룬 것이라는 사실은 오늘날 리얼리즘이 처한 하나의 곤경을 우회적으로 드러내는 것일 수도 있다. 리얼리즘이란 본래 "시대의 거대한 문제들에 뿌리내리고 현실의 진정한 본질을 가차 없이 재현"[1]하는 것임에도, 21세기 현실을 리얼리즘의 기법과 정신을 통해 훌륭하게 작품화한 경우가 거의 없음을 보여주는 방증일 수도 있기 때문이다.

그러나 좀더 폭을 넓혀 '인간과 현실, 사회를 투철하게 응시하는' 정신으로서의 리얼리즘을 생각한다면, 반드시 당대 현실에 대한 탐색만을 리얼리즘의 범주에 집어넣을 필요는 없을 것이다. 하물며 80년 광주를 다룬 작품이 오늘날까지도 면면히 이어지는 사회체제의 기원적 특징을 보여주고 있다는 점을 고려한다면 과거의 재현이 리얼리즘과 관련해 본질적인 문제사항이 될 수는 없을 것이다. 이와 관련해 오늘날의 문학에서 80년 광주가 여러가지 방식으로 재현되는 것은 주목할 만하다. 80년 광주야말로

1 김동수 「발자끄와 리얼리즘」, 『창작과비평』 2013년 가을호 47면.

현재의 기본적인 정치지형을 만들어낸 역사적 대사건이며, 퇴행적인 현시대 상황과 맞물려 뜨거운 '현재적 과거'가 되었기 때문이다.

80년 광주가 오늘날의 문학에서 재현되는 방식에 대해 논의하기 위해서는, 더군다나 그것을 리얼리즘적인 맥락에서 검토하기 위해서는 임철우(林哲佑)의 『봄날』(전5권)을 우회할 방법은 없다. 1998년에 완간된 임철우의 『봄날』은 열흘간의 80년 광주를 최대한 있는 그대로 재현하고 있기 때문이다. 한마디로 이 작품은 투철한 산문정신[2]에 기초해 광주항쟁이라는 사건 자체를 전경화하여 그것의 총체성을 충실하게 재현하고 있는 소설이다.[3] 광주를 다룬 소설 중에서만 빼어난 리얼리즘 소설이 아니라 한국 현대소설 중에서도 빼어난 리얼리즘 소설이 바로 임철우의 『봄날』이기에, 『봄날』과의 거리는 오늘날 리얼리즘 소설의 후퇴와 갱신의 구체적인 양상을 진단하는 하나의 척도가 될 수도 있다. 이 글에서는 권여선(權汝宣)의 『레가토』(창비 2012)와 공선옥(孔善玉)의 『그 노래는 어디서 왔을까』(창비 2013)를 대상으로 오늘날 한국문학에 나타난 광주의 재현양상을 살펴보고자 한다.

2 정호웅은 『봄날』의 집필을 가능케 한 힘에 대해 "기록해야 하고 증언해야 한다는 소명의식, 아무리 처절하여 차마 떠올릴 수조차 없는 것이라 하더라도 빠뜨려서는 안되고 오히려 더욱더 사실적으로 더욱더 정치하게 그림으로써 진실의 온전한 드러냄에 나아가야 한다는 산문정신일 것이다"(「기록자와 창조자의 자리: 임철우의 『봄날』론」, 『작가세계』 1998년 여름호 310면)라고 설명한다.

3 이러한 특징은 "절대적으로 자의적으로 써서는 안된다는 생각으로 썼어요. 소설로 이루어진 사실의 복원이다—이걸 알아줬으면 좋겠어요. 남아 있는 기록과 증거에 정확히 맞추려고 했지요. 부상자 하나까지 적당히 집어넣은 것이 아니라 기록에 남아 있는 사실에 맞춰서 썼어요"(임철우·황종연 대담 「역사적 악몽과 인간의 신화」, 『문학과사회』 1998년 여름호 662면)라는 작가의 증언에서도 확인할 수 있다.

2. 재현의 원심력

권여선의 『레가토』는 에르베 리샤르라는 프랑스인의 눈을 통하여 80년 광주를 재현한다. 『레가토』에서 광주항쟁을 다룬 부분은 8장 '꽃핀 오월의 목장'이다. 이 장은 모두 5절로 이루어져 있는데, 1절만 초점화자가 오정연으로 되어 있고 나머지 부분의 초점화자는 대부분 매스미디어와 이데올로기에 관한 특강을 위해 서울에서 내려온 에르베 교수로 되어 있다.

초점화자인 에르베 교수는 개인의 지적인 능력과는 무관하게 한국에 온 지 얼마 되지 않은 이방인이기에 광주항쟁의 사회적 의미를 알 수 없는 처지이다. 일차적으로 그를 통해 드러나는 것은 80년의 광주가 겪고 있는 어마어마한 폭력의 실상이다. 에르베가 차를 타고 광주 시내에서 근교로 피신하는 동안, 총검에 찔린 채 얼룩무늬 군복에게 쫓기던 오정연이 다가와 도움을 요청한다. 오정연이 차에 타려는 순간에도 얼룩무늬 군복은 오정연의 머리를 세차게 내리친다.[4] "먼 곳에서 불길이 번쩍했고 희미하게 송진 타는 냄새가 났다"(333면)라는 문장에서 보이듯, 에르베를 통해 광주는 주로 피상적으로 체험된다. 그러나 에르베의 눈이 광주라는 극단적 공간이 만들어내는 스펙터클을 전달하기 위해 사용되는 경우는 거의 없다. 오히려 이 예에서 알 수 있듯이 상당히 절제된 모습을 보여준다. 진정 중요한 것은 에르베의 눈이 근본적인 차원의 윤리적 관점으로 80년 광주를 바라보기 위해서 사용된다는 점이다.

8장 5절에서 에르베는 총구를 향해 몸을 던지는 청년들을 보며 "이게 진짜 현실인가. 그저 환상인 건 아닐까"(348면)라고 푸른 눈으로 묻는다.

---

4 여러가지 특징으로 미루어볼 때, 이 군인은 박인하 등이 야학에서 가르치던 스무살 난 방직공장 공원 천순구일 가능성이 크다. 공수부대원을 던둥이 천순구로 설정한 것은 광주의 군인들 역시 거시적인 차원에서 보자면 피해자일 수 있다는 것을 보여주려는 의도로 보인다.

이처럼 광주에서 벌어지는 일들은 비루한 현실을 단숨에 초월할 만큼 감동적인 힘과 숭고함을 지니고 있는 것이었다. 그렇기에 에르베는 총성으로 귀가 먹먹한 현장에서 정연을 구하기 위해 총탄 속으로 뛰어드는 모습을 보여준다. 에르베를 통해 광주는 다음과 같이 혁명으로서의 의미가 분명해진다.

> 그는 오늘 아침 여자가 왜 혼자 일어나 운동화 끈을 단단히 조여매고 거리로 나갔는지 이해가 되지 않았다. 더 이해가 되지 않는 건, 그들이 왜 총을 맞을 줄 알면서도 저들의 총구 앞에 섰는가 하는 것이었다. 이 여자도, 수십명의 청년들도. 이것이 혁명인가, 하고 에르베는 여자를 다시 업으며 생각했다. (350면)

군인의 칼에 등을 찔리고 곤봉에 머리를 맞고 두 다리에 총을 맞은 정연의 모습은 에르베를 통해 인간 보편의 윤리적 감성을 일깨운다. 그 순간 에르베는 여섯살이었을 때 실종된 사촌누이 아델을 떠올리며 오정연을 반드시 가족에게 돌려주리라고 결심한다.

8장에서 또 한명의 초점화자는 에르베의 운전기사 역할을 하는 최이다. 최를 통해 금남로 발포현장 등이 그려지고 있다. 최는 광주의 평범한 장삼이사가 느꼈을 법한 광주항쟁의 실체와 그들의 용감한 변화양상을 대표하는 인물이다. 최는 처음 오정연을 병원에 옮기는 것도 주저하며 도망치지만, 여러가지 일들을 겪으며 에르베에게 "이 처니는 나으 누이여. 쉬즈 마이 씨스터. 유 노? 나으 딸이여, 쉬즈 마이 도터. 오케, 플리즈"(355~56면)라고 하며 정연을 부탁한 뒤 항쟁의 현장 속으로 뛰어들어간다. 그는 이 작품에서 "그레이트 광주 씨티즌"(355면)의 상징이다.

『레가토』는 에르베라는 외국인을 통하여 광주가 지닌 의미의 지평을 활짝 열어놓고자 한다. 그것은 에르베가 프랑스에서 정연의 친구인 상일과 정연의 자식세대인 석빈 등을 향해 80년 광주를 이야기하는 마지막 대목에서 아주 잘 드러난다.

> 그럼 본격적으로 얘기를 시작할까요? 제가 아델을 어떻게 만나게 되었는지, 어떻게 그녀를 빠리까지 데려오게 되었는지, 그녀가 모든 고통과 장애에도 불구하고 지금 어떤 꿈을 꾸고 있는지, 희망은 불가능하기 때문에 더욱더 품을 가치가 있다는 진실을, 저 부서지기 쉬운 그녀의 육체가 얼마나 아슬아슬하게 입증해왔는지에 대해서 말이지요. (428면)

빠리에서 프랑스인인 에르베는 젊은 세대를 향해 그가 체험한 80년 광주를 이야기하려고 한다. 공간적으로는 프랑스로, 시간적으로는 미래로 활짝 열려 있는 것이다. 그것이 광주항쟁을 보편성의 차원에서 의미 부여하고자 하는 의지의 산물임은 부인할 수 없다.

3. 재현의 구심력

공선옥의 『그 노래는 어디서 왔을까』는 광주 인근의 농촌마을 새정지에 살던 정애와 묘자가 광주로 나갔다가 다시 고향에 돌아오는 구조로 되어 있다. 80년 광주를 말하기 위해서 70년대 새마을 운동이 한창 벌어지는 농촌마을을 자세하게 말하는 것이 특이한 점이라고 할 수 있다. 이 작품을 이해하기 위해서는 1995년에 공선옥이 쓴 「80년대와 나의 문학: 광주, 그리고 내 인생의 수난기」(『역사비평』 1995년 가을호)라는 산문을 먼저 살펴볼 필요가 있다. 이 산문은 『그 노래는 어디서 왔을까』의 많은 내용을 앞질러 이야기하고 있기 때문이다. 80년대를 회상하는 이 글에서 공선옥은 "새마을과 이농의 연대"(163면)였던 70년대는 울력과 취로사업으로 어머니의 뼛골을 녹아내리게 했고, 보이지 않는 농촌공동체의 도덕률을 모두 사라지게 만들었다고 회상한다. 준병정 사업인 새마을 사업으로 인해 70년대는 "고향이 없어져가는 슬픔"을 안긴 시대이며, 친구들은 초등학교만 졸업하면 "시다로, 미싱사로, 산업역군"이 되어 도시로 떠나갔다(165면). 이후 맞이한 80년대는 작가에게 오직 "광주뿐"(166면)이었던 것으로 기억된다.

『그 노래는 어디서 왔을까』의 1장, 3장, 4장은 작가가 경험한 70년대의 소설적 번안이라고 해도 거의 틀리지 않는다. 소설 속에서 새마을 운동은 약육강식의 경쟁논리만을 농촌에 도입하였고, 늘어난 물질적 부는 소수의 타락한 자들에게만 집중된다. 그 결과 사람들은 "새마을을 만들었는데도, 새마을이 됐다는데도 어인 일인지 사람들은 자꾸자꾸 새마을을 떠나갔"(168면)다. 이러한 국가의 폭력적 힘에 바탕을 둔 새마을 운동의 폐해를 직접적으로 받은 사람들이 바로 정애 가족이다. 동네 사람들은 정애의 돼지와 닭을 훔쳐가고 정애와 순애를 겁탈한다. 순애는 병으로 죽고 어머니는 애를 낳다가 죽고 아버지마저 사고로 죽은 마을에서 정애가 살아갈 수 있는 방법은 남아 있지 않았다. 이러한 흐름 속에서 정애는 광주로 가게 된다.

이 작품에서 광주가 가져온 비극을 직접적으로 보여주는 인물은 정애, 박용재, 묘자, 오만수이다. 이들은 5·18의 후유증을 온몸으로 앓는 소위 "오일팔 또라이들"(89면)이라고 할 수 있는데, 각각의 인물들은 광주를 둘러싼 고유한 의미를 담고 있다. 열다섯이 갓 넘은 나이에 광주 시내에서 콩나물 장사를 시작한 정애는 남동생을 찾으러 갔다가 군인들에게 윤간을 당한 후 정신을 놓아버린다. 정애는 광주가 지닌 그 엄청난 폭력의 대비극을 상징하는 존재라고 할 수 있다. 또한 이들은 80년 광주가 며칠 동안의 비극으로 끝난 것이 아님을, 오히려 진정한 비극은 5·18 이후 오랜 시간 이어지는 일상의 나날 속에 있었음을 증언한다.

박용재는 전두환이 누군지도 모르지만 대학생이 된 듯한 기분에 시민군에 휩쓸렸다가 삼청교육대에까지 끌려간다. 이러한 박용재의 모습은 광주항쟁의 한 축을 담당한 기층 민중의 모습에 해당한다고 할 수 있다. 더 나아가 박용재는 상무대와 삼청교육대에 다녀온 후 전혀 사회에 적응을 하지 못한다. 용재가 이전에 다니던 카센터 사장이 한 "허나, 어쩌겄는가. 마음은 아니어도 현실이 그런디"(84면)라는 말처럼, 사회가 그를 전혀 받아들이지 않았던 것이다. 이것은 광주항쟁에 참여한 사람들이 항쟁 직후에 겪었던 차별과 배제의 고통을 드러내는 것이라 할 수 있다.

묘자는 정신이 나가 엉뚱한 이야기를 하고 앞뒤가 안 맞는 시를 짓는 박용재를 모성으로 끌어안지만 결국 박용재의 폭언과 폭행을 견디지 못하고 그를 살해한다. 용재는 묘자의 배 속에 든 아이가 계엄군의 씨앗이라고 생각하며, 심지어는 누구의 씨인지 보자며 묘자의 배를 칼로 가르려고까지 한 것이다. 이러한 묘자의 모습에서 80년 광주의 현장에 있지 않았더라도, 현장에 있었던 사람들과 함께 살아가는 이들이 느낄 수밖에 없는 고통을 확인할 수 있다. 특히 "나는 내가 그를 죽인 것이 아니라 우리 싸움을 말리지 않은 사람들이 그를 죽인 것만 같았다"(153면)라는 묘자의 말은 박용재나 묘자의 고통을 바라보기만 하던 보통 사람들의 책임 문제를 제기한다.

용순의 남편 오만수는 80년 당시 진압군의 편에 서서 국난극복 기장까지 받았지만 제대 후에는 멀쩡한 팔을 기차 바퀴에 밀어넣는 등 후유증에 시달린다. 오만수는 나쁜 사람이나 훌륭한 사람을 떠나서 "아픈 사람"(146면)인 것이다. "왜 지금 맞은 사람이나 때리고 몹쓸 짓을 한 사람이나 똑같이 아픈 것일까"(144면)라는 묘자의 말에서 알 수 있듯이, 오만수는 결국 피해자일 수밖에 없는 가해자의 모습을 대표한다. 이들 인물은 광주의 비극을 드러내는 전형성을 띤 인물이라고 할 수 있다.

공선옥의 『그 노래는 어디서 왔을까』의 특징 중 하나는 80년 광주를

70년대의 새마을 운동으로 표상되는 정치상황과 연결해 바라본다는 것이다. 이 작품의 광주 이야기는 70년대 이야기에 둘러싸여 있는 형상이다. 이러한 인식은 80년대를 회상하는 공선옥의 수필에서도 이미 선명하게 드러나 있다. 이 소설에서 새마을 운동은 폭력적인 국가의 횡포 이상도 이하도 아니다. “애국의 길이라는 것이 그리 어려운 일이 아니여. 국가의 기본 시책을 충실히 따르는 것이 애국의 길”(233면)이라는 말이나 “정부 시책을 따르지 않는 사람은 다 빨갱이”(168면)라는 말은 새마을 운동의 성격을 바라보는 당대의 기본 시각을 잘 보여준다. 이러한 국가정책으로 인해 가장 큰 피해를 본 경우가 바로 정애와 묘자의 집이었다. 그리고 정애는 80년 광주에서 온몸으로 피 흘리는 존재가 된다. 그렇다면 공선옥에게 80년 광주는 70년대와 분리할 수 없는 일련의 역사적 흐름 위에 솟아오른 대사건이라고 할 수 있다.

4. 재현 불가능성을 넘어서

『레가토』와 『그 노래는 어디서 왔을까』의 공통점은 80년 광주를 바라보는 등장인물들이 모두 광주항쟁의 역사·사회적인 의미를 파악할 수 있는 사회적 위치에 있지 못하다는 점이다. 그들은 피와 폭력으로 점철된 그 참상을 즉물적으로 파악할 수밖에 없는 존재들이다. 그러나 그러한 인물을 초점화자로 내세운 결과는 두 작품에서 서로 다르게 나타난다. 『레가토』에서는 프랑스인 교수의 시점을 통하여 광주를 보편의 차원에서 바라보고자 한다. 어떠한 이유로도 정당화될 수 없는 폭력과 그에 맞선 항거의 장이 광주였다는 것. 그것은 단순히 조금 더 확장된 범위의 대한민국에서만 공감할 수 있는 비극이 아니라 인류적인 차원의 비극이었음을 강하게 드러내고 있다. 이를 통해 광주를 ‘한국의 광주’가 아니라 ‘세계의 광주'로 만들고자 하는 의도가 읽힌다. 권여선이 외국인 초점화자를 통하여 광주에 대한 사회학적 분석의 통로를 막았다면, 공선옥은 별다른 지적 능력을 갖추지 않은 인물들을 통하여 광주에 대한 사회학적 분석의 통로를 막고 있다. 여기에 더해 공선옥은 광주의 비극에 대한 직접적인 묘사까지도 거부하고 있다. 이 작품에서 공선옥이 가장 꺼린 것은 광주가 너무나도 선명하게 스펙터클화되어 소비되어버리는 것인지도 모른다. 공선옥은 광주의 아픔을 사회적 현실이 아닌 심리적 실재의 차원에서 집요하게 드러낸다. 이것은 현실이 개인에게 가져다준 충격과 실감을 있는 그대로 드러내는 것으로서, 현실을 재현한다기보다는 환기하는 방법이다.

권여선이 보편화될 수 있는 근본적인 윤리와 관련해 광주를 이야기한다면, 공선옥은 변방의 가장 낮은 곳에서 혹독하게 광주를 겪은 사람들의 이야기를 한다. 그것은 프랑스어는커녕 한글로도 소통될 수 있는 것이 아니다. 그렇기에 등장인물들의 말은 말 이전의 노래일 수밖에 없다. 『그 노래는 어디서 왔을까』에서 상처받은 자들은 모두가 말을 잃어버린다. 울음이나 웃음소리로만 자신을 표현했던 정애의 엄마, 삶의 바닥에서 해석 불가능한 소리를 내게 된 아버지, 수많은 사람들에게 짓밟혀 뜻 모를 소리만 내는 정애, 뜻하지 않게 광주항쟁에 휘말려 분별이 불가능한 말만을 늘어놓는 용재까지 모두 그러하다. 그리하여 이 작품에는 '끼루루룩' '쓔쓔쓔쓔' '쭈요쭈요쭈요' '키욱키욱파파라파휴우라' '하요이하요이' '끼끼끼끼' '구구구궁'처럼 의미를 잃은 분열된 소리들로 가득하다. 이는 "사람이 말로는 더 어떻게 해볼 수 없을 때 터져나오는 소리"(184면)로서, 의미화될 수조차 없는 그들의 극단적 고통을 환기한다.

재현이 아닌 환기의 방식이란 재현의 불가능성에서 비롯한 처절한 고통의 산물일 것이다. 그리하여 '재현의 위기 그 자체를 즐기는 것'과는 분명히 구분되지만, 결과적으로는 그리고자 하는 대상을 미지의 대상으로 남겨둘 수밖에 없다. 이때 나타나는 현상은 그 미지의 대상이 함부로 범접할 수조차 없는 차원으로 신성화되거나, 패륜에 가까운 온갖 악의적 상상력으로 왜곡되는 것이다. 2014년 이 퇴행의 시대 속에서 너무도 가슴 아프게 경험하는 것은 전자라기보다는 후자의 모습이다. 『그 노래는 어디서 왔을까』에서 소리는 분명 힘을 지녔지만[5] 끝내 정애의 고통을 멈추게 할 수는 없었다. 그러고 보면 『레가토』에서도 정연은 광주를 겪은 이후 "기억도 잃고 한국말도 잊은 상태"(423면)이다. 광주의 직접적인 체험자인 정연은 결코 말하지 못하는 것이다. 광주는 아직도 당사자들에 의해 발화될 수 없는 어마어마한 상처라는 인식을 공유한 것일까? 그런데 프랑스까지 온 사람들의 모습을 보며 정연은 뭔가 기억의 일부를 되찾는다. 이들에 대한 관심을 통해 정연은 과거의 기억과 말을 조금씩 찾을 수 있는 가능성이 주어진다. 우리 시대 리얼리즘 역시 바로 그 관심에서 새롭게 시작될 것이다.

5 『그 노래는 어디서 왔을까』는 말을 잃어버린 자들의 소리가 엄청난 힘을 지니고 있다는 메시지를 끊임없이 전달하려고 한다. '부로꾸 찍는 사람'도 '박샌'도 '군인들'도 "노래를 부르면 몹쓸 짓을 하던 사람들이 웃다가 울었다. 울면서 그들은 도망을 갔다"(171면)라고 묘사된다. 이 소리의 힘이야말로 공선옥이 『그 노래는 어디서 왔을까』를 통해 만들어내고자 한 문학적 힘일 것이다. 이것은 하나의 반어라고 할 수 있는데, 이러한 인식은 박샌댁 부인이 정애에게 한 "미친 세상에서 미치지 않은 사람들은 다 미친 거여. 미친 세상에서 미친 사람만이 미치지 않은 거여. 그래 그런 거여. 정애 자네만이 미치지 않은 사람이여"(198면)라는 말 속에도 담겨 있다.

소년이 우리에게 오는 이유

◆

한강 장편소설 『소년이 온다』

1. 보편화와 재현 불가능성

한강(韓江)의 『소년이 온다』(창비 2014)는 여섯개의 장과 에필로그로 구성되어 있다. 이 중에서 에필로그는 나름의 분량과 서사적 역할을 하고 있어 사실상 소설의 제7장이라고 할 수 있다.[1] 각 장의 초점화자는 각기 다르다. 순서대로 나열하자면 당시 만 열다섯살이었던 동호를 '너'라고 부르는 서술자, 동호의 친구로서 사자(死者)가 된 정대, 80년 당시 수피아여고 3학년으로 동호와 함께 일했던 김은숙, 끝까지 도청을 지켰던 시민군, 가두방송을 했던 임선주, 동호의 어머니, 소설가 '나'이다. 정대, 김은숙, 시민군, 임선주, 어머니, 소설가는 모두 이 작품의 '부재하는 중심'인

1 『소년이 온다』의 에필로그는 독특하다. 소설의 에필로그는 보통 원고지 10매 내외로 작가의 직접적인 생각을 사실의 차원에서 전달한다면, 이 작품의 에필로그는 다른 장과 대등한 분량을 가지고 있으며 소설적 면모를 그대로 보여주고 있다. 또한 에필로그의 제목도 따로 붙어 있다. 이것은 작가가 『소년이 온다』의 에필로그를 사실과 허구의 중간쯤으로 읽히기를 원했기에 비롯된 특징일 것이다.

동호와 80년 광주를 매개로 하여 깊이 연결되어 있다.

광주는 오랫동안 한국소설에 등장하지 않다가 최근에 들어 새롭게 그 모습을 드러내고 있다. 필자는 지난호(2014년 여름호) 『자음과모음』에서 권여선의 『레가토』(창비 2012)와 공선옥의 『그 노래는 어디서 왔을까』(창비 2013)를 중심으로 한국문학에 나타난 광주의 재현양상이 지니는 특징을 검토한 바 있다. 그 특징은 광주를 보편성의 차원에서 사유하려는 경향과 사건 자체의 증언 불가능성을 부각하는 경향으로 정리할 수 있다. 두 작품은 피와 폭력으로 점철된 광주의 참상을 즉물적으로 파악할 수밖에 없는 존재들을 초점화자로 내세우고 있다. 『레가토』에서는 프랑스인 교수의 시점을 통하여 광주를 보편성의 차원에서 바라보고자 한다. 그것은 단순히 광주가 조금 더 확장된 범위의 대한민국에서만 공감할 수 있는 비극이 아니라 인류적 차원의 비극임을 강하게 드러내고 있다. 이를 통해 권여선은 광주를 '한국의 광주'가 아니라 '세계의 광주'로 만들고자 하는 것이다. 공선옥은 『그 노래는 어디서 왔을까』에서 광주의 비극에 대한 직접적인 묘사를 거부하고 있다. 80년 광주는 프랑스어는커녕 한글로도 소통될 수 있는 것이 아니다. 그렇기에 등장인물들의 말은 말 이전의 노래일 수밖에 없다.

『소년이 온다』에서도 두 작품에 드러난 특징을 확인할 수 있다. 먼저 증언(진술) 불가능성은 80년 광주를 한복판에서 겪어낸 사람들에 의해서 표현된다.

> 김진수의 죽음을 심리적으로 부검하고 있다는 선생의 말을 나는 이해할 수 없습니다. 지금 내 말들을 녹취함으로써 김진수가 죽어간 과정을 복원할 수 있습니까? 그와 나의 경험이 비슷했을지 모르지만, 결코 동일하지는 않았습니다. 그가 혼자서 겪은 일들을 그 자신에게서 듣지 않는 한, 어떻게 그의 죽음이 부검될 수 있습니까? (108면)

삼십 센티 나무 자가 자궁 끝까지 수십번 후벼들어왔다고 증언할 수 있는가? 소총 개머리판이 자궁 입구를 찢고 짓이겼다고 증언할 수 있는가? 하혈이 멈추지 않아 쇼크를 일으킨 당신을 그들이 통합병원에 데려가 수혈받게 했다고 증언할 수 있는가? 이년 동안 그 하혈이 계속되었다고, 혈전이 나팔관을 막아 영구히 아이를 가질 수 없게 되었다고 증언할 수 있는가? 타인과, 특히 남자와 접촉하는 일을 견딜 수 없게 됐다고 증언할 수 있는가? 짧은 입맞춤, 뺨을 어루만지는 손길, 여름에 팔과 종아리를 내놓아 누군가의 시선이 머무는 일조차 고통스러웠다고 증언할 수 있는가? 몸을 증오하게 되었다고, 모든 따뜻함과 지극한 사랑을 스스로 부서뜨리며 도망쳤다고 증언할 수 있는가? 더 추운 곳, 더 안전한 곳으로. 오직 살아남기 위하여. (166~67면)

첫번째 인용은 한 연구자가 대학 신입생으로 끝까지 도청에 남았다가 이후 후유증으로 자살한 진수에 대해 묻자, 스물셋의 교대 복학생으로 진수와 함께 도청에 남았던 남자가 하는 말이다. 남자는 진수와 함께 도청에서의 마지막 밤과 감옥생활을 함께하고 최근까지도 진수와 교감을 나누었지만 자신이 곧 진수일 수는 없음을 말하고 있다. 따라서 이 인용문에는 광주로 인해 '죽어간 자들'의 진실을 '살아 있는 자들'이 말할 수는 없다는 생각이 드러나 있다.

두번째 인용은 임선주가 연구자의 증언 요구에 대해 보이는 반응이다. 임선주는 양장점의 미싱사로 일하다가 광주항쟁 당시 가두방송을 했으며 이후에 말 못할 고통을 겪어낸 인물이다. 과거 여공이었고 노조 활동을 했기 때문에 교도소에서 '빨갱이년'으로 불리며 온갖 고문을 당했다(170면). 연구자는 녹음기와 테이프를 임선주에게 보내 경험을 녹음해달라고 부탁한다. 그러나 앞의 인용문에서 드러나듯이 그것은 결코 타인에게 말할 수 있는 경험이나 고통이 아니다. 임선주 자신조차도 떠올리기 어려운 그것은 타인과 소통의 지점을 가로막는 고통의 사물화된 극한일 뿐이다. 끝내 임선주는 봉인된 그 고통을 증언하지 못하며, 휴대용 녹음기와 테이프를 연구자에게 반송하려고 한다. 이처럼 5·18에 대해 증언한다는 것은 죽은 자에게나 산 자에게나 결코 가능한 일이 아니다.[2]

그렇다면 『소년이 온다』는 어떻게 창작이 가능했을까? 그것은 작가가 일종의 영매(靈媒)가 됨으로써 가능했다. 동호가 80년 광주를 겪었던 곳에 와서 작가는 "소년의 얼굴이 또렷해질 때까지. 그의 목소리가 들릴 때까지. 안 보이는 마룻장 위를 걸어가는 그의 뒷모습이 어른어른 비칠 때까지"(200면) 가만히 기다린 것이다.

80년 광주에 보편성을 부여하려는 경향은 『소년이 온다』에서도 확인할 수 있다. 김진수와 함께 총을 들고 끝까지 도청에 남았던 남자는 연구자를 향해 "우리들은 단지 보편적인 경험을 한 것뿐입니까?"(134면)라고 묻는다. 이때의 보편적인 경험이란 인간의 잔인성이 표출된 불행한 사건의 연속선상에서 5·18을 바라보는 것이다. "유전자에 새겨진 듯 동일한 잔인성"(135면)이 부마항쟁, 베트남전, 제주도, 칸또오, 난징, 보스니아 등의 참상을 낳았고, 광주 역시 낳았다는 인식을 확인할 수 있다. 에필로그인 '눈 덮인 램프'에서 작가인 '나'는 80년 광주에 다음과 같은 보편적 의미를 부여한다.

2 광주의 재현 불가능성에 대한 이야기는 영화에서도 주요한 주제였다. 변성찬은 광주를 다룬 영화에 대해 "80년 5월 10일간의 광주는 토막 난 기억으로 온전히 재현될 수 없는 트라우마적인 기억의 형상으로 되돌아오곤 했다. 서사적으로는 플래시백이었고, 시각적으로는 악몽의 이미지였다. 그동안 한국영화는 한편으로는 끊임없이 그때 그곳과 마주해야 한다는 강박을 보여주면서, 또 한편으로는 그것의 온전한 재현 불가능성을 반복해서 고백해왔던 셈이다"(「80년 5월 광주 '코뮨' 재현한 〈화려한 휴가〉」, 『말』 2007년 8월호 196면)라고 주장한다.

2009년 1월 새벽, 용산에서 망루가 불타는 영상을 보다가 나도 모르게 불쑥 중얼거렸던 것을 기억한다. 저건 광주잖아. 그러니까 광주는 고립된 것, 힘으로 짓밟힌 것, 훼손된 것, 훼손되지 말았어야 했던 것의 다른 이름이었다. (207면)

80년 광주는 불의한 권력에 의해 짓밟히고 훼손된 것의 이름에 다름 아니다. 비단 5·18뿐만이 아니라 권력에 눌려 으깨진 것들, 폭력에 압사당한 것들 모두가 곧 광주가 된다. 칸또오, 난징, 부마항쟁, 베트남, 용산까지도.

2. 시체의 수사학

『소년이 온다』에서 '부재하는 중심'인 동호가 맡은 일은 도청과 상무대에서 시신을 관리하는 일이었다. 그리고 2장은 아예 시체가 된 정대가 초점화자이다. 그 결과 작품에는 진물과 냄새로만 존재하는 시체에 대한 적나라한 묘사가 상당히 많이 등장한다.

여자의 이마부터 왼쪽 눈과 광대뼈와 턱, 맨살이 드러난 왼쪽 가슴과 옆구리에는 수차례 대검으로 그은 자상이 있다. 곤봉으로 맞은 듯한 오른쪽 두개골은 움푹 함몰돼 뇌수가 보인다. 눈에 띄는 그 상처들이 가장 먼저 썩었다. 타박상을 입은 상체의 피멍들이 뒤따라 부패했다. 발톱에 투명한 매니큐어를 바른 발가락들은 외상이 없어 깨끗했지만 시간이 흐르며 생강 덩어리들처럼 굵고 거무스레해졌다. 정강이를 넉넉히 덮었던 물방울무늬 주름치마는 이제 부풀어오른 무릎을 다 덮지 못한다. (11~12면)

끝없이 쏟아져나오는 반투명한 창자들. (20면)

부패가 시작된 얼굴은 깊은 칼자국에 벌어져 이목구비를 정확히 분별하기 어려웠다. (40면)

피와 진물로 꾸덕꾸덕 얼룩진 흰 무명천을 들추면 길게 찢긴 얼굴, 베어진 어깨, 블라우스 사이로 썩어가는 젖무덤이 너를 기다리고 있다. (44면)

고깃덩어리처럼 던져지고 쌓아올려진 우리들의 몸을. 햇빛 속에 악취를 뿜으며 썩어간 더러운 얼굴들을. (53면)

가장 먼저 탑을 이뤘던 몸들이 가장 먼저 썩어, 빈 데 없이 흰 구더기가 들끓었어. 내 얼굴이 거뭇거뭇 썩어가 이목구비가 문드러지는 걸, 윤곽선이 무너져 누구도 더이상 알아볼 수 없게 되어가는 걸 나는 묵묵히 지켜봤어. (59면)

총검으로 깊게 내리그어 으깨어진 여자애의 얼굴. (199면)

이처럼 시신에 대한 리얼한 묘사는 두가지 효과를 가져오는 것으로 보인다. 첫번째는 어마어마한 폭력을 증거하는 하나의 방식으로 기능한다. 임선주가 동호의 시신이 찍힌 사진을 보며 “옆구리가 뒤틀린 그 자세가 마지막 순간의 고통을 증거하고 있었어”(172면)라고 말하는데, 처참한 시신의 모습은 그전에 가해진 폭력의 실상을 고통스럽게 떠올리도록 한다. 곳곳에 산재한 시체들의 섬뜩한 구체성은 보편적 추상을 매개로 하는 논리적 언어로는 쉽게 전달할 수 없는 광주의 경험을 직접적으로 드러낸다.

다음으로 이러한 시신 묘사는 80년 오월 광주에서 벌어진 죽음에 대해 최소한의 애도도 제대로 이루어지지 않았다는 생각을 하게 만든다. ‘고깃덩어리처럼 던져지고 쌓아올려진 우리들의 몸'은 이들의 죽음이 인간사회에서 이루어지는 애도와는 무관하게 동물 차원의 야만적인 상태로 방치되었음을 보여준다.

작가는 불완전한 애도가 지금까지도 이어진다고 보고 있다. 작가는 동호를 만나기 위해 광주로 내려가지만 모든 것은 변해 있다. 동호가 살던 옛집은 없어지고, 동호가 80년 오월에 있었던 상무관 바닥은 파헤쳐지고, 공사 중인 도청 건물 바깥으로는 가림막이 설치되어 있는 것이다. 이처럼 모든 것이 훼손되었지만, 애도는 전혀 이루어지지 않았다. 이것은 구묘역에서 신묘역으로 이장을 했을 때, "관들을 열어보니 처참했던 모습 그대로인"(214면) 시체들의 모습을 통해 상징적으로 드러난다.

한강의 『소년이 온다』는 작품의 중핵이라고 할 수 있는 동호가 묻혀 있는 망월동에 작가인 내가 찾아가는 것으로 끝난다. '나'는 자신이 가져온 초들을 소년들의 무덤 앞에 세운다. 그러나 그것이 일반적인 애도행위와는 구별된다. "기도하지 않"고 "눈을 감고 묵념하지도 않"으며, 다만 "반투명한 날개처럼 파닥이는 불꽃의 가장자리를 나는 묵묵히 들여다보고 있"을 뿐이다(215면). 이 무덤 앞의 초에서 비춰오는 불꽃을 묵묵히 바라보는 자세에서 작가가 동호로 상징되는 5·18을 바라보는 시각을 확인할 수 있다. 그것은 망각을 위한 애도도, 죽음에 대한 우울도 아닌, 둘의 비변증법적 종합으로서의 애도일 것이다. 이러한 애도는 이 작품의 기본적인 성격과 맞닿아 있다.

3. 신(神)적인 차원으로 고양된 윤리

『소년이 온다』는 5·18의 역사성에 대한 종합적이고 균형 잡힌 이해를 추구하는 리얼리즘 소설은 아니다. 이 작품은 증언의 형식을 통해 그 당시 5·18을 겪은 사람들의 내적 경험을 끄집어내 광주에 접근하고 있다. 이때 인물들의 내면에 있는 것은 80년 오월이 가져다준 상처와 끈질기게 따라붙는 모종의 죄의식이다.

광주의 경험은 "방사능 피폭과 비슷"(207면)한 것이어서 80년 오월은 계속해서 이들의 삶을 옥죈다. 죽음은 80년 오월로 끝난 것이 아니었고 방사능처럼 매우 느린 속도로 조금씩 사람들에게 다가오는 것이다. 임선주는 최저생계비에도 못 미치는 돈을 받으며 "암과 백혈병을 유발하는 산업용 독성물질들, 농약과 화학비료들, 생태계를 파괴하는 토목사업들"과 같이 "서서히 죽이는 것들"과 맞서 싸우는 단체에서 일한다(143면). 광주에서의 기억 역시 '서서히 죽이는 것들'이라는 점에서, 임선주가 현재 하는 일은 광주가 자신에게 남긴 트라우마와 싸우는 과정이라고 말할 수도 있다. 임선주는 같은 단체에서 일하는 동료들에게도 광주에서의 체험을 철저히 숨긴다. 검열로 만신창이가 된 서 선생의 희곡에 등장하는 대사인 "네가 죽은 뒤 장례식을 치르지 못해, 내 삶이 장례식이 되었습니다"(99면)처럼, 이들의 삶은 죽어 있는 것인지도 모른다. 김진수의 자살은 이를 극적으로 현시한 것에 불과하다.

80년 광주에서 살아난 이들에게 삶을 향한 의지는 그다지 강한 것이 아니다. 김은숙은 학교를 그만두고 조그만 출판사에서 편집일을 한다. 출판사는 저항적인 책을 만들어내었고 이 일로 김은숙은 형사에게 일곱대의 뺨을 맞기도 한다. 열아홉에 광주를 겪은 그녀는 스물네살이라는 젊은 나이에도 "빌어먹을 생명이 너무 길게 이어지지 않기를 원"(85면)한다. 김진수와 함께 도청의 마지막을 지켰던 사내 역시 "내가 밤낮없이 짊어지고 있는 더러운 죽음의 기억이, 진짜 죽음을 만나 깨끗이 나를 놓아주기를"(135면) 기다릴 정도이다. 이처럼 죽음을 원하는 이들의 마음속에는 80년 오월과 관련한 모종의 죄의식이 담겨 있다. 어찌 보면 가장 큰 오월의 피해자인 임선주조차 "난 아무것도 사하지 않고 사함받지 않아"(151면)라는 입장을 보여준다. 이 죄의식의 한복판에는 동호가 있다.

『소년이 온다』는 동호 본인의 말대로 "잔일 거든 거밖에 없는"(30면) 열다섯살 소년의 죽음을 통하여 80년 광주를 새롭게 이야기하고 있다. 동호는 끝까지 도청에 남았다가 죽는다. 그러나 동호는 만 열다섯이며 몸까지 왜소하고 약한 그야말로 소년에 불과하다. 따라서 동호의 죽음은 5·18 당시 광주 시민들에게 가해진 폭력의 한 극한을 보여준다고 할 수 있다. 실제로 『소년이 온다』에서는 계엄군 장교가 도청에서 두 손을 들고 나오는 어린 학생들을 총으로 학살하는 장면이 나온다. 80년 광주에서 살아남은 자들은 동호의 죽음에 대하여 죄책감을 느낀다. 그것은 동호가 만 열다섯의 왜소하고 약한 소년이라는 사실과 밀접하게 연관된다. 어떤 이유로든 동호는 도청에 남아서는 안되는 소년이기도 했던 것이다.

모든 사람은 도청에서의 마지막 날 동호에게 반드시 집에 가라고 말한다. 함께 일하던 은숙 누나와 선주 누나는 물론이고 진수 형도 몇번이나 당부한다. 은숙은 "영혼이 있었다면 그때 부서졌다"고 고백하는데, 그때란 은숙이 "도청을 나오기 전 너를 봤을 때"이다(89면). 은숙은 동호가 도청에 남은 것에 대하여 "목소리를 낮춰 항의"(90면)하기도 했지만, 끝내 동호를 도청에 남겨두고 집으로 돌아왔던 것이다. 마침내 도청 쪽에서 총소리가 들렸을 때 그녀는 다만 도청에 남은 동호를 기억할 뿐이다(92면). 임선주는 80년 오월에 죽은 귀신들을 보는데, 그 귀신 중에는 동호도 있다. 다음의 인용은 임선주가 귀신에게 말하는 장면인데, 이 장면에는 그녀가 느끼는 진한 죄책감이 그대로 나타나 있다.

내 책임이 있는 거야, 그렇지?

입술을 악문 채, 눈앞에서 일렁이는 파르스름한 어둠을 향해 당신은 묻는다.

내가 집으로 가라고 했다면, 김밥을 나눠 먹고 일어서면서 그렇게 당부

했다면 너는 남지 않았을 거야, 그렇지?
그래서 나에게 오곤 하는 거야?
왜 아직 내가 살아 있는지 물으려고. (176~77면)

동호 형들의 싸움에서도 이러한 책임의 문제가 포함되어 있다. 큰형은 작은형에게 "그 쪼그만 것 손 잡아서 끌고 오면 되지, 몇날 며칠 거기 있도록 너는 뭘 하고 있었냐고! 마지막 날엔 왜 어머니만 갔냐고! 말해봤자 안 들을 것 같았다니, 거기 있으면 죽을 걸 알았담서, 다 알고 있었담서 네가 어떻게!"(183면)라고 말한다. 동호의 어머니도 그 마지막 날 둘째 아들과 함께 동호를 찾으러 갔다가 그냥 돌아왔다. 안으로 들여보내지 않는 시민군과 둘째 아들이 실랑이를 벌이자 어머니는 "어둠속에서 군인들이 나타날 것 같아서 (…) 이러다가 남은 아들까장 잃어버릴 것 같아서"(185면) 그냥 다시 돌아왔던 것이다. 그후 어머니 역시 "아무리 무더운 여름이 다시 와도 땀이 안 나도록, 뼛속까지 심장까지 차가워"(190면)진다.

도청에 남겨진 동호에 대해 가장 안타까워한 이는 다름 아닌 당시 고작 스무살이던 김진수이다. 김진수는 동호에게 두번이나 반복해서 "적당한 때 너는 항복해라. 알겠지, 항복하라고. 손들고 나가. 손들고 나가는 애를 죽이진 않을 거야"(112면)라고 거의 애원하다시피 말한다. 나중 김진수가 끝내 자살하고 마는 것은 이 죄의식의 끝 모를 깊이를 드러낸 것인지도 모른다.

죄의식에 시달리던 이들은 암시적인 방식으로나마 그러한 죄의식에서 벗어날 것을 동호에게서 허락받는다. 동호가 초등학교도 가기 전의 어린 시절에 엄마에게 하는 말로 6장은 끝맺음을 하는데, 동호는 "엄마, 저쪽으로 가아, 기왕이면 햇빛 있는 데로. 못 이기는 척 나는 한없이 네 손에 끌려 걸어갔제. 엄마아, 저기 밝은 데는 꽃도 많이 폈네. 왜 캄캄한 데로 가아, 저쪽으로 가, 꽃 핀 쪽으로"(192면)라고 말하는 것이다. 어린 동호의

'왜 캄캄한 데로 가아, 저쪽으로 가, 꽃 핀 쪽으로'라는 말은, 신적인 수준의 윤리를 강요받아야 했던 80년 오월의 가장 큰 피해자들인 은숙, 진수, 선주, 동호의 어머니에게 작가가 건네는 따뜻한 위로의 메시지라고 할 수 있을 것이다.

4. 양심의 보석

그렇다면, 열다섯의 작고 약한 소년 동호는 왜 도청에 끝까지 남았던 것일까? 동호의 선택을 이해할 수 있는 유일한 단서는 김진수와 함께 끝까지 도청에 남았던 사내에 의해 주어진다. 그는 "그날 도청에 남은 어린 친구들"도 "그 양심의 보석을 죽음과 맞바꿔도 좋다고 판단했을 겁니다" 라고 말한다(116면).

사내는 그날 "세상에서 제일 무서운" 것인 '양심'에 압도당했다고 말한다(114면). 시신을 리어카에 싣고 수십만의 사람들이 총구 앞에 섰던 날, "수십만 사람들의 피가 모여 거대한 혈관을 이룬 것 같았던 생생한 느낌"을, "그 혈관에 흐르며 고동치는, 세상에서 가장 거대하고 숭고한 심장의 맥박"을 느꼈던 것이다(같은 곳). 그 숭고한 체험은 다음의 인용문에서 다시 한번 반복된다.

> 모든 사람이 기적처럼 자신의 껍데기 밖으로 걸어나와 연한 맨살을 맞댄 것 같던 그 순간들 사이로, 세상에서 가장 거대하고 숭고한 심장이, 부서져 피 흘렸던 그 심장이 다시 온전해져 맥박 치는 걸 느꼈습니다. 나를 사로잡은 건 바로 그것이었습니다. 선생은 압니까, 자신이 완전하게 깨끗하고 선한 존재가 되었다는 느낌이 얼마나 강렬한 것인지. 양심이라는 눈부시게 깨끗한 보석이 내 이마에 들어와 박힌 것 같은 순간의 광휘를.

(115~16면)

사내가 말한 이 '양심'은 최정운(崔丁云)이 『오월의 사회과학』(오월의봄 2012)에서 말한 절대공동체의 체험이 가져다준 것과 매우 유사하다. 5·18 당시 공수부대는 문명이 이성으로 만들어낸 야만으로서, 그들이 휘두른 폭력은 "시위 진압이라 할 수 없으며 통상적 폭력도 아니었"고, "'우리는 인간이 아니라, 짐승이며, 악귀다' 그리고 '우리에게 너희들은 사람이 아니다'"라는 명쾌한 메시지를 전하는 시각적 언어였다(『오월의 사회과학』 91면). 결국 광주 시민들은 "자기 자신이 인간 이하라는 수치에 대한 분노, 그리고 자신이 인간 이하임은 폭력에 대한 공포에서 비롯된다는 분노"로 인해 목숨을 걸고 공수부대와 싸웠고, 그런 측면에서 광주 시민들이 투쟁한 이유는 "인간의 존엄성, '인간임'을 회복하기 위"해서였다(같은 책 92면)고 볼 수 있다. 그 결과 20일 오후에 광주에는 전통적 공동체와는 다른 절대공동체가 완성되었다. 절대공동체는 "폭력에 대한 공포와 자신에 대한 수치를 이성과 용기로 극복하고 목숨을 걸고 싸우는 시민들이 만나 서로가 진정한 인간임을, 공포를 극복한 용기와 이성 있는 시민임을 인정하고 축하하고 결합"(같은 책 172면)한 공동체였다. 5·18의 의미는 바로 나와 너의 구분이 없어진 그 절대공동체의 창출에서 찾아야 할 것이다. 그 의미는 『오월의 사회과학』에서 다음과 같이 설명된다.

> 5·18이 우리 근대사뿐만 아니라 인류 역사에서 갖는 의미의 핵심은 이 절대공동체의 체험일 것이다. 그곳에는 사유재산도 없었고, 목숨도 내 것 네 것이 따로 없었고 시간 또한 흐르지 않았다. 그곳에는 중생의 모든 분별심이 사라지고 개인들은 융합되어 하나로 존재했고 공포와 환희가 하나로 얼크러졌다. (123면)

소설에서 사내가 말한 "자신의 껍데기 밖으로 걸어나와"서 "거대하고 숭고한 심장"을 형성한 후에 받은 "완전하게 깨끗하고 선한 존재가 되었다는 느낌"은 최정운이 말한 "모든 분별심이 사라지고 개인들은 융합되어 하나로 존재"했던 절대공동체의 성스러운 초자연적 체험과 너무나 닮아 있다.

이후 김진수와 사내가 계엄사에 끌려가 당한 일은 철저하게 그 인간적 존엄을 빼앗기는 일에 해당한다. 광주항쟁이 '인간임'을 회복하기 위한 것이라는 점에서, 계엄사에서의 일들은 또 하나의 광주학살이라고 할 수 있다. 감옥에서 그들은 절대공동체에서 맛보았던 '양심의 보석'이 파괴되는 과정을 겪는다. 그들은 비녀꽂기, 통닭구이, 물고문, 전기고문 등을 통해 "묽은 진물과 진득한 고름, 냄새나는 침, 피, 눈물과 콧물, 속옷에 지린 오줌과 똥"(120면)만을 가진 존재가 된다. 식판 하나를 둘이 나눠먹게 해서 그들은 밥알 하나 김치 한쪽을 두고 싸우는 지경에까지 이른다. 그런 행위를 통해 계엄사는 "너희들이 태극기를 흔들고 애국가를 부른 게 얼마나 웃기는 일이었는지, (…) 냄새를 풍기는 더러운 몸, 상처가 문드러지는 몸, 굶주린 짐승 같은 몸뚱어리들이 너희들이라는 걸" 증명하고자 했던 것(119면)이다. 그러나 그들은 곧 생명의 위협을 받으면서도 인간으로서의 존엄을 되찾기 위해 노력한다.[3]

끝내 감옥에서 나온 후에도 그들은 사회에 적응하지 못한다. 그들은 학

---

3 이러한 상황은 최정운이 설명한 것과 거의 그대로 일치한다. "끌고 가는 과정이나 그곳에서 계엄사가 시도한 일은 모진 구타와 고문 그리고 배고픔으로 시민들이 투사가 되어 확인한 인간으로서의 존엄성을 박탈하고 생명을 구걸하는 비열한 짐승으로 만드는 일이었다. 엄청나게 적은 양의 식사로 그들로 하여금 먹이를 구하는 동물에 불과하다는 자기 확신을 심으려 했고 살인적인 구타는 그들에게 생명을 연장하기 위해 모든 것을 배신하도록 강요했다. (…) 그 모진 고문과 배고픔으로 그들은 그곳에서 짐승처럼 살아남았지만 한때 맛보았던 인간으로서의 존엄함을 영원히 빼앗지는 못했다." (『오월의 사회과학』 331면)

교로 돌아가지도 못했고 마땅한 직업도 얻지 못한 채 폐인 같은 삶을 살아간 것이다. 아무도 이들을 위해 염려하거나 눈물 흘리지 않았지만, 가장 심각한 것은 "우리 자신조차 우리를 경멸"(126면)했다는 사실이다. "우리는 서로에게 의지했지만, 동시에 언제나 서로의 얼굴을 후려치고 싶어했습니다. 영원히 밀어내고 싶어했습니다"(132면)라는 말은 바로 이러한 심리상태를 반영한 것이다. 당시 모두가 짐승 되기를 강요받았던 감옥에서 유일하게 '양심의 보석'을 일깨워주던 열여섯의 영재는 십년 동안 여섯차례나 손목을 긋고 매일 밤 수면제를 술에 타서 먹고 자는 상태에 이른다. 진수 역시 자살하고 만다. 이것은 말할 것도 없이 정권의 탄압과 사회의 무관심 때문이지만, 동시에 강렬한 절대공동체의 체험을 그들이 끝내 잊지 못한 하나의 증거라고도 볼 수 있다.

5. 침묵 속에서 들려오는 함성

그럼에도 도청에 끝내 동호를 남겨두었다는 죄의식은 손쉽게 털어낼 수 있는 것이 아니다. 진수와 함께 도청에 남았던 사내는 마지막에 "총을 메고 창 아래 웅크려앉아 배가 고프다고 말하던 아이들, 소회의실에 남은 카스텔라와 환타를 얼른 가져와 먹어도 되느냐고 묻던 아이들이, 죽음에 대해서 뭘 알고 그런 선택을 했겠습니까?"(116면)라고 말한다.

애당초 도청에 남은 이유는 명료하게 언어화될 수 있는 것이 아니다. 살아남은 시민군들도 모두 "패배할 것을 알면서 왜 남았느냐는 질문"(212면)에 "모르겠습니다. 그냥 그래야 할 것 같았습니다"(213면)라는 대답만 할 수 있을 뿐이다. 사내가 말한 '양심의 보석'도 하나의 설명이라기보다는 그 자체로 해명이 요구되는 하나의 시(詩)이자 비유에 불과하다. 최정운은 시민군이 끝까지 도청에 남은 이유를 다음과 같이 말하고 있다.

시민군들과 운동권 청년들이 생각한 투쟁의 진실은 '폭도'의 누명을 벗는 것 외에 절대공동체의 바람의 진실, 해방의 전설을 지키는 것이었다. 결코 원해서 간 길은 아니지만 투쟁과정을 통해 피와 눈물로 느꼈던 절대공동체에서의 뜨거운 가슴의 기억은 결코 망각되어서는 안될 소중한 것이었다. 이 절대공동체의 바람의 진실은 그날 광주의 그 거리에서 절대공동체를 숨쉬어보지 않았던 사람들은 결코 이해할 수 없는 것이며 말로 아무리 설명해도 전달될 수 없는 것이기도 했다. (『오월의 사회과학』 324면)

"절대공동체의 바람의 진실은 그날 광주의 그 거리에서 절대공동체를 숨쉬어보지 않았던 사람들은 결코 이해할 수 없는 것이며 말로 아무리 설명해도 전달될 수 없는 것"이라는 최정운의 설명처럼, 도청에 남은 이유는 체험될 수 있는 것이지 설명될 수 있는 것은 아니다. 동호의 작은 형은 왜 동호를 도청에 남겨두었느냐고 큰형이 추궁하자, "말도 아니고 뭣도 아닌 소리를" 지르며, "형이 뭘 안다고…… 서울에 있었음스로…… 형이 뭘 안다고…… 그때 상황을 뭘 안다고오"라고 말한 것(183면)에서도, 이러한 특징은 선명하게 드러난다.

『소년이 온다』는 철저하게 인물의 내면을 드러내는 데 초점을 맞추고 있다. 구성 자체도 증언을 하는 인물들의 병렬적 나열로 이루어져 있다. 그럼에도 이 작품의 '부재하는 중심'이라 할 수 있는 동호에게는 끝내 발언권이 주어지지 않는다. 『소년이 온다』는 시종일관 동호와 동호 주변에 있던 사람들을 중심으로 이야기를 풀어나가면서도, 화자를 동호로 세우는 법은 없다. 1장에서 화자는 동호를 '너'라고 지칭함으로써 동호를 관찰하는 시선을 만들어낸다. 이 침묵 속에는 그날의 진실과 함께 해소될 수 없는 심연으로서의 죄의식이 놓여 있다.

한강의 『소년이 온다』는 최근 광주를 그린 소설들과 재현 불가능성 및

‘광주의 보편화’라는 두가지 특징을 공유한다. 동시에 이 작품은 제목에도 드러난 것처럼, 만 열다섯이 된 소년을 ‘부재하는 중심’으로 내세웠다는 점에서 그 고유성을 발견할 수 있다.[4] 이 소년이라는 존재는 몇가지 기능을 발휘한다. 우선 작고 약한 소년의 죽음을 통하여 80년 오월의 폭력이 얼마나 끔찍했던 것인가를 선명하게 드러낼 수 있게 되었다. 동시에 끝내 말하지 않는 소년을 통하여, 우리는 결코 죽어서는 안되었던 소년의 삶에 대하여 생각하지 않을 수 없는 것이다.

4 『소년이 온다』에서는 이 소년의 형상뿐만 아니라 임선주라는 여성 형상도 주목할 필요가 있다. 이 작품에서는 기층 민중을 대표하는 존재가 바로 임선주이다. 중학교를 중퇴하고 공원이 된 그녀는 의식의 각성을 거쳐 해고노동자가 된다. 그녀는 친척의 주선으로 광주 충장로의 미싱사 시다로 일하다가 광주를 겪는다. 그녀는 자연스럽게 항쟁의 중심에 서게 된다. 그녀는 자신의 배를 밟고 옆구리를 찼던 사복형사의 얼굴을 잊지 않으며, 그러한 폭력의 정점에 군인 대통령이 있다는 것을 안다. 또한 긴급조치 9호의 의미와 학생들이 외치는 구호, 부마항쟁을 다룬 신문 속의 공란들을 이해할 수 있는 존재이다. 80년 광주의 주역인 민중의 대표로 여성이 등장하는 것도 이 소설의 새로운 측면이라고 할 수 있다.

제 3 부

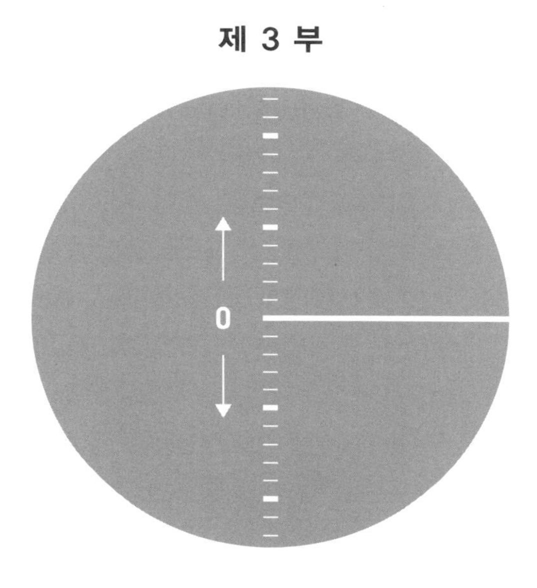

재현된 현실의 모습

부채와 실존

1. 부채인간(Homo Debitor)

지금 전세계는 거대한 부채의 늪에 직면해 있다. 연일 신문을 장식하는 그리스, 스페인 등은 물론이고 세계 최강대국인 미국 역시 거대한 부채 앞에서 예외는 아니다.[1] 한국 역시 부채라는 뇌관을 짊어지고 있는데, 한국은행에 따르면 2012년 1분기 가계 부채는 911조 4000억원에 달하며, 사실상 가계 대출인 자영업자 대출 등을 포함할 경우 1000조원을 넘는다고 한다.[2]

이러한 현상은 당연히 구조적 문제가 중요한 원인이다. 마우리찌오 라자라또(Maurizio Lazzarato)는 『부채인간』에서 신자유주의의 통치 원리를 부채 개념에서 끌어내고 있다. 오늘날에는 채권자-채무자 관계가 현대 자본주의의 가장 중요하고도 보편적인 권력관계라는 것이다. 대출 혹

---

1 현재 미국은 자신이 그토록 엄격하게 상환을 요구하는 제3세계 국가가 진 부채를 전부 합한 것보다도 많은 국가 부채를 지고 있다.

2 제윤경·이헌욱 『약탈적 금융사회』, 부키 2012, 25면.

은 부채와 그에 따른 채권자-채무자 관계는 주체를 특수한 방식으로 생산 통제하는 특수한 힘 관계이다. 채권자-채무자 관계는 자본-노동의 관계, 복지 시스템-수혜자의 관계, 기업-소비자의 관계와 겹쳐지면서, 수혜자·노동자·소비자를 '채무자'로 만들어버린다.[3] 연속된 금융위기 이후 현대 자본주의의 주체는 '빚을 진 인간'의 모습으로 형상화되고 있다.

부채의 제조, 즉 채권자와 채무자 사이의 관계를 구축하고 이를 발전시키는 일은 신자유주의 정책의 입안자들이 전략적 중심으로서 구상하고 계획한 것이다. 이제까지의 사회보장을 대신하는 것으로 새롭게 자리 잡은 것이 바로 써브프라임(subprime)으로 대표되는 다양한 빚이다. 임금이 줄어들고 복지국가가 해체되는 상황에서 사람들은 부채인간(Homo Debitor)으로 다시 태어나는 것이다. '당신의 임금은 쥐꼬리만합니다만, 걱정하실 것 없습니다. 빚을 내서 집을 사면 되니까요. 집값은 올라갈 테고, 그걸 담보로 대출을 얻을 수 있게 될 테지요.' 그러나 이자가 오르거나 집값이 내리면 부채와 금융에 의한 이러한 '소득 배분'의 구조는 모두 붕괴한다.[4]

진정으로 주목해야 할 것은 자본이 부채를 통해 새로운 인간형을 창출한다는 점이다. 부채는 가난한 자가 노동을 통해 발휘하는 육체적·지적 능력뿐만 아니라 실존적·사회적 힘들까지도 착복한다. 이제는 '주관적 부채' '실존적 부채'의 효과가 피통치자들의 심리에 미치는 영향을 살펴볼 차례이다. 부채의 작용범위는 단순히 금융과 화폐 정책을 세심히 조작하고 막대한 양의 돈을 굴리는 일에 국한되지 않으며, 사용자의 실존을

3 마우리찌오 라자라또 『부채인간』, 허경·양진성 옮김, 메디치미디어 2012, 57면.

4 히로세 준 『봉기와 함께 사랑이 시작된다』, 김경원 옮김, 바다출판사 2013, 232면. 이러한 현상은 우리나라에서도 마찬가지이다. 외환위기 이후 대한민국 중산층이 믿었던 안전한 보금자리는 급격하게 해체되어버렸다. 분노가 있어야 할 자리에 금융의 문이라는 달콤한 미끼가 비집고 들어온 것이다. (제윤경·이헌욱, 앞의 책 104면 참조)

생산하고 통제하는 기술을 형성 배치하는 것에 이르기 때문이다.[5]

2. 채무자를 만들어내는 사회

노동자와 중산층의 입을 다물게 하고, '자유주의 체제'의 장기 정책에 동조하도록 만들기 위해 이용되는 두가지 방법은 대출을 쉽게 하는 것과 부동산 시장을 폭발적으로 성장시키는 것이다.[6] 정미경(鄭美景)의 「호텔 유로, 1203」과 편혜영(片惠英)의 「사육장 쪽으로」는 두가지 방법에 의해 부채인간이 되는 과정을 잘 보여준다.

정미경의 「호텔 유로, 1203」(『나의 피투성이 연인』, 민음사 2004년)은 과소비에 의해 빚을 지게 되는 상황을 실감나게 그려 보이고 있다. 이 작품은 "탈북 청년처럼 자본주의의 기호에 무지"(57면)한 채 시를 쓰는 D와 "일생 동안 열등감 따위는 느껴본 적이 없을 것 같은"(41면) 목소리의 남자, 방송 원고와 시, '나'와 윤미예 등의 이분법으로 되어 있다. 전자가 열등감으로 가득한 현실의 '나'와 관련된다면, 후자는 '나'가 욕망하는 세상을 의미한다. '나'는 시를 쓰고 싶어하지만 생활을 위해 "진실 따위는 담겨 있지 않"(44면)은 라디오 방송용 원고를 쓴다. 방송 진행자인 윤미예는 너무나 천연덕스럽게 '나'가 써준 것을 말하지만, 사람들은 윤미예만을 주목한다. 그렇기에 '나'는 윤미예 앞에서 일종의 "그림자"(52면)일 수밖에 없다. '나'는

---

5 마우리찌오 라자라또는 이에 대해 "우리는 대출이 활용하고 촉진시키는 것은 — 노동이 아니라 — 개인적인 동시에 집단적인 수준에서의 자기 구성 및 윤리적 행동이라는 사실을 확인할 수 있다. 대출 관계에 의해 동원되는 것은 — (물질적, 비물질적을 막론하고) 노동의 경우와 같은 신체적 지적 능력이 아니라 — 채무자의 '도덕성', 그리고 그의 실존 방식(그의 '에토스')이다"(마우리찌오 라자라또, 앞의 책 87면)라고 주장한다.

6 같은 책 160면.

절대로 사지 않을 핸드백을 윤미예가 들고 있다는 이유로 구입하고, 윤미예가 입었던 고가의 옷을 훔칠 정도로 윤미예에 대한 열등감에 빠져 있다.

'나'의 엄마는 구청 소속의 환경미화원으로, 지독한 노동을 한 결과 현재 "병의 백화점"(48면)이다. 엄마가 입는 선명치 못한 푸른색 옷은 수인의 옷 같은 느낌을 준다. 이 엄마의 삶은 '나'에게 "성실성으로 세상을 살아가지는 않을 것을 맹세하고 거듭 맹세"(같은 곳)하도록 만든다.

이러한 상황에서 윤미예가 되고, 시를 쓰고, D라는 존재에서 벗어나는 유일한 길은 신용카드를 이용한 과소비뿐이다. "얄팍한 플라스틱 카드 한 장이 나를 신데렐라로 만들어주었던"(49면) 것이다. 그녀가 보기에 쇼핑의 원더랜드에는 "지상의 삶에 새겨진 남루함을 일시에 지워주는 눈부시게 아름다운 것들"(51면)이 살고 있다. 문제는 이달 말까지 대금을 납입하지 않으면 신용불량자의 줄에 서게 된다는 금융사의 전화를 받고도, "이 눈부신 것들 앞에 서면 그 모든 일들이 아득히, 빠른 속도로 잊혀져버린다는 것"(65면)이다. 원더랜드에 있는 상품들은 지독하게 센티멘털한 라디오 원고보다 아름답고, 열등감을 느끼게 하는 윤미예의 목소리보다 눈부시다. '나'는 명품 시계를 가질 수만 있다면 "항성처럼 스스로의 존재를 증명"(60면)할 수 있을 것만 같다고 생각한다. 다음의 인용문에는 과소비를 할 수밖에는 없는 '나'의 심리가 잘 나타나 있다.

> 내 능력 이상을 요구하는 그것들을 사 모으면서 내가 뭐 많은 걸 바라는 건 아니다. 처음 그 칵테일 드레스를 가졌을 때의 느낌, 일상의 남루함이 일순에 사라지는 마술의 순간, 다른 모든 것들이 헛되고 헛되이 여겨지는 지나친 눈부심. 다만 그 느낌들을 찾아 헤매왔던 것 같다. 그것들을 가지게 되면 내가 그토록 경멸해 마지않던 엄마의 삶을 되풀이하게 될 것 같은 끔찍한 예감으로부터 벗어날 수 있을 것 같았고 회청색 수의 같은 옷만을 입은 채 일생을 보낸 엄마로부터 물려받은 유전자 지도 따위는 지워져버릴

것 같았다. 시의 주변이 아니라, 더듬는 언어가 아니라, 어쩐지 폐활량이 부족한 듯한 연약함이 아니라, 미약한 전화기 속의 목소리로도 세상의 중심에 서 있음을 느끼게 할 수 있는 그런 강인함을 획득하고 싶었을 뿐이다. (66~67면)

'나'는 결국 "날마다 숨쉬는 순간마다 느끼는, 내가 이 도시에서 열등한 존재라는 느낌을 흔적 없이 지워줄 무엇인가"(69면)를 찾아 헤매는 불쌍한 영혼인 것이다. 이 불쌍한 영혼은 신용카드로 대표되는 '그 멋진 신세계의 순환 시스템'을 통해 잠시나마 자신을 달랠 수 있다. 현금이 없으면 카드를 쓸 수 있고 카드 한도가 넘으면 현금카드를 쓸 수 있는, 이 은행에서 마이너스 통장을 채워야 할 때가 되면 다른 은행의 현금 서비스를 받을 수 있는 시스템. "그 누구도 브레이크를 걸지 않았던 그 멋진 신세계의 순환 시스템"(49면)에는 부채인간을 만들어내는 신용카드의 메커니즘이 잘 나타나 있다.[7]

편혜영의 「사육장 쪽으로」(『사육장 쪽으로』, 문학동네 2007)는 하우스 푸어(house poor)가 느끼는 심리적 실재를 선명하게 드러낸 작품이다. 도시로 출근하기 위해 집을 나서는 길에 그는 현관문 틈에서 경고장을 발견한다. 그는 그 순간부터 경고장을 꽂아놓은 집행인이 자신을 쏘아보는 듯한 불안과 집행인이 언제 들이닥칠지 모른다는 불안에 시달린다.

그는 완전히 파산하였으며 "죽어서도 갚을 수 없을 정도의 빚"(41면)이 있다. 그는 더이상 은행은 말할 것도 없고, 친구들, 가족, 친척들에게도 돈을 빌릴 수 없다. 그는 만원짜리를 깔아 바닥 장판을 해도 될 만큼 많은 융자를 얻어 도시의 삼층 연립주택을 구입했지만, 전원의 단독주택을 갖고

7 마우리찌오 라자라또는 "신용카드의 사용은 영구적 부채를 확립하는 신용관계의 자동적 개설이다. 신용카드는 카드의 소유자를 영구적 채무자, 곧 평생 채무자로 변형시키는 가장 간단한 방법이다"(마우리찌오 라자라또, 앞의 책 42면)라고 말한다.

싶은 욕망에 새로 집을 장만한 것이다. 이자는 갈수록 늘어났고, 융자는 좀체 줄어들지 않는다. 그는 곧 빼앗길 전원주택의 어두운 방 안에 앉아 "깊숙한 땅속에서 기계가 웅웅거리며 작동하는 듯한 소리"(52면)를 들으며, 집을 "거대한 기계"(53면)라고 느낀다. 이 '거대한 기계'는 우리 시대를 대표하는 하나의 '부채기계'라고 해도 과언이 아닐 것이다.

그가 전원주택을 산 것은 Y씨 때문이었다. 전원주택은 "연립주택 매입자에게 기존의 융자를 넘기고, 집값의 절반도 넘는 융자를 다시 받아야 살 수 있을 만한 가격"(48면)이었지만, 그럼에도 이사를 결심한 것은 "Y씨가 전원주택이야말로 진정한 도시인의 꿈이 아니겠느냐고 물었기 때문"(같은 곳)이다. 이에 대하여 그는 다음과 같이 반응한다. 이 반응은 그가 자신의 존재 근거를 타인의 시선 속에서 찾을 수밖에 없는 연약한 현대인임을 잘 보여준다.

> 그는 도시인이라면 선뜻 그렇다고 대꾸할 거라 생각했고, 그 때문에 나야말로 굴뚝이 달린 경사진 지붕의 새하얀 단층집이 꿈이었다고 가슴을 탕탕 내려치며 대꾸했다. 그러자 정말로 전원에 사는 것이 자신의 오랜 꿈인 양 여겨지기 시작했다. (48면)

「호텔 유로, 1203」과 「사육장 쪽으로」 속의 주인공들은 현실에서 자신들의 존재 근거를 찾는 데 골몰하고 있다. 이 상황에서 그들이 삶의 의미를 찾는 방법은 명품이나 전원주택과 같은 상품을 소비하는 것이다. 이 소비를 뒷받침하는 것이 바로 신자유주의가 권장하는 부채이다. 이들이 사용하는 돈은 갚을 수 없는 어려운 상황임을 분명히 알면서도 굳이 돈을 빌려준 뒤 그로부터 이익을 얻으려 하는 '약탈적 대출'로 인해서 가능한 것이다.[8] 그

8 '약탈'이라는 말에는 빚에 따르는 위험은 숨기거나 축소한 채 친절한 듯 빌려 쓰라고

러니 「사육장 쪽으로」의 그가 자신이 파산했다는 것을 알긴 하지만, 막상 경고장을 받고 나자 "내가 잘못한 게 뭐란 말인가"(40면)라며 분노를 느끼는 것도 어찌 보면 당연한 일이다. 그가 겪는 빚의 고통은 결코 개인의 문제로만 돌릴 수 없는 사회구조적 문제에서 비롯된 것이기 때문이다.

3. '빚=죄의식'이라는 올가미

권여선(權汝宣)의 「길모퉁이」(『현대문학』 2012년 9월호)에는 주인공이 일하는 미용실의 쇼윈도우를 배경으로 절묘한 상징이 배치되어 있다. 출입문을 기준으로 양쪽 유리가 나누어져 있는데, 오른편에는 '올림머리' '신부화장' '예약'이라는 글자가 왼편에는 '녹은머리' '탄머리' '재생'이라는 글자가 새겨져 있는 것이다. 오른편에 새겨져 있는 말들은 모두 긍정적인 의미인 데 반해, 왼편에 있는 말들은 훼손되고 잃어버린 상태를 의미한다.

이 작품은 부정과 긍정의 글자 중간에 있는 출입문처럼 인생의 반환점에 있는 '나'가 주인공으로 등장한다. '나'는 지금 부정적인 왼편에 속해 있다. '나'는 예나미용실에서 턱없이 적은 돈을 받고 일하며 고시원에서 하루하루 버텨나가는 것이다. 무엇보다 "은행에도 동사무소에도 인터넷에도 내 흔적은 사라진 지 오래"(119면)다. 한때 오른편의 세계에 속했지만 빚 때문에 왼편의 세계로 옮겨간 그녀는, 법적인 존재로서의 자기를 완전히 지워버린 도망자의 신세이다.

'나'에게 자신의 과거를 떠올리게 하는 고등학교 시절부터의 친구 상미가 찾아온다. '나'와 상미와 은찬은 젊은 시절의 한때를 함께 보냈다. 그

아우성치는 행태, 상환능력이 없는 채무자에게 계속 빚을 갚으라고 요구하는 행태도 포함된다. (제윤경·이헌욱, 앞의 책 114~68면)

시절 은찬은 상미의 남자친구였지만 '나'의 든든한 친구이기도 했다. '나'는 물건 파는 일을 시작했고, 곧이어 은찬도 그 일에 동참하게 된다. 그러나 모든 일이 잘못되어 지금 '나'는 완벽하게 '벌거벗은 자'가 되어 있다.

'나'는 상미가 자신의 연락처를 알아낼 수 있었다면, '놈들' 역시 자신을 찾을 수 있을 것이라고 생각한다. '놈들'은 '나'를 헤어날 수 없는 부채의 늪에 빠뜨려 지상으로부터 사라지게 한 자들이다. "놈들에게 잡히면 손가락을 잘릴지 모른다. 설사 잘리지 않더라도 손가락이 부러질 만큼 펌을 말아도 다 갚을 수 없는 빚을 떠안게 될 것"(128면)이라며, '나'는 새로운 곳을 향해 도망친다. 흥미로운 점은 '놈들에게 잡히면 손가락을 잘릴지 모른다'라고 생각하는 부분이다. 이것은 신자유주의가 만들어낸 부채의 기억술과 관련된다.

채권자가 채무자로부터 부채를 받기 위해서는 채무자에게 부채에 관한 기억을 상기시키고, 망각에 반하는 의식과 내면성을 갖게 만들어야 한다. 약속이라는 수행적 발화는 신체포기 각서까지 쓰게 하는 고통과 잔인성의 '기억술'을 함축하고 전제한다. 부채는 신체와 정신에 동시에 흔적을 남기는 주체화 과정을 내포하는 것이다. 신자유주의 통치가 만들어낸 기억술 역시 대부분의 경우 니체(F. Nietzsche)가 묘사한 끔찍하고 피비린내 나는 것(고통, 고문, 절단 등)이며, 그 의미 역시 동일하다. 곧 기억을 구성하고, 신체와 정신에 개별적·경제적 주체의 '죄책감'과 두려움 그리고 '양심의 가책'을 각인하는 것이다.[9] '놈들'을 떠올리며 '나'가 보이는 반응은 신자유주의 통치가 만들어낸 기억술과 정확히 일치한다.

'나'의 흥미로운 반응은 3년 만에 나타난 상미를 받아들이는 태도에서도 드러난다. 상미는 "너 아니었으면 그 자식이 잘 다니던 회사 때려치우고 그딴 걸 팔러 다녔을 리가 없잖아? 사채 끌어다 쓸 일도 없었을 거고"

9 마우리찌오 라자라또, 앞의 책 183면.

(125면)라고 말한다. 상미는 '나' 때문에 은찬의 인생이 망가졌다고 생각하는 것이다. 이러한 상미를 향해 '나'는 엄청난 죄의식을 느끼는데, 이러한 죄의식은 '나'로 하여금 상미를 '빚쟁이'로 여기게 만든다(109면). 빚은 죄의식을 낳지만, 빚에 강박된 '나'에게는 죄의식조차 빚으로 받아들이는 전도된 현상이 나타나는 것이다.

본래 부채와 죄(의식)는 긴밀한 관련을 맺고 있다.[10] 오늘날 이러한 죄의식과 부끄러움, 패배감은 더욱 심해지는데, 모든 문제를 내 탓으로 여기게 만드는 신자유주의 이데올로기 때문이다. 신자유주의가 우리에게 약속했던 '모두를 주주로, 모두를 지주로, 모두를 기업가로'라는 구호는 우리를 자신의 운명에 책임이 있으며 따라서 죄를 지은 '채무자'라는 실존적 조건으로 몰아가고 있을 뿐이다.[11] '나'가 이토록 도망만 다니며 녹은 머리와 탄머리의 세계에만 머무는 근원에는 채무자라는 죄의식이 자리하고 있다고 할 수 있다.[12]

이러한 죄책감의 윤리에 대한 투쟁이야말로 부채경제에 맞서기 위해서는 가장 선행되어야 할 과제이다. 이것은 부채를 탕감받거나 파산 신청을 하는 구체적인 행동 이전에, 우리를 가두고 있는 담론 및 부채의 도덕으로부터 빠져나오는 것을 의미한다. 앞에서 살펴본 바와 같이 부채는 결코 개인의 탓으로만 돌릴 수 없는 문제이기 때문이다. 부채가 실어나르는 죄의식은 하나의 사회적·문화적 산물일 뿐이라는 점을 망각한 채, 죄책감과 의무, 양심의 가책에 지나치게 매달리는 한 부채의 논리로부터 벗어날 방

10 인도·유럽어에서 부채를 뜻하는 단어는 죄와 죄의식을 뜻하는 단어와 같다고 한다. 일례로 독일어 '슐트(schuld)'는 부채와 죄의식을 동시에 의미한다. (데이비드 그레이버 『부채 그 첫 5000년』, 정명진 옮김, 부글북스 2011, 105면)

11 마우리찌오 라자라또, 앞의 책 27면.

12 실제로 많은 채무자들은 과도한 빚으로 신음하게 된 상황을 부끄럽게 여기거나 죄의식까지 느껴 상황을 개선할 수 있는 구제 제도를 이용하지 못한다고 한다. (제윤경·이헌욱, 앞의 책 41면)

법은 없다. 다수의 사람들이 자신이 짊어지게 된 빚에 좌절하고 자책하는 한, 빚으로 인간의 자유를 제한하려는 달콤한 유혹은 매력적인 통치수단으로 계속해서 존속할 것이다.

4. 영원한 현재, 오지 않는 미래

권여선의 「길모퉁이」에 등장하는 쇼윈도우와 관련해 한가지 지적할 점이 있다. 절망만으로 가득한 왼편에는 '재생'이라는 희망 섞인 말도 적혀 있다는 사실이다. 그렇다면 그녀에게 '재생'은 가능할까? 재생에 대한 '나'의 간절한 욕망은 가슴 아프게 반복적으로 표현되고 있다. 그러나 이 작품에서 '나'의 앞에는 '재생' 대신 다음의 인용문처럼 처벌로서의 '영원한 현재'만이 놓여 있다.[13]

> 그렇다. 도박을 하지도, 사치를 하지도 않았다. 로또를 바란 것도 아니었다. 그저 열심히 돈을 벌고 싶었을 뿐이다. 그런데 단 한번 잘못 든 길모퉁이로 나는 내 인생과 은찬의 인생을 한 큐에 엿 먹이고 말았다. 어쩌면 상미의 인생까지도. 내가 알지 못하는 사이에 빚은 계속 불어나겠지만 내가 명백히 느끼고 있는 것처럼 내 삶은 점점 줄어들 것이다. 나는 아무도 믿지 못하고 누구와도 사귀지 못할 것이다. 남은 내 삶은 고시원의 방보다 좁아지고, 내가 앉아 있는 이발관 앞 평상보다 좁아지고, 내가 겨우 끌고 다니는 짐 꾸러미보다 작아지고, 마침내 내가 들고 있는 앙상한 닭의 목뼈 같은 롯드만하게 줄어들 것이다. 그건 살아보지 않아도 알 수 있는 일이다. 이 롯드

13 재생을 불가능하게 하는 주요한 이유 중의 하나로는 당연히 '나'가 죄의식에서 벗어나지 못하는 것을 들 수 있다.

가 제일 가느다란 12호라는 사실만큼이나 분명한 일이다. (129면)

'영원한 현재' 혹은 '오지 않는 미래'는 신자유주의 시대 부채의 기본적인 성격이다. 자본주의는 피통치자에게 부채를 상환하겠다는 약속을 받아냄으로써 미래를 미리 담보로 잡기 때문이다. 자본주의가 현재와 미래 사이에 다리를 놓을 수 있는 것은 주체에 대한 부채의 권력 효과(죄책감과 책임감) 덕분이다. 모든 금융의 혁신은 단 한가지의 목적만을 갖는데, 미래의 대상화를 통해 미래를 사전에 소유하는 것이다.[14] "빚은 실제로 미래의 시간이며, 미래에 대한 약속이다."[15]

김이설(金異設)은 권여선보다도 더욱 끔찍한 방식으로 부채 때문에 맞보게 되는 영원한 처벌로서의 '오지 않는 미래'를 작품화한다. 「엄마들」(『아무도 말하지 않는 것들』, 문학과지성사 2010)에 등장하는 '나'는 대학교를 휴학하고 대리모가 된다. "나는 적어도 여자에게 돈을 받기 위해서라면 계약대로 이행해야 한다"(40면)라는 말처럼, 자신의 육신은 물론이고 음식이나 거처와 같은 일상의 세부까지 전부 여자(고용주)에게 맡긴다. '나'는 이전에도 대리모 경험을 한 적이 있으며, 첫 의뢰인은 "아들이 아니라고 낙태를 요구"(같은 곳)하였다. 아이를 지운 지 석달도 되기 전에 '나'는 "26세, L대 법대생. 165cm, 54kg. 술, 담배 안함. 유전적 질병, 정신적 결함 없음. 남자친구 없음. 브로커 없는 직접 거래 요망"(41면)이라는 글을 인터넷에 올린다.

대리모에 나서는 이유는 역시나 부채 때문이다. 아버지는 엄청난 빚을 떠넘기고 도망쳤으며, 이 일은 '나'에게 "가족이 와해되는 건 한순간"(43면)이라는 사실을 깨우쳐준다. 엄마는 목욕탕에서 일을 하는데 얼굴이

14 마우리찌오 라자라또, 앞의 책 76~77면.

15 프랑꼬 베라르디 『봉기: 시와 금융에 관하여』, 유충현 옮김, 갈무리 2012, 92면.

형편없다. 아버지의 도주 이후 식구들은 모두 신용 불량으로 통장 거래가 불가능하기에 돈을 보낼 때도 등기우편을 이용할 수밖에 없다.

이 작품의 마지막은 "브로커 없는 직접 거래 요망. 남자친구 없음. 술, 담배 안함. L대 법대생. 27세. 어느새 앞섶으로 누런 젖 얼룩이 번지고 있었다"(65면)로 끝난다. 처음의 광고문구와 달라진 것이라고는 26세가 27세로 변한 것밖에 없다. 대리모라는 끔찍한 노동이 그녀에게는 "빚을 지지 않고, 도망칠 수 없는 나락에 빠지는 위험 없이"(41면) 할 수 있는 이 세상의 유일한 노동인 것이다. 이 굴레에서 벗어날 수 없는 이유 역시 "여전히 남은 상속된 부채"(64면) 때문이다. 「엄마들」에 등장하는 "무엇이든 다시 시작할 수 있을까. 아무래도 그건 나의 이야기는 되지 않을 것이다"(53면)라는 문장은 최근 한국소설이 보여준 가장 끔찍한 문장 중의 하나로 기억될 것이다.

김이설의 『환영』(자음과모음 2011)에서 윤영은 열일곱살 이후로 단 한순간도 쉬어본 적 없이 돈벌이에 나서고 있다. 공무원 시험을 준비하는 남편 대신 아이를 낳은 보름 뒤부터 일을 했지만, 돈을 벌지 못했고 급기야 매춘을 주업으로 하는 백숙집에까지 이른다. 이러한 과정은 우리가 인간적이라 부르는 여러가지 특성, 즉 모성(母性) 부성(婦性) 등을 잃어가는 과정이기도 하다. 이 작품의 모든 등장인물은 하나의 예외도 없이 돈에 의해서만 울고 웃는 환영들이다. 이러한 절대의 법칙에서 예외는 없다. 얼굴도 예쁘고 공부도 잘하고 리더십도 있어 온 집안의 기대를 모으던 민영은 역시 돈 때문에 죽는다(173면). 윤영의 가족은 눈알이 빠지게 일을 해도 빚을 갚지 못한다. 민영 역시 늘 눈 밑이 검어지도록 아르바이트를 하지만, 대출과 휴학을 번갈아 해야만 했다. 이 세계에 출구는 없으며, 대신 끊임없는 반복만이 있을 뿐이다. 윤영은 백숙집 생활을 청산하고 사거리의 삼겹살집에서 건전하게 돈을 벌기 시작한다. 그러나 고비용의 치료를 요하는 아이와, 장애를 입은 남편, 자신이 떠안게 된 노모, 갑자기 나타나 사기를 치고 사라진 준영 등으로 그녀는 다시 왕백숙집을 향하게 된다.

백숙집 차원에서의 반복도 계속된다. 윤영이 설령 백숙집 생활을 청산하더라도 백숙집의 운영에는 아무런 문제가 없다. 윤영의 자리는 조선족 용선에 의해 빈틈없이 인수인계가 이루어지기 때문이다. 윤영이 왕서방의 잔소리를 듣고 여러가지 교육과정을 거쳐 매춘의 길에 들어섰듯이, 조선족 용선 역시 그러한 과정을 그대로 겪는다. 용선이 이러한 지옥도에 빠져든 이유 역시 돈을 벌겠다는 욕망 때문이다. 마지막 문장 "다시 시작이었다"(193면)라는 말 속에는 '시작'이라는 말이 지니게 마련인 어떠한 희망도 존재하지 않는다.

김이설의 소설에서 사람들은 빚을 갚는 것이 불가능하다는 현실을 처절하게 깨달을 수밖에 없다. 당연히 부채에 따르는 고통을 제거하는 것은 불가능하며, 그들은 지옥에서나 가능한 처벌을 받을 뿐이다. '영원한 현재'와 '오지 않는 미래'라는 처벌이야말로 신자유주의가 강제한 부채경제의 가장 악마스러운 힘임에 분명하다.

5. 에르난도 꼬르떼스가 되어가는 부채인간

부채의 굴레에서 벗어날 수 없는 상황은 김애란(金愛爛)의 「서른」(『비행운』, 문학과지성사 2012)에서는 더욱 악화되어 나타난다. 「서른」의 주인공 '나'는 학원에서 강의를 하고 새벽부터 밤까지 학원가를 오가는 아이들을 보며 "너는 자라 내가 되겠지…… 겨우 내가 되겠지"(297면)라는 생각을 한다. 이 생각이 진정으로 끔찍한 것은 '나'가 자신의 생각을 현실에서 실행하기 때문이다. 다단계 회사에서 자신의 상품가치를 모두 소진한 '나'는 자기 자리에 다른 사람을 채워놓고 그 회사를 나오려고 한다. 이때 '나'가 찾아낸 사람은 바로 자신의 학원 제자로서 자신을 가장 잘 믿고 따르던 혜미이다. 결국 혜미는 엄청난 빚과 파탄 난 인간관계에 괴로워하다가 자살을 시도하여 식물인간이 된다.

무엇보다도 이 작품에서 주목해야 할 것은 수인[16]이 채무자가 되면서 겪게 되는 심리의 변화이다. 이것은 부채가 한 사람을 어떤 지경까지 파괴하는지를 잘 보여준다.[17] 「서른」은 10여년 전 독서실에서 함께 지냈던 성화 언니로부터 엽서를 받고, 지난 10년간 자신이 지내온 삶을 고백하는 '나' 즉 수인의 편지 형식으로 되어 있다. 어느날 눈뜨고 보니 완전히 "다른 사람이 돼 있"(298면)었는데, 이 편지는 바로 그 다른 사람이 되어가는 과정에 대한 고백이다.

"이전에도 채무자. 지금도 채무자"(같은 곳)이지만, '나'는 점점 악성 채무자가 되어간다.[18] 천만원가량의 학자금 대출이 있는데다가 아버지가 교통사고에 연루되면서 그야말로 집안이 폭삭 주저앉고 만 것이다. 거기다 집주인은 보증금과 월세를 올려달라고 하고, 모아둔 알바비는 바닥났으며, 은행에서는 매일 독촉전화가 온다. 이러한 상황에서 수인은 할 수만 있다면 "누군가에게 '케이크가 들어 있지 않은 케이크 상자'를 보내고픈 심정"(299면)에 빠지는 것이다. 이때 3년 전 헤어진 남자친구로부터 연락이 온다. 열심히 논문을 쓰다보니 삼십대 초반에 신용불량자가 되었던 남자친구는 수인에게 "한달에 3백만원, 많게는 천만원도 벌 수 있다는, 그렇지만 그전에 제가 먼저 물건을 8백만원어치 사야 된다는 이상한 회사"

16 수인은 이름 그대로 부채의 굴레에서 벗어날 수 없는 수인(囚人)이다.

17 채무자가 어떻게 정신적으로 망가져가는가를 가장 끔찍하게 보여준 문화적 텍스트는 아무래도 변영주 감독의 「화차」를 들 수 있을 것이다. 이 영화에서 도저히 벗어날 수 없는 부채를 짊어진 차경선은 "행복해지고 싶다"는 그 소박한 꿈을 위해 끝내 살인기계가 되어간다.

18 2012년 6월 금융위원회의 발표에 따르면 전국 대학생 298만명 중 고금리 대출 이용자가 11만명, 금액으로는 약 3000억원 규모에 이른다. 이 중 사채 대부업을 이용하는 대학생 수는 3만 9000명에 달하는 것으로 추산된다. (제윤경·이헌욱, 앞의 책 156면)

(301면)에 들어갈 것을 권유(사실은 강제)한다. "사람 죽이는 일만 아니면 돈이 되는 일은 뭐든 하고 봐야 될 정도로 상황이 절박"(303면)했던 수인은 결국 예전 남자친구의 말을 따라 다단계 회사에 들어간다.

그곳에서 수인은 또다른 하부 판매원(정확히 말하자면 또다른 피해자)을 끌어들이고 그곳에서 벗어난다. 또다른 판매원은 자신을 따르던 학원 제자 혜미이다. 이러한 일을 할 때 수인은 "저 스스로 머릿속에 스위치 하나를 꺼놨던 건지도 모르고요"(308면)라는 말처럼, 도덕성을 잃어버린 상태이다. 혜미를 끌어들이는 일에 머뭇거리기도 하지만 곧, "단추에 따라 움직이는 자판기"가 되어 "기계처럼 줄줄 몸에 밴 대사를 쏟아"낸다(309면).

수인은 자기 대신 합숙소에 들어간 혜미가 전화를 해도, 문자를 보내도 아무런 답변도 하지 않는다. 연락이 끊어지자 어느 순간부터 안도감을 느낀다. 그리고 수인은 전화번호를 바꾸고, 아는 사람이 아무도 없는 곳으로 이사를 한다. 주위에 남은 사람은 아무도 없고, 자신을 진심으로 도와주려고 하는 남자 동기는 이상한 오해를 하며 멀리할 정도로 정신이 피폐해진다. 지금 수인은 "정말 중요한 '돈'과 역시 중요한 '시간'을 헤아리며"[19] "어찌해야 하나"라는 고민에 빠져 있다(316면).

채무자에서 악성 채무자가 되어가던 수인은 늘어나는 채무의 무게에 의해 점점 나락으로 떨어진다. 뇌물을 바칠 수도 있다는 심정에서 사람을 죽이는 것만 빼고 어떤 일이든 할 수도 있다는 상황으로, 다시 인간의 기본적인 도덕성을 상실한 기계의 상태로, 최종적으로는 자신을 가장 잘 따르던 제자를 식물인간이 되게 만든 태연한 마성(魔性)의 존재로까지 변모

19 레슬리 존슨 (Leslie Johnson)은 도스또옙스끼(Dostoevsky) 연구서에서 돈과 시간의 동질성을 주장한다. 모든 등장인물은 시간의 짐에 억눌리며 시간은 물건처럼 돈으로 매매된다는 것이 그녀의 요지이다. 그녀는 가난이라고 하는 사회적·경제적 현상을 시간의 맥락에서 예리하게 파헤치고 있다. 가난하다는 것, 돈이 없다는 것은 그만큼 삶의 시간이 단축되는 것을 의미한다. (석영중 『도스토예프스키, 돈을 위해 펜을 들다』, 예담 2008, 176면 참조)

하게 되는 것이다.

수인은 언니가 보낸 편지를 받고 비로소 현재의 자신을 반성적으로 성찰하는 기회를 얻는다. 언니가 보낸 선물의 포장지를 연 순간 수인은 "10년 전, 누군가 빵집 카드 위에 또박또박 적어넣은 바로 제 이름"(312면)을 발견하고 큰 충격을 받는다. "먼 과거에서 배달된 제 이름"(같은 곳)은 부채를 짊어지기 이전의 순수했던 자신을 떠올리게 만들었던 것이다. 수인은 "제가 오늘 언니에게 무얼 받았는지 전하기 위해 이 편지를 써요"(318면)라고 말하는데, 언니에게서 받은 것은 바로 기괴하게 비틀린 자신의 심정을 성찰하는 기회를 의미한다고 볼 수 있다.

과연 무엇이 그 배려심 많고 상냥했던 소녀를 무심한 악마의 지경으로까지 만든 것일까? 그것은 다름 아닌 채무자라는 그녀의 비참한 신분이다. 신대륙의 정복자들은 단순한 탐욕이 아니라 상상을 초월하는 탐욕을 보였는데, 그것은 그들이 채무자였다는 사실과 무관하지 않다고 한다. 일례를 들자면, 거대한 문명을 완벽하게 파괴한 희대의 살인마 에르난도 꼬르떼스(Hernando Cortes)는 늘 부채에 짓눌려 있던 사람이었다는 것이다. 그는 냉철하고 계산적인 탐욕의 심리보다는 수치심과 분노, 그리고 복리로 축적되기만 하는 부채의 긴박성 등이 뒤얽힌 심리를 보여주었다.[20] 결국 채무자의 상태에서 비롯한 광기가 신대륙의 발견, 나아가 근대의 식민주의를 가능케 한 정신구조를 형성했다고 볼 수도 있다. 근대 자본주의가 만들어낸 기이한 부채는 이익 외의 모든 도덕적 명령을 배제하도록 만들었던 것이다. 오늘날 거대한 부채기계는 평범한 젊은이들을 광기에 빠진 스페인 정복자로 만들고 있다.

20 데이비드 그레이버, 앞의 책 564면.

6. 벌레보다 못한 인간에서, 인간보다 나은 벌레 되기

채권자-채무자 관계로 움직이는 사회가 진정으로 위험한 것은 인간 삶의 기본토대인 공동체를 파괴할 수 있기 때문이다. 부채경제는 상호부조, 연대, 협력, 만인을 위한 권리 등과 같은 집단행동의 무력화, 임금노동자 및 프롤레따리아의 집단 조직행동 및 투쟁 기억을 무력화한다.[21] 이는 2000년대 이후 우리 사회에서 실제로 일어나고 있는 일들이다.

지난해(2012년) 12월 21일에 한진중공업 노동자 최강서 씨가 사측이 노조를 상대로 낸 158억원의 손해배상 청구소송을 철회하라고 유서에 적고 세상을 떠났다. 그 이전에도 2003년 두산중공업의 배달호, 한진중공업의 김주익 등 여러 노동자들이 사측의 손해배상 소송 압력을 견디지 못하고 생을 마감하였다. 지금도 문화방송은 324억원을 노조에 청구한 상태이고, 쌍용자동차도 노조에 232억원을 청구하였다. 회사 쪽이 노조를 상대로 천문학적인 금액의 손해배상 청구소송을 내서 노조를 무력한 채무자로 만드는 일은 한국사회의 관행이 되어가는 중이다.

정미경의 「달콤한 게 좋아」(『창작과비평』 2012년 봄호)는 채무자를 바라보는 이 사회의 싸늘한 시선을 극적 기법으로 형상화하고 있다. 주인공 추는 친구인 강의 꾐에 빠져 프랜차이즈 커피점에 돈 삼천만원을 투자했다가 모조리 날린다. 투자금에는 해약한 정기예금과 대출받은 칠백만원, 그리고 애인인 민혜가 쌍꺼풀 수술을 하기 위해 모아둔 삼백만원도 들어 있다. 궁지에 몰린 추는 우선 민혜에게 준 차용증을 찢어 없애면서 육개월의 상환유예를 받고자 엄마에게 오백만원을 빌리려고 한다. 그러나 허름한 3층 건물에 세를 주어 먹고사는 추의 엄마는 냉정하게 거절한다. 엄마로부터 거절당하자 추는 자살하기 위해 옥상으로 올라가서는 자신이 쌓

21 마우리찌오 라자라또, 앞의 책 163면.

아온 인간관계의 전부인 민혜, 엄마, 강에게 전화를 건다. 제일 처음으로 자신의 돈을 모두 날린 강에게 전화를 걸어 자살하겠다고 말하지만 강은 너무도 태연하다. 추는 그동안 강이 저지른 악랄한 행각을 피로 적어 공개하겠다며 울분을 토하지만, 강은 너무도 태연히 "좀 이따 전화할게. 지금 거래처에 나와 있어서. 그리고, 네가 연예인이냐. 누가 네 일기장에 관심을 가지겠어"(197면)라고 응답할 뿐이다. 민혜는 전화를 받지 않는 대신 "누구세요?"(200면)라는 문자를 보낸다.

결국 경찰차가 좁은 시장 골목을 지나 건물 앞에 당도한다. 자신의 유일한 지인들에게 전화를 걸어 달려오라고 말하는 것에서 알 수 있듯이, 추는 애당초 죽으려는 의도가 없었다. 그럼에도 엄마는 아픈 노인이라고 볼 수 없는 우렁찬 목소리로 "뛰어내려"라는 말을 무려 다섯번이나 반복하고, 민혜 역시 '동조'하는 몸짓으로 시어머니가 되었을지도 모를 여인의 발악을 지켜본다(210면). 공사판의 진씨 아저씨도 "기왕 뛸 거면 어서 뛰어내려"(같은 곳)라고 우렁차게 외친다. 이 세상 전부는 그가 뛰어내리기만을 안타깝게 바라고 있는 것이다. 엄마도, 애인도, 친구도 채무자를 대하는 시선은 이토록 싸늘하다. 과연 우리는 이 엄마, 애인, 친구로부터 얼마나 멀리 떨어져 있는 존재일까?

이 작품의 마지막 장면은 최근 소설로는 드물게 부채의 터널로부터 벗어날 수 있는 작은 틈새를 보여준다는 점에서 무척이나 인상적이다. 평소 추가 엄마 집에서 하던 유일한 일은 카스텔라를 사가지고 와서, 엄마가 기르는 벌레들에게 먹이는 것이었다. 추는 마치 자신이 벌레라도 된 것처럼, 그토록 혐오하던 벌레들이 너무도 맛있게 먹는 카스텔라의 한쪽을 떼어 혀 위에 올려놓는다. 그리고 "이렇게 달콤하구나"(213면) 하고 감탄한다. 어느새 그는 스스로 벌레 되기를 선택한 것이다. 이때 벌레가 지닌 의미는 결코 만만치 않다. 추는 엄마에게 "엄마, 벌레들이 떼 지어 밥을 먹는 건, 공포 때문이래. 사랑이나 연대감이 아니라, 알지 못하는 세계와 다가

오는 시간이 불안해서"(212~13면)라고 말한 바 있다. 그렇다면 이 벌레들은 인간 따위[22]와는 달리 다가올 시간의 공포를 이겨내기 위해 본능적으로 무리 지을 줄 아는 사회적 존재들인 것이다. 이러한 벌레들의 본능을 가지는 것이야말로 추가 다시 옥상 위에 올라가지 않도록 하는 유일한 방법일지도 모른다. 추는 자살소동까지 벌인 후에야 '벌레보다 못한 인간'에서 '인간보다 나은 벌레'가 되겠다는 위대한 결단을 내린다.

부채/대출의 논리는 결코 평등한 개인들 사이에서 이루어지는 경제논리가 아니다. 그것은 세계화 과정 속에서 자본이 사회계급을 통치하는 정치적 논리가 되어가고 있다. 따라서 부채로부터의 구원은 결코 죄의식이나 무리한 상환으로부터 오지 않는다. 그것은 전체의 시스템을 정지시키거나 파괴하는 것으로부터만 가능하다. 그 구원을 위한 첫걸음은 벌레들이 보여준 본능적 연대에서 시작될 수 있을지도 모른다.

22 그러고 보면 김애란의 「서른」에서 '나'가 말도 안되는 다단계 판매회사에서 일하게 된 것은 고통받는 타인에 대하여 눈을 감았기 때문이다. '나'는 다단계 판매를 합리화하며 "제가 그렇게 단순한 논리에 매료된 건, 피라미드 제일 아래에 있는 사람을 애써 보지 않으려 했기 때문인지도 모르겠어요. 그게 내가 되리라곤 생각하지 않았거나, 나만 아니면 된다는 식으로요"(307면)라고 고백한다. 모두를 파멸로 이끄는 고통의 수레바퀴는 바로 옆에 있는 자의 고통을 응시하지 않은 결과이다.

우리 시대의 사랑

1. 사랑이라는 신흥 종교

포스터(E. M. Forster)는 인간사란 결국 출생, 밥, 잠, 사랑, 죽음의 다섯 가지 문제를 중심으로 빚어지며, 인간의 삶에 바탕을 둔 소설 역시 다섯 가지 문제를 다루는 것이라고 말하였다. 이 중에서도 사랑이야말로 소설에서 가장 많이 다루어진 문제라고 그는 덧붙였다.[1] 사실 포스터의 말을 들먹일 필요도 없이 사랑 이야기를 어떤 방식으로든 담고 있지 않은 소설은 드물다. 이처럼 사랑은 인류사와 소설사의 보편적인 문제인 동시에 역사적으로 구성되는 담론이기도 하다. 이성을 향한 본능이나 열정은 시공을 초월한 상수(常數)이지만 그것을 코드화하고 사회화하는 방식은 늘 변하기 때문이다. 인간은 아주 오랜 시간 동안 사랑과 열정은 결혼에 반하는 죄악이라고 생각한 적도 있다. 로마의 현인 세네카(Seneca)는 "아내를 첩처럼 사랑하는 것보다 더 수치스러운 일은 없다"라고 말했을 정도이다.

1 E. M. Forster, *Aspects of the Novel*, Penguin Books 1978, pp. 50~61.

따라서 사랑은 늘 존재해왔으되, 늘 다른 것이기도 하다.

오늘날 사랑은 하나의 신흥 종교로까지 그 위상이 높아졌다. 근대의 등장으로 개인은 신분적 운명이나 굴레로부터 자유로워졌지만, 대신 불확실성과 무수한 선택지들 앞에 놓이게 되었다. 앤서니 기든스(Anthony Giddens)가 지적했듯이, 봉건으로부터의 해방은 개인에게 성찰의 세계를 열어주었지만 동시에 안정감의 토대인 확실성의 뿌리를 제거해버렸던 것이다. 현대인은 집단 소속에서도 벗어나고 전통에서도 벗어나 오롯한 개인으로서 불확실성의 세계를 살도록 강요받는다. 신분, 계급, 직장, 국적, 그 어느 것도 진정한 나를 보증해주지 못하는 것으로 판명될 때, 사랑은 나의 존재 의미와 진정한 자아를 확인해줄 최후의 보루이다. 울리히 벡(Ulrich Beck)은 "온갖 기대와 좌절에 짓눌려버린 이 '사랑'이야말로 전통이 해체된 이 시대의 새로운 삶의 중심일지도 모른다"[2]라고까지 주장한다.

사랑에 이토록 과도한 희망과 의미를 부여하는 것은 우리 시대에 고유한 현상이다. 물론 낭만적 사랑이 지난 세기에 발명된 것은 사실이지만, 지난 수십년에 걸쳐 시적으로 고양된 애증의 낭만주의가 현대적으로 분장한 온갖 통속적 대중운동으로 변화되어 문화적 삶의 모든 구석에까지 스며든 것은 새로운 현상이다. 사랑은 자아들의 만남이자 당신과 나를 중심으로 한 현실의 재창조이며 어떤 금지도 부과되지 않는 범속화된 낭만주의로서 지금 대중적인 현상이 되고 있다. 말 그대로 사랑은 하나의 종교가 된 것이다.[3]

최근에도 사랑을 주요 테마로 삼은 작품들이 적지 않게 창작되고 있다. 상실과 치유의 과정을 통해 성장하는 청춘들의 사랑을 그린 신경숙(申京

2 울리히 벡, 엘리자베트 벡 게른스하임 『사랑은 지독한, 그러나 너무나 정상적인 혼란』, 강수영·권기돈·배은경 옮김, 새물결 1999, 25면.

3 같은 책 293~316면 참조.

淑)의 『어디선가 나를 찾는 전화벨이 울리고』(문학동네 2010), 시력을 잃어가는 남자와 말을 잃은 여자의 사랑을 다룬 한강(韓江)의 『희랍어 시간』(문학동네 2011), 삼류 배우를 위해 자신의 인생을 모두 바친 한 삼류 인생을 보여준 천명관(千明官)의 『나의 삼촌 브루스 리』(예담 2012), 최근 지속적으로 연애사 연작을 쓰고 있는 한창훈(韓昌勳), 전통적인 이야기꾼을 추적하며 가슴 짠한 사랑 이야기를 만들어낸 황석영(黃晳暎)의 『여울물 소리』(자음과모음 2012), 포항을 배경으로 한 사내의 지고지순하고 변치 않는 사랑을 그린 성석제(成碩濟)의 『단 한번의 연애』(휴먼앤북스 2012) 등을 대표적으로 들 수 있다. 여기서는 이 시대의 사랑이 지닌 의미와 그 특징을 가장 대표적으로 보여준 한창훈의 연애사 연작, 황석영의 『여울물 소리』, 성석제의 『단 한번의 연애』를 집중적으로 다루어보고자 한다.

2. 몸으로(만) 나누는 사랑

한창훈은 「그 남자의 연애사」(『문학동네』 2011년 봄호), 「그 악사(樂士)의 연애사」(『창작과비평』 2012년 봄호), 「그 여자의 연애사」(『실천문학』 2012년 겨울호) 등 일련의 연애사 연작을 발표하고 있다. 한창훈이 보여주는 것은 시대와 무관한 본능 차원에서 작동하는 사랑의 모습이다.

「그 여자의 연애사」의 첫 문장은 "이 이야기는 새벽 네시 십칠분, 대문 앞에서 부부가 만나는 것으로 시작한다"(211면)이다. 두 부부는 각각 혼외정사를 즐기다가 새벽에 대문 앞에서 마주친다. 소설의 스토리 시간은 집에 들어온 여자가 몸을 씻고 욕실 밖으로 나오기까지의 짧은 시간이다. 이들 부부의 관계는 섀시로 만든 화장실 문이 내려앉아 문을 열 때마다 삐걱거리는 것처럼 서로 어긋나 있다. "둘이 헤어지지 못한 것은 법원이나 대서소, 이런 것이 모두 육지에 있어서"(217면)이며, 여자는 "세상에서 가장 어려운 일은 아마도 남편을 사랑하는 것일 게다"(218면)라고 생각한다. 몇년째 남편과 몸을 섞지 않은 여자는, 이 새벽까지 포장마차의 단골인 박선장과 관계를 맺다가 귀가한 것이다.

여자의 내면이 초점화되는 이 글은 주로 여자가 경험한 사랑 이야기로 이루어져 있다. 여자가 경험한 사랑이란 거의 비슷하다. 육체관계를 맺기 전까지 귀찮을 정도로 따라다니던 남자들은, 관계를 맺은 후에는 "군대에 가야 해. 개학 때가 되어서 학교에 가야 해. 돈 벌러 외국으로 배 타러 가야 해. 멀리서 친구가 동업을 하자고 불러서 가야 해"(215면) 등의 이유를 대면서 떠나갔다. 단 한명 떠나지 않은 사람이 지금의 남편인데, 대신 남편은 삼십년 동안 달라붙어 밥을 얻어먹고 용돈을 받아서 쓴다.[4]

남자들이 원했던 것은 "딱 두개, 가슴과 아랫도리"(222면)였다는 말에서 알 수 있듯이, 그녀는 남자와의 관계에서 철저히 몸, 심하게 말하자면 성기로만 존재한다. 그녀에게 사랑은 철저히 육체와 본능의 수준에 머물 뿐이다. 다음의 인용은 첫사랑을 회상하는 대목인데, 그녀가 경험한 사랑의 특징이 잘 드러나 있다. 남자와의 사랑이 그녀에게 가져다주는 것은 몸의 발견뿐이다.

> 그전까지 그곳은 그저 오줌 나오고 생리를 하는 귀찮은 곳이었다. 그외에는 봐서도 안되고 말해서도 안되고 만져서도 안되는 곳이었다. 그런데 그 선배는 중독된 사람처럼 그곳을 찾아들었다. 시간 장소 상관없었다.
>
> 모른 척, 없는 척해야 했던 곳이 가장 재미있는 곳으로 변하는 게 그녀는

4 여자는 멀고 먼 섬 구석에서 포장마차를 하면서 가족을 부양한다. "어제 떠나지 못한 것을 오늘 후회하는 삶을 살아"온 여자는 "저 통발배처럼 자기도 어딘가로 가버리고 싶은 심정"이다(212면). "돈 벌었다니까, 돈. 이 징그럽고 드러운 돈 벌었다고 몇번 말해야 돼"라거나 "싫으면 당신이 나가서 돈 좀 벌어와보던가"라며 남편에게 돈을 뿌리는 것(217면)에서도 알 수 있듯이, 그녀는 생활에 지쳐 있다.

놀라웠다. 더군다나 자신은 거기를 그렇게 만들기 위해 노력한 게 하나도 없었다. 일해서 받은 것도 아니고 벌어서 산 것도 아니다. 화투해서 딴 것은 더더욱 아니다. 화투로 딸 수 있는 거라면 그녀는 지금 주렁주렁 달고 있을 것이다. 그냥 있었을 뿐인데도 남자가 좋아하는 곳이 있다는 것, 그게 몸이었다. (223면)

스무살이 되었을 때 의상실에 취직하여 바다를 건넜고, 이년 뒤 항구에서 돌아왔을 때 어머니는 그녀에게 "당장 나가, 이 걸레 같은 년아"(221면)라고 말했다. 흥미로운 것은 어머니가 "누가 니 아부지 딸 아니랄까봐 동네방네 다 대주고 다니냐?"(같은 곳)라는 말을 덧붙였다는 사실이다. 여자의 아들 역시도 자신의 성욕을 주체하지 못해 술집의 담을 넘는다. 항구의 고등학교를 마치고 귀향하여 시간을 보내던 아들은 새로 온 술집 아가씨에게 반해, 한밤중 뒤채로 잠입을 하다가 주인아주머니에게 봉변을 당한다. 여자의 성욕은 아버지에서 본인을 거쳐 아들에게 이어지는 것으로 그려진다. 이처럼 삼대(三代)의 모습을 형상화할 경우, 사랑을 둘러싼 고유한 역사적 의미는 제거된 채 모든 생명체의 영구불변하는 속성인 본능만이 강조될 뿐이다.[5]

「그 악사의 연애사」에서도 사랑은 자연스러운 본능의 차원으로 존재한다. 이 작품의 주요 인물은 총 인구가 서너명에 불과한 섬마을에서 사는 '나'와 '그'이다. 그는 야간업소 건반주자였지만, 노래방이 생겨나자 일이 점점 줄어들어 섬마을 경로잔치를 끝으로 폐업하였다.

그는 「호텔 캘리포니아」, 배호의 노래, 「꽃다지」로 각각 기억되는 세명

---

5 그러나 이러한 연애의 자연화는 여자에게만 해당하는 일은 아니다. 여자가 나온 욕실에서 남편도 샤워를 시작하고, 작품의 마지막은 "솔직히 말해, 이 시간까지 그 관광객 여자들이랑 뭐했어?"(228면)라는 아내의 일갈이다. 이제 '그 남편의 연애사'가 시작될 차례인 것이다.

의 여자들에 대해서 이야기한다. 「호텔 캘리포니아」와 배호의 노래로 기억되는 두 여자는 한창훈의 연애사 연작에서 다루어지는 자연화된 여자의 범주에 들어간다. 「호텔 캘리포니아」로 기억되는 업소 여자는 자기 생일이라며 돈 이천원을 주고 「호텔 캘리포니아」를 신청한다. 그들은 그 노래를 반복해서 들으며 "말이 잘 섞이고 시간이 잘 섞이고 입술이 잘 섞였다"(223면)로 표현되는 시간을 보낸다. 배호의 노래를 부르던 업소 여자는 배호 노래를 부른 날은 악사 품으로 오거나 손님과 외박을 나갔다. 배호 이미테이션 가수를 사랑했던 그녀에게 배호의 노래는, 그녀가 몸과 마음을 놓아버리는 신호나 통로 같은 것이었다. 그녀는 "근데 씨발, 뭐가 좋다고 나는 취했다 하면 그 노래를 부르고 자빠지는지 몰라"(227면)라고 말한다.

마지막으로 만난 「꽃다지」를 부른 여인은 본능의 차원을 벗어났다는 점에서 한창훈의 연애사 연작에서는 가장 특별한 모습이다. 그녀는 손님이 외박 나가자는 것을 거부하며 손목을 긋기까지 한다. 그녀는 붕대 감은 왼손을 가슴에 붙이고 오른손으로 건반을 누르며 노래를 부른다. 누구와도 "끝까지 외박 한번도 안 나"(223면)간 그녀는 그가 안으려고 할 때도 "딱 부러지게 싫다"(233면)라고 말한다. 그녀와의 유일한 육체적 관계는 헤어질 때 '키스'를 나눈 것이다(234면). '키스'라는 단어 자체가 한창훈의 소설에서 육체관계를 가리키는 다른 단어와는 크게 구분된다. 이 여성의 이러한 모습이 「꽃다지」에 담긴 정치적 의식과 관련된 것이라면, 「그 악사의 연애사」는 새로운 모습의 후일담 소설이라 할 수도 있을 것이다.[6]

한창훈의 연애사 연작에서 남녀간의 사랑은 자연(동물)의 수준으로 존재한다. 이것은 작가가 남녀 간의 성관계를 나타내기 위해 사용하는 표현

---

6 그녀가 부른 「꽃다지」의 가사는 "그리워도 뒤돌아보지 말자. 작업장 언덕 위에 핀 꽃다지. 나 오늘밤 캄캄한 창살 아래 몸 뒤척일 힘조차 없어라. 진정 그리움이 무언지 사랑이 무언지 알 수 없어도. 퀭한 눈 올려다본 흐린 천장에 흔들려 다시 피는 언덕길 꽃다지"(231면)이다.

에서도 선명하게 드러난다. "남편이 자신에게 몸을 붙인 것은 오래되었다"(217면) "몸에서 내려온 다음 (…) 달라붙어 자식을 낳게 하고"(215면) "대주고 다닌 것도 자랑이냐"(226면)라는 표현이 대표적이다. 「그 악사의 연애사」에서 '나'와 그가 등장하는 것만큼이나, '나'가 기르는 고양이와 그가 기르는 개가 등장하는 것 역시 사랑의 자연화와 그 맥락을 같이하는 것으로 이해할 수 있다.

3. 조선 후기에 꽃 핀 근대적 사랑

황석영의 『여울물 소리』(자음과모음 2012)는 2012년 4월부터 10월까지 6개월 동안 『한국일보』에 연재되었던 장편소설이다. 이 작품은 조선 말기를 배경으로 한 역사소설로서, 이야기꾼 이신통과 그를 쫓는 박연옥의 삶이 서사의 핵심을 차지한다. 서얼로 태어난 이신통은 처음부터 출세가 제약된 인물로서, 전기수·강담사·광대물주·연희대본가의 삶을 거쳐 천지도(동학)에 입도한다. 본명은 이신이고 충청도 보은 사람으로, 사람들이 그의 재담과 익살 하는 재간을 보고 신통이라는 이름을 붙여주었다.

이 소설은 황석영의 전체 작품세계를 놓고 볼 때 매우 의미있는 작품이다. 지금까지 황석영의 소설세계는 1989년 방북을 기점으로 하여 두 시기로 나누어진다. 첫번째는 「객지」 「삼포 가는 길」 「한씨 연대기」와 같이 당대의 사회현실을 재현한 리얼리즘 계열의 작품을 창작한 시기이고, 두번째는 방북 이후로 『손님』 『심청』 『바리데기』 등을 창작한 시기이다. 두번째 시기의 작품들은 서도동기(西道東器)에 해당하는 작품들이라고 할 수 있다. 서도동기란 고유의 제도와 사상인 도(道)를 지키면서 근대 서구의 기술인 기(器)를 받아들인다는 개화기의 동도서기(東道西器)론을 변형시킨 용어이다. 실제로 『손님』 『심청』 『바리데기』 등은 굿이나 설화와 같은 전통 장르의 기법을 통해 근대의 보편적인 문제들을 다루고 있다. 이러한 맥락에서 볼 때, 『여울물 소리』는 동도동기(東道東器)에 해당하는 작품이다. 전통적 이야기꾼의 원형과 동학으로 대표되는 조선 말기의 시대상을 담고 있는 이 작품의 서사에는 떠돌이패, 연희패, 풍물패, 장꾼들은 물론이고 각종 방각본 소설과 타령, 소리, 잡가, 민요, 시조창 등이 빈번하게 등장하는 것이다. 『여울물 소리』는 동도동기, 즉 동양의 정신을 동양의 양식으로 담은 작품이라고 해도 과언이 아니다.

이신통은 중인의 서얼로 태어난 인물로 사회적 제약으로 인해 주변부 지식인의 삶을 살아간다. 그가 선택한 것은 이야기꾼의 삶으로서, 황석영은 이신통의 모습에서 외방 이야기꾼과는 다른 토박이 이야기꾼의 원형을 찾고자 한다. 이신통은 천지도(동학)에 입교하여 동학 창시자의 생애와 행적을 기록하는 일을 하다가 관군의 공격으로 숨진다. 이러한 이신통의 모습을 통해 『여울물 소리』는 전통적인 이야기꾼의 모습과 조선 말기의 시대상을 주밀하게 담아낸다.

『여울물 소리』는 겉 이야기와 속 이야기로 되어 있다. 겉 이야기의 주인공이 이신통의 행적을 추적하는 연옥이라면, 속 이야기의 주인공은 이야기꾼인 이신통이다. 대부분의 서사는 연옥이 만난 사람들이 들려주는 이신통의 이야기로 채워져 있다. 연옥 어머니, 박돌 아저씨, 배서방, 백화, 박인희, 박도희, 송 의원 등이 이신통 이야기를 들려주는 인물이다. 이처럼 각기 분리된 채 존재하는 여러가지 이야기들은 연옥을 통해, 더 정확히 말하자면 이신통을 향한 연옥의 사랑을 통해 연결된다.

연옥은 본래 관기였던 어머니와 별볼일 없는 시골 양반 사이에서 태어났다. 연옥의 어머니 월선은 일찌감치 남편과 이별하고 전주로 나와 색주가를 차려 생활하였다. 이신통 무리가 우연히 월선의 색주가에 들렀고, 이신통과 연옥은 깊은 정을 나누게 된다. 이때 연옥의 나이는 고작 열여섯 살이었다. 이때부터 연옥은 자신을 이신통의 아내이자 평생의 연인으로 자처하며 이신통에게 헌신한다. 이신통을 뒷바라지하는 것은 물론이고 서사 구조상으로는 이신통의 이야기를 엮어내는 핵심적인 기능을 담당하는 것이다. 이 작품에서 이신통과 천지도 즉 동학은 거의 숭배의 대상으로 존재한다.

이 작품의 서사를 이끌어가는 것은 사실상 연옥의 맹목적인 사랑이다. 어머니가 하는 색주가에서 단 두번의 만남 만에 둘은 몸을 섞으며, 그 이후 연옥의 이신통을 향한 마음은 맹목적이라 할 만큼 절대적이다. 연옥은 스스로도 "이신통 같은 뜨내기를 못 잊게 되었으니 나는 엄마보다 더하면 더했지 부황한 근본이 어디로 가겠냐고"(35면) 스스로 한탄한다. 이신통을 향한 절대적인 사랑 앞에서 오동지와의 결혼생활은 결혼지참금과 이별전(離別錢)을 받기 위한 일종의 비즈니스에 불과하다.

연옥은 이신통과 십년 전에 연인관계였던 심백화를 만나기 위해 전라도 부안까지 간다. 이신통은 연옥을 만나기 전에 이미 장가들어 조강지처와 자선이라는 딸까지 있었건만, 백화라는 연인을 두었던 것이다. 결코 유쾌할 수 없는 이러한 상황 앞에서도 연옥은 "그들 모두 자신이 그를 만나기 이전의 인연이었으니 그것도 자신의 일부분이 될 수 있으리라. 내게 그들 모두의 기억이 머리카락과 손톱처럼 내 육신과 마음의 한 부분이 되어지이다"(299면)라고 대범하게 넘어간다. 연옥은 엄마인 월선이 죽었을 때 "하늘 아래 오직 나 혼자뿐인 홀몸"(367면)임을 느끼지만, 곧 이신통을 떠올리며 안정을 되찾는다. "문득 이신통이가 나의 전생 아들인 것 같은 마음이 생겨나자, 애틋하고 속상하던 것은 겨울 굴뚝의 저녁 짓는 연기가 북풍 속으로 가뭇없이 사라지듯 어디론가 가버렸"(367면)던 것이다. 나아가 "그를 보듬어 쉬게 해주고 싶었다"(같은 곳)라고까지 생각한다. 이러한 연옥의 모습에서 상처받은 현대 남성들의 (무)의식을 점령한 사랑의 판타지를 찾아내는 것은 그리 어려운 일이 아니다. 남는 문제는 연옥에 의하여 삶의 의미를 부여받은 이신통과 달리 연옥은 '자신만의 고유한 삶의 의미를 어떻게 찾을 수 있겠는가?' 하는 점이다.

연옥의 이신통을 향한 사랑은 일종의 종교라고 해도 무방하다. 연옥이 이신통과 부부다운 생활을 한 것은, 이신통이 동학혁명에 참가했다가 부상당해 연옥의 치료를 받는 반년뿐이다. 흥미로운 것은 조선 말기가 배경이지만 연옥의 사랑은 철저히 자유의지와 일부일처제[7]에 바탕을 둔 낭만적 연애의 성격을 지니고 있다는 점이다. 이러한 낭만적 연애가 근대의 산물임은 상식이다. 또한 이 작품은 '주도적인 남성상과 보조적인 여성상'이라는 전통적인 성별 분업에도 충실하다. 이러한 성별 분업은 전통적인 것이기도 하지만 동시에 "산업사회의 봉건적 중핵"[8]이기도 하다. 그렇다면 황석영의 『여울물 소리』는 조선 후기를 배경으로 남성이 꿈꾸는 근대적 사랑의 판타지를 보여주었다고 말할 수도 있다.

4. 아내가 필요한 여자, 엄마가 필요한 남자

성석제의 『단 한번의 연애』(휴먼앤북스 2012)는 평생 한 여자만을 사랑한 한 남자의 연애 이야기이다. 포항 구룡포에서 태어난 이세길은 초등학교 입학식에서 고래잡이의 딸 박민현을 처음 만난 순간 깊이 매료된다. 그후 오십대가 될 때까지 민현을 향한 세길의 지고지순한 사랑은 변하지 않는

7 이신통은 상처에서 회복되자마자 먼 길을 떠나면서 "내 마음 정한 곳은 당신뿐이니, 세상 끝에 가더라도 돌아올 거요"(87면)라는 말을 남긴다. 이후로 이신통은 연옥 이외의 다른 여인을 사랑하는 어떠한 모습도 보이지 않는다.

8 산업사회의 노동시장은 모든 가족관계, 인간관계로부터 자유로운 오롯한 개인을 요구한다. 그런데 이는 필연적으로 그에게 가정 잡사를 해결해줄 또 한사람의 노동자(곧, 아내)가 딸려 있다는 것을 전제한다. 그녀는 그를 사랑하고 돌보며 그에게 삶의 의미를 제공해준다. 성별 분업은 봉건적이기도 하지만 또 한편으로 현대 산업사회의 산물이기도 하다. 성별 분업이야말로 산업사회의 봉건적 중핵인 것이다. (울리히 벡, 엘리자베트 벡 게른스하임, 앞의 책 10면)

다. 이들의 연애 서사에는 산업화와 민주화를 거쳐 신자유주의가 맹위를 떨치는 지금까지의 한국 현대사가 고스란히 담겨 있다.[9] 작품은 두가지 시간층으로 되어 있는데, 구룡포의 동굴에 머무는 오십대가 된 세길과 민현의 현재와 그들이 회상하는 과거가 그것이다.

『단 한번의 연애』에서 중요한 것은 세길이 민현을 보고 첫눈에 반했다는 사실이 아니다. 인간이 이성(異性)을 보고 한번쯤 반하지 않은 사람은 없을 것이다. 중요한 것은 평생을 거쳐 민현을 향한 세길의 맹목적 사랑이 이어진다는 점이다. 무엇이 그것을 가능하게 한 것일까? 그것은 바로 세길이 처한 사회적 위치와 관련되어 있다. 전근대사회에서 인간은 전통적인 공동체에 의해 친숙함과 확실한 정체성을 제공받았지만, 현대사회로의 이행은 개인화 과정을 초래하였다. 이러한 전통적 결속의 단절은 탈주술화와 함께 내적 고향의 상실, 즉 텅 빈 실존적 허무와 결합된 깊은 무의미함을 가져다주었다. 이러한 상황에서 사랑은 우리 삶의 심장부로 위치하며 새로운 중요성을 획득하게 된다. 우리의 삶에 의미와 안전을 제공해줄 다른 준거점들이 점점 더 많이 사라져갈수록 우리는 더욱 우리의 열

9 이 작품의 서사 대부분은 지나온 시절에 대한 회상으로 이루어져 있다. 그러나 이것은 노스탤지어에 바탕을 둔 과거의 이상화와는 거리가 멀다. 민현의 어머니는 일제 강점기 시절 일본인 집의 심부름꾼인 나나로 생활하면서 일본 인형처럼 성장한다. 해방 이후 일본인 집에 홀로 남겨진 나나는 고래잡이배의 박포수와 결혼하여 민현을 낳는다. 민현의 어머니는 남편의 폭력을 이기지 못하여 가출하고, 이후 박민현은 무당의 수양딸로 성장한다. 이러한 민현 어머니의 유년 시절에는 식민지의 상처가 배어 있다. 민현은 아버지를 그토록 증오했지만, 아버지가 처했던 사회적 처지만큼은 분명히 인식하고 있다. 고래잡이배의 포장인 아버지는 죽도록 힘들게 고래를 잡다가 바다에서 죽어갔지만, 고래잡이배의 선주는 거의 모든 이익을 독차지하며 집에서 편안하게 죽어갔던 것이다. 세길이 군복무 시절 기동대에서 겪는 가혹한 폭력은 그 시대를 지배하던 근본적이고 구조적인 폭력성까지 성찰하게 만든다. 세길은 사소한 이유로 고참들에게 엄청난 폭력을 당해 중환자실에까지 실려간다. 민현 역시 공장에 위장취업해 활동을 하다가 고초를 겪는다. 그러나 이 작품에서 산업화의 모순이나 민주화 투쟁 등은 세길과 민현의 지고지순한 사랑을 돋보이게 하는 배경에 머문다는 느낌을 지울 수 없다.

망을 사랑하는 사람에게 쏟아붓게 된다.[10]

실제로 세길과 민현은 가족, 고향, 종교와 같은 전통적인 공동체로부터 벗어난 존재들이다. 이것은 특히 기성 가치의 대변자인 아버지의 모습을 통해 잘 나타난다. 민현은 "나는 고향도 없고 그라이 고향에 집도 없고 부모도 없다"(83면)라고 당당하게 외친다. 민현은 자신이 무슨 짓을 해서라도 고향을 떠나겠다고 마음먹은 이유가 "아버지라는 사람, 용서할 수 없었"(167면)기 때문이라고 말한다. 민현은 어머니의 보호도 전혀 받지 못했다. 어머니는 민현이 아홉살이었을 때 폭력적인 아버지 밑에 민현을 남겨두고 집을 나갔던 것이다. 이러한 사정은 세길도 마찬가지이다. 세길의 아버지는 해녀의 남편으로 무위도식하는 삶이 싫다며 모든 것을 처분하고 포항시로 떠났지만, 끝내 식당을 하는 아내에게 기생해 살아간다. 세길의 아버지 역시 "돌아가시면서 제사나 벌초에 관해 아무런 유언도 남기지 않았"는데, 이에 대해 세길은 "홀가분했다"고 말한다(279면).

『단 한번의 연애』는 전통적인 성별 구별을 뒤집어놓고 있다. 남자인 이세길은 지극히 평범하다. 주위 사람들로부터 "저놈은 평범한 걸로 치면 올림픽 금메달감이야"(136면)라는 말을 듣는 것은 물론이고, 스스로도 자신이 평범하다고 생각한다. 세길은 "나는 평범하지만 멍청하지는 않다. 평범함이 위대함을 만들어내거나 적어도 돋보이게 한다는 것을 명확하게 알고 있다"(274면)라는 말에서 보듯, 평범함에 대한 철학까지 지니고 있다. 이에 비해 민현은 현대판 영웅이다. 빼어난 미모와 우수한 성적으로 뭇 남성들의 선망을 받고, 서울 국립대학 사회계열에 합격한 후에는 운동권 투사로 활동하고, 감옥에서 나와 사라진 지 칠년 후에는 거물 컨설턴트가 되어 나타난다. 민현은 과거의 아버지들이 금광으로, 만주로, 전쟁터로 떠나갔듯이 계속해서 어디론가 떠나가는 존재이다. 이 작품의 마지막에도

---

10 울리히 벡, 엘리자베트 벡 게른스하임, 앞의 책 94~101면 참조.

민현은 어딘가로 떠나간다. 민현은 거물(Big fish)의 뒷거래를 캐는 컨설턴트로 세계를 누비며 사악한 고래를 잡는 고래잡이가 된다.

이세길은 자신이 민현의 마지막 연인이 된 것은 "그녀의 전남편, 남자, 연인, 숭배자, 그저 하룻밤 잔 상대, 그 누구든 질투하지 않"(259면)기 때문이라고 주장한다. 이러한 이세길의 말 속에서 투기하지 않는 것을 미덕으로 여기던 전통적 여인상을 떠올리는 것은 그리 어려운 일이 아니다.

수십년 동안 이어진 세길과 민현의 관계를 규정하는 말은, 민현의 "그건 내가 정할게"(260면)이다. 모든 건 민현이 정하며, 세길은 민현을 구속하거나 소유할 수 없다. 세길은 민현의 뜻에 따라 직장에서 은퇴한 후 둘만의 공간에서 음악을 듣거나 "지속 가능하고 착취와 파괴가 없는 세계를 위해 해야 할 일이 뭔지 소셜 네트워크 서비스를 통해"(281면) 수백만의 사람들에게 이야기한다. 이것을 세길은 "내 나름의 정치적 행위"(같은 곳)이며, 무척이나 즐겁다고 말한다. 그러나 이 모든 것은 그녀에 의해 '디자인'된 것이다. 『단 한번의 연애』는 세길이 민현을 배웅하며 지극한 행복에 빠지는 것으로 끝난다. 이 작품에서 우리는 자연스럽게 세길 스스로가 던지는 "유구한 역사를 가진 남녀의 일대일 관계에서 변화가 일어난 것일까. 나와 그녀 두 사람만의 변화일까. 아니면 민현만이 그런 지위를 쟁취한 것일까"(260면)라는 물음을 떠올리게 된다.

세길과 민현이 보여주는 남녀관계의 변화양상은 세길 스스로 던진 세 가지 질문 중에서 첫번째 질문인 "유구한 역사를 가진 남녀의 일대일 관계에서 변화가 일어난 것일까"와 관련된다고 보아야 한다. 전통적인 사회에서는 남녀 모두 개인적 삶을 갖지 못했고, 근대화와 더불어 비로소 개인화가 시작되었다. 이때 개인화의 대상은 주로 남성에 한정되었고, 여성은 그러한 남성을 돕는 보조적인 위치에 머물렀다. 그러나 최근에 들어 여성들 역시 사회 각 분야에서 자기만의 주도적인 삶을 만들어나가고 있다. 이것은 축복인 동시에 커다란 부담이기도 하다. 더군다나 가부장적 전통이 강하게 남아 있는 한국사회에서 여성들이 느끼는 사회적 부담감과 정서적 결핍감은 더욱 클 수밖에 없다. 이러한 상황에서 세길과 같은 존재는 '아내가 필요한 여자'들의 판타지를 충족해주는 형상이 되기에 충분하다.

이처럼 성석제의 『단 한번의 연애』는 '아내가 필요한 여자'들의 욕망을 훌륭하게 충족해주는 소설이다. 이 작품에서 세길은 오직 민현만을 바라보고, 민현의 말에 절대 복종하며, 민현의 남자들을 질투하지 않고, 그녀를 정서적으로 살뜰하게 지원한다. 그리고 무엇보다 중요한 것은 절대 변함이 없다는 것이다. 그렇다면, 세길은 아무런 위안도 얻지 못하는 것일까? 『단 한번의 연애』는 세길은 물론이고 남성 독자들에게도 말할 수 없는 위안을 준다. 민현은 세길과의 사랑에서 따듯한 모성을 주는 존재이기 때문이다.[11]

민현에게 반한 세길이 민현의 집을 처음 찾아가서 본 장면은 정신분석학적 고찰의 대상이다. 민현은 고래잡이인 아버지의 갈고리에 허벅지를 찍혀 선홍색 피를 흘린다. "민현의 그 하얗고 통통한 허벅지, 음부를 닮은 상처, 시선, 집념과 귀기 어린 그 모습"(29면)은 순결한 처녀가 아니라, 이제 막 아이를 낳아 파헤쳐진 어머니의 육신을 떠올리게 한다. 민현의 아버지는 "자루 달린 갈고리를 아내에게 던졌다가 엉뚱하게 딸의 허벅지에 눈깔사탕만한 구멍을 낸"(63면) 것이다.

현재 이들이 머무는 구룡포의 동굴은 어머니의 자궁이라고 보아도 무방하다. 그들의 거처는 모감주나무와 해송으로 이루어진 숲이 천연의 벽

11 민현의 어머니 역시 세길에게는 또 한명의 어머니이다. 그녀는 흑막 뒤에서 눈먼 돈을 나눠가지는 데 필요한 비밀스러운 장소를 운영하는 능력자로 변신한다. 그녀는 어둠의 세계를 주물럭거리는 실력자로서 막강한 권력을 휘두른다. 민현 어머니의 보살핌으로 세길은 C그룹 회장 비서실에 취직한다. 민현의 어머니는 세길에게 '은인'이자 '어미 고래'이다(256면).

을 이루고 있어 안쪽에 뭐가 있는지 지나가는 사람은 쉽게 알 수 없다. 집의 배후에는 성기의 뼈를 연상시키는 거대한 바위가 놓여 있다. 이처럼 구룡포의 동굴은 생김새가 은밀한 여성의 성기를 연상시킨다. 이 속에서 세길과 민현은 전능감에 빠진 태아처럼 전지적인 능력을 만끽한다. 민현은 "무의미함에서 의미를 발견해내고 허점을 찾아낸 뒤 미래의 변화에 대응하는 방법을 가려내는 능력"이 "세계 최고"이며(188면), 세길은 동굴 안에서 자체 발전시스템으로 가동되는 컴퓨터로 전세계의 인터넷과 비밀 통신망에 접속한다.

이 작품은 고래로 시작해 고래로 끝난다.[12] 시작 부분에서 이세길은 거대한 고래를 보고 엄청난 공포를 느끼는 순간 "신이 내린 고래잡이 여전사"(10면)인 박민현이 나타나 구원해주는 꿈을 꾼다. 작품의 마지막에 민현은 사악한 고래에 맞서 싸우는 존재로 의미 부여가 된다. "특권과 부, 권력을 독점한 정치·경제·군사·과학·기술 복합체, 탐욕의 화신인 그들을 그녀는 '사악한 빅 피쉬'"라고 부르며(292면), 평범한 사람들을 위해 그들과 맞서 싸우는 것이다. 어린 시절부터 세길에게 민현은 생각하고 그리워하는 것만으로도 치료 효과가 있는 존재였다. 민현이 나쁜 고래를 처치해주는 꿈을 꾼 후에, 세길은 그동안 자신을 괴롭히던 잔병들로부터 자유로워진다. 이처럼 민현은 세길에게 완벽한 모성을 지닌 존재임을 확인할 수 있다.

성석제의 『단 한번의 연애』는 일종의 판타지이다. 이 판타지는 사랑이

12 "여기도 고래고 저쪽도 고래로 불리기는 마찬가지다. 여긴 착한 고래, 저긴 나쁜 고래"(295면)라는 말에서 알 수 있듯이, 이 작품에서 고래는 이중적 의미를 지닌다. 고래는 사악한 악의 무리를 의미하기도 하지만, 민현과 세길을 의미하기도 한다. 바다에서 사는 고래가 육지에서 살던 시절이 그리워 고향에 돌아온 것을 "그때에 고래는 구룡소에 이르렀을 것이다. 밤새 울음 울며 노래하며 알 수 없는 그리움을 녹였을 것이다"(286면)라고 표현할 때, 이 고래는 지금 고향 앞 구룡포에 머무는 민현과 세길을 나타낸다고 할 수도 있다.

라는 현대의 사적인 영역에서 이루어진 중요한 변화와 밀접한 관련을 맺고 있다. 본래 문학에서 사용되는 환상의 주요한 기능 중의 하나는 현실에 의해 억압된 욕망의 표출이다. 이 작품은 본격적인 사회활동으로 인하여 정서적 결핍감에 시달리는 여성들과 공사의 영역 모두에서 자신의 자리를 찾지 못한 채 왜소해지는 남성들에게 적절한 희망과 위안의 메시지를 준다. 여성들에게는 '아내로서의 남성'을 남성들에게는 '전지전능한 엄마'를 제공해주는 것이다. '아내'와 '엄마'를 바라는 감추어진 (무)의식적 욕망도 사랑과 관련된 이 시대의 소중한 이면임에 분명하다.

스노브와 동물

김훈

1. 새로운 렌즈의 필요성

지금까지 김훈(金薰)[1]에 대한 논의는 그야말로 다양하게 이루어져왔는데, 크게 등장인물, 문체, 작가의 세계관, 죽음의식, 몸, 시간 등을 중심으로 나누어볼 수 있다. 문체를 다룬 것으로는 김윤식과 강혜숙의 논의를 들 수 있다. 김윤식(金允植)은 김훈의 감성을 거부하는 강도 높은 문장력이 물컹물컹한 우리 소설 문맥에 진입한 사실은 일종의 사건이라 지적하였고,[2] 강혜숙은 김훈의 「화장」에 나타난 문체적 특성을 정밀하게 고찰하

1 김훈은 1995년 등단한 이후 지금까지 한권의 소설집과 여덟권의 장편소설을 발표하였다. 그 구체적인 목록을 나열하자면 소설집으로 『강산무진』(문학동네 2006), 장편소설로 『빗살무늬토기의 추억』(문학동네 1995) 『칼의 노래』(생각의나무 2001) 『현의 노래』(생각의나무 2004) 『개』(푸른숲 2005) 『남한산성』(학고재 2007) 『공무도하』(문학동네 2009) 『내 젊은 날의 숲』(문학동네 2010) 『흑산』(학고재 2011) 등이 있다. 앞으로 작품 인용 시 해당 책의 면수만 표시하기로 한다.

2 김윤식 「어떤 Homo Faber의 초상, 혹은 농경사회의 상상력」, 김훈 『빗살무늬토기의 추억』, 문학동네 1995, 210~11면.

여, "「화장」에서 말하고 있는 삶이란 생명이라는 확실하고도 모호하여 닿을 수 없는 것을 뒤에 두고, 죽음이라는 모순적이고 알 수 없는 것을 향해 다가가면서, 거짓과 허위로부터 자유롭지 못한 일상을 살아가는 것"[3]이라고 결론 내린다.

김훈의 세계관을 다룬 논의로는 김영찬, 최영자, 김주언, 류보선의 논의가 있다. 김영찬(金永贊)은 김훈의 소설이 역사의 옷을 빌려 세상의 이치와 자아의 자리를 되새기는 '독백적 역사소설'이며, 김훈 소설의 인물들은 벗어날 수 없고 어찌해볼 수도 없는 '거대한 불가피'와 맞닥뜨린다고 말한다.[4] 결론적으로 김훈의 소설에 나타나는 불가피의 감각과 인간의 동물성에 대한 안쓰러운 긍정이 포스트-IMF 시대 한국사회의 예민한 정치적 무의식의 성감대를 건드린다고 주장한다. 최영자는 김훈 소설에 등장하는 주인공들의 체험이 "후기 자본주의적 메커니즘인 이데올로기적 환상에 기반"[5]한다고 이야기한다. 김주언은 김훈의 장편 역사소설들이 '철학적 자연주의'를 보여준다고 말한다.[6] 이때의 철학적 자연주의는 우리들이 살아가는 이 자연세계 이외의 다른 세계를 인정하지 않는 기본 입장을 의미한다. 류보선(柳潽善)은 김훈의 작품들이 문명의 불만과 그것을 넘어설 수 있는 길을 집요하게 탐색한다고 말한다.[7]

이외에도 김훈 소설에 나타난 죽음, 몸, 시간 등에 대한 논의들이 있다. 유정숙은 『빗살무늬토기의 추억』과 『칼의 노래』에 나타난 장철민과 이순

---

3 강혜숙 「세가지 어법과 감각의 서사」, 『돈암어문학』 21호, 2008년 12월, 251면.

4 김영찬 「김훈 소설이 묻는 것과 묻지 않는 것」, 『창작과비평』 2007년 가을호 392면.

5 최영자 「이데올로기적 환상으로서의 김훈 소설」, 『우리문학연구』 26집, 2009년, 395면.

6 김주언 「김훈 소설의 자연주의적 맥락: 장편 역사소설을 중심으로」, 『한국문학이론과 비평』 제49집, 2010년 12월, 231~48면.

7 류보선 「현명한 자는 길을 잃는다, 그러나 단순한 자는……」, 『문학동네』 2012년 봄호 500면.

신의 죽음은 "인간의 죽음을 본래의 자연사로 귀환시키고자 하는 작가의 신념"을 보여준다고 주장한다.[8] 송명희는 단편 「화장」에 나타난 몸 담론을 분석하면서, 김훈은 "몸과 정신, 젊음과 늙음, 삶과 죽음, 화장(化粧)과 화장(火葬), 남성과 여성, 자아와 타자, 바라보는 시선과 응시되는 대상의 이항대립을 다양하게 배치함으로써 포스트모더니즘 시대는 몸과 젊음과 삶이 정신과 늙음과 죽음을 압도한다는 것을 말해보고 싶었던 것일까"[9]라고 조심스레 결론 내린다. 김주언은 『남한산성』을 분석하며 김훈이 진보의 역사적 시간이 상정하는 목적론적 시간관에 대한 거부를 표현하면서 "전근대적이거나 탈근대적인 우주적 시간"을 옹호한다고 주장한다.[10]

이 글에서는 김훈 소설에 등장하는 인물들의 특성에 대하여 주로 살펴보고자 한다. 김훈은 지속적으로 역사소설을 창작하고 있는데, 그의 역사소설은 이순신, 이사부, 우륵, 정약전, 정약용과 같은 인물을 전면에 내세운다는 특징을 지니고 있다. 이러한 인물 형상에는 김훈만의 고유한 작가적 특질이 고스란히 담겨 있다. 그럼에도 김훈 소설에 나타난 인간상의 특징과 의미에 대한 연구는 본격적으로 이루어지고 있지 못하다.

등장인물과 관련된 지금까지의 연구로는 김정아, 서영채, 공임순, 고강일, 홍웅기, 황경 등의 논의가 있다. 김정아는 『칼의 노래』에서의 이순신이 "적과 대결하는 민족의 영웅 대신 세계와 대결하는 고독한 개인" 즉 '예술가 영웅'을 대변한다고 말한다.[11] 서영채(徐榮彩)는 『칼의 노래』와

8 유정숙 「김훈 소설에 나타난 죽음의식 연구」, 『한국언어문화』 42집, 2010년 8월, 313면.

9 송명희 「김훈 소설에 나타난 몸 담론」, 『한국문학이론과 비평』 48집, 2010년 9월, 72면.

10 김주언 「김훈 소설에서의 시간의 문제」, 『한국문학이론과 비평』 54집, 2012년 3월, 236면.

11 김정아 「김훈의 두 소설: 고독한 예술가 영웅의 신화」, 『인문학 연구』 31권 2호, 2004, 2면.

『현의 노래』를 집중적으로 분석한 「장인의 기율과 냉소의 미학」에서 이순신이나 이사부와 같은 인물들은 자기 자리를 지키면서 자신의 논리와 내적 윤리에 충실한 "가치중립적인 기술자들"[12]이며, 김훈이 보여주는 삶의 단순성의 밑바탕에는 "자본제적 삶의 제도화된 위선에 대한 냉소주의"[13]가 깔려 있다고 주장한다. 공임순은 김훈이 적의 가상적 실체와 젠더화된 이분법의 위계를 통해 이순신을 "고독한 남성 영웅"으로 형상화했다고 지적한다.[14] 고강일은 『칼의 노래』에 등장하는 이순신은 "'실재의 윤리', 다시 말해 언어의 그물(상징계)에서 해방된 온전한 주체를 지향하는 '정신분석학의 윤리'를 충실히 구현"한다고 주장한다.[15] 홍웅기는 『현의 노래』를 논의한 글에서, 야로나 우륵은 '공(空)의 세계'에 도달하려고 애쓴다고 결론 내리고 있다.[16] 황경은 김훈 소설의 주인공들이 "무리의 외부에서 무숙(無宿)의 운명을 자처하면서 탈역사의 방향으로 나아"간다고 주장한다.[17] 위의 논의에서는 김훈 소설에 등장하는 인물을 '예술가' '장인' '고독한 남성' '윤리적 주체' '공의 세계를 지향하는 자' '무숙자' 등으로 바라보고 있음을 알 수 있다.

지금까지의 논의들은 김훈 소설에 등장하는 인물들이 지닌 특성의 일면을 적절하게 지적하고 있다. 아쉬운 점은 대부분의 글들이 김훈 작품 중 일부만을 대상으로 삼고 있다는 점이다. 이 글에서는 김훈의 등단작부터 최근작까지를 모두 대상으로 하여, 작가가 가치를 부여하는 인간상을

12 서영채 「장인의 기율과 냉소의 미학」, 『문학의 윤리』, 문학동네 2005, 165면.

13 같은 글 174면.

14 공임순 『식민지의 적자들』, 푸른역사 2005, 92면.

15 고강일 「김훈의 『칼의 노래』와 정신분석학의 윤리」, 『비평문학』 29호, 2008년 8월, 49면.

16 홍웅기 「김훈 소설의 존재의 재현방식 연구」, 『비평문학』 30호, 2008년 12월, 455면.

17 황경 「무숙자의 상상력과 육체의 서사」, 『한국문학이론과 비평』 53집, 2011년 12월, 301면.

집중적으로 살펴보고 이를 통하여 작가의식을 고찰해보고자 한다. 본고에서는 김훈이 가치를 부여하는 등장인물들을 크게 두가지 부류로 나누어 살펴본다. 첫번째는 이순신이나 이사부처럼 역사적으로 실존했던 영웅들이고, 두번째는 작가가 새롭게 창조한 시대의 민초들이다. 이들의 모습은 각각 스노브(snob)와 동물의 모습에 해당한다고 말할 수 있다.

2. 스노브의 형상으로 전유된 영웅들

역사적인 영웅들은 김훈의 소설에서 새로운 형상과 의미를 부여받는다. 이러한 특징은 이순신을 주인공으로 내세운 『칼의 노래』에서부터 선명하게 나타난다. 한민족을 대표하는 영웅인 이순신은 근대에 들어와서 신채호(申采浩), 박은식(朴殷植), 이광수(李光洙) 등에 의해 소설화되었으며, 이때 이순신은 철저하게 민족주의적인 시각에 기초해 형상화되었다. 그러한 사례로는 신채호와 이광수의 작품을 대표적으로 들 수 있다.

신채호의 『이순신전』(『대한매일신보』 1908년 5월 2일~8월 18일)에서 이순신은 상무정신과 애국심의 상징이다.[18] 1931년 6월 26일부터 1932년 4월 3일까지 178회에 걸쳐 『동아일보』에 『이순신』을 연재한 이광수 역시 이순신을 '충의'의 상징으로 그렸다.[19] 이광수가 수많은 역사적 영웅들 중에서

---

18 공임순, 앞의 책 108~18면 참조. 박은식 역시 「이순신전」(1915)에서 신채호와 비슷한 시각을 보이고 있다.

19 그럼에도 신채호와 이광수 사이에는 이순신을 바라보는 미세한 차이가 존재한다. 신채호는 이순신에 대해 일본과 싸워 이겼다는 민족주의적인 시각에 온전히 초점을 맞추었다면, 이광수는 조선민족의 고질적 병폐로 강조되던 당쟁에 희생된 군인이자 열등한 민족을 개조하는 영웅이라는 측면을 중요하게 강조한다. (노영구 「역사 속의 이순신 인식」, 『역사비평』 2004년 겨울호 351면; 이덕일 「일본 축출의 영웅에서 군사정권의 성웅으로, 다시 인간 이순신으로」, 『내일을 여는 역사』 2004년 겨울호 167면)

이순신을 선택한 이유는 작가의 말에 잘 나타나 있다.

> 나는 이순신을 철갑선의 발명자로 숭앙하는 것도 아니요, 임란의 전공자(戰功者)로 숭앙하는 것도 아닙니다. 그것도 위대한 공적이 아닌 것은 아니겠지마는 내가 진실로 일생에 이순신을 숭앙하는 것은 그의 자기희생적, 초훼예적(超毁譽的), 그리고 끝없는 충의(애국심)입니다. 군소배들이 자기를 모함하거나 말거나, 일에 성산(成算)이 있거나 말거나, 자기의 의무라고 믿는 것을 위하여 국궁진췌(鞠躬盡瘁)하여 마침내 죽는 순간까지 쉬지 아니하고 변치 아니한 그 충의, 그 인격을 숭앙하는 것입니다. 그러므로 이 소설『이순신』에서 내가 그리려는 이순신은 이 충의로운 인격입니다. 나는 나의 상상으로 창조하려는 생각이 없습니다. 고기록에 나타난 그의 인격을 내 능력껏 구체화하려는 것이 이 소설의 목적입니다. (『동아일보』 1931년 5월 30일)

그러나 김훈의 소설에서 역사적인 영웅들, 즉 이순신, 우륵, 이사부, 이시백, 정약전, 정약용 등은 다른 의미를 부여받는다. 그들은 무엇보다 '당면한 일'에 최선을 다하는 사람들로 그려진다. 그들에게는 타인과 사회로부터 주어진 역할과 그것에 성실한 삶의 자세만이 존재한다. 그들은 공통적으로 스노비즘(snobbism)을 체화하고 있다. 이때의 스노비즘이란 실질이나 내용은 텅 비어 있다는 걸 알면서도 거기에 엉켜 있는 형식이나 의례 같은 것을 따르는 삶의 방식이다. 그들에게 행위는 모두 진정성을 결핍한 의전(儀典) 행위에 불과하다.[20] 자신의 역할이 그것이기 때문에 그

---

20 아즈마 히로끼『동물화하는 포스트모던』, 이은미 옮김, 문학동네 2007, 116~30면 참조. 알렉상드르 꼬제브(Alexandre Kojeve)는 "세계사, 즉 인간들과 인간이 자연과의 교호작용 사이에서 일어나는 상호작용의 역사란 전투적 주인과 노동하는 노예 사이의 상호작용의 역사이다. 그러므로 역사는 주인과 노예 사이의 구별 대립이 해소되는 순간 정지"(알렉상드르 꼬제브,『역사와 현실변증법』, 설헌영 옮김, 한벗 1981, 81면)한다고 주장한다. 인정투쟁을 그만두고 생존을 위한 노동밖에 하지 않게 되는 순간 역사

렇게 할 뿐이라는, 혹은 산다는 건 무의미하지만 무의미하기 때문에 산다는 역설이 성립하는 삶의 방식이다.

『칼의 노래』에서 조선 왕조에 대한 충성 따위는 이순신의 머릿속에 존재하지 않는다. 이순신은 실재를 왜곡하는 헛된 의미화나 상징화에 맞서, 전투의 효율적인 수행을 위한 사실에만 집착한다.[21] 『칼의 노래』를 지배

는 정지한다는 이야기이다. 꼬제브는 역사의 종언 이후 인간이 취할 삶의 방식을 두가지로 보았다. 일본적 스노비즘의 세계와 미국식 동물화의 세계가 그것이다.

21 김훈은 모든 의미화나 상징화의 원천인 언어 자체에 대하여 근본적인 불신을 지니고 있다. 이러한 특징은 최근작인 『흑산』에서도 선명하게 나타난다. 『흑산』에서 민초들이 겪는 모든 고통의 최종적 책임자인 대비는 철저히 말에만 의지하는 인물이다. 대비는 "세상에 말을 내리면 세상은 말을 따라오는 것"(120면)이라고 굳게 믿는다. 대비는 "자신의 말에 파묻혀 있는"(328면) 인물로서, "자신의 말의 간절함으로 세상을 바로잡을 수 있고 백성을 먹일 수 있다고 믿는"(207면) 사람이다. 그러나 실제 『흑산』에서 언어는 말 그대로 무용(無用)하다. 책이란 병사들의 저고리에 솜 대신 들어가는 하나의 물질로서 그 가치를 지닐 뿐이다. 묵은 종이는 종이옷을 만들거나 잘게 썰어져 무명천 안쪽에 넣고 누벼지는 용도에 사용된다. 구례 강마을 백성들의 소장 역시 과거에 낙방한 이의 답안지들과 섞여 서북면 병졸들의 겨울나기 보온재로 보내진다. 김훈이 민초가 아닌 지도층으로서 긍정적으로 생각하는 인물은 언어로부터 멀리 떨어져 있는 존재들이다. 정씨 형제의 맏형이자 집안의 기둥인 정약현은 "붓을 들어서 글을 쓰는 일을 되도록 삼갔"고, "말을 많이 해서 남을 가르치지 않았고, 스스로 알게 되는 자득의 길을 인도했고, 인도에 따라오지 못하는 후학들은 거두지 않"는 인물(68면)로 설명된다. 흑산도에 유배되어 『자산어보』를 남긴 정약전은 본래 고향 마을에서 물의 만남과 흐름을 보며, 그것이 삶의 근본과 지속을 보여주는 "산천의 경서(經書)"(64면)라고 생각한다. 정약전은 물고기의 생태를 기록한 자신의 글이 "사장(詞章)이 아니라 다만 물고기이기를, 그리고 물고기들의 언어에 조금씩 다가가는 인간의 언어"(337면)이기를 바란다. 그렇기에 정약전이 쓴 글은 "글이라기보다는 사물에 가"(131면)깝다. 『흑산』에서 또 한명의 중심인물인 황사영 역시 "글이나 말을 통하지 않고 사물을 자신의 마음으로 직접 이해했고, 몸으로 받았다"(70면)라고 설명된다. 황사영은 "말과 글로 엮인 생각의 구조를 버렸고, 말의 형식으로 존재하는 인의예지를 떠났"(92면)다. 이 작품에서 정약전을 돕는 흑산도 청년 창대 역시 여러차례에 걸쳐서 황사영과 닮은 이로 표현된다. 창대 역시 『소학』은 "글이 아니라 몸과 같았습니다. 스스로 능히 알 수 있는 것들이었습니다"(116면)라고 말하는 인물이다. 이 작품에 등장하는 대표적인 민초인 마노리 역시 "사람이 사람에게로 간다는 것이 사람살이의 근본이라는 것"(41면)을 길에서 깨닫는다. 마노리는 길(道)에서 도(道)를 깨닫는 인물인 것이다.

하는 간결하고 건조한 문체는 정확한 사실에만 의지하고자 하는 이순신(혹은 김훈)의 논리가 반영된 결과이다. 모든 이데올로기를 부정했을 때, 바다는 생존을 위한 도구적 합리성이 지배하는 거대한 작업장으로 변한다. 이순신은 "농사를 짓듯이, 고기를 잡듯이, 적을 죽"(63면)인다.[22] 왜 죽여야 하는지에 대해서는 더이상 사유하지 않는다. 이순신을 제외한 장졸들 역시 "노무자처럼 일"(214면)할 뿐이다. 이순신이 바다를 지키는 이유는 단지 '적'이 그곳에 있기 때문이다. 이순신은 삶의 마지막 순간 총탄을 맞고, "나는 내 자연사에 안도했다"(387면)라고 스스로의 죽음에 의미를 부여한다. 이러한 이순신의 모습은 꼬제브(A. Kojeve)가 일본적인 속물의 대표적 형상으로 말한 '무상의 자살자'와 닮아 있다. 꼬제브는 일본 사무라이들의 할복이 "사회적이거나 정치적인 내용을 갖고 있는 '역사적' 가치에 기초하여 수행되는 투쟁 속에서 맞이하는 생명의 위기와는 무관한 것이다"[23]라고 주장한다. 이순신 역시도 자신의 죽음을 단순히 '자연사'로 인식하고자 할 뿐이다.

『남한산성』에서 이시백 역시 조선 왕조에 대한 충성심이라곤 없다. 그는 "나는 다만 다가오는 적을 잡는 초병이오"(218면)라고 말하며 성을 지키는 일에 진력한다. 『남한산성』에 등장하는 대부분의 인물이 그러하다. "싸움의 형식을 유지하면서 그 형식 속에서 힘을 소진시키는"(96면) 것을 자신의 임무라 여기는 김유가 그렇고, 사정을 뻔히 알면서도 명길의 목을 베라는 대신들과 젊은 당하들이 그렇고, 그들에 대하여 "저들은 저래야 저들일 것이니"(272면)라며 내버려두는 인조가 또한 그러하다. 이 작품에서 '호미 든 이순신'이라 부를 만한 서날쇠 역시 거대한 대의명분 따위

22 서영채는 김훈을 논하는 글에서, 이순신을 우륵, 이사부와 더불어 장인으로 명명한다. "자기 자리를 지키면서 자신의 논리와 내적 윤리에, 현과 쇠와 칼의 논리에 충실한 인간, 그것이 김훈의 인물들"(서영채, 앞의 글 338면)이라는 것이다.

23 김홍중 『마음의 사회학』, 문학동네 2009, 60면에서 재인용.

에는 콧방귀도 뀌지 않는다. 이들 모두는 명분이나 가치를 믿지 않고, 자신에게 주어진 임무나 직능에만 충실한 스노비즘의 체현자들이라고 말할 수 있다.[24]

『흑산』에서도 이러한 인물형은 중요한 한 축을 형성하고 있다. 똑같이 천주 교리를 배웠지만 순교한 정약종과 달리 세상으로 돌아온 정약전과 정약용이 여기에 해당한다. 그들 역시 뚜렷한 삶의 이유나 가치 등을 지니고 있지는 않지만, 최선을 다해 지금의 자리에 충실하고자 한다. 정약전은 "……여기서 살자. 여기서 사는 수밖에 없다. 고등어와 더불어, 오칠구와 더불어 창대와 장팔수와 더불어, 여기서 살자"(200면)라고 반복해서 되뇐다. 장팔수가 흑산을 빠져나간 순간에도 "바다 너머의 흑산이 아닌 곳이 있었을까"(298면)라며, "살 수 없는 자리에서 정약전은 눌러앉아 살아야겠다고 스스로 다짐"(299면)한다. 정약전에게는 "당면한 곳만이 삶의 자리"(302면)인 것이다.

『개』에서는 주어진 일에 최선을 다하는 인간의 모습이 주인의 명령에 절대 복종하는 개의 모습으로까지 나타난다. 바다에서 돌아오는 주인이 던진 밧줄을 쇠말뚝에 끼워넣는 일, 새들로부터 고기를 지키는 일, 뱀으로부터 아이들의 등굣길을 보호해주는 일, 염소와 들쥐로부터 할머니의 감자밭을 지키는 일 등을 보리는 빈틈없이 수행해나간다. 특히 뱀으로부터 아이들을 지켜내거나 들쥐로부터 감자밭을 지켜내는 장면에서 보여주는 지략과 용기는 이순신과 이사부에 뒤지지 않을 정도이다. 보리는 주인과

---

24 조르조 아감벤(Giorgio Agamben)은 카프카의 소설이 스노브들로 이루어진 공포스러운 세계를 다룬다고 주장한다. 성과 법원과 은행에서 근무하는 하급관료들, 법관들, 그리고 클론처럼 늘 두명이 함께 다니는 권력의 하수인들, 기계나 곤충 그리고 동물로 변화되는 우의에서 사유의 기능이 마비된 것처럼 보이는 존재들, 카프카 소설에 자주 등장하는 이 익명의 형상들은 모두가 아무런 독창성도 개성도 없이 오직 자신에게 주어진 직능에 대한 충실성만을 갖고 있다고 설명된다. (조르조 아감벤, 『호모 사케르』, 박진우 옮김, 새물결 2008, 88면)

의 관계 속에서 주어진 자신의 위치뿐만 아니라 그외의 잔인한 현실마저 모두 받아들이고자 한다.[25] 주인으로부터의 인정만을 열망하는 이러한 개와 같은 형상 속에는 인간으로서의 어떠한 존엄도 보이지 않는다. 주인으로부터 부여된 역할(형식)에만 충실한 결과, 인간으로서의 주체성이 완전히 소멸되어버린 개와 같은 형상에는 스노브형 인간이 지닌 위험성이 압축되어 있다.

김훈의 인물들은 어떠한 환상이나 이데올로기에도 자신을 내맡기지 않은 채, 오직 지금의 현실과 주어진 직능에 충실할 뿐이다. 그들은 지금 자신들이 목숨을 걸고 하는 일을 진심으로 원해서 하고 있는 것은 아니다. 이순신, 이사부, 야로, 정약용, 정약전, 이시백 등은 단지 자신에게 일이 주어졌기 때문에, 성찰의 고통과 혼란 없이 그 역할(형식)에 헌신하는 스노브들이다. 지난 10여년간 침체된 문학시장에서 김훈의 역사소설이 예외적으로 많은 독자들의 뜨거운 호응을 받은 것은, 그가 새롭게 전유한 역사적 영웅들이 스노브형 인간이라는 점과 무관하지 않다. 오늘날 한국사회에서 이상적으로 여겨지는 인간형은 바로 김훈 소설에 등장하는 스노브형 인간들이기 때문이다.[26] 무한경쟁을 원칙으로 삼는 신자유주의 시대에 생존하기 위해서는 도구적 성찰성과 직능적 수월성을 극대화한 스노브가 되어야만 한다. 스노브가 된다는 것은 그 자체로 힘든 일일 뿐만 아니라 모종의 윤리적 불쾌함마저 생기게 한다. 이러한 상황에서 과거의 영웅들 역시 스노브였다는 사실을 확인하는 것은 이 시대의 독자들에게 편안한 심리적 위안을 주기에 충분하다.

---

25 잔인성에서는 보리의 세계 역시 피비린내 진동하는 이순신 혹은 우륵의 세계에 뒤지지 않는다. 그곳에는 "치가 떨리고 피가 솟구치는 수컷의 냄새"(150, 168면)를 풍기는 악당 악돌이와, 흰순이의 죽음이 존재하고 있다.

26 사회학자인 김홍중은 오늘날의 한국사회를 스노브가 사회에서 선망을 획득함으로써 존재론적 정당성을 획득하게 되는 스노보크러시(snobocracy)라고 규정한다. (김홍중, 앞의 책 82면)

3. 동물의 형상으로 전락한 민초들

(1) 벌거벗은 삶과 권력

김훈 소설에서는 스노브형 인간들을 대타화하여 그들의 의의와 한계를 바라볼 수 있도록 하는 존재가 또 하나의 중요한 줄기를 이루고 있다. 이런 인간들은 바로 동물의 수준으로 전락한 민초들이다. 이들은 생명과 생존에 매인 노예적인 삶의 영역, 즉 오이코스(oikos)에 해당하는 삶의 방식을 보여준다.[27]

등장인물을 동물화하여 표현하는 것은 등단작인 『빗살무늬토기의 추억』에서부터 나타나는 김훈 소설의 특징이다. '나'가 부하인 강철민의 삶과 죽음에 얽힌 비밀을 푸는 것이 핵심인 이 작품에서, 강철민은 자주 동물에 비유된다. '나'는 장철민의 전입신고를 받으며 그의 몸가짐과 표정에서 "청거북의 배에 각인된 문양"(37면)을 보고, 불을 끄는 장철민을 "세상에 처음 나들이 나온 유인원의 모습"(77면)이라고 생각한다. 장철민은 작품에서 신석기인이자 유인원, 나아가 청거북이다.[28]

『칼의 노래』에 등장하는 여진의 가랑이에서는 '젓국 냄새'가 나고(39면), 『현의 노래』에 나오는 우륵의 여자 비화는 '버들치의 비린내'를 풍긴다(154면). 궁녀 아라는 들과 산에서 줄기차게 오줌을 눈다. 『칼의 노래』와 『현의 노래』는 원초적인 냄새와 소리로 가득한데, 이를 통해 대부분의 인물은 끊임없이 짐승을 연상시킨다. 『공무도하』에서 장철수는 "엎드린 후에의 몸이 물고기와 같다고 느꼈다. 물고기 같기도 했고 새 같기도 했

---

27 한나 아렌트(Hannah Arendt)는 삶의 영역을 생명과 생존에 매인 오이코스(oikos)의 영역과 생존이나 노동과는 분리된 폴리스(polis)의 영역으로 나눈다. (한나 아렌트 『인간의 조건』, 이진우 외 옮김, 한길사 1996, 88~89면)

28 김윤식은 김훈의 첫번째 장편인 『빗살무늬토기의 추억』을 평가하면서, 김훈의 작품은 "인류문명사에 대한 비판적 사유라는 점에서 농경사회적 상상력"(김윤식, 앞의 글 212면)에 바탕을 두고 있다고 말한 바 있다.

다. 포유류와 조류와 어류를 합쳐놓은, 혹은 종족이 분화되기 이전 지층시대의 생명체처럼 느껴졌다"(284면)라고 말한다. 후에는 잠수 일을 마치고 물 위로 올라오면 가랑이 사이로 오줌을 지리고, 때로 "반도의 서쪽 연안에 중간 기착한 새처럼 보"(290면)이기도 한다.

『내 젊은 날의 숲』[29]에서는 '비루하게 살아간 아버지=독립운동가의 심부름꾼 노릇을 했으나 유공자로 인정받지 못한 할아버지=할아버지가 분신처럼 아꼈던 말(馬)'이라는 구도가 성립한다. 이 말은 할아버지가 만주에서 한국으로 돌아올 때 끌고 온 것이다. 늙어서 말라비틀어진 그 말은 사람들 앞에서 생식기를 자꾸 내밀어 '좆내논'이라는 별명을 얻는다. 이 별명은 수컷들의 허세와 비참함을 드러내기에 모자람이 없다. 이 작품에서 어머니는 '아버지=할아버지=말'을 확인시켜주기 위해 존재한다고 해도 과언이 아니다. 어머니는 "수없이 되풀이된 이야기"(45면)를 하는데, 그것은 바로 말과 아버지 혹은 말과 할아버지를 관련시키는 이야기이다. "시아버지 얼굴이 말하고 닮아 있더라"(38면)라든가, "그 말이 눈빛이 희끄무레한 게 꼭 느이 할아버지를 닮았어"(45면), 혹은 "얘, 어제 너네 아버지한테 갔더니, 말 냄새가 나더라"(255면)라는 이야기가 그것이다.

『남한산성』에는 인간의 동물화가 이루어진 정치적 배경이 뚜렷하게 나타나 있다. 이 작품에서는 일반 백성들이 지배자들의 시선을 통해 매 순간 짐승과 유비관계에 놓인다. 김상헌이 남한산성에 들어가기 위해 강을 건널 때 만난 사공은 "들짐승처럼 보"(43면)인다. 곧이어 청병이 오면 강을 건너게 해줄 것이라고 말하는 사공을 김상헌이 칼로 벨 때, 사공은 "풀이

29 『내 젊은 날의 숲』은 이십대 여성인 조연주가 교도소에 있는 아버지에 대해 이야기하는 것으로 시작된다. 군청 공무원인 아버지는 먹고살기 위해 평생을 굽실거렸으며, 유흥업소와 포주로부터 뇌물을 받고 그 뇌물을 상사에게 상납한 죄로 감옥에 들어간다. 특가법상의 뇌물죄, 알선수재, 업무상 배임이 그 죄의 내용이다. 조연주의 할아버지는 젊은 시절 해외에서 유명한 독립운동가의 심부름꾼 노릇을 했으나 추적 불가능한 행적으로 유공자 선정에서 제외된다.

시들듯"(46면) 쓰러진다. 성 안의 아이들은 "개울에 내려앉은 새떼"(213면)에, 봉두난발에 누더기를 걸친 군병들은 "상처 입은 야생동물"(217면) 혹은 "늙은 들짐승"(288면)에 비유된다. 청병들 역시 부모를 잃고 떠도는 나루를 "들짐승만치도 눈여겨보지 않"(108면)는다. 그들은 돌멩이를 던져 아이를 쫓는데, 이 순간 역시 "아이는 작은 들짐승처럼 보였다"(같은 곳)라고 묘사된다. 남한산성 안의 나루는 추위 속에서 영글어가는 '열매'처럼 보인다(174면). 지배층이 백성들을 동물로 보는 일은, 지배층이 백성들의 곡식과 가축을 빼앗는 일과 본질상 동일하다. 남한산성 안에 있는 사대부들의 입이 말하기 위한 것이라면, 백성들의 입은 철저하게 먹기 위한 입이다. 동물의 입 역시 먹기 위한 것이라는 점에서, 백성과 말〔馬〕은 동일한 차원에 놓인다. 사대부와 백성의 차이는 인간과 동물의 차이인 것이다.

여기서 눈여겨보아야 할 것은 이들이 짐승이 된 이유가 '국가' 때문이라는 점이다. 작품 전체를 통하여 자연에 가장 가까운 존재인 나루는 마지막에 서날쇠에 의하여 비로소 인간이 된다. 작품의 마지막 문장에서 서날쇠는 나루가 자라면 쌍둥이 아들 둘 중에서 어느 녀석과 혼인을 시켜야 할 것인지를 생각하며 혼자 웃는다. 나루는 조정이 성 밖으로 나가고 나서야, 비로소 '며느리'라는 인간사회의 상징적 지위를 차지하게 되는 것이다.

토머스 홉스(Thomas Hobbes)는 자연상태의 인간을 늑대로 보았다. 그에 따르면 만인의 만인에 대한 투쟁으로 요약할 수 있는 무한 적대의 자연상태 속에서 인간은 하나의 동물로 존재한다. 그러한 동물에서 벗어나기 위해 필요한 것이 바로 국가라는 것이다.[30] 김훈은 홉스의 이론을 뒤집는데, 그의 작품에서 인간은 다름 아닌 국가에 의해서 동물이 된다. 김훈이 그려내는 인간들은 자연상태라 할 수 있는 국가의 한복판으로 쫓겨나 동물이 된다. 그들은 국가의 내부, 권력의 내부 속으로 추방당하는 존재이다.

---

30 토머스 홉스 『리바이어던』, 신재일 옮김, 서해문집 2007, 86~160면 참조.

『칼의 노래』에서도 전면화되지는 않았지만, 전쟁이 불러온 국가라는 괴물이 인간을 짐승으로 만드는 상황이 연출되며, 『현의 노래』는 소규모 공동체를 초월한 강력한 국가의 탄생이라는 조건 속에서, 인간이 동물로 변해가는 과정을 그리고 있다. 김훈이 그려낸 '인간-동물'은 국가가 지닌 폭력성과 야만을 언어 대신 눈빛과 몸짓으로 처절하게 증언하는 존재이다.[31]

『내 젊은 날의 숲』에서 이 땅의 아버지들을 동물화하는 권력은 최 국장을 통해 압축적으로 나타난다. 최 국장은 연주 아버지의 직장 상사로서, 연주 아버지가 죄를 뒤집어쓴 결과 연주 아버지 형량의 절반만을 받는다. 최 국장 집안은 조선 중기에 뿌리내린 토호급 가문으로서, 최 국장은 말과 행동으로 연주 가족을 끊임없이 모욕한다. 가석방으로 출소한 지 칠개월여 만에 아버지가 죽자, 최 국장은 자신이 회장으로 있는 일신상조회[32]의 조기를 들고 빈소는 물론이고, 아버지의 뼛가루를 흩뿌리는 현장에까지 따라온다. 삶은 물론이고 죽음에서도 아버지는 최 국장의 음험한 권력에서 벗어나지 못하는 것이다. 이러한 최 국장의 존재야말로 아버지를 끊임없이 동물화하는 현실적 힘이다. 김훈 소설에서 평범한 인간들은 국가 혹은 권력에 의하여 끊임없이 동물화된다. 김훈 소설에서 동물로 표상되는 벌거숭이 삶은 본래부터 그러한 것이 아니라 국가 혹은 권력에 의해 만들어진 것이다.

31 김훈의 장편소설이 대부분 전쟁을 배경으로 하고 있다는 점도 이와 관련된다. 전쟁이야말로 폭력적인 국가의 특성을 가장 선명하게 부각하기 때문이다. 아감벤은 비상사태(예외적 상황)는 우리 시대의 근본적인 정치구조로서 점점 더 전면에 부각되고 있고 결국 스스로 법칙이 되려는 경향을 보인다고 주장한다. 이러한 관점에서 12년 동안 비상체제를 유지한 나치는 예외가 아니라 근대 국가의 상례로 간주된다. (조르조 아감벤, 앞의 책 55~81면)

32 일신상조회는 공무원 생활을 하던 지역의 공직자들 및 그들과 업무상 연관이 있는 사람들의 계모임이다. 이 모임은 나중에 자신들의 범죄가 탄로 날 경우에 대비한 보험용 조직이라고 할 수 있다.

(2) 신성(神性)이 된 수성(獸性)

김훈의 『흑산』은 사회적 혼란기였던 신유박해를 전후한 19세기 초의 조선을 주요한 시공간적 배경으로 삼고 있다. 이 시기는 지독한 과도기로 그려진다. 조선의 성리학적 지배질서는 아무런 힘도 발휘하지 못하며, 새로운 시대는 아직 저 멀리에서 꿈틀거릴 뿐이다. 이 작품에 이르러 '인간-동물'은 새로운 의미를 부여받는다.

『흑산』에는 마부 마노리, 노비 육손이, 관노의 딸 아리와 같이 성(姓)조차 제대로 갖지 못한 민초들이 등장한다. 그들 역시 김훈의 다른 소설에서 그러하듯이 동물로 표상된다. 황사영의 눈에 마노리는 "말의 골격을 갖춘 인간"에서, "인간과 말의 구별을 넘어서는 강렬한 생명"을 지나, "콧구멍을 벌름거려서 십여리 밖의 물과 먹이풀의 냄새를 맡는 말의 힘"을 품은 존재로까지 인식된다(165면). 북경의 구베아 주교 역시 마노리를 보고 "마노리는 말과 같았다"(263면)라고 말한다. "노비들은 가랑이를 벌리고 몸으로 몸을 파서 씨를 주고받았지만, 씨가 퍼져나가는 모양은 자취가 없고 의례가 없어서 풍매(風媒)처럼 보"(142면)이며, 정약전이 흑산도에서 부부의 연을 맺는 순매는 "비바람에 쓸리는 일에 길들여진 들짐승"(182면)처럼 보이고, 가짜 황사영으로 몰려 죽임을 당하게 되는 황사경은 '소 울음소리'를 낸다(247면).

이러한 인간의 동물화는 『칼의 노래』 『현의 노래』 『남한산성』에서 드러난 것처럼, 시대의 험난한 상황과 무관하지 않다. 『흑산』은 이전 작품들보다 좀더 산문적인 자세로 "백성의 피를 빨고 기름을 짜고 뼈를 바수고 살점을 바르고 껍질을 벗기는 풍습은 육지나 대처와 다르지 않"(336면)은 당대의 모습을 세밀하게 재현해내고 있다. 온 천지는 걸식하는 유민들과 죽은 시체로 가득하며, 관리들은 붓끝으로 국정을 농단한다. 흑산 수군진 별장 오칠구는 흑산도에서 절대권력을 휘두르며 사람들을 괴롭힌다. 파주 관청의 관노 아리 어미는 자신이 낳은 자식에게는 젖도 먹이지 못하고 상전들의 처첩이 낳은 자식들에게 젖을 빨리다가 죽는다. 아리 역시 현감과 현감 아들에게 동시에 능욕당하고 서울로 흘러들어온다. 섬 사람들은 관리들의 수탈이 두려워 야산의 어린 소나무를 뽑아버리고, 사행길에 나선 마부와 짐꾼은 동상이 걸려 발가락이 빠져도 빈 말 등에 올라탈 수 없다.

그러나 누구보다 비참한 삶을 사는 것은 박차돌이다. 하급 무관으로서 살기 위해 배교한 박차돌은 이판수가 천주교도를 넝쿨째 뽑아올릴 작정으로 천주교인들 사이에 박아넣는 염탐꾼이 된다. 결국 "아전질이나 염탐질이나 비장질이 모두 같아서 박차돌은 거기서 헤어날 수 없으리라는 것을 느꼈다"(222면)라고 이야기되는데, 그 벗어날 수 없는 고통은 "바다 너머의 흑산이 아닌 곳이 있었을까"라는 정약전의 한탄과는 또다른 묵직한 통증을 유발한다. 박차돌은 어린 시절 헤어졌다 천주교도가 되어 잡혀온 동생 박한녀의 고통을 덜어주기 위해 자기 손으로 죽인다. 나중에 동생 박한녀를 그대로 닮은 아리를 또 한번 죽게 함으로써 박차돌은 두번이나 동생을 죽인 셈이 된다. 그토록 생존 하나에만 매달렸으나 이 지상에 박차돌이 살 수 있는 땅은 한조각도 주어지지 않았기에, 그는 끝내 실종되고 만다. 이것은 시체조차도 남길 수 없는 그의 완벽한 죽음을 의미한다고 할 수 있다.

김훈의 최근작인 『흑산』은 이전 역사소설들의 연장선상에 있다. 동물화된 서민들의 삶, '당면한 일'에 충실한 삶, 언어에 대한 불신, 사실(자연)에 대한 찬미 등이 그것이다. 그런데 이전 소설에서 찾아볼 수 없는 새로운 면모가 있다. 그것은 바로 순교한 정약종이 내지르는 "나의 형 정약전과 나의 아우 정약용은 심지가 얕고 허약해서 신앙이 자리 잡을 만한 그릇이 못된다"(16면)라는 목소리이다. 이것은 초월적인 세계를 향한 갈구인 동시에, 김훈 소설에서는 좀처럼 들리지 않던 새로운 세계를 향한 목소리이다. 『흑산』의 진정한 새로움은 바로 '당면한 일'을 뛰어넘어 자신의 믿음을 지키기 위해 목숨을 버린 인물들에게서 찾아야 할 것이다. 이 작품에서 천주교는 김훈 소설에서는 보기 드물게 하나의 진리로서 자리매김된다.

『흑산』에서 천주교는 지옥이 되어버린 삶에 밀착된 하나의 대안적 울림이라고 보아야 한다. 서망 땅에서 소작농의 아내인 오동희가 지은 기도문 중 "우리를 매 맞아 죽지 않게 하옵소서. 주여, 우리를 굶어 죽지 않게 하소서"(58면)라는 문구는 『흑산』에서 동물의 형상을 한 민중이 천주교를 통해 얻고자 하는 것이 무엇인지를 보여준다. 그것은 영적인 구원 이전에 너무나도 절박한 현실적 문제의 해결이었다. 나중에 황사영은 그 기도문이 "언어가 아니라 살아 있는 육체"이며, "모든 간절한 것들은 몸의 방식으로 존재한다는 것"을 깨닫는다(310면). 『흑산』에서 신앙은 신성한 성당과 고매한 성경으로 존재하는 것이 아니라 우리 삶의 주름마다 고여 있었던 것이다. 이러한 신성(神性)은 묘하게도 『흑산』에서 수성(獸性)과 직접적으로 연결되어 있다.

> 소의 울음을 우는 우성(牛性)과 먼 길을 가는 마성(馬性)을 함께 지닌 것이 마노리와 육손이의 닮은 점이었다. 그래서 세례를 받지 않더라도 마노리와 육손이는 땅 위에 태어난 하늘의 사람일 것이었다. (167~68면)

> 소 울음소리 흘러가는 들의 환영도 어둠속에서 떠올랐다. 소와 소가 서로 울음으로 부르고 응답해서 소 울음소리가 인간의 마을을 쓰다듬고 우성의 순함과 우성의 너그러움이 곧 인성이며 천성인 나라가 열리는 환영을 황사영은 어둠속에서 보았다. (324면)

이 인용에서 마노리나 육손이가 지닌 동물성은 하나의 신성으로 인지됨을 확인할 수 있다. 우성의 너그러움이 곧 인성이자 천성이며, 동물성을 지닌 마노리와 육손이는 세례를 받지 않았더라도 이미 땅 위에 태어난 '하늘의 사람'인 것이다. 동물화된 인간들의 몸부림을 절실하게 응시한 결과, 김훈은 바로 동물화된 벌거벗은 자들에게서 새로운 세상을 열어갈 인간의 참된 모습을 발견한 것이다.

4. 근원적인 성찰

현대 작가 중에 김훈처럼 지속적으로 역사소설을 쓰는 작가도 드물다. 김훈의 역사소설은 이순신, 이사부, 우륵, 정약전, 정약용과 같은 특정 인물을 전면에 내세운다는 특징을 지니고 있다. 이러한 인물 형상에는 김훈의 고유한 작가적 특질이 고스란히 담겨 있다. 그럼에도 김훈 소설에 나타난 인간상의 특징과 의미에 대한 지금까지의 논의는 김훈 작품 중 일부만을 대상으로 삼고 있다는 한계를 지니고 있었다. 본고에서는 김훈의 등단작부터 최근작까지를 모두 대상으로 하여, 작가가 가치를 부여하는 인간상을 살펴보고 이를 통하여 작가의식을 고찰해보고자 하였다.

김훈이 긍정적인 가치를 부여하는 소설 속 인물은 크게 두 부류로 나누어진다. 첫번째는 이순신, 우륵, 이사부, 이시백, 정약전, 정약용처럼 역사적으로 실존했던 영웅들이고, 두번째는 김훈이 가장 큰 의미를 부여하는 민초들이다. 민초들은 문명의 허위와 무능을 상징하는 존재, 즉 언어에 속한 자들과는 대비되는 존재들이다. 작가는 언어에 속한 자들에 대해서는 매우 적대적이다. 첫번째 부류에 속하는 역사적인 영웅들은 무엇보다 '당면한 일'에 최선을 다하는 사람들로 그려진다. 그들에게는 타인과 사회로부터 주어진 역할과 그것에 성실한 삶의 자세만이 존재한다. 그들은 공통적으로 스노비즘(snobbism)을 체화하고 있다. 두번째 유형의 인간은 동물로 표상되는 민초들로서, 생명과 생존에 매인 노예적인 삶을 보여준다. 이들은 국가의 힘이나 미시적인 권력에 의하여 끊임없이 동물의 수준으로 전락한다. 그러나 이들은 김훈이 그토록 혐오하는 문명의 허위와 폭력으로부터 가장 거리가 먼 존재들로, 김훈에 의해 가장 긍정적으로 형상화된다. 최근작인 『흑산』에서 이들은 새로운 구원의 인간상으로까지 그려지고 있다. 『흑산』에서는 '당면한 일'을 뛰어넘어 자신의 믿음을 지키기 위해 목숨을 버린 천주교인들이 등장한다. 이때 천주교인들이 추구하는 믿음의 대상인 신성(神性)을 체현한 존재는 다름 아닌 동물화된 일반 민초들이다.

김훈의 초기 소설(『칼의 노래』 『현의 노래』 『개』 등)에서는 주로 스노브형 인간들이 전면화되었다. 시간이 지날수록 동물화된 인간들의 비중이 증가한 결과, 『남한산성』에서는 스노브형 인간과 동물화된 인간의 비중이 거의 대등하게 된다. 최근 소설(『내 젊은 날의 숲』 『흑산』)에서는 동물화된 인간들이 더욱 큰 비중을 차지하며, 동물화된 인간들의 의미 역시 더욱 긍정적인 것으로 변모되고 있다. 이들은 국가와 권력의 폭력성을 드러내는 것에서 나아가 새로운 세상을 열어젖힐 가능성을 담지한 존재로까지 그려지고 있다. 이것은 작가의 세계관이 현실 순응에서 현실 비판으로 변모해간 결과라고 볼 수 있다. 본래 스노브들은 기존의 지배 담론이나 이데올로기를 신봉하지 않음에도 주어진 역할에 최선을 다한 결과 기존 체제에 봉사하게 마련이다. 단적인 예로 『남한산성』에서 조선의 충신 최명길은 이시백을 향해 "조선에 그대 같은 자가 백명만 있었던들"(218면)이라고 감탄한다. 스노브들의 본심과는 무관하게 그들에게는 도구적 성찰성만이 존재하기 때문에, 스노브들의 삶과 행위는 기성 사회에 대한 순응으로 이어질 수밖에 없다. 이와 달리 스노브형 인간이 아닌 가장 벌거벗고 배제된 존재인 동물화된 인간들에 대한 관심과 의미 부여는 기존 사회에 대한 근원적인 성찰을 유도한다고 할 수 있다.

민족이라는 아버지와의 만남

◆

이문열

1. 다시 읽는 이문열

이문열(李文烈)은 등단한 이래 비평가들이나 일반인들 사이에서 가장 뜨거운 관심을 받은 한국의 대표작가라고 할 수 있다. 그에 대한 수많은 논의가 있었으며, 그것을 통해 그의 문학이 가진 특성에 대해서도 논의가 비교적 다양하게 이루어졌다. 그 논의의 핵심적인 키워드들은 '교양주의' '능란한 이야기꾼의 솜씨' '다양한 소재와 해박한 전문지식' '유려한 의고적 문체' '낭만적 상상력의 세계 인식' '개인과 자유를 향한 열망' '전망 결여와 이념 혐오' '허무주의자' '관념 편향적 창작방법' 등으로 정리할 수 있다.

여기(『이문열 중단편전집 4』, 민음사 2016)에 수록된 작품들은 「심근, 그리하여 막히다」(1979)를 제외하고는 모두 1980년대에 창작된 작품들이다. 이문열의 1980년대 작품들은 정치적 허무주의에 기반하고 있다고 이야기되고는 하였다. "문학으로 허무주의적 반이념투쟁에 헌신해온 작가"[1]라는 김명인(金明仁)의 규정은 그 대표적인 경우라고 할 수 있다. 그 허무주의가 더욱 문제적인 것은 결국 그러한 정치적 태도가 기존 지배체제에 대한 긍정과 순응으로 귀결된다는 것이다. 변혁의 열기로 뜨거웠던 1980년대에 이러한 그의 문학적 특징은 수많은 비판과 논란의 초점이 되기에 충분했다.

그 시절로부터 30년이 훌쩍 지난 지금의 시점에서 다시 읽는 이문열의 1980년대 단편소설은 다른 느낌으로 독자에게 다가온다. 1990년대 중반 이후 한국의 문학계에는 포스트모더니즘이 수많은 유행 중의 하나가 아니라 주도적인 패러다임으로 자리 잡았다. 이러한 시점에서 다시 읽는 1980년대 이문열의 소설은 허무주의를 보여준다기보다는 오히려 허무주의를 부인하기 위해 온 에너지를 바치고 있는 것처럼 보인다. 가치나 존재의 불투명성과 비실제성을 하나의 상수로 단정하는 포스트모더니즘의 입장에서 보자면, 이문열의 작품들은 '촌스럽다'고 여겨질 정도로 집요하게 절대적인 가치나 진실, 혹은 질서에 대한 열망을 보여준다. 이문열은 절대적인 가치체계나 이념의 부재를 즐긴다기보다는 그러한 부재를 괴로워하는 작가이며, 그의 1980년대 소설은 나름의 대타자를 찾기 위한 분투과정이 낳은 결과물로 볼 수도 있다.

2. 두겹의 노래

「타오르는 추억」(1982)은 이번 작품집을 이해하는 데 매우 중요한 작품이다. 이 작품은 한마디로 대타자의 부재로 인해 상징계가 제대로 작동하지 않는 모습을 분명하게 보여주기 때문이다. 이 작품의 '나'는 자신의 기억과 사람들의 기억이 서로 충돌하는 바람에 평생을 고통 속에서 지내온

1 김명인 「한 허무주의자의 길찾기」, 편집부 엮음 『이문열論』, 삼인행 1991, 189면.

사람이다. 이러한 기억의 충돌은 진실을 보증해줄 수 있는 대타자의 부재에서 비롯되는 것이라고 할 수 있다. 사람들로부터 인정받지 못하는 '나'의 기억에는 어머니가 문둥이에게 간이 뽑히는 것을 본 일, 문둥이가 어린 처녀아이의 간을 파먹는 모습을 본 일, 수십년 후에 만날 아내의 얼굴을 본 일 등이 포함된다.

사람들의 기억과 충돌을 일으키는 핵심적인 '나'의 기억은 아버지에 대한 것이다. '나'는 아버지가 "총에 맞아 벌집처럼 된 시체로 돌아왔다"는 주변 어른들의 말과는 달리, 아버지가 "선산(先山) 발치에 있는 새 무덤가에서 하얀 모시 도포 차림으로 학처럼 하늘로 솟아올랐다"고 기억한다(101면). '나'는 아버지가 "용감한 국군 아저씨로서 괴뢰군을 무찌르다가 총을 맞고 집으로 돌아와 학이 되어 하늘로 날아갔다"(111면)는 기억을 가지고 있는 것이다. 이것은 아버지에 대한 기억이 한국전쟁으로 대표되는 이데올로기적 상처와 밀접하게 연관된 것임을 보여준다. 그 기억에는 "산빨갱이만 잡으면 목을 뎅강뎅강 잘라 개울가의 바위 위에 나란히 얹어두"거나, "대추나무에 달아매놓고 몽둥이로 때려죽이"는 것 등이 포함된다(99면). '나'의 다른 기억들과 마찬가지로 아버지에 대한 기억 역시도 철저하게 부정당한다. 공산당과 대항해 싸우다 목숨을 잃은 아버지를 둔 김정두는 '나'의 아버지가 "숭악한 산빨갱이"(113면)였다고 주장하는 것이다. "너 아부지가 죽인 기 어디 가들 아부지뿐인 줄 아나?"(114면)라는 사촌 형의 말을 통해 '나'의 기억 대신 김정두의 기억이 진실로 인정받는다. 이후 초등학교를 졸업한 '나'는 가출하여 "스스로의 기억을 믿지 못하는 데서 오는 정신적인 발전의 포기와 헤어날 길 없는 무력감"(115면)으로 힘들게 살아간다.

이 작품에서는 "인간이 범할 수 있는 그 어떤 다른 범죄보다 빨갱이란 것을 더 끔찍한 죄로 알았던 어린 날의 단순한 이해가 어른들의 사회에서도 그대로 유지"(117면)되는 것을 이야기한다. '나'는 중동에 나가 돈을 벌어 천만원 가까운 돈을 아내에게 송금하지만 아내는 전셋돈까지 빼내어 다른 남자와 살림을 차린다. 다시 돌아올 것을 부탁하는 '나'에게 아내는 '빨갱이'였던 시아버지의 존재를 거절의 이유 중 하나로 들먹인다. 결국 '나'는 아내의 목을 조르고, 고통으로 일그러지는 아내의 얼굴에서 "어린 날 뒷간 거울 속의 얼굴"(119면)을 발견한다. 이 일로 '나'는 부정당한 자신의 기억이 맞고, 자신의 기억을 부정해온 사회의 기억이 틀린 것일 수도 있다고 생각하게 된다. 이 사건은 상징계에 균열을 일으키는 외상적 사건이자 실재의 침입에 해당하는 것이다.

아무런 저항 없이 포기해버렸던 기억 하나가 사실임이 확인되자, '나'는 "어린 날의 환상으로 단정하고 포기해버린 그 기억이 실제로 있었던 것인가를 끝까지 확인해보고 싶"(120면)어진다. '나'는 다시 "잃어버린 진실들을 회복하고, 거기에서 새로 출발"(같은 곳)하려는 계획으로 누구보다도 자기 기억의 많은 부분을 부인하거나 포기하기를 강요한 사촌 형을 찾아가지만, 아버지의 기억을 중심으로 한 '나'의 기억이 과연 진실인지 여부는 끝내 확인되지 않는다. '나'는 국군으로 나라를 위해 싸우다가 학이 되어 날아간 아버지의 기억을 보증해줄 "학으로 날아간 아버지의 깃털 하나"(130면)도 확인하지 못했기 때문이다. 이처럼 기억의 진위를 확인해줄 확고한 의미나 가치의 질서체계는 존재하지 않는 것이다.

「두겹의 노래」(1982)에서도 하나의 행위에 대한 의미를 확정지을 수 있는 인식의 지평은 찾아보기 어렵다. 작품의 대부분은 한 남녀가 육체적 사랑을 나누며, 그들의 행위에 어마어마한 의미 부여를 하는 것으로 구성되어 있다. 그들은 그 사랑의 행위 속에서 수십억년에 걸친 지구 진화의 역사를 되새기기도 한다. 그러나 마지막 부분에 강서호텔 벨보이 김시욱은 그들을 향해 "잡것들. 대낮부터 요란스럽기는 지금이 어떤 때라고……"(155면)라며, 전혀 다른 반응을 보인다. 결국 이문열에게 "모든 노래는 두겹"(153면)이라고 할 수 있다. 그러나 여기서 놓치지 말아야 할 것은 이문열에게 그러한 두겹의 노래는 유희나 인정의 대상이라기보다는 고통과 극복의 대상으로 존재한다는 점이다. 그것이 앞의 「타오르는 추억」에서는 정상적인 규범을 깨뜨리는 마성적 행동으로까지 이어진다.

3. 전쟁이 만들어낸 떠돌이로서의 삶

의미나 가치의 고정점이 부재하는 세상에서 사람들은 어디에 정착하지 못하고 떠도는 존재가 된다. 「이 황량한 역에서」(1980)에서 이 세상은 역 중에서도 '황량한 역'이며, 그렇기에 이곳에 사는 우리들의 삶은 "기다란 여행"(312면)일 수밖에 없다. '나'는 어린 시절 작은 역이 있는 소읍으로 이사와 처음으로 역을 가까이 하게 된다. '나'가 역 주변을 놀이터로 삼게 된 것은 "영문 모를 아버지의 부재(不在)"를 어머니가 "멀리 여행을 떠난 것으로 설명"(289면)하였기 때문이다. '나'는 아버지를 가장 먼저 맞이하기 위해서 역을 가까이 하게 된다. '나'는 어린 시절 역에서 만난 초로의 외팔이 검차원을 통해 "낯선 도시의 풍경이나 그 방랑의 즐거움"(310면)을 자신의 운명 속에 새긴다. 전란으로 아버지와 재산을 모두 잃은 후 유일한 의지처가 된 외삼촌마저 거지 신세로 나앉게 되자, '나'는 "어느 곳으로든 떠나고 싶다는 열망"(297면)이 더욱 강렬해진다. 실제로 '나'는 열네 살에 M읍을 떠난 후 여러 곳을 떠돌아다니며, "지구조차도 하나의 커다란 역"(299면)임을 깨닫는다. 지금 '나'는 자신의 삶에서 가장 오랜 인연을 맺어온 "당신이라는 역"(300면)도 떠나려 하고 있다.

이와 관련하여 「과객」(1982) 역시 단순하게 과거의 세상에 대한 동경을 드러내는 것 이상의 의미를 지닌다. 이 작품은 "지나가던 길손"(157면)인 과객이 우연히 '나'의 집을 찾아오는 것으로 시작된다. '나'는 처음 "과객이 뭐야?"라는 아들의 물음에 "고급거지 같은 거지"라며 악의를 드러내지만(159면), 과객과의 문답을 통해 "흡족하고 평안한 기분"을 느끼고는 "그 낯선 사내를 기분 좋게" 자기의 집에 재운다(168면). '흡족하고 평안한 기분'을 느끼게 된 중요한 이유로는 과객이 보학(譜學) 등에 해박한 전통사회에 속한 존재라는 것을 떠올려볼 수 있다. 과객은 아내로 대표되는 현대인들의 "지극히 사적(私的)이고 폐쇄적인 삶의 방식"(169면)과는 정반대되는 삶을 사는 사람인 것이다. 그러나 '나'를 이토록 기분 좋게 해주는 과객이지만, 그는 어디까지나 과거에 속한 '지나간 존재〔過客〕'에 불과하다. 과객 스스로의 규정처럼, 그는 "자기가 사는 세상과 잘 맞지 않는 사람. 그래서 고향이나 가족들과 살지 못하고 이리저리 떠돌아다니는 사람"(161면)인 것이다. 과객은 당대의 시공에서는 어디까지나 한갓 떠돌이에 불과하다.

이문열의 초기 작품은 조금 과도하게 일반화하자면 '전후소설'이라고 부를 수 있을 만큼, 한국전쟁이 가져온 삶의 충격이 큰 비중을 차지한다. 「타오르는 추억」에서도 '나'가 사회와 불화하게 되는 것의 핵심에는 전쟁 중에 사망한 아버지라는 존재가 있으며, 그러한 아버지는 수십년이 지난 현재까지도 연좌제라는 굴레로 '나'를 옥죄고 있다. 「이 황량한 역에서」에서도 평생 어딘가에 정착하지 못하고 방랑하는 주인공의 삶은 전란 중에 사라진 아버지와 결코 무관하지 않다. 「타오르는 추억」과 「이 황량한 역에서」에서 확인되는 이념적인 존재로서의 아버지의 부재는 작가가 진지하게 고민하는 대타자의 부재라는 상황과 직결되어 있다.

이번 작품집에 수록된 작품들 중에서 가장 먼저 창작된 「심근, 그리하여 막히다」에서도 한국전쟁의 상처는 환상적인 기법을 통해 심각하게 그려진다. 그는 지금 자살을 하려고 하는데, 그 이유는 한국전쟁으로부터 비롯된 것이다. 그는 전쟁 직후 첫사랑의 여인이 "부역한 오빠와 아버지를 살리기 위해 사십이 넘은 특무대장에게 후처로 간 것"(325면)을 알게 된다. 스물일곱살의 나이였던 그는 그때 처음으로 죽음을 생각할 정도로 충격을 받는다. 이후에도 한차례 큰 위기를 겪은 후 그는 '혁명'에 가담해 고위관료로 진출한 옛 전우를 만나 승승장구하게 된다. 그러나 그는 오년 전에 첫사랑의 여인을 술자리에서 다시 만나게 되었고, 그녀를 위해 청백한 관리에서 온갖 부패에 연루된 관리가 되고 만다. 결국 그 일로 그는 죽음을 결심하게 된다. 주목할 것은 그의 인생을 망가뜨린 그녀 역시도 이미 한국전쟁으로 인해 몸과 마음이 모두 망가진 존재라는 점이다. "일본군 하사관 출신의 망나니 특무대장에게 아버지와 오빠의 생명을 구걸하며 몸을 맡길 때 선생의 그녀는 이미 죽었던 겁니다"(331면)라는 죽음 외판원의 말처럼, 그녀 역시도 전쟁으로 인해 이미 상징적 죽음을 겪은 존재이다. 이들 작품에 등장하는 주인공들의 끔찍한 인생 말로를 통해서도 확인할 수 있듯이, 한국전쟁이라는 거대한 비극을 원경에 거느린 삶은 결코 가벼운 고통일 수 없다. 「심근, 그리하여 막히다」와 「이 황량한 역에서」의 주인공들은 죽음을 맞이하면서 고통이 끝난다. 「타오르는 추억」에서는 주인공이 자신이 아닌 타인을 죽이는 것으로 상징계의 생을 마감하게 된다. 어디에서도 정주하지 못한 자, 무엇으로부터도 의미를 찾지 못한 자에게 예비된 것은 죽음뿐인지도 모른다.

4. 꼭 필요한 무엇

「우리들의 일그러진 영웅」(1987)은 이문열의 대표작 중 하나이며, 이에 걸맞게 지금까지 너무나도 많은 논의가 이루어져왔다. 이 작품은 알레고리 형식을 통해 독재와 뒤이은 민주화로 홍역을 겪던 1980년대 한국사회를 날카롭게 드러낸 작품으로 언급되고는 했다. 덧붙여 기회주의에 대한 비판이나 진보에 대한 회의와 같은 이문열 정치의식의 상수가 놓여 있는 작품으로도 이야기되었다.

대타자의 부재에 따른 상징계의 효력 상실과 그에 대한 대응이라는 맥락에서 1980년대 이문열 소설을 읽을 때, 「우리들의 일그러진 영웅」에 대한 초점은 '현대사에 대한 알레고리'에서 다른 곳으로 이동할 필요가 있다. 지금까지는 액자식 구성으로 되어 있는 이 소설의 내화에만 논의를 집중해왔다면, 이제는 초등학교 시절의 내화는 외화에 의해 재구성된 것이며, 이 내화를 애써 끄집어낸 어른 한병태의 심리도 주목해보아야 한다. 어른이 된 한병태는 무슨 이유로 이십육년 전 초등학교 교실의 '빅브라더'[2]였던 엄석대를 떠올리게 된 것일까?

한병태는 "일류와 일류, 모범생의 집단을 거쳐 자라가는 동안" 엄석대를 거의 생각하지 않았다. 석대에 대한 기억은 일류 고등학교와 일류 대학을 거쳐 사회에 나오는 동안 "짧은 악몽 속에서나 퍼뜩 나타났다 사라지는 의미 없는 환영에 지나지 않"(91면)았던 것이다. 중학교 이후의 학창시절은 "재능과 노력, 특히 정신적인 능력과 학문에 대한 천착의 깊이로 모든 서열이 정해지고, 자율과 합리에 지배"(같은 곳)되는 시기였다. 이 시기는 '자율과 합리'라는 나름의 사회적 질서가 능력을 발휘하는 때이고, 학창시절은 비유적으로 말하자면 엄석대를 몰락시키고 교실에 민주적 질서를 회복한 새 담임선생님이 대타자로 존재하는 시기였다고 말할 수 있다.

그러나 사회에 진출한 이후 모든 상황은 새롭게 변모하고, 이로 인해 "생활의 진창에 짓이겨진"(92면) 한병태는 엄석대를 떠올리게 된다. 실제 생활에서는 학창시절을 지배했던 '자율과 합리'가 별다른 힘을 발휘하지 못한다. 이를테면 현실은 "오퍼상(商)인가 뭔가 하는 구멍가게를 열었던 친구는 용도가 가늠 안 가는 어떤 상품으로 떼돈을 움켜 거들먹거"(같은

---

2 권성우(權晟右)는 엄석대가 "한병태가 속해 있던 '반'을 완전히 장악하고 있던 '빅브라더'"(「이문열 중단편소설의 문학사적 의미」, 『이문열 중단편전집 5』, 둥지 1994, 253면)라고 지적한 바 있다.

곳)리고, "재수(再修)마저 실패해 따라지 대학으로 낙착을 보았던 녀석은 어물쩍 미국 박사가 되어 제법 교수티"(93면)를 내는 식의 일이 비일비재하다. 이러한 상황에서 엄석대가 "아득한 과거로부터 되살아"(같은 곳)나기 시작한다. '자율과 합리'에 바탕을 둔 상징계적 효력이 작동하지 않는 세상이라면, 이러한 세상을 지배하고 설명해줄 수 있는 또다른 대타자가 필요한 것이다. 이때 새롭게 호출된 것이 바로, 초등학교 교실이라는 작은 공간에서이기는 했지만, 그곳을 완벽하게 지배했던 엄석대라고 볼 수 있다. "이런 세상이라면 석대는 어디선가 틀림없이 다시 급장이 되었을 것"(같은 곳)이라고 한병태는 '단정'하게 된다.

「타오르는 추억」의 '나'가 마성적인 성격을 드러내면서까지 기억의 진실을 찾고자 했던 것과 비슷한 맥락에서, 「우리들의 일그러진 영웅」의 한병태는 자신의 삶과 세상에 의미를 부여해줄 대타자를 간절히 원했던 까닭에 어린 시절의 골목대장 엄석대를 끌어들이게 된 것으로 볼 수 있다. 그것만이 "실패의 예감이 짙은 내 삶을 해명"(94면)할 유일한 방법이었던 것이다. 어떤 의미에서 한병태에게는 대타자 그 자체가 중요하지, 대타자(합리와 자유를 대변하는 새 담임선생님 혹은 힘으로 모든 것을 장악하던 엄석대)와 그에 바탕한 상징계의 성격은 부차적인 것일 수도 있다. "내가 자유와 합리의 기억을 포기하기만 하면 다시 그의 곁에 불러 앉혀주었다"(같은 곳)와 같은 부분에서 드러나듯이, 한병태는 엄석대가 지배하는 세상이든 새로운 담임선생님이 지배하는 세상이든 그 성격 자체를 중요시하는 것은 아니다. 이런 측면에서 이십육년 전 기회주의적인 모습을 유감없이 발휘하던 작은 교실의 급우들과 그들을 냉소하던 한병태의 거리는 그리 먼 것이 아니다.

그러나 우연히 여행길에 만난 석대는 형사에게 얻어맞아 썬글라스가 벗겨진 모습을 노출한다. 이러한 엄석대의 모습은 마치 포도주에 취해 벗은 채로 잠든 노아의 모습을 가리기 위해 셋째 아들 야벳이 덮어준 외투가 벗겨지는 것에 버금가는 일이라고 할 수 있다. 지금 석대는 교탁 위에서 팔을 들고 꿇어앉아 있던 이십육년 전의 석대, "몰락한 영웅의 비장미(悲壯美)도 뭐도 없는 초라하고 무력한 우리들 중의 하나"(96면)에 불과한 존재이다. 석대는 상징계적 아버지가 아니라 현실의 무지막지한 혼란 그 자체인 실재계의 아버지가 되어 있었던 것이다. 이문열의 1980년대 소설에서 현실(상징계)은 통합이 불가능한 균열과 틈 위에서 매우 불완전하고 위태롭게 존재하고 있다.[3] 이 작품의 마지막에 한병태는 밤늦도록 술잔을 비우며 눈물까지 두어방울 떨군다. 이 눈물은 거의 강박적이라고 할 만큼 새로운 가치체계를 찾았지만, 끝내 그것을 발견하지 못한 자가 느끼는 비애와 결코 무관하지 않을 것이다.

5. 민족이라는 '절대반지'

대타자의 부재에 따른 상징계의 효력 상실이라는 상황을 이문열은 그대로 수용하거나 자연화하지 않는다. 오히려 강박적이라고 할 만큼 진리와 질서의 토대가 되는 새로운 대상을 애써 찾으려 노력한 것이 1980년대 이문열 소설의 특징이라고 할 수 있다. 그러나 앞에서 살펴보았듯이 그러한 시도는 당대적 시공간 속에서 결코 간단하게 이루어지지 않는다. 그 결과 「장려했느니, 우리 그 낙일」(1984)과 「장군과 박사」(1989) 연작에서는 대체역사소설이라는 형식을 통하여 작가 스스로 이상적인 기원으로서의

3 이는 지젝이 말한 라깡(J. Lacan)의 세계 인식과 매우 흡사하다. 지젝은 라깡 이론의 가장 급진적인 차원이 "큰 타자, 상징적 질서 자체도 또한 어떤 근본적인 불가능성에 의해 빗금 그어져 있으며, 어떤 불가능한/외상적인 중핵, 중심의 결여를 중심으로 구조화되어 있다는 점을 깨달았다는 데 있다"(슬라보예 지젝 『이데올로기라는 숭고한 대상』, 이수련 옮김, 인간사랑 2002, 213면)라고 주장한다.

'신화'를 창조하는 이채로운 모습을 보여준다. 「장려했느니, 우리 그 낙일」과 「장군과 박사」는 연작장편 『우리가 행복해지기까지』(문이당 1989)의 일부를 이루는 소설들이다.[4] 이 두 작품은 대체역사소설로서, 근대의 노벨(novel)과는 성격이 다른 '허구적 설화'에 가까우며, 실제 우리의 역사에 해당하는 것은 '왜곡' '와전' '낭설'로 치부되는(170면) 대신 작가가 꿈꾸는 이상적인 세상과 그것을 위한 기원과 계보 등이 '역사적 사실'로서 진술된다.

「장려했느니, 우리 그 낙일」에서 작가가 말하고자 하는 "다함없는 존숭과 애도 속에 스러"(171면)져간 이씨 왕조의 모습은 고종을 통해 집중적으로 형상화되고 있다. 을사년에 이등박문은 조약에 조인하지 않으면 왕자들을 모두 죽이겠다고 고종을 칼로 협박한다. 고종은 자신의 자식들이 모두 죽는 상황에서도 끝까지 조인을 거부한다. 고종의 가장 핵심적인 업적은 3·1독립운동의 기본적인 토대를 놓았다는 점이다. 창덕궁에서 탈출한 고종은 "우리의 대표를 서울의 주산 북악 기슭에 불러 모으는 내용"(190면)의 교지를 받고 팔도에서 모인 천명의 대표들에게 그 이후 이십오년간 전개되는 수복전쟁의 씨앗이 될 귀한 연설을 한다. 고종은 진실로 "새로운 충성의 구심점"(201면)이 되었으며, 동시에 새로운 이상 국가의 기원이 되었던 것이다.

이 작품에서는 환상적인 장면을 통해 같은 핏줄에 의거한 민족주의가 선명하게 드러난다. 연설을 마친 고종이 "나라 잃은 죄를 물어 공의로 스스로를 처단"(199면)하자, 왕의 가슴에서는 뇌성과 함께 한마리 희고 거대한 용이 하늘로 치솟는다. 그 용은 이천만마리의 작은 용이 되어 비처럼 삼천리 구석구석까지 쏟아지고, "환웅과 웅녀의 자손"(200면)이면 가리지

4 『우리가 행복해지기까지』에는 프롤로그에 해당하는 「도입, 또는 확인작업」을 비롯해 「장려했느니, 우리 그 낙일」 「제1차 수복전쟁사」 「25년 전쟁사」 「장군과 박사」 등이 수록되어 있다.

않고 누구의 가슴에나 한마리씩 떨어진다. 용을 가슴에 받는 자와 그렇지 않는 자의 구분은 철저하게 핏줄에 의해 이루어진다. '친일파며, 저들의 앞잡이, 보조원, 정보원'일지라도 같은 핏줄을 가진 겨레일 경우에는 용이 가슴에 내려앉게 되지만, "할미 가운데 하나가 임진왜란 때 겁탈을 당해 이 땅에 떨어진 왜병의 씨"일 경우에는 작은 용이 가슴에 내려앉지 않는다(같은 곳).

나아가 핏줄은 모든 윤리적 판단의 준거로서 작용한다. 핏줄의 힘은 너무나 강고해 이 연작에서 같은 핏줄의 우리 겨레가 올바르다는 인식은 너무나 당연한 것이고, 나아가 올바르지 않은 자는 결코 같은 핏줄의 겨레일 수 없다는 논리마저 성립할 정도이다. 우리에게 벌어진 모든 문제는 핏줄을 달리하거나 핏줄이 오염된 자들의 몫일 뿐이다. 「장려했느니, 우리 그 낙일」에서 그 찬란한 우리 왕가와 마지막 임금님에 대한 왜곡을 일삼는 '못된 세력'은 "우리 중에 섞여 살고 생김도 차림도 비슷하나, 피는 우리와 조금씩 달리하는 되(胡)튀기, 양(洋)튀기, 한자(漢子=일본혼혈아들)"(171면)이다.[5] 이 '못된 세력'은 철저히 핏줄이라는 기준으로 선정된 것임을 알 수 있다.

「장군과 박사」에서도 혈연 중심의 민족이라는 대타자가 굳건하게 자리잡고 있으며, 이를 기반으로 한 이상적인 역사 다시 쓰기가 이루어진다. 이 작품에서는 해방 이후 실제 남한과 북한에서 일어난 분단과 전쟁 등의 비극은 일본의 칸또오와 칸사이에서 일어난 일로 대체된다. 한반도에도 해방 이후 장군과 박사가 나타나기는 하지만 "겨레 간의 뜨거운 정과 슬기"(239면)로 인해 아무런 성과도 내지 못한다.

북쪽에서 기를 쓰고 분단을 꾀한 장군은 "우리와 피를 달리하고 있"

---

5 「장군과 박사」에서도 현실에서 실제로 일어난 해방 이후의 분단과 전쟁 등은 '유언비어'나 '가상극'에 불과하고, 이러한 낭설은 "한자(韓子)와 되(胡)튀기, 양(洋)튀기가 먹은 마음이 있어 지어 퍼뜨린"(207면) 것으로 설명된다.

(224면)는 사람으로 그려진다. 장군의 염통에는 고종이 자결한 후 하늘에서 이천만마리의 작은 용이 떨어졌을 때 우리 민족 모두의 가슴에 담아진 "작은 용이 살지 않는"(같은 곳) 것이다. 남쪽의 박사 역시 "아무래도 그를 우리 중의 하나라 여기기는 어려"(227면)운 사람으로 설명된다. 또한 장군의 졸개들은 '되튀기들'이며(242면), 박사를 도와준 이들은 '한자와 양튀기'이다(240면). 결국 분단을 획책하던 장군과 박사는 우리 민족에 의해 국경 밖으로 쫓겨나며, 그들의 졸개들은 "쓸데없는 피가 더 퍼지는 걸 막기 위해 모두 불까기(去勢)"(245면) 되거나 아예 "제 아비의 핏줄을 따라" 일본이나 미국으로 쫓겨난다(246면). 이처럼 같은 혈통에 바탕을 둔 민족에 대한 강조는 원시적으로 느껴질 만큼 강렬하게 형상화되고 있다.

이문열은 힘든 고투 끝에 같은 혈통(bloodline)과 조상을 기반으로 한 민족이라는 이름의 대타자를 찾아냈다. 민족의 절대적인 힘에 따른 결과로 "다시 한번 되풀이하거니와, 우리는 행복"(203면)하다고 한다. 「장려했느니, 우리 그 낙일」과 「장군과 박사」에서 드러난 민족 개념은 실제 한국 현대사에서 익숙하게 보아온 것이기도 하다.[6]

「장려했느니, 우리 그 낙일」과 「장군과 박사」 연작과 관련해 가장 흥미로운 것은 이들 작품이 그토록 민족(주의)을 강조하는데, 그 방식이 근대주의적인(또는 탈근대주의적인) 입장에서 민족을 가상의 구성물로 바라보는 입장과 흡사하다는 점이다. 민족주의를 정치적 동원의 산물로 바라보는 사람들은 "한국인들의 종족 동질성 의식은 실제로 역사적 근거가 없는 '신화', '공상', 또는 '착각'으로까지 받아"[7]들인다. 구체적으로 말하자

6 한국에서는 민족 개념이 지역과 계급 같은 다른 형태의 정언적인 정체성들을 지배했으며, 여러가지 민족 개념 중에서도 같은 혈통과 같은 선조에 바탕을 둔 유기적이고, 인종중심적이고, 집단주의적인 민족 개념이 압도적인 영향력을 발휘했다. (신기욱 『한국 민족주의의 계보와 정치』, 이진준 옮김, 창비 2009 참조)

7 신기욱, 앞의 책 22면.

면, 한민족을 조선왕조 말기에 도입된 근대적인 민족주의 이데올로기의 산물로 간주하는 것이다. 실제로 이 연작의 핵심인물인 고종은 민족 시조인 '단군'의 역할을 하고 있으며, 고종의 이야기는 명백한 허구로서 제시되고 있다. 또한 '되튀기' '양튀기' '한자(漢子＝일본혼혈아들)' '불까기'와 같은 과도한 용어들은 혈통 중심의 민족 개념에 대한 비판적 의식이 개입된 결과로 보이기도 한다.

그러나 이들 작품이 수록된 『우리가 행복해지기까지』의 '작가의 말'에는 "분열과 미움에 대한 경계"를 하고자 한다면서, "계급의 조국은 피의 조국과 달라질 수도 있다. 하지만 두 조국이 부딪칠 때는 피의 조국이 우선하기를. 어떤 경우에도 우리는 우리로서 하나이기를"(13면)이라고 말하는 대목이 명시적으로 등장한다. 전체 연작의 서론에 해당하는 「도입, 또는 확인작업」에서도 "우리가 누구인가. 한 핏줄 한 겨레로 반만년을 오손도손 살아온 민족 아닌가"(18면)라는 부분이 나온다. 이로 미루어볼 때, 작가는 「장려했느니, 우리 그 낙일」과 「장군과 박사」 연작을 통해 혈연 중심의 민족 개념에 대한 아이러니한 성찰을 도모했다기보다는 직접적으로 그 중요성과 의의를 강조하고자 했다고 보는 것이 타당할 것이다.

주지하다시피 민족(주의)은 그 자체로 선험적인 가치 판단을 할 수 있는 대상이 아니다. 여타의 이데올로기들과 결합하여 어떠한 역할과 기능을 수행하는 이야기 체계인 것이다. 이 연작에서 민족(주의)에 대한 강조는 우리가 흔히 보아왔듯이, 집단에 대한 개인의 헌신(희생)을 뒷받침하는 논리로 기능한다. 그것은 이 연작의 결론이 언제 다시 나타날지 모르는 장군과 박사를 경계하며 "작은 나(小我)를 부숴버려라. 우리 모두의 오늘을 위하여. 우리의 이 불꽃같은, 숨 막힐 듯한 행복을 위하여"(286면)라고 하는 것에서도 어느정도 확인이 가능하다. 동시에 이들 작품에 나타난 민족(주의)에 대한 강조는 민주주의의 가장 원형적이자 이상적인 모습을 가능케 하는 기본토대가 되기도 한다. 『우리가 행복해지기까지』 연작의 마지막 작품인 「장군과 박사」에는 행복한 우리나라의 모습이 시작 부분에 간단하게 소개되고 있다. 너무나도 '행복'한 우리에게는 통치가 없고 관리만 있으며, 그 관리마저도 "완벽한 기회 균등의 제도에 따라 우리 모두에게 골고루 할당"(204면)되어 있다. 나아가 관리인과 우리와의 관계는 일체감을 느끼는 정도가 아니라 '일치'한다(같은 곳). 그 '일치'를 보장하는 구체적인 제도는 바로 공직을 순번에 따라 맡는 것이다. 다른 나라에서 대통령이니 뭐니 하며 맡기를 다투는 자리는 누구에게나 돌아오는 '청와대 당직'에 불과하다(205면). 이 제도는 고대 아테네에서 실질적인 민주주의를 보장했다는 제비뽑기를 생각나게 한다.[8] 공직의 순번제는 제비뽑기와 마찬가지로 권력의 집중을 막을 수 있는 방법이다. '치자=피치자'인 이 사회에서는 자유니 평등이니 하는 관념은 존재할 필요도 없는 '사어'에 불과하다(206면). 민족이라는 대타자 앞에서 치자와 피치자가 일치하며 완벽한 평등을 이룬다. 본래 민족주의와 민주주의는 결코 양립 불가능한 것은 아니다. 이문열이 1980년대 내내 대타자의 부재와 그에 따른 상징계의 효력 상실이라는 상황에 맞서 힘들게 발견해낸 민족(주의)이라는 대타자는 어디까지나 철저한 혈연 중심의 범주라는 한계를 지니고는 있지만, 잊어서는 안되는 중요한 성찰의 지점으로 오늘의 우리 앞에 놓여 있다.

8 카라따니 코오진(柄谷行人)은 아테네의 민주정을 유지한 핵심적인 장치가 비밀투표도 민회도 아닌 제비뽑기라고 본다. 민주정은 민회에 모여 의견을 말하는 것 정도를 의미하는 것이 아니라 행정과 사법에 누구나 참여할 수 있는 것이어야 하며, 그렇게 하기 위해서는 선발에 어떤 강제나 교사, 매수도 통할 수 없는 뭔가가 있어야 한다는 것이다. 제비뽑기란 권력이 집중되는 곳에 우연성을 도입하는 것이며, 우연성에 의해 권력의 고정화를 저지하는 방법이다. (카라따니 코오진 『일본 정신의 기원: 언어, 국가, 대의제, 그리고 통화』, 송태욱 옮김, 이매진 2003, 124~35면)

감당(堪當)과 담당(擔當)의 삶

◆

조성기

1. 예사로움의 미학

『우리는 아슬아슬하게 살아간다』(민음사 2016)에는 수십년 동안 보아온 작가 조성기(趙星基)의 문학적 개성이 고스란히 드러나 있다. 여기서 조성기의 문학적 개성으로는 작가 자신이 작품 속에 실제와 근사(近似)하게 등장하는 것이나 흥미로 가득한 교양과 지식이 독자의 읽는 재미를 배가하는 것 등을 우선 꼽을 수 있다.

이번 작품집에는 한 평론가가 '자성소설'이라 칭한 특징, 즉 "작가인 자기 스스로를 인물화하여, 허구의 맥락을 단지 '삽화' 정도로 최소화시키는 가운데 경험 현실의 사실성을 최대한도로 유지하면서, 그 속에서 작가라고 하는 자신의 사회적 실존을 전경화시키거나 아니면 글쓰기 자체에 대한 자의식을 드러내는"[1] 면모가 매우 뚜렷해졌다. 작품집에 수록된 여덟편 중에서 절반 이상의 작품에서 실제 작가와 적지 않은 유사성을 지닌

1 김경수 「조성기의 자성소설에 대하여」, 조성기 『통도사 가는 길』, 민음사 2005, 381면.

인물이 주인공으로 등장한다. 특히 「금병매를 아는가」는 작가가 2003년에 「반금병매」를 『중앙일보』에 연재하면서 겪은 일들을 거의 그대로 서사화한 작품이라고 해도 과언이 아니다.

다음으로 조성기의 이전 소설들에서 자주 발견되는 "지적 탐구의 태도와 해부의 방법"(조남현)[2]을 이번 작품집에서도 확인할 수 있다. 조성기의 거의 모든 작품에는 일반인들이 쉽게 알 수 없는 동서고금의 수준 높은 교양들이 마치 누구나 아는 평범한 일인 듯 자연스럽게 녹아들어 있는 것이다. 일테면 「미라 놀이」에서 펼쳐지고 있는 고대 이집트와 관련된 여러가지 역사적 사실들이나 풍습들에 대한 이야기는 지의 향연이라고 해도 과언이 아닐 것이다. 특히 이번 소설집에서 반복적으로 등장하고 있는 중국의 전족 풍습에 대한 이야기는 거의 전문가 수준에서 펼쳐지고 있다. 존칭을 사용하면서 작가가 실제 독자에게 말을 건네는 형식의 「있을 수 없는 고백」에서는 소설가가 "제가 일일이 다 설명할 필요 없이 이러이러한 것을 잠시 인터넷에서 검색해보십시오. 자, 이제 어느정도 그 사항에 대해 아셨지요? 그럼 다시 이야기를 이어갑니다"(163면)라는 식으로 소설을 써나갈 수도 있겠다고 말하는 대목이 등장한다. 이 말은 조성기의 소설이 얼마나 많은 지식과 교양을 바탕으로 하여 씌어지는지를 우회적으로 보여주는 장면이라고 할 수 있다.

앞에서 말한 두가지 특징보다도 더욱 주목할 점은, 동서양의 많은 미학 이론가들이 예술의 가장 심오한 단계로 꼽은 예사로움과 자연스러움의 미학이 이번 작품집에서도 잔잔하게 흐르고 있다는 점이다. 쓸데없이 어깨에 힘을 주어서는 독자들을 피로하게 하는 기괴한 음색과 구성 등이 난무하는 이 시대에, 조성기는 억지로 쥐어짜는 듯한 목소리와는 구별되는 자연스러움으로 인간과 시대에 대한 깊이있는 성찰의 진경을 펼쳐놓고

2 고종석 외 『현장비평가가 뽑은 올해의 좋은 소설』, 현대문학 1995, 509면.

있다. 이번 소설집에서 조성기는 수십년간의 적공으로만 가능한 문학적 개성 위에서 새로운 주제의식을 담아내고 있다. 그것은 삶의 실상 그대로를 끌어안는 '감당'과 타인의 삶에 적극적으로 공감하는 '담당'의 자세를 조용하지만 뜨겁게 전하고 있는 것이다.

2. 팔루스(Phallus)의 상실에 대한 두려움

이번 작품집에는 1000년이 넘는 역사를 가진 중국의 전족 풍습이 여러 작품에서 반복적으로 등장한다. 「작은 인간」에 등장하는 젊은 여성작가 '나'는 스무살이나 연상인 유명 작가와 불륜관계를 맺고 있다. 이 유명 작가는 '나'의 두 발에 집착한다. '나'는 자신의 발을 신발째 움켜쥔 유명 작가를 보며 "언뜻 전족을 만지는 중국 남자들을 떠올"(57면)린다. 이 작품의 내화는 '나'가 쓰고 있는 소설인데, 이 내화 역시 중국의 전족 풍속에 대한 것이다. 「금병매를 아는가」에서 작가인 '나'가 신문에 연재하는 '反금병매'는 "전족의 사회사"(95면)라고 할 만큼 전족에 대한 풍부한 내용을 담고 있다.

「미라 놀이」에서 이제 막 불륜을 끝내고 이집트로 여행을 온 '나'가 작가인 그와 하고 있는 미라 놀이 역시 전족의 변형이라고 할 수 있다. 미라 놀이란 그가 '나'의 "이응 자 두 콧구멍"(203면)을 제외한 온몸을 붕대로 감는 것을 말한다. 그는 '나'의 몸을 붕대로 모두 감은 후 '나'의 샅 부근에다 자신의 물건을 대고 문지르듯이 천천히 움직인다. 이것은 전족한 발에 자신의 성기를 마찰하여 쾌감을 얻는 모습이 그대로 반복된 것으로 보인다. 실제로 전족은 "성관계 시 전희와 질 대용"[3]으로 기능하기도 하였다.

3 이의정·양숙희 『페티시즘』, 경춘사 1998, 157면.

「미라 놀이」에서는 몸 전체가 발에 해당하며, 온몸을 감고 있는 붕대는 전족한 여인의 발을 감싸는 '하얀 무명 전족 천'의 변형인 것이다.

「작은 인간」에서는 서술자가 직접 나서서 중국의 전족 풍습이 "발 페티시즘"(41면)이라는 설명을 하고 있다. 지그문트 프로이트(Sigmund Freud)에 따르면 페티시즘은 거세 콤플렉스와 관련된 것으로서 남근 상실에 대한 두려움으로 인해 발생한다. 만약 여성이 거세를 당해버린 존재라면 자신의 페니스도 위험에 처할지 모른다는 공포와 불안을 느끼며, 여성에게 페니스가 없다는 사실을 쉽게 인정하지 않으려 한다는 것이다. 페티시스트는 이 공포와 불안을 이겨내기 위해 뭔가 다른 어떤 것을 여성의 페니스 자리를 대신하는 대체물로 여겨서는, 그 대체물에 여성의 페니스로 향하던 관심과 흥미를 집중한다.[4] 따라서 거세 불안(castration anxiety)을 부인하기 위해 페티시스트가 어머니의 거세된 성기의 대체물로 과도한 집착을 보이는 특정 사물이나 특정 신체는 "남자 아이가 한때 그 존재를 믿었던 여성의 페니스, 혹은 어머니의 페니스의 대체물"[5]에 해당한다. 라깡(J. Lacan)은 페티시즘에서 숭고한 대상으로 여겨지는 페티시를 '페니스(penis)'라는 생물학적 기관 대신에 '팔루스(phallus)'라는 욕망의 위치로 바꿔서 설명한다. 팔루스는 생물학적 기관으로서의 페니스와는 달리, 남녀 모두가 갈망하지만 어느 누구도 도달할 수 없는 충만함과 완전함을 함축한 위치를 의미한다. 라깡의 이론에서 팔루스는 전체, 완성, 완전한 지식이나 권위를 약속하지만 어느 누구에 의해서도 소유될 수 없는 것이다. 그것은 언어 속에서는 성취 불가능한 것이기 때문이다.[6] 라깡의 이론에 따를 경우, 거세 공포는 비단 생물학적 차원에서 남성에게만 일어나는 것

4 지그문트 프로이트 「절편음란증」, 『성욕에 관한 세편의 에세이』, 김정일 옮김, 열린책들 1996, 29~31면 참조.

5 같은 책 28면.

6 파멜라 투르슈웰 『프로이트 콤플렉스』, 강희원 옮김, 앨피 2010, 241~42면.

이 아니라 모든 인간이 자기 존재의 결핍과 부족에서 비롯된 것으로 폭넓게 해석할 수 있다. 실제로 거세는 생식기에 대한 공포에 국한된 것이 아닌 감정적인 취약성의 문제이기도 하다.[7] 이러한 페티시즘의 심리학적 발생원인은 이번 조성기의 소설집을 이해하는 중요한 통로라고 할 수 있다. 앞질러 정리를 하자면, 이번 작품집에서 페티시즘에 빠진 인물들은 팔루스의 상실에 대한 공포에 빠져 있다고 볼 수 있다.

이번 작품집에서는 페티시즘의 근본원인인 팔루스의 상실에 대한 두려움이 곳곳에 드러나 있다. 많은 등장인물들은 자신이 살아가는 사회에서 안정된 위치를 확보하지 못하고 있으며, 그로 인해 전능한 존재로서의 자기를 인정받는 데 심각한 어려움을 겪는 경우가 흔하다. 이러한 특징은 「작은 인간」과 「금병매를 아는가」에서 뚜렷하게 드러난다.

「작은 인간」에서 발에 집착하는 작가는 젊은 시절에 어디를 가나 사람들의 존경과 호기심으로 가득 찬 눈빛을 받았으며, 고위층 인사들은 너나 할 것 없이 그를 초청할 정도로 큰 인기를 누렸다. 그러나 그 인기는 점차 시들어갔고, 지금은 생활비를 걱정해야 하는 지경에 이르렀다. 그는 비단 생활상의 문제를 겪을 뿐만 아니라 삶의 이상이라는 측면에서도 위기에 봉착해 있다. 그는 젊은 시절 몇몇 동료들과 함께 프랑스 유토피아 사상(기독교에 사회주의 내지는 공산주의를 접목시킨 사상)을 연구하고 토론하다가 사형 집행을 당하기 직전에 간신히 살아나기도 하였다. 그러나 현재의 그는 유럽에 와서 프랑스 유토피아 사상이 제대로 실현된 모습을 발견하지 못해 크게 실망한 상태이다. '나'는 "발이 너무 작아, 달아날 수가 없어"라는 그의 잠꼬대를 들으며, "사상의 전족은 '욕망의 전족'"이라는 생각을 한다(81면). 이것은 욕망의 문제와 사상의 문제가 결코 분리될 수 없음을 분명하게 보여주는 것이다. 그는 지금 생활의 차원은 물론이고

7 이의정·양숙희, 앞의 책 75면.

사상적으로도 거세 공포에 시달리고 있다고 말할 수 있으며, 이것은 일종의 발 페티시즘을 낳은 심리적 원인이라 할 수 있다.

「금병매를 아는가」의 주인공인 '나' 역시도 현실적으로 곤란한 상황에 처해 있다. 처음 유력 신문사에서 '나'에게 야한 작품으로 널리 알려진 금병매를 연재해달라는 제안을 했을 때, '나'는 처음 자신의 귀를 의심할 정도로 충격을 받는다. 그러나 지금까지 출간한 책들이 "인세 한푼 지급됨이 없이" 재계약만 계속되는 상황에서, '나'는 "에덴의 선악과"(87면)에 해당하는 금병매 연재를 하기로 결심한다. 이 결심에는 대학을 졸업하고도 취업이 되지 않아 외국에 어학연수라도 다녀오겠다는 딸의 말도 큰 영향을 주었다. 이 작품 속의 작가 역시 팔루스의 상실 위험에 놓여 있다는 점에서는「작은 인간」의 작가와 별반 다르지 않다.

이후 '나'는 금병매가 단순하게 외설적인 작품만은 결코 아니며 예술적으로 매우 가치가 있는 작품임을 애써 확인한다. 일테면 프랑스 유학을 다녀온 문단 후배에게서 중국 4대 기서 중『금병매』만이 유일하게 "문학"이자 "세계 명작의 하나"로 취급받는다는 이야기(88면)를 철석같이 믿는 식이다. 금병매를 연재하는 일은 결코 "모독감"(89면)을 느끼는 일이 되어서는 안되기 때문이다. 이후 연재과정에서 외설성 시비가 일었을 때, '나'는 시종일관 당당하게 한국사회의 얄팍한 위선, 문학을 바라보는 시각의 협소함 등에 맞서나간다. 그러나 연재를 담당했던 기자가 두어달 전에 자살했다는 소식을 듣고서는 "내 글이 그의 자살을 방조했을지도 모른다"(110면)는 자괴감에 빠진다. 그 기자의 자살은 "내 글에 대한 그 어떤 냉대"보다도 "내 글을 차갑게 비웃고 있는 것만 같았"던 것이다(111면). 이 상황에서 '나'는 "온몸이 '전족'으로 조여드는 느낌"(같은 곳)을 받는다. 작품의 마지막 대목에서 그동안 힘들게 억눌러온 거세 공포가 온몸이 전족으로 조여드는 느낌을 통해 끝내는 그 얼굴을 드러낸 것이다. 이 거세 공포는 대중과 사회의 편견과 무지에 당당하게 맞서왔던 '나'이지만, 내면의 가장 깊은 곳까지 자신을 완벽하게 설득하지 못했음을 보여주는 것이라고 할 수 있다.

이 소설에서 관심을 기울여야 할 것은 금병매 연재를 준비하는 과정에서 '나'가 그만 전족 풍습에 흥미를 느끼게 되었다는 사실이다. 그리하여 '나'는 존경받는 문단 선배의 장례식장에서 만난 후배 작가에게 이번 연재에서 "전족의 사회사를 그리고 싶어"(97면)라고 말하게 된다. 전족에 대한 이러한 특별한 관심과 애정 역시 거세 공포와 그로부터 비롯된 페티시즘의 맥락에서 읽을 수 있다. 이와 관련해 '나'가 『금병매』의 주인공 서문경의 성적 탐닉은 "발기 부전 콤플렉스에 대한 보상"이며, 자신이 그동안 써온 소설들의 성적인 묘사도 "발기 부전 콤플렉스와 맥락이 닿아 있었다"라고 고백하는 대목(98면)은 음미해볼 만하다. 나아가 '나'는 자신의 작품에서뿐만 아니라 자신이 실제로 이십대부터 발기 부전에 대한 "무의식적인 두려움"을 지니고 있었으며, "그 두려움을 여성에 대한 환상적인 그리움으로 보상하려는 경향"이 있었다고 고백한다(같은 곳). 서문경, 작품 속 인물들, '나'가 모두 '발기 부전'과 관련되어 있다는 것인데, 이때의 발기 부전은 거세 공포의 구체화되고 세속화된 기호라고 할 수 있을 것이다.

「내가 태어나던 날」은 거세 공포가 분단이라는 한국사의 특수성과 맞닿아 있는 것으로 그려지는 이채로운 작품이다. 작품의 대부분은 '나'가 태어난 1950년 3월 26일에 벌어진 갖가지 사건들의 나열로 이루어져 있다. 그날은 이승만 대통령의 76회 '탄신 경축식'이 있었고, 김달삼 등이 월북을 기도하다 사살되었으며, 대한의학협회는 장엄한 어조의 성명서를 발표하였다. 그외에도 당시의 역사적 사실과 송금수표 분실공고 등의 온갖 사소한 일들이 나열된다.

그러나 역시 가장 큰 초점은 사소한 삶의 파편들 사이에 놓인 '나'의 삶이다. '나'는 태어나던 날, 이미 "전향을 강요당하는 미전향 장기수"(128면)가 된다. '나'가 태어나고 3개월이 지난 어느날 큰아버지는 인민군대좌가 되어 백마를 타고 고성 읍내에 나타났으며, '나'의 아버지 역시 남한보다 북한에 마음을 두고 살았던 사람이다. 그리하여 '나'는 출생과 더불어 "전향한 것도 아니고 미전향한 것도 아닌 정순덕 같은 존재가 되"(같은 곳)어버린다. 이 작품에 등장하는 정순덕의 삶은 '마지막 빨치산'으로 유명한 역사적 실존인물 정순덕의 삶과 일치한다. 이 작품에서 '나'는 "정순덕 같은 존재가 되었"(같은 곳)다는 말에서 알 수 있듯이, 정순덕과 동일시된다. 정순덕은 미전향 장기수들이 북한으로 돌아갈 때에도, 전향 장기수라고 하여 미전향 장기수들과 함께 가지 못한다. 전향서 하나 때문에 그녀는 뿌리내릴 수도 없는 이 땅에 남겨진 것이다. '나'가 자신의 뜻과는 무관하게 좌파 아버지와 큰아버지 때문에 고생했듯이, 정순덕도 자신의 뜻과는 무관하게 남편을 따라 고난의 인생행로를 걷게 되었다고 할 수 있다. 결혼한 지 여섯달 만에 좌익인 남편을 따라 지리산으로 들어갔던 정순덕은 '마지막 빨치산'이 되어 오른쪽 다리를 잃고, 현재는 병으로 왼쪽 다리마저 마비된 상태이다. 이 작품에서 정순덕이 전향한 것도 아니고 미전향한 것도 아닌 '나'와 동일시되는 인물이라면, 정순덕의 부재하는 다리는 반공 이데올로기가 절대적인 영향력을 행사하던 한국사회에서 '나'가 처한 거세의 상황을 감각적으로 구현한 것으로 이해할 수도 있다.

3. 세상의 불완전성을 '감당'하기

이번 작품집에 등장하는 주요 인물들은 (대부분 발에 대한) 페티시즘에 빠져 있고, 이것은 팔루스의 상실에 대한 두려움에서 비롯된 것이라고 할 수 있다. 그러나 라깡이 이야기했듯이, 팔루스는 어느 누구도 도달할 수 없고 소유할 수 없는 것이다. 이는 언어를 바탕으로 한 우리의 삶과 세상이 근원적으로 한계를 지니고 있는 것과 무관하지 않다. 따라서 페티시에 대한 집착에서 벗어나는 또 하나의 길은, '전체, 완성, 완전한 지식이나 권위' 등과는 거리가 있는 현재의 삶을 있는 그대로 인정하는 것이다. 자신이 처한 인간적 결핍과 곤란에 맞서기를 거부하지 않고, 결핍과 무능으로 가득한 이 세상과 그 속에 놓인 자신을 있는 그대로 인정하는 것은 팔루스의 상실을 있는 그대로 인정하는 것이기도 하다. 「선인장과 또, 또, 또ㅇ」에서 그것은 "감당"(31, 33면)이라는 단어를 통해 분명하게 드러난다. 감당은 역설적이지만 진정한 의미로 근본적이며 그렇기에 종교적이기도 한 삶의 태도이다.

「선인장과 또, 또, 또ㅇ」에는 똥의 이미지가 가득하다. '똥'은 이 세상의 근본적인 불완전성과 타락을 의미한다고 볼 수 있다. 40년 만의 폭우로 인해 작가인 '나'가 사는 집에는 구정물이 역류해 들어온다. 똥물이 역류하기 전에도 건물 복도에는 임자를 알 수 없는 똥덩어리가 "호젓한 산길의 서낭당처럼 푸짐하게 쌓여 있"(12면)고는 했다. 그 이전에는 누군가가 줄기차게 복도에 오줌을 싸놓곤 했으며, 방뇨 사건이 사라진 것과 더불어 똥이 나타났던 것이다.

'나'는 융의 자서전을 번역하고 있는데,[8] 그 자서전 속에도 거대한 똥이 등장한다. 자서전의 주인공은 자신이 어린 시절에 꾼 꿈 때문에 오랜 기간 번민한다. 그 꿈의 내용은 "하느님은 세상 저 위 높은 곳에서 황금 옥좌에 앉아 있고, 옥좌 밑으로 거대한 똥덩어리 하나가 반짝이는 성당 새 지붕에 떨어져 지붕을 산산조각 내고 성당의 벽돌을 부"(25면)수는 것이었다. 자서전의 주인공은 그 꿈을 신성 모독이라고 생각하여 그것을 발설하지 않으려고 오랫동안 노력해왔다. '나'는 이 거대한 똥꿈의 의미가 "복음의 배설물로 똥칠(금칠)을 하고 있는 교회들"(같은 곳)을 나타내는 것이

8 조성기는 카를 구스타프 융(Carl Gustav Jung)의 자서전을 번역한 바 있다. 그리고 「선인장과 또, 또, 또ㅇ」에 등장하는 자서전 속의 꿈은 그가 번역한 융의 자서전 『카를 융 기억 꿈 사상』(김영사 2007)의 80면에 등장한다.

라고 해석한다.

이 작품에는 '건물의 똥'과 '꿈속의 똥' 이외에도 다른 똥이 반복해 등장한다. 우수문학도서로 뽑힌 '나'의 소설책에는 '힘내라, 한국문학'이라는 표어가 책표지에 둥그런 스탬프처럼 찍혀 있다. '나'는 스탬프처럼 찍혀 있는 표지의 누르뎅뎅한 둥근 원도 똥이라고 생각한다. 그것을 똥이라고 생각하는 이유는, 우수문학도서 지원이 '나'가 "없어져야 할 것"(27면)이자 "죽어야 할 것"(같은 곳)으로 생각하는 로또사업에서 마련된 돈으로 이루어지기 때문이다. 로또에서 1등으로 당첨된 사람의 아버지는 로또 자체를 똥이라고 선언한 바 있기도 하다. 융의 어린 시절 꿈과 로또에 바탕을 둔 우수문학도서 지원사업에 대한 해석에서 알 수 있듯이, 이 작품에서 똥은 물욕에 깊이 함몰된 지금 이 세상의 타락을 상징한다. "소설이란 타락한 세상을 타락한 방법으로 보여주는 것"(30면)이라는 골드만(L. Goldman)의 소설론은 "똥 같은 세상을 똥 같은 방법으로 보여주어야 한다"(같은 곳)라는 '나'의 소설관에서도 어느정도 확인할 수 있다.

어느 순간부터 '나'는 복도에서 발견되는 의문의 똥이 "똥 같은 세상에서 똥처럼 살고 있는 나의 삶에 대한 경고로 하늘에서 내리는 똥"(같은 곳)이라는 생각을 한다. 그리고 "하늘에서 나에게 내려진 똥을 감당하기로"(31면) 마음먹는다. 그러자 이상하게도 마음이 조금 편안해지는 것을 느낀다. 흥미로운 것은 '나'가 번역하고 있는 자서전의 주인공(카를 구스타프 융)도 바로 그 똥세례 꿈을 발설한 후에 '영원한 저주' 대신 '깊은 안도감과 말할 수 없는 해방감'을 느꼈다는 사실이다. '나'나 자서전의 주인공 모두 "똥을 감당하기로 마음을 먹자 똥이 사라진 느낌"(33면)을 받게 된다. 이때의 '감당'이란 결코 세상의 불완전성과 타락에 몸을 담근다는 의미가 될 수는 없다. 이 감당은 불완전성과 타락을 삶의 근본적 속성으로 받아들이며, 이 삶의 지평 안에서 자신의 온 존재를 걸고 불완전성과 타락에 맞서나가겠다는 결연한 대결의 자세에 가깝다. 그렇기에 똥을

'감당'하는 일은 부처로까지 비유되는 선인장과 "방뇨자의 귀두와 그 배변자의 항문"(34면)을 닦아주는 고통스럽지만 성스러운 이미지와 연결될 수 있는 것이다.

「성인봉」은 '감당'의 의미를 소소한 일상을 배경으로 하여 잔잔하게 풀어내고 있는 작품이다. 이 작품에서 대학교수와 대학생들은 울릉도로 여행을 가서 뜻하지 않은 고행을 하게 된다. 뒷동산 산책하듯이 다녀오면 된다는 민박집 여주인의 말을 듣고 시작된 등산길은, 이들에게 주어진 마지막 체력과 정신력까지도 요구하는 혹독한 여로로 변모한다. 예상보다 훨씬 길어진 등산길로 인하여 생수병과 체력은 곧 바닥이 나고, 대학교수인 '나'조차 땅바닥에 떨어진 막대사탕을 입에 넣고 싶은 유혹을 받을 정도이다. 이들은 산죽 속줄기를 뽑아 먹으면서 울릉도에서 가장 높은 봉우리인 성인봉에 간신히 오르지만, 그것은 고행의 끝이 아니라 더 큰 고행의 시작일 뿐이었다. 이들이 하산길로 선택한 나리분지까지는 4.4km가 남아 있었던 것이다. 결국 그 산행의 일원인 양숙은 발목이 접질리는 사고까지 당하게 된다. 태식과 오민, 나중에 교수인 '나'까지 양숙을 번갈아 업으며 힘들게 하산을 하게 된다. 마침내 그들은 무사히 하산을 하고, 작품은 "우리도 한나절 동안에 극한 고난을 통해 성인(聖人)이 되어 있었다. 성인봉 다섯 봉우리가, 두 봉우리는 겹쳐진 채 우람하게 비빔밥집으로 들어서고 있었다"(158면)라는 문장으로 끝난다. 결국 그 등산과 하산을 끝까지 '감당'한 이들은 '성인'의 자격을 갖춘 인간으로 형상화되고 있는 것이다.

4. '담당'의 윤리와 사랑의 염체(念體)

'감당'은 손쉽게 허구의 페티시와 같은 것을 통하여 자신의 전능성을 유지하려는 것이 아니라, 자기와 자기가 속한 세계의 불완전성과 타락을 수락하려는 삶의 자세임을 확인할 수 있다. 조성기의 이번 작품집에서는 그러한 '감당'에서 한 단계 더 나아간 '담당'의 윤리가 나타나고 있다. '감당'보다 '담당'이 한 단계 더 나아간 '윤리'라고 말할 수 있는 이유는, '담당'에는 자신이 적극적으로 무언가를 행한다는 의지적이며 자각적인 요소조차 사라진 그야말로 무의지적이고 무조건적인 삶의 태도가 배어 있기 때문이다. 이러한 '담당'의 윤리야말로 조성기의 이번 작품집이 이전 소설과 구별되는 가장 예리한 지점이라고 말할 수 있다.

「있을 수 없는 고백」은 「그린 마일」이라는 영화에 등장하는 커피라는 인물을 소개하며 시작된다. 그는 "세상 죄와 고통을 다 짊어지고 십자가에 달렸다는 예수를 떠올리게 하"(161면)는 인물이다. "세상 사람들의 고통에 공감하는 능력"(160면)을 가진 커피는 타인의 병을 함께 앓으면서 그들의 병을 고쳐주는 괴로운 일을 반복한다. '나'는 현실에서 "바로 커피와 같은 존재"(162면)인 오십대 중반의 여성을 만나는데, 이 작품은 바로 그 여성에 대한 이야기로 이루어져 있다. 시골 아주머니로 보이는 그 여인이 환자의 아픈 부위를 만지면 환자는 씻은 듯이 낫는다. 이 여인의 특이성은 "현금이나 대가를 받는 것도 아니고 그저 고생스럽게 봉사"한다는 점이다.

이 작품에서는 의학 지식으로는 설명할 수 없는 병 치료, 즉 신유(神癒)의 사례로 오럴 로버츠(Oral Roberts)와 캐서린 쿨만(Cathryn Kuhlman)이 소개된다. 그러나 "그냥 신묘한 능력이 있어서 사람들의 병을 치료하는 것이 아니라 사람들의 병을 자신이 함께 앓아가면서 낫게 하는 일"(168면)을 한다는 점에서, 그녀의 신유 방식은 "오럴 로버츠 식도 아니요 캐서린 쿨만 식도 아"(174면)니다. 어떤 경우에는 자기 몸이 나빠서 앓고 있는 것인지, 다른 사람의 병을 앓고 있는 것인지 구분을 하지 못할 정도로 그녀는 타인의 고통을 온몸으로 함께 아파한다.

그녀는 병뿐만 아니라 상대방의 삶 자체를 함께 살아간다고 해도 과언이 아니다. 피아니스트가 오기 전에는 피아노 치는 시늉을 하고, 작가인 '나'를 만나기 전에는 글을 써야겠다는 생각으로 머리가 터질 지경이 된다. 암환자와 같은 중환자를 치료할 때에는 극한의 고통을 함께 치러야 하기 때문에 "차라리 내가 죽고 그 사람이 살았으면 싶을 때도 있어"(177면)라고 말할 정도이다. 그런 일종의 전이현상 내지 전이능력은 이 작품에서 '공감능력'으로 설명된다. 그녀가 보여주는 공감의 범위는 때로 한 개인을 넘어서 나라와 세계 전체로 확대되기도 한다. 이러한 그녀의 모습을 보며 '나'는 '예수의 모습'을 보고, '예수의 외침'이 들려오는 듯함을 느낀다. "나는 그녀를 만나고 나서 비로소 성서에서 말하는 '담당(擔當)'이라는 말이 무슨 뜻인가를 조금은 알게 되었"(같은 곳)던 것이다.

이 '담당'의 윤리는 보다 적극적으로 세상을 향해 자신을 열어놓는 행위이며, 그것은 종교적 신성의 본질이 담겨 있는 삶의 자세라고 말할 수 있다. 실제로 그녀는 자신의 치유행위를 '기도'라고 표현하기도 하며, '나'는 "그녀 자체가 어쩌면 기도요 기도의 응답인지도 모르"(180면)는 것이라고 생각한다. '담당'이라는 말 속에는 어떠한 이해나 결과도 따지지 않는 사유와 행위의 맹목성이 포함되어 있다. "그녀가 그 일이 부담스러워 더이상 하지 않기로 결심한다면 그녀는 세상의 갖가지 병들을 앓다가 죽고 말 거예요. 그녀는 어쩌면 죽지 않기 위해 죽도록 고생하는지도 몰라요."(181면)라는 말은 그녀가 보여주는 '담당의 삶'이 왜 진정한 윤리일 수밖에 없는지 잘 설명하고 있다. 그녀에게 남의 고통을 함께 앓고, 그것을 치유하는 일은 무조건적으로 따를 수밖에 없는 생명의 차원으로까지 승화되어 존재하는 것이다.

표제작 「우리는 아슬아슬하게 살아간다」는 대타화된 방식으로 '담당'의 윤리가 중요함을 역설하는 작품이라고 할 수 있다. 세월호 사건을 배경으로 하는 이 작품은 '담당'의 윤리가 결여된 자들이 이 세상에 가져올 수 있는 끔찍한 악의 모습을 선명하게 보여주고 있다. 이 작품은 이번 소설집에 수록된 어떤 작품보다도 오늘날 한국의 현실에 밀착되어 있다. 그것은 주인공 진혁이 서울을 떠나 부여에 머물게 된 사정에서부터 분명하게 드러난다.

진혁은 본래 중소기업에 자금을 융자해주는 금융회사의 과장으로 근무하고 있었다. 그러나 자금을 융자해준 기업들이 부도가 나는 바람에 자금을 회수할 길이 막막해졌고, 결국 금융회사 전체에 구조조정 바람이 불어닥친다. 이 상황에서 진혁은 구조조정 대상자들을 골라 상담을 하며, 그들을 자진 퇴직하도록 유도하는 일을 떠맡게 된다. 진혁은 열다섯명가량을 간신히 퇴직시키지만, 그중 한명이 집 베란다에서 목을 매 자살하는 사건이 발생한다. 진혁은 살인마로 낙인찍히고 결국 사표를 내지만, 이후에도 자살한 사원의 아내는 일인 시위를 벌이며 진혁을 압박한다. 결국 진혁은 일년간은 직장도 구하지 않고 쉬겠다는 생각으로 부여에 내려간다. 진혁의 직장생활 이야기는 신자유주의의 광풍 한가운데에 놓여 있는 한국사회의 한 축도라고 할 수 있다.

이 작품의 스토리 시간은 세월호가 침몰한 하루로 한정되어 있다. 처음 진혁은 뉴스를 통해 중앙재난본부와 경기도 교육청이 발표한 세월호 학생 전원 구조 소식을 듣는다. 그러나 전원 구조 소식은 얼마 되지 않아 점차 암울한 이야기로 바뀐다. 이후의 과정은 온 국민이 경악 속에 지켜본 그대로이다. 진혁은 세월호라는 지옥이 눈앞에 펼쳐진 상황에서, 마음 수양을 하러 다니던 다스칼로스 명상센터를 찾아간다. 키프로스의 기이한 인물인 다스칼로스(Daskalos)의 가르침을 따르는 그 명상센터의 사람들은 유체 이탈을 하여, 세월호가 가라앉아 있는 물속을 직접 가본다. 그들은 "도와주러 온 사람이 없"(232면)는 그곳에서 "모두 다 까무러치거나 발작을 일으키지 않을 수 없"는 "참혹한 광경을 직접 목도"하고(233면) 돌아온다. 이때의 유체 이탈은 "무엇보다 타인의 고통에 깊이 참여하는 방편"(234면)으로서, 이번 소설집의 맥락에서라면 일종의 '담당'에 해당하는 행위라고 할 수 있다. 진혁은 마음의 고통을 이기기 위해 부여까지 내려와 혼자 생활하며 명상센터에서 수련을 해왔는데, 자신의 고통보다 더 큰 고통들을 목도하기 위한 수련을 한 셈이다. 진혁은 부여에 머무는 일년 동안 "타인의 큰 고통으로 자신의 고통을 이겨야 하는 수련"(같은 곳) 즉 '담당'의 윤리를 수련한 것이다.

그러나 세월호라는 지옥이 이 땅에 펼쳐진 것은 '담당'의 윤리를 실천하는 자들보다는 그것에 등 돌린 자들이 더 많았기 때문이라고 할 수 있다. 어찌 보면 '담당'도 아닌 최소한의 '감당'도 거부한 그들은 이 작품에서 세월호 사고가 난 지 두시간이 지나도록 별다른 대처도 하지 않는다. '선문선답 같은 통화'나 주고받던 당국자들이나, 구조 흉내나 내던 해경 등은 대표적으로 '담당'을 거부한 자들이라고 할 수 있다.

그러나 진정으로 '담당'이나 '감당'과 거리가 먼 존재는 "바닷속보다 더 깊고 어두운"(239면) 다른 곳에 있었음이 드러난다. 진혁이 유체 이탈을 하여 청와대에 다녀온 주희에게 "거기서는 무엇을 보았나요?"(같은 곳)라고 물었으나 주희는 아무런 대답도 하지 못한다. 이때 쓰인 말줄임표는 한국사회에서 사라진 '담당'과 '감당'의 윤리를 드러내는 동시에, 너무도 당연한 윤리를 저버린 자들에 대해 표현조차 불가능한 작가의 분노를 드러내는 것이기도 하다. 이 말줄임표를 풍성한 '사랑의 염체'[9]로 바꾸는 것이야말로 작가 조성기가 사십년이 훌쩍 넘는 시간 동안 원고지 위에서 생을 걸고 추구해온 문학적 영혼의 본령이라고 할 수 있다.

---

9 진혁이 부여에 내려와 다니는 다스칼로스 명상센터는 다스칼로스의 가르침을 따르는 곳이다. 다스칼로스의 가르침 중의 하나는 "우리의 생각들이 우리 자신과는 별개로 고유한 형체와 수명을 가진 염체(念體)를 이룬다는 사상"(228면)이다. 염체가 일단 외부로 방사되면 그것은 결국 그것을 만든 사람의 잠재의식 속으로 되돌아오는 것이 자연의 법칙이다. 누군가에게 사랑과 선의로 가득 찬 염체를 보내면, "그는 이 생에서건 다음 생에서건 언젠가는 그 염체의 영향을 받을 것"(229면)이라는 것이다. 진혁은 희한하게도 꿈속에서 유체 이탈을 하여 바닷속 세월호 선체로 다가간다. 그곳에서 진혁이 본 것은 사랑으로 가득 찬 염체들이었다.

가족 서사를 통해 드러난 유토피아에의 열망

◆

성석제

1. 이야기꾼—작가—이야기꾼·작가

성석제(成碩濟)는 1990년대 한국소설사의 중요한 결락을 메우면서 등장한 작가이다. 한국 근대문학사에서 작가가 문사(文士)로 불린 것에서도 드러나듯이, 작가는 일정 정도 지식인의 역할을 떠맡아온 것이 사실이다. 이들에게 소설은 이야기 이전에 하나의 사회적 비전이자 메시지여야만 했다. 개화기에서부터 이광수의 『무정』(『매일신보』 1917년 1월 1일~6월 14일)을 거쳐 경향문학으로 이어지는 그 찬란한 계몽주의 문학의 전통은 이를 증명하는 사례로서 모자람이 없다. 해방 이후에도 사정은 크게 달라지지 않았다. 특히 1970~80년대 한국문학은 다시 한번 사회의 나아갈 방향을 제시하는 무거운 역할을 자임하기도 하였다. 그랬던 상황에서 1990년대에 작가활동을 시작한 성석제는 패관문학으로부터 이어져온 이야기꾼 전통을 현대적 해학으로 버무려 새롭게 살려낸 독특한 작가라고 할 수 있다. 그가 1990년대부터 2000년대 초반에 걸쳐 보여준 유머로 가득 찬 이야기 세계는 그 누구도 범접하기 힘든 한국문학사의 장관이었다고 해도 과언은 아닐 것이다. 어쩌면 성석제가 한국소설의 결락을 메웠다기보다는 성석제의 등장으로 한국소설의 결락이 너무도 선명하게 드러난 것이라고 해도 무리는 없을 것이다.

그런데 여기서 한가지 기억해야 할 것은 성석제의 현란한 이야기가 발원하는 기원적 배경이다. 성석제의 현란한 이야기들은 대부분 이제는 그 빛이 바래가는 전통적인 공동체 문화와 관련이 깊다. 『인간의 힘』(문학과지성사 2003)에서 채동구가 보여준 성리학적 의리의 세계가 그러하고, 「황만근은 이렇게 말했다」(2000)의 내용 역시 성자가 된 바보라는 우리 고유의 전통에 이어진 세계라고 할 수 있다. 이것은 지금은 흔적도 찾아보기 힘든 시골마을을 배경으로 한 것이다. 이 세계는 서영채(徐榮彩)가 날카롭게 지적한 바와 같이 교환의 논리에 의해 모든 것이 결정되는 근대의 냉혹한 합리적 세계와는 분명한 거리를 둔 세계라고 정리할 수 있다.[1]

2000년대 중반에 이르러 성석제는 당대 현실의 비루함이나 잔혹함에 대한 집중적인 조명을 하기 시작했다. 그것이 직접적으로 드러난 것이 바로 작품집 『참말로 좋은 날』(문학동네 2006)과 『지금 행복해』(창비 2008)라고 할 수 있다. 시공을 넘나들며 이야기의 향연을 펼치던 작가는 2000년대 중반에 한국의 고통스러운 현실과 둔탁하게 대면한 것이다. 이때 '둔탁함'이라는 거친 표현을 굳이 쓴 이유는, 이러한 대면이 성석제만의 장기라고 할 수 있는 요설에 가까운 다변, 구술적 특성, 연민에 찬 유머와 허풍 등을 잃어버리게 한 것과 무관하지 않기 때문이다. 다시 말해 그것은 작가의 예술적 개성을 상당 부분 손해 보면서 이루어진 변화라고 할 수 있다. 이들 작품을 통해 우리는 한명의 리얼리스트를 얻게 되었다고 말할 수도 있지만, 한편으로는 유일무이한 스타일리스트를 잃어버렸다고 말할 수도 있는 것이다.

---

1 서영채 「이 집요한 능청꾼의 세계」, 성석제 『이 인간이 정말』, 문학동네 2013, 238~45면.

2010년대 들어 성석제는 한권의 작품집(『이 인간이 정말』, 문학동네 2013)과 세권의 장편소설(『단 한번의 연애』, 휴먼앤북스 2012; 『위풍당당』, 문학동네 2012; 『투명인간』, 창비 2014)을 통해 또다른 변화를 보여주고 있다. 그것은 전통적인 세계에 뿌리박은 이야기꾼의 사유가 오늘날의 현실에서 가질 수 있는 변혁적 의미를 경쾌하지만 진지하게 탐구하는 것이라고 할 수 있다. 그것은 성석제의 출발과 변화가 새롭게 종합되는 매우 새로운 작가(이야기꾼)의 자리라고 할 수 있다. 이 글에서는 이러한 변모를 최근에 창작된 두편의 장편 『위풍당당』과 『투명인간』에 나타난 '가족'의 모습을 중심으로 살펴보고자 한다.

2. 근대의 상상적 아질(Asyl)

성석제의 『위풍당당』(문학동네 2012)에는 모두 세 종류의 가족이 등장한다. 첫번째는 여산을 중심으로 이루어진 강마을의 가족이다. 이 강마을은 팔년 전 여산이 발견한 후로 몇명의 사람들이 들어와 살게 되면서 지금의 모습을 형성하였다. 이 작품의 주 서사는 자연과 일체가 되어 살아가는 평화로운 마을에 조폭이 들어오면서 벌어지는 대결의 과정이다. 그 대결은 조폭들이 새미의 미모에 반해 그녀를 따라온 지극히 사소한 일에서부터 시작된다. 이러한 대결과정을 거쳐 이 마을은 공고한 하나의 가족으로 스스로를 완성하게 된다. 이 강마을 사람들이 만들어가는 가족은, 이들이 '전쟁'을 벌이고 있는 조폭들의 가족이나 강마을 사람들이 떠나온 가족과 비교할 때 그 의미가 선명하게 드러난다.

우선 강마을의 구성원들로 하여금 이곳으로 떠나오게 만든 가족의 성격을 살펴볼 필요가 있다. 소희, 영필, 여산, 새미 등은 모두 상처를 지니고 있다. 흥미로운 것은 이러한 상처가 모두 핏줄 혹은 법적인 구속력을 가진 가족관계로부터 비롯되었다는 점이다. 소희는 전 부인과 사별하였으며 일남이녀의 자식이 딸린 교장선생님과 중매로 결혼하게 된다. 소희는 자신의 아이도 낳지 않은 채 헌신적으로 가정을 돌보며 살아간다. 그러나 남편의 갑작스러운 죽음으로 인해 "남편을 철저하게 부려먹은 죄인, 무책임한 아내로 지목"당하고, 자신이 "남편 인생의 조화(造花)"에 지나지 않았음을 깨닫게 된다(54면). 남편의 유언장에는 소희에 대한 이야기가 단 한마디도 나오지 않았고, 모든 재산은 남의 손으로 넘어갔던 것이다. 깊은 "무력감과 절연감, 고독에 사로잡"(55면)혔던 소희는 결국 남편과 함께 살던 집을 불태우고는 강마을에 와서 정착하게 된다.

영필은 본래 만석꾼 부잣집의 적장자로 태어났지만, 부모가 교통사고로 한꺼번에 죽으면서 불행이 찾아온다. 영필이 군대에 가 있는 동안 만석꾼의 땅은 부계 팔촌까지의 친인척들이 평균 백분의 일씩 모두 나눠 갖는다. 이로 인해 이십대 중반부터 영필은 "국가 간에 벌어진 게 아니라 친족 간에 벌어진"(70면) 전쟁으로 퇴역 상이군인의 행색이 되어 살아간다. 부잣집 도련님 출신의 영필은 무덤 아래 움막을 짓고 생활하면서 결혼도 하고 이남이녀를 낳아 기른다. 그후에 영필이 다시 친인척을 찾아다니며 재산을 돌려받으려 하지만, 친인척들로부터 "협박과 공갈, 무고, 명예훼손죄로 고발과 고소"(71면)를 당하고 병원에 강제 입원당하기도 한다. 이 와중에 영필의 아내는 홀로 죽음을 맞이하고, 자식들로부터 문전박대 당하던 영필은 결국 강마을에 와서 살게 된다.

이령은 남편으로부터 무지막지한 성적·육체적 폭력을 당한다. 이령이 전남편에게 당한 극단적 폭력은 매우 섬찍하게 작품 속에 묘사되어 있으며, 이령의 남편은 자폐증 진단을 받은 딸 분희의 배를 칼로 찌르기까지 한다. 남편이 존속상해치사죄로 잡혀가기 전 도망을 가자, 남편 명의로 되어 있던 정육점과 식당은 남편의 형제와 누이들이 나눠 갖는다. 남편의 형제와 누이들은 그 와중에도 "춘호 그 병신새끼가 눈이 삐어가지고 좀

이쁘다 싶으니까 다 말리는데도 보육원 출신에 근본 없는 저런 계집년을 데리고 사니까 또 병신이 나온 거 아냐"(90면)라는 식의 말을 이령이 듣도록 한다. 결국 개천에 몸을 던진 이령은 여산에 의해 구조를 받아 강마을에 정착한다.

어린 새미 역시 가족으로부터 상처를 받기는 마찬가지였다. 새미의 아버지는 딸과 아들을 낳은 아내를 버리고 어디론가 떠난다. 이후 엄마는 두 남자와 결혼했고 네 남자의 아이를 가졌다가 이 중에서 두명의 아이를 낳는다. 새미가 중학교에 다닐 때부터 엄마의 남자는 새미를 건드리기 시작한다. 결국 새미와 준호 남매는 가출하여 강마을에 이르게 된다. 흥미로운 것은 새미의 가출 이유가 "왜 자신을 세상에 나오게 했는지, 책임을 묻기 위해서" 즉 "아버지를 찾"기 위해서라는 것이다(162면). 강마을에 이르러 여산을 본 새미는 동생 준호에게 "준호야! 일어나봐. 아버지다. 아버지다. 아버지 왔다!"(163면)라고 말한다. 새미에게 강마을과 여산은 진짜 가족과 아버지에 해당한다고 말할 수 있다. 소희, 영필, 이령, 새미 남매를 통하여 핏줄과 법적 가족이 얼마나 폭력적이며 비인간적인 것인지가 분명하게 드러난다. 『위풍당당』은 가족을 강조하는 서사로 읽히기도 하지만, 실상 이 작품에서 강조하는 가족은 전통적인 가족과는 한참 거리가 먼 것이라 할 수 있다.

다음으로는 강마을을 공격하는 조폭들의 가족이 있다. 이 가족 역시 강마을의 가족이 지닌 성격을 분명하게 드러내는 역할을 한다. 조폭 두목 정묵은 "집을 가진 적이 없는 건 물론이고 결혼도 하지 않았"지만, 자신에게 '가족'이 있다고 생각한다(32면). 그에게는 자신과 "함께 다니는 아이들이 가족"(같은 곳)인 것이다. 정묵은 조직원들에게 '식구'라는 것을 강조하지만(77면), 정묵이 가족을 대하는 방식은 유능한 자본가가 노동자를 관리하는 것과 크게 다르지 않다. "조직의 건강성을 유지하려면 평균 능력에 미달하는 조직원은 도태시키거나 평균에 도달할 때까지 혹독하게 훈련을 시켜야 한다"는 신념을 가진 정묵이 이끄는 조직에서는 "강한 자만 살아남"는다(64면). 실제로 강마을 사람들에게 일방적으로 당하기만 하던 조폭들이 반격을 가하게 된 계기는 인간 돼지라고 할 수 있는 재두가 준호를 인질로 잡은 것을 통해서이다. 이것은 강마을 사람들이 준호를 살리기 위해 모든 것을 바치려 하는 모습과 선명하게 구별되면서 조폭들의 냉혹함을 잘 보여준다.

주먹 하나 믿고 열일곱살에 상경해 조폭생활에 뛰어든 정묵은 자기관리에 철저한 자본가의 모습을 보여준다. 정묵은 살아남기 위해 "자신만 남기고 다 버렸다"(132면)라고 생각할 정도로 자기관리에 철저하다. 하루도 쉬지 않고 운동을 하며, 칼질부터 시작해서 권투, 유도, 경호무술까지 "제대로 몸 쓰는 것"(같은 곳)을 빠짐없이 익혀나갔다. 정묵은 건달의 세계가 "재벌과 대기업보다 훨씬 더 심한 경쟁이 벌어지는 곳"(같은 곳)이며, "이제는 관리의 시대이고 사업의 시대이며 경영의 시대"(133면)라고 생각한다. 실제로 정묵이 식구라고 말한 아이들도 "돈이 있어야 움직일 수 있"(134면)다. 정묵이 조직의 우두머리 자리를 차지한 것에서도 드러나듯이, 그는 이러한 시대에 누구보다 앞장서서 적응해온 인물이다. 정묵은 여산과의 일대일 승부에서도 비열하게 전기충격기를 사용한다. 이때 "나는 프로다. 오로지 상대를 쳐서 이기면 된다. 승자의 수단과 방법은 언제나 옳다"(216면)라고 스스로에게 말한다. 자연의 먹이사슬을 떠올리며 정묵은 "누구의 잘잘못이 아니고 자연의 순리이다. 윤리가 있다면 각자 최선을 다하라는 것 정도이다"(같은 곳)라고 말한다. 이것이야말로 모든 가치에서 벗어나 오직 생존과 승리만을 최고의 윤리로 여기는 우리 시대의 정언명령에 해당한다고 말할 수 있다.

혈연이나 법적 가족으로부터 상처받은 이 강마을의 사람들은, 이 시대를 지배하는 냉혹한 자본의 논리로 무장한 조폭들과 싸우면서 자신들만의 고유한 가족을 완성하는 데 성공한다. 물론 싸움 이전에도 이들에게는 가족적 유대가 싹트고 있었다. 여산은 소희를 '어머이'라고 부르고(19면), 이령은 영필을 '아저씨'라고 부른다(104면). 특히 "새미는 여산에게 구원받고 이끌려 마을로 들어온 이후, 여산을 아버지로 여긴다. 이제까지처럼 이상한 아버지가 아니라 진짜 아버지"(200면)라고 생각하는 것이다. 그러나 아직 이 강마을 구성원은 서로에 대한 긴장과 어색함을 여전히 지니고 있다. 그러나 대결의 과정을 통해 이들은 "우리 식구"(174면)로 새롭게 태어난다. 영필과 소희 사이에는 "전과는 전혀 다른 유대감"(146면)이 생겨나며, 여산과 이령 사이에 악착같이 끼어들려고 해서 발생했던 새미와 이령 사이의 긴장은 대결의 과정을 통해 "화학적으로 완전히 해소"(200면)된다.

이러한 가족 만들기가 가장 극적으로 이루어지는 대목은 나이는 열여덟살이지만 정신 연령은 한 자리인 준호를 통해서이다. 준호는 청력에 문제가 있기에 "'아버지'라고 발음해본 적이 없"(194면)다. 준호는 가정과 학교 모두에서 제대로 된 배려를 받아본 적이 없다. 늘 "너는 잘하는 게 아무것도 없다. 너는 나가지도 말고 들어오지도 말아라. 내 친구, 친척, 가족 아닌 것처럼 떨어져 있어라"(196면)라는 말만 들으며 산 준호는 강마을에 와서 처음으로 "너 훌륭하다"(같은 곳)라는 말을 듣게 된다. 준호는 여산이 정묵과의 대결에서 전기충격기 공격으로 몸을 움직이지 못하자 '아우웅 부우우앙'이나 '우와앙 우와앙 우와앙!'과 같은 괴성을 지른다(217면). 아무도 이 소리의 의미를 알지 못하지만, 여산은 이 소리를 누군가가 '아부지 아부지 아부지'라고 부르는 것이라고 받아들인다(218면). "그건 태어나면서 한번도 아버지를 아버지로 불러본 적 없던 소년이 제 나름대로 아버지를 애타게 부르는 소리"(219면)인 동시에, "아버지라고 부를 자식이 없는"(218면) 여산이 처음으로 자식을 발견하는 소리라고 할 수 있다. 이 소리에 정신을 차리고 여산은 정묵에게 결정적인 공격을 가하게 된다. 이로써 강마을의 구성원들은 하나의 가족으로 완성된다.

『위풍당당』의 강마을은 혈연이나 법적 가족의 폭력성을 고발하면서, 가족으로 위장한 자본주의적 현실의 냉혹함을 동시에 고발한다고 할 수 있다. 강마을이 추구하는 가치는 혈연도, 효율도 아닌 구성원들 사이의 뜨거운 연대감이다. 이 가족은 서로를 믿고 사랑하며 어떠한 경우에도 삶을 공유하겠다는 의지가 가득한 '같이 사는 사람들'이다.[2] 조폭과의 싸움을 피하기 위해 새미를 마을에서 떠나보내는 것을 거부하는 모습에서 드러나듯이, 이 가족은 자신들의 안락을 위해 누군가를 배제하는 공동체의 그릇된 규칙 따위에는 아무런 관심이 없다.

예닐곱명의 사람으로 이루어진 이 강마을은 근대사회의 '아질(Asyl: 은신처, 피난처)'이라고 말할 수도 있다. 카라따니 코오진(柄谷行人)은 아질이라는 제도로 인해 고정된 지배관계에서 벗어날 수 있는 가능성이 발생한다고 보았다.[3] 카라따니 코오진은 평등을 초래하는 유동성, 즉 자유가

---

2 이것이 직접적으로 발화되는 대표적인 대목을 들면 다음과 같다.
"사람이 귀하다. 천상천하 유아독존이라, 마주 보이는 네가, 네가 가장 귀하다. 사람 많은 곳에서는 사람 귀한 줄 모른다. 사람들끼리 싸우고 상처를 입히고 죽인다. 몇명 안 사는 여기서는 그래서는 안된다. 무슨 일이 있어도 서로를 위해주고 서로를 보호해야 제가 산다. 잘산다. 짐승도 새끼 때는 이쁘다. 아무리 큰 세상도 줄여놓으면 이쁘다. 여기 세상 끝은 아득히 큰 세상의 축소판이다. 이쁘다. 이 이쁜 세상 지켜야 한다. 서로 믿어라. 내 몸처럼 사랑하여라. 서로가 서로를 지켜라. 지켜라. 오로지 그게 옳다. 지켜라."(59면)
"안 돼요! 풀어주면 우리가 다 죽어요!"
"할 수 없다. 하나 죽으나 다 죽으나 똑같다."
"형님, 아니 아저씨, 재가 무슨 식굽니까. 언제부터. 피 한방울 안 섞인 사이에."
여산은 걸음을 재촉하며 말한다.
"나도 예전에 그런 줄 알았니라. 그런데 꼭 그런 거 아니더라. 같이 살면 식구다." (203~204면)

3 "그것은 국가사회로의 이행과 함께 세계 각지에 생겼습니다. 고대 그리스에는 노예의 아질이 있었습니다. 그곳으로 도망가도 노예가 노예 신분에서 벗어나는 건 아닙니다. 다만, 주인을 바꿀 수가 있습니다. 노예가 거기로 도망치는 것은, 주인 입장에서는 치욕입니다. 그래서 노예의 처우가 개선되었습니다. 또한 노예의 해방으로 이어졌다는 얘기도 있습니다. 이처럼 '아질'은, 딱히 휴머니스트나 인권활동가가 만든 게 아닙니

중요하다고 보았다. 평등은 자유를 통해서 실현되는 것이 아니라면 의미가 없다고 보았던 것이다. 아질은 실제로 유동하지 않더라도 고정된 관계로부터 이탈하게 된다는 점에서 유동성을 보유하고 있다. 이 강마을의 가족은 자본=네이션=국가로 이루어진 근대를 넘어설 수 있는 하나의 상상적 아질이라고 할 수 있다.

그러나 지금의 근대 시스템은 결코 이러한 상상으로서의 아질조차 허용하지 않는다. 그것은 작품의 마지막에 등장하는 거대한 '기계군단'의 이미지를 통해 드러난다. 『위풍당당』의 마지막 부분에는 강마을에 "불도저와 포클레인 같은 중장비와 덤프트럭 수백대가 강변의 흙길을 따라 열을 지어 들어"오는 모습이 그려진다(210면). "강과 인간이 함께한 역사 수천년을 하루아침에 바꿔버릴 중장비의 장대한 행렬"(220면)은 반복적으로 군대의 이미지로 표상된다. 그것들은 "군대처럼 밀고 들어"오고(210면), 그 군대는 "생명을 닮은 것이라면 무엇이든 멸절시킬 준비가 되어 있는 죽음의 군대"이면서 "거대한 괴물 군대"(211면)인 동시에 "강의 모든 것을 때려 엎을 기계군단"(220면)인 것이다.

"저 대지를 할퀴고 긁어대는 괴물의 이빨 같은 소리를 없애야만 아버지를 찾는 아들의 소리를 들을 수 있을 것 같다"(같은 곳)라는 말에서 드러나듯이, 이 '기계군단'은 강마을 사람들이 힘겹게 완성한 가족을 파괴하는 힘이기도 하다. 그렇기에 여산이 '수백대의 기계부대'를 향해 "저 숭악하고 못생기고 개돼지만도 못한 불한당 또라이 쫄따구 빙신 쪼다 늑대 호랑말코들"(221면)이라고 표현하는 것도 무리가 아닌 것이다. 그 '기계군단'에 대한 강렬한 비판의 소리는 소희의 다음과 같은 말에도 잘 드러나 있다.

다. 이것도 억압된 유동성(호수성)의 회귀로 볼 수 있다고 생각합니다."(카라따니 코오진 『세계사의 구조를 읽는다』, 도서출판b 2014, 172면) 아질은 유동성이 '억압된 것의 회귀'로서 돌아온 것(같은 책 222~24면)이라고 할 수 있다.

저건 인간이 해서는 안되는 짓거리야. 저것들은 따로따로 있는 것처럼 보여도 한 덩어리의 엄청난 괴물이야. 뭐든지 집어삼키고 똥을 싸지르면서 지나가는 자리에는 뼈도 남지 않지. 얘들은 그렇게 느꼈어. 나도 그렇고. 이제 알겠어. (226면)

물론 강마을 사람들은 조폭에도 맞서 싸웠듯이, "우리는 싸운다, 이긴다. 그놈들 잘못, 가르쳐줌다. 자연 잘못 건드리면 어떻게 되는지 자연이 가르침다"(227면)라며 대결에의 의지를 다지지만, 그 강대한 힘과 맞서 싸우기에는 근대사회에 마지막으로 남은 상상적 아질이 지닌 힘은 너무도 위약해 보인다.

3. '증여의 의무'의 화현(化現)

『투명인간』(창비 2014)은 1960년대에 태어난 만수라는 인물을 중심으로 20세기에서 21세기로 이어지는 한국의 현대사를 담고 있는 작품이다. 만수는 물론이고 만수의 주변 사람들(만수의 아버지, 어머니, 형, 남동생, 누나들, 여동생, 선생님, 학교 친구, 직장 동료, 아내, 아들 등)이 초점화자로 등장하여 만수와 자신들의 삶에 대하여 이야기하는 서술구조로 되어 있다. 작가는 뛰어난 역량으로 산업화 시기 우리가 겪어온 삶의 구체적 풍경들을 매우 실감나게 제시한다. 그러나 이 작품의 초점은 시대현실보다도 만수라는 문제적 개인에게 놓여 있다고 판단된다.

『위풍당당』이 혈연 중심의 가족을 부정하고 사랑과 공동운명체로서의 가족을 강조했다면, 『투명인간』의 주인공 만수는 혈연 중심의 가족에 대한 맹목적인 애정을 보여준다. 이러한 애정은 점점 확대되어 나중에는 그것의 연장인 공동체를 위해 자신을 희생하는 모습으로까지 연결된다. 처음 그는 예외적 인물로서 반영웅적 특징을 보이지만, 나중에는 하나의 가치를 담지한 영웅적 인물로 상승한다. 만수가 진정한 영웅일 수 있는 이유는 가족(공동체)을 위한 희생을 진심으로 좋아서 한다는 점에 있다. 그는 계산이나 이익이 아닌 투명할 정도로 진정성 넘치는 마음으로 가족(공동체)에 헌신하는 인물이다. 만수에게는 좌이냐 우이냐 식의 이념도 들이대기 힘든데, "회사도 너도 나도 우리 모두 잘되는 쪽으로 좋아졌으면 하고 이러는 거야"(259면)라는 그의 말처럼, 그는 '우리'라는 큰 틀 안에서 모든 것을 사유하고 행동한다.

이러한 만수의 삶은 전통사회의 공동체에서 긍정적이라고 칭송받는 모습에 해당한다. 그러나 이는 단순하게 씨족공동체에 대한 노스탤직(nostalgic)한 회복에 그치는 것은 아니다. 그것은 만수에게 가장 큰 영향을 미친 할아버지를 통해서 확인할 수 있다. 머리는 나빠도 어른들의 말씀을 받들려고 애쓰는 아이였던 만수는 이러한 삶의 자세를 자신의 할아버지에게서 배운 것이다. 할아버지의 모습을 통하여 만수라는 인물에 구현된 공동체 지향성의 의미를 보다 분명하게 살펴볼 수 있다.

만석꾼의 아들로 태어나 경성제대 예과까지 다녔던 할아버지는 독립운동에 연루되어 집안을 거덜 내고 산골에서 살게 된다. 해방 이후에도 할아버지는 세상이 자신의 사상을 용납하지 않는 것임을 파악하고 산골에 계속 머문다. 할아버지는 만수에게 '염치'를 "평생의 문자로 숭상"하라고 가르친다(28면). 이때의 염치란 도둑질은 절대로 하면 안되고 "필요한 것을 남이 가지고 있으면 내가 가진 것과 바꾸어라. 돌려줄 것을 약속하고 빌려라"(같은 곳)라는 말 속에 압축되어 있다. 이것은 증여와 답례로 정리되는 호수성(互酬性)의 기본적인 원리가 수증(受贈)과 답례라는 방식으로 변형되어 나타난 것이라고 할 수 있다. 또한 할아버지는 나중에 유신헌법 찬성 투표를 강요하는 학교와 정부를 향해서 "총칼로 권력을 잡고 젊은 목숨들을 남의 나라 전쟁에 팔아먹은 걸로 부족해 이제는 추악하게 종신 권력을 탐해?"(136면)라고 하며 노여워하기도 한다. 이것은 근대 국민국가에 대한 분명한 부정의 의미를 내포한 것이라고 할 수 있다.

산골에 들어온 할아버지는 "누구나 평등하게 의견을 이야기하고 서로 다른 점을 이해하며 보완하는 게 짐승과 사람이 다른 점"이라는 생각으로 "동회며 규약을 만들"려고 한다(20면). 할아버지는 이것이 뜻대로 되지 않자 "가족 간이라도 늘 회의를 통해 뜻을 모은 뒤에 집안일을 처리"하자는 입장을 보여준다(같은 곳). 할아버지는 "내 아이들과 손자들, 그 아이들의 후손까지 모두 그렇게 자유롭고 자율적으로 하고 싶은 일을 하며 살 수 있도록 해주고 싶소"라는 입장을 자신의 아내에게 말한다(21면). 이것은 할아버지가 꿈꾸는 세상이 단순하게 자유를 보장받지 못한 채 호수성에 바탕을 둔 평등만이 강조되는 씨족사회적 공동체가 아님을 보여주는 것이다. 카라따니 코오진에 의하면 공동체의 호수성 원리에 바탕을 둔 교환양식A는 씨족사회에서 전형적으로 드러나는데, 씨족사회에는 개인의 자유가 존재하지 않는다.[4] 그러나 『투명인간』에서 할아버지는 개인의 자유와 존엄을 철저하게 보장해주어야 한다는 입장을 표방한다. 그것은 할아버지가 꿈꾸는 사회가 카라따니 코오진의 용어로 말하자면, 교환양식A의 고차원적 회복으로서의 새로운 교환양식D에 해당하는 것임을 보여준다.[5] 내셔널리

4 카라따니 코오진은 "씨족사회에는 평등성은 존재하지만, 유동사회에 존재했던 자유는 없습니다. 이곳에서 개인은 호수성에 의해 집단에 강하게 속박됩니다"(카라따니 코오진, 앞의 책 154면)라고 주장한다.

5 카라따니 코오진은 네가지 기본원리에 바탕을 둔 각각의 교환양식이 존재한다고 보았다. '증여-답례' 같은 사회부조적 공동체의 호수성 원리에 바탕을 둔 A, '약탈-재분배' 같은 국가의 신분적 지배와 보호의 원리에 바탕을 둔 B, 상품교환같이 개개인의 자유로운 합의에 기초한 화폐 소유자와 상품 소유자 간의 교환원리에 바탕을 둔 C, 마지막으로 호수성의 원리를 고차원에서 회복한 것으로서 새로운 원리에 바탕을 둔 D가 있다. 그리고 이러한 교환양식을 기본으로 한 네가지의 사회구성체가 존재한다고 보았다. 교환양식A, 교환양식B, 교환양식C가 지배적인 사회구성체는 각각 씨족사회, 국가

즘이 단순히 교환양식A의 노스탤직한 회복이라고 할 수 있는 데 비해, 할아버지가 추구하는 공동체는 전통사회의 단순한 회복 이상의 의미를 담지하고 있는 것이다. 그것은 할아버지가 남긴 유서에서도 뚜렷하게 나타난다. “나는 유물론자다”(162면)로 시작되는 이 유서에는 자신의 벗들이 백색테러에 어이없게 목숨을 잃었으며, “제국주의와 자본주의의 악랄한 이빨과 발톱에 백수를 잃었다”(163면)라는 내용이 포함되어 있다. 이것은 할아버지가 추구한 공동체가 씨족 차원의 호수성을 추구하는 교환양식A의 단순한 회복과는 거리가 먼 것임을 보여주는 분명한 증거이다.

만수는 가족들에게 자신의 모든 것을 쏟아붓는다. 심지어 군복무를 하면서도 그는 동생들과 시골에 사는 가족을 위해서 자신의 시간과 돈을 아낌없이 증여한다. 제대 이후에 만수는 하루 다섯시간 이상도 자지 못하면서 야근과 휴일근무를 자청하고, 퇴근 후에는 세차장 아르바이트를 하면서 동생들을 뒷바라지한다. 회사 동료의 말처럼, “만수는 자신의 시간과 노력이 동생들, 제가 사랑하는 가족에게 투입되는 것을 조금도 아까워하지 않”(236면)는 사람인 것이다.

이러한 순수증여의 삶은 가족이라는 경계를 넘어선 범위에서도 작동한다. 그는 관리직이면서도 “관리직보다는 생산직, 그것도 나이가 있는 현장의 조장, 반장 같은 고참들하고 형, 동생 하며 친하게 지”(221면)낸다. 경

사회, 산업자본주의 사회라고 말할 수 있다. 역사상 존재했던 모든 사회구성체는 이 네 가지 교환양식이 서로 접합되어 나타나며, 다만 이 중에 어떤 것이 지배적인 교환양식이 되는가에 따라 각 사회의 차이가 발생한다고 보았다. 지금의 근대 자본제 사회에서는 교환양식C가 지배적이며, 근대 세계시스템은 자본=네이션=국가라는 접합체로 파악되고 있다. 카라따니 코오진은 자본=네이션=국가 체제를 넘어선 사회를 설정하고 이를 교환양식D가 지배적인 사회구성체라고 보았다. 교환양식D는 교환양식A의 고차원적 회복이다. 이것은 교환양식D가 교환양식A의 단순한 회복이 아니고 오히려 A의 부정이라는 것을 의미한다. (카라따니 코오진 『세계사의 구조』, 조영일 옮김, 도서출판b 2012, 31~71면; 카라따니 코오진 인터뷰 『가능성의 중심』, 인디고 연구소 기획, 궁리 2015, 66~71면)

우에 따라서는 가족의 이익을 침해하면서까지 직장을 잃은 동료 노동자들의 처지를 고려해주기도 한다. 심지어는 공장을 지키다가 손해배상 소송으로 인해 거액의 빚을 지게 되지만, 그것마저도 순순히 감당하는 초인적인 모습까지 보여준다.[6] 오직 자기만을 생각하는 매제 강철원과의 문답을 보면 만수가 추구하는 것이 가족을 넘어선 윤리라는 것이 분명하게 드러난다.

> "형님, 도대체 원하는 게 뭡니까? 이렇게 제 식구 개고생 시켜가면서 남 좋은 일 하는 거요? 형님은 좋아서 한다고 하고 우리는 뭡니까? 우리 새끼들은 또 뭐고요? 지금 이건 아니잖아요. 말이 안되잖습니까?"
>
> "어, 그래도 우리는 못 먹고 못 입는 거 아니잖아. 잘살지는 못해도. 정말 우리 아니면 굶어 죽을 사람 생각도 해야지."
>
> "그걸 왜 우리가 책임져야 해요? 그 사람들이 우리 가족이에요? 부모 형제라도 되느냐고요?" (292면)

가족과 공동체를 위해 희생하는 만수와는 정반대의 삶을 보여주는 이는 만수의 매제인 강철원과 동생 석수이다. 강철원은 오직 철저한 계산과 욕망에 기초해 외형상으로만 공동체를 위해 헌신하는 인물이다. 어릴 때부터 "개당귀 같은 독종"(72면)으로 불린 석수는 자신이 경쟁을 통해 세상을 호령하는 자리에 오르는 과정에 뒤따르는 만수의 희생을 너무도 당연하게 생각한다. 석수는 "형이 세차를 하든 공장의 부속품이 되든 남의 뒤를 닦아주든 상관없었다. 형에게 타고난 노예근성이 있다는 건 고마운 일이었다"(218면)라고 생각하는 것이다. 석수는 군대도 피하고 경력도 쌓기

---

6 이러한 짐을 만수는 기꺼이 받아들이는데, 이러한 모습은 「황만근은 이렇게 말했다」 『인간의 힘』 『지금 행복해』와 같은 작가의 이전 작품에 등장하는 디오니소스적 방외인들의 모습과 연결된다고 볼 수 있다.

위해 공활을 하다가 기관의 손발 노릇을 한다. 석수는 군대에서 고문을 당하고 프락치 노릇을 하며 '자기만을 위한 삶'을 살겠다고 다짐한다.

> 가족, 공동체, 사회, 국가, 세대, 세상이 망하든 말든 영원히 지속될 씨스템 속에 들어가 씨스템의 일원이 될 것이다. 법과 권력, 자본이 그런 것이면 거기에 들어가겠다. 계급과 이념을 가리지 않고 내게 유리한 것, 나의 평안과 힘과 항상성을 지켜주는 편을 택하겠다. 카오스의 법칙, 엔트로피의 법칙이 그런 것이라면 나는 물리법칙이 되겠다. 씨스템을 훼손하려는 불순한 세력, 끊임없이 준동하는 벌레와 바이러스는 나의 적이다. 그것이 가족이라 하더라도. (245면)

석수의 '자기만을 위한 삶'은 기존 시스템에 대한 무조건적 순응을 의미하는 것이기도 하다. 작가는 이 두 인물에게 가장 끔직한 삶을 제공하는데, 강철원은 가족들에게 버림받고 "사기, 불륜, 도박, 알코올중독" (332면)에 빠진 인격파탄자로 귀결되며, 그토록 출세를 지향하던 석수는 작품의 후반부에 행방불명되는 것으로 처리된다. 성석제의 『투명인간』에서 만수는 '증여의 의무'만 가진 인간이라고 할 수 있으며, 작가는 그를 우리 시대의 성자로 바라본다.

4. 단순한 회복이냐? 고차원적 회복이냐?

『위풍당당』의 강마을 가족이나 『투명인간』의 만수는 어찌 보면 규제적 이념의 공간적 혹은 인간적 번역에 해당한다고 말할 수도 있다.[7] 이들은

---

7 규제적 이념이란 마치 유토피아와 같이 현실에서는 실현될 수 없지만 이를 바탕으

현실에 존재한다고 보기에는 그 유토피아적 성격이 너무도 강렬하기 때문이다. 조금 거창하게 말하자면, 성석제가 『위풍당당』과 『투명인간』에서 말하고자 하는 것은 카라따니 코오진이 말한 교환양식C를 넘어선 성석제식 교환양식D에 해당하는 사회이자 인간형이라고 할 수 있다.

두 작품 모두 개인주의와는 구별되는 공동체에 대한 헌신을 기본적으로 실천하는 사람들 이야기이다. 강마을 사람들이나 만수는 모두 '증여의 의무'를 절대적인 가치로 생각한다고 말할 수 있다. 특히 『투명인간』에서 만수가 보여주는 것은 답례를 전제하는 호수(互酬)적인 증여를 넘어선 순수증여로 보이기까지 한다. 카라따니 코오진은 교환양식A에 앞서 유동적인 수렵채집민이 가지고 있는 공동기탁이 있었다고 본다. 이 단계에서는 자유와 평등이 자동적으로 이루어진다. 그러나 정주화가 진행되자 축적이 생겨나면서 빈부의 차가 생겨날 가능성이 발생하고, 수장의 권력도 커지게 된다. 그것을 억제하는 시스템이 호수성이고, 이것에 바탕을 둔 것이 교환양식A이다. 이것은 유동적인 수렵채집민의 공동기탁과는 달리 증여의 의무 같은, 규칙에 의한 강제를 수반한다. 씨족사회는 증여의 의무에 의해 불평등화, 권력의 집중화를 저지하고자 하는 것이다. 카라따니 코오진은 교환양식A가 교환양식C를 경유한 뒤 교환양식D로 고차원적으로 회귀한다고 보았다.[8]

이러한 세계사의 구조에 따를 경우, 발표 순서와는 반대로 『위풍당당』이 『투명인간』의 뒤에 오는 작품이라고 할 수 있다. 앞에서도 살펴본 바와 같이 『위풍당당』의 강마을 가족은 혈연으로서의 가족과 단절한 사람들로 이루어진 공동체이기 때문이다. 혈연과 무관하다는 것은 강마을 가족을 더욱 단단하게 묶어주는 힘이 된다. 소희는 새미와의 관계를 생각하

로 현실을 비판할 근거가 되는 이념을 말한다. (카라따니 코오진 인터뷰, 앞의 책 9면)

8 카라따니 코오진 『세계사의 구조를 읽는다』, 도서출판b 2014, 205~206면 참조.

며, "진짜 혈육이라면 견디지 못했을 것이다. 하지만 두사람 사이에 아무런 혈연이 없고, 서로를 돌봐주는 것이 집착이나 의무, 조건에 따르는 것이 아닌 자발적인 것이어서 상처를 크게 입지 않"(19면)았다고 이야기한다. 이 말 속에는 자발성과 유동성이 살아 숨쉬는 공동체로서의 강마을이 지닌 성격이 잘 나타나 있다. 자발성과 유동성이야말로 강마을 가족이 지닌 끈끈한 유대감의 진보적 의의를 보장하는 것이라고 할 수 있다.

카라따니 코오진은 프루동(P. Proudhon)과 막스 슈티르너(Max Stirner)의 말을 인용하여 "공동체와 한번 절연된 개인(칸트의 언어로 말하면, 세계시민)에 의해서만 진정한 우애나 자유로운 어소시에이션이 가능"[9]하다고 주장한다. 카라따니 코오진 스스로도 교환양식D가 철학으로 나타났다고 보는 이소노미아(isonomia) 원리가 이오니아 지역에서 탄생할 수 있었던 중요한 이유를 "이오니아는 씨족공동체를 한번 나간 사람들이 만든 어소시에이션"[10]이라는 것에서 찾고 있다. 공동체와의 절연이 자유(유동성)를 가져왔고, 그것이 결과적으로 평등을 초래하게 된 것이다.

공동체와 절연된 새로운 삶의 양식을 『위풍당당』의 강마을 가족은 선명하게 보여준다. 『투명인간』에서도 만수에게 가장 큰 영향을 준 할아버지를 통해 자유를 보장하는 공동체의 성격이 뚜렷하게 부각된다. 그러나 만수에게 영향을 준 사람으로는 할아버지 외에도 아버지가 있었다. 지식인 아버지로 인해 집안이 산산조각 나는 것을 지켜봤던 만수의 아버지는 공부나 관념과는 담을 쌓은 채, 오직 가족을 먹여 살리는 것만을 지고의 가치로 여겼다. "식구는 너의 분신이고 너의 뿌리이고 울타리이다. 식구를 살리고 부양하는 것은 너희를 살리고 부양하는 것이다"(34면)라는 말 속에는 만수 아버지의 삶이 고스란히 담겨 있다. 이 말은 투명인간이 된

9 같은 책 340면.
10 같은 책 164면.

만수에 의해 다시 한번 반복될 정도로, 만수에게는 중요한 가치가 된다. 앞에서 살펴본 것처럼, 만수는 공장 노동자들과의 관계를 통하여 가족 차원에만 머물지 않는 순수증여의 모습을 보여준다. 그러나 만수의 그 순수증여는 다음의 인용문에서처럼 결국 혈연 중심의 가족으로 수렴된다고 볼 수 있다.

—가족, 가족, 가족…… 왜 그렇게 가족에게 집착을 하는가. 혹시 아직 한 인간으로 자립하지 못한 건가? 어릴 때부터 가족지상주의에 세뇌가 되었거나.

—단지 가족이라서가 아니라 정말 훌륭하고 고귀한 사람들이기 때문에 저절로 좋아하고 존경하게 된 거다. 태어나면서부터, 타고나기를 그랬던 것 같다. 그들은 나의 뿌리이고 울타리이고 자랑이다. 나는 그들이 정말 좋다. 지금도 그렇다. 눈을 감으면 언제든 복숭아꽃 살구꽃이 환하게 핀 고향의 집에서 어머니가 나오기를 기다리며 마당에 서 있는 게 보인다. 형님은 하모니카로 「클레멘타인」을 불고 아버지는 가마니를 짜고 새끼를 꼬고 있다. 어서 와, 어서 와. 누나들은 산나물이 담긴 바구니를 옆에 끼고 나를 향해 손짓한다. 할아버지의 글 읽는 소리. 할머니의 다정한 말소리. 동생들이 달려나온다. 석수다. 옥희다. 나는 마주 달려간다. 부엌에서 달그락달그락 소리가 난다. 햇볕이 따뜻하다. 소가 운다. 밥 짓는 연기가 피어오른다. 내 아들 태석이가 까르르 웃는 소리가 들린다. 앞치마를 한 아내가 손을 닦으며 나를 바라다보고 있다. 보고 싶은 사람들이 모두 모였다. 사랑하는 사람들이 거기 다 있다. 보인다. 지금 같은 순간이 있어서 나는 행복하다. 내가 목숨을 다해 사랑하는 사람들이 나를 부르는 소리, 기쁨이 내 영혼을 가득 채우며 차오른다. 모든 것을 함께 나누는 느낌, 개인의 벽을 넘어 존재가 뒤섞이고 서로의 가장 깊은 곳까지 다다를 수 있을 것 같다. 이게 진짜 나다. (365~66면)

길게 인용한 이 글에서 가족을 향한 만수의 형언할 수 없는 그리움과 애정을 느낄 수 있다. 가족에 집착하는 이유가 무엇이냐는 물음에, 투명인간이 된 만수는 "단지 가족이라서가 아니라 정말 훌륭하고 고귀한 사람들이기 때문에 저절로 좋아하고 존경하게 된 거다"라고 대답한다. 그러나 만수가 '정말 훌륭하고 고귀한 사람들'이라고 말한 가족에는 그와 피를 나눈 모든 가족이 포함된다. 거기에는 '증여의 의무'와는 가장 먼 거리에 있는 석수 역시 포함되어 있다. 반대로 "사랑하는 사람들이 거기 다 있다"라고 함으로써 사랑하는 사람의 범위 안에 가족 이외의 사람들은 결코 포함되지 못한다. 그렇다면 만수에게 '정말 훌륭하고 고귀한 사람들'은 가족만 해당된다고 말할 수도 있을 것이다. 인용 마지막의 "이게 진짜 나다"라는 말 속에 개인의 자유(유동성)가 존재할 자리는 없다. 만수는 오직 혈연 중심의 가족을 통해서만 자신의 정체성과 의미를 찾을 수 있는 사람인 것이다. 만수의 모습에는 교환양식A의 고차원적 회복으로서의 교환양식D가 아닌 교환양식A에 대한 강박적 회복만이 드러나 있다고 볼 수 있다. 투명인간이 된 만수의 모습 속에는 자본=네이션=국가라는 접합체로서의 근대사회가 가진 모순점이 투명하게 드러나 있지만, 동시에 가족이라는 혈연집단에 매몰된 만수의 정치적 한계도 고스란히 담겨 있다고 볼 수 있다.

아버지, 아버지, 그리고 아버지

◆

김영하

1. 고아 3부작

김영하(金英夏)의 『너의 목소리가 들려』(문학동네 2012)는 『검은 꽃』(문학동네 2003)과 『퀴즈쇼』(문학동네 2007)에 이어지는 고아 3부작의 마지막 작품이다. 여기서 고아란 아버지의 부재를 의미하며, 이때의 아버지는 여러가지 사회적 의미를 지닌다. 아버지는 상징적인 차원에서 세계의 의미 담보자라고 할 수 있다. 세계의 질서를 제정하고 모든 의미를 확정하는 최종심급에 해당하는 존재이다. 모든 사회집단은 법과 질서의 입법자이자 준엄한 집행자로서의 의미를 지니는 고유한 아버지를 지니게 마련이다. 신이나 하늘이라는 이름을 가진 경우도 있고, 절대정신이나 역사를 관통하는 법칙으로 불리는 경우도 있으며, 왕이나 예언자라는 인격적인 형태를 취하는 경우도 있다.

고아 3부작의 주인공들은 고아라는 이유로 세계의 의미 담보자로서의 아버지와는 무관한 자들로 보이기도 한다. 그러나 이는 피상적인 접근에 불과하다. 『검은 꽃』의 주인공 이정은 고아일 뿐만 아니라, 자기가 나고 자란 나라를 떠나 만리타국으로 떠난다. 이러한 이주는 당연히 이전에 속한 사회의 가치나 행동규범으로부터 벗어나는 것을 의미한다. 이때 이정은 그야말로 부권적 권력과는 거리가 먼 인물로 보인다. 그러나 간난신고를 겪은 후에 이정은 국가 건설의 욕망에 들리고, 끝내는 그 꿈을 이루기 위해 자기 목숨까지 바친다. 이정은 아버지의 대표적인 형태라고 할 수 있는 국가에 자신의 욕망은 물론이고 목숨까지 완전히 장악된 상태였던 것이다.

『퀴즈쇼』의 민수 역시 아버지로부터 자유로운 인물로 보인다. 어린 시절부터 외할머니의 손에서 자란 민수는 아버지가 누구인지도 모르는 사생아이다. 심지어 민수는 어머니가 어디 있는지도 알지 못한다. 그러나 무의식의 차원에서 민수는 완벽하게 오이디푸스화된 존재임이 드러난다. 그것은 할머니의 죽음 이후 민수가 꾼 꿈을 통해 직접적으로 드러나고 있다.

> 꿈에서 그녀는 엄숙한 목소리로 말했다.
>
> "I'm your father!"
>
> 꿈에서조차 그건 말도 안된다고 생각했기 때문에 (혹시 "I'm your mother"라면 몰라도!) 나는 주저 없이 외쳤다.
>
> "Nooo!"
>
> 그러자 최 여사는 광선검을 들어 거침없이 내 팔을 잘랐다. (43면)

이 꿈속에서 민수에게 감당할 수 없는 빚을 남기고 떠난 외할머니는 자신을 '파더(father)'라고 선언하며, 남근의 대체물이 분명한 민수의 팔을 잘라버린다. 민수는 아버지에 의해 거세된 존재인 것이다. 이 꿈 이후에 "믿게 될 거야. 그리고 믿어야 돼. 왜냐하면 그게 현실이니까. 지금껏 자네는 현실에 눈을 감고 살아왔을 거야"(47면)라는 곰보빵 할아버지의 말은 이 꿈이 민수의 심리적 실재임을 보여준다.

민수가 일하던 편의점 가게에 설치된 폐쇄회로 카메라는 "인터넷을 통해 점주의 집에 있는 컴퓨터로 연결"(107면)되어 있어 민수의 일거수일투족이 완벽하게 감시받고 있었는데, 이는 민수가 온전한 주체로서 자신의 행위를 선택하고 판단하며 살아가는 존재라고 할 수 없음을 보여준다. 사회 전체가 거대한 아버지가 되어 완벽한 거세를 수행하고 있기 때문이다. 작품의 곳곳에 등장하는 "선택은 피곤한 것"(68면) "누가, 점쟁이 같은 누군가가, 너의 인생은 이거야, 그러니 여기로 가,라고 말해줬으면 싶었다"(193면) 등의 말은 민수가 자신의 판단과 의지로 살아가는 자립적 존재가 아님을 시사한다. 민수에게는 자립적 존재로 살기 위해 필수적으로 요구되는 최소한의 자율성마저 용납되지 않는다. 민수의 세대가 지금의 현실에서 벗어나 다른 세상을 꿈꾼다는 것은 불가능하다. '회사'라는 정체불명의 별세계를 다녀온 후, 반복해서 발화되는 민수의 "세상 어디에도 도망갈 곳은 없다는 거. 인간은 변하지 않고 문제는 반복되고 세상은 똑같다는 거야. 거긴 정말 이상한 곳이었는데, 처음에만 그랬을 뿐, 적응하고 나니 하나도 다른 게 없었어"(426면)라는 깨달음은 그러한 사정을 잘 보여준다. 이는 민수의 세대에게 유일한 피난처이자 탈주선이었던 가상현실마저 거대한 아버지의 논리에서 조금도 벗어나지 못하는 곳임을 말해준다.[1]

2. 오토바이로 거리에 글씨 쓰기

김영하의 고아 3부작 중에서 『검은 꽃』과 『퀴즈쇼』가 고아라는 주인공의 상징적 위치와는 무관하게 철저히 아버지에 종속된 모습을 보여주었

1 졸저 『단독성의 박물관』, 문학동네 2009, 387~88면 참조.

다면, 최근 발표된 『너의 목소리가 들려』[2]는 부권적 권력에 대한 강렬한 저항의 목소리가 뜨겁게 울린다.

이 작품은 십대 청소년들이 지금 이 사회를 향해 내지르는 절규로 가득하다. 제이가 대학로에서 만난 비보이는 “학교 안 다니는 십대는 인간도 아니야. 대한민국에 계급이 있다면 우리가 제일 밑바닥이야. 밟으면 그냥 밟히는 거야”(86면)라고 말한다. 이 작품의 화자인 동규는 가출하여 “가난한 십대는 외국인 불법체류자와 비슷한 급의 천민”(164면)이라는 사실을 깨닫는다. 이러한 십대들의 불만은 무엇보다 서로를 향한 가혹한 폭력으로 나타난다. 십대들은 서로가 서로에게 ‘사냥꾼’이 되어 가혹한 폭력을 행사한다(89면). 가출한 아이들은 술, 담배, 집단 난교, 매춘, 폭력 등으로 가득한 “인간의 세계가 아니라 날것 그대로의 야생”(98면)을 살아간다. 소설의 2장은 이러한 아이들의 생태를 보고서식으로 형상화하는 데 바쳐지고 있다. 그 보고서에는 “난장을 까는 십대들, 야생에 가까운 무절제한 폭력과 섹스, 학대받는 소녀와 그애의 돈으로 살아가는 아이들”(272면)로 가득하다. 제이를 가득 채우는 핵심적인 감정은 ‘분노’이다(74면). 보육시설의 독방에서도 제이는 ‘분노’를 느꼈지만, 폭주족들 앞에서 그는 우리가 느끼는 것은 ‘분노’라고 말한다(162면).

서울의 한복판을 가로지르는 오토바이들의 대폭주는 십대들이 느낀 분노를 표현하는 유일한 방법이다. 그것은 기존 시스템에 대한 교란이며, 그

---

2 『너의 목소리가 들려』는 액자소설 형식을 취하고 있다. 보통의 소설이 외화가 먼저 나오고 내화가 등장하는 것과 달리, 이 작품은 내화가 먼저 나오고 외화가 등장한다는 특징이 있다. 외화는 실제 작가인 김영하와 동일시될 수 있는 인물이 제이의 이야기를 쓰게 된 과정을 말하고 있다. 이 외화는 왜 필요했던 것일까? 기성세대의 역할에 대해서 말하고자 하는 의도는 아니었을까? 기성세대가 분노로 가득한 젊은 세대들에게 함부로 혹은 어설프게 개입해서는 안된다는 의미를 이 외화는 담고 있는 것으로 보인다. 옆에서 지켜보아야 한다는 것, 그리고 조용히 그것을 기록해야 한다는 것이 바로 외화가 전달하고자 하는 메시지라고 할 수 있다.

들만의 선명한 의사 표현이다. 제이는 "폭주는 우리가 화가 나 있다는 걸 알리는 거"라고, "우리는 말을 못하니까. 말은 어른들 거니까. 하면 자기들이 이기는 거니까 자꾸 우리보고 대화를 하자고 하는 거야"라고 말한다(163면). "난 이해받고 싶은 게 아니야. 열 받게 하려는 거지"(같은 곳)라는 말처럼, 제이를 포함한 폭주족들은 불처럼 타오르는 분노의 감정으로 가득하다.

제이가 등장하기 전에도 삼일절 대폭주와 광복절 대폭주가 있었다. 그러나 제이는 이전의 퍼레이드 수준의 대폭주와는 비교할 수 없는 광복절 대폭주를 기획한다. 여기에는 차폭들은 물론이고 이십대에 들어선 왕년의 폭주족들까지 합세한다. 할리우드 영화의 자동차 추격 씬을 연상시키는 대폭주는 20여 페이지의 분량으로 실감나게 묘사된다.

제이는 폭주를 통해 "세상이라는 도화지에 수천대의 오토바이로 그림을 그린다고 생각"(244면)한다. 그에게 "폭주는 하나의 미적 체험"(166면)에 가까운 것이다. 그것은 "도시의 거리에 굵고 힘찬 붓질을 하는 것"(같은 곳)과 같은 것이다. 그렇다면 오토바이 폭주를 통해 제이가 표출하고자 하는 내용은 말할 것도 없이 부권적인 것에 대한 분노이다. 이러한 폭주를 통해 낮의 세계에서 '왕'인 경찰을 밤의 세계에서는 '호구'로 만들어버린다(162면).

『너의 목소리가 들려』에서 제이가 표출하고자 하는 분노의 대상은 박승태라는 폭주족 전문 검거 경찰관에 의해 어느정도 윤곽이 그려진다. 게이인 박승태는 자신이 이전의 경찰과는 다르다고 생각하는 '진짜 경찰'이다. 박승태는 십대 남자아이들에게 끌리는데, "그가 정말 사랑한 것은 십대 아이들과의 관계 그 자체보다 그들에게 힘을 행사하는 자신의 말"(185면)이다. 박승태는 "고등학교 학생주임처럼"(186면) 행동하며 자신의 권력욕을 만족시킨다. 박승태는 "합법적 폭력의 정신의 일부이기를 거부하는 목소리"(200면)를 가지고 있으며, "자기가 가진 매력으로 타인을 움직이고 싶"(201면)어하지만, "흡혈귀라고 믿고 있는 좀비"(203면)일 뿐이다.

제이는 대폭주 중에 끝내 성수대교 아래로 추락해 죽고 만다. 이 순간 제이는 "아주 오래 떠나 있을지도 모른다는 것, 어디에도 깃들지 못한 채 내내 떠돌지도 모른다는 것, 그리하여 완전히 새로운 존재로 변모하게 되리라는 예감"(233면)이 들고, 이후 폭주족 수백명은 "제이가 승천하는 장면"(234면)을 보았다고 말한다. 심지어는 그들을 단속했던 박승태마저 "제이가 올라가는 거요. 하늘로요."(253면)라고 증언한다. 이처럼 제이의 죽음은 예수의 부활에 맞먹는 사건으로 그려진다.[3] 제이가 전달하고자 한 메시지는 결코 사라지지 않을 것임이 여기서 강하게 암시된다.

제이를 비롯한 십대들이 보이는 이 격렬한 분노는 어디에서 기원하는 것일까? 그것은 말할 것도 없이 그들을 극단으로 몰아넣은 기존 사회의 시스템에서 비롯한 것이다. 그 시스템의 비정함과 문제점은 제이의 삶을 통해 선명하게 드러난다. 제이는 두번이나 버림받은 존재이다. 1992년 10월 28일 고속버스터미널의 화장실에서는 "아직 귓가에 솜털이 보송한 소녀"(13면)가 혼자 아이를 낳는다. 그 소녀는 바로 그 아이를 죽이려 했지만 사람들이 화장실로 들이닥치는 바람에 그 아이는 살아난다. 그 아이가 바로 이 소설의 주인공인 제이이다. 제이는 곧바로 버스터미널 화훼상가의 구멍가게에서 일하는 돼지엄마에게 건네졌고, 돼지엄마는 이후 룸살롱의 식당에서 일한다. 돼지엄마는 외환위기 직후의 어려운 상황에서 여러 식당을 전전하며 점차 폐인이 되어간다. 돼지엄마는 마약중독자인 젊은 남자와 동거를 시작하고, 재개발이 시작된 동네에 제이는 혼자 남겨진

3 예수(Jesus)를 연상시키는 이름을 가진 제이(J)는 여러 면에서 예수와 비교된다. 제이가 태어난 고속터미널 화장실은 21세기판 말구유라고 할 수 있을 것이다. 그리고 제이가 결정적인 초능력을 갖게 된 보육시설에서의 독방 체험은 예수의 광야 체험에 비견된다. 요컨대 제이는 이 사회의 가장 밑바닥에서 출생해 이 세상을 구원하려다가 목숨을 던진 사람인 것이다. 두번이나 제이를 배신한 동규는 자살함으로써, 끝내 예수를 고발하고 비참한 종말을 맞은 유다의 삶을 스스로 완성한다.

다. 결국 제이는 동규의 신고로 보육시설에 인계된다. 이처럼 제이는 두번 이나 버림받았던 것이다.

설령 부모가 있더라도 그들은 아무런 긍정적 역할을 하지 못한다. 동규의 엄마와 삼촌은 불륜을 저지르고, 동규의 부모는 이혼을 한다. 이후 동규의 아버지는 두명의 아이가 딸린 여자와 재혼한다. 새엄마는 동규를 끔찍하게 불신하고, 결국 집에 도둑이 든 것을 계기로 동규는 가출하고, 동규의 반복되는 가출 끝에 "마누라가 자기 동생하고 놀아나는 것도 모르던"(145면) 아버지는 "이런 시대에 가장이 할 수 있는 일은 오직 포기뿐이다"(150면)라는 깨달음을 얻는다. 제이의 여자친구 목란의 아버지는 세번이나 결혼하고도 정부 없이는 못 사는 남자이다. 목란은 그의 두번째 부인의 딸이다.

부모에게서 버림받은 아이들은 이제 자신을 버린 부모를 향하여 광란의 질주를 시작한다. 이러한 광란의 질주는 제이라는 탁월한 리더가 있기에 가능하다. 제이의 가장 큰 능력은 교감하는 능력이다. 이 작품은 제이의 교감하는 능력이 점점 커진다는 측면에서 본다면 일종의 성장소설이라고 할 수도 있다. 이때의 성장은 일반적인 성장소설에서처럼 기존의 사회규범을 익혀 입사(入社)하는 과정을 의미하는 것이 아니라 독특한 능력을 체득하는 과정이다.

제이의 초능력은 타고난 것이지만 점차 강력해진다. 제이는 스스로를 "고통을 감지하는 센서"(133면)라고 느낀다. 교감의 범위는 소꿉동무인 동규에게서 시작해 동물을 거쳐 사물에까지 이른다.[4] 제이는 거리에서 일

4 제이가 머물던 보육시설 뒤에는 개사육장이 있었다. 공기총에 고막이 뚫려 짖지도 못하는 개들을 보며, 제이는 사육장에 갇힌 그 개들에게 강렬한 연민을 느낀다. 제이는 동물과의 교감이 남달랐다. 어느날 사육장에 불이 나자 제이는 결사적으로 개들을 구하고자 나선다. 사육장이 엉망이 되자 여러 사람들이 나타나 올가미로 개를 잡았는데, 제이는 그 사람들이 타고 온 트럭의 타이어를 모두 찢어버린다. 제이는 원장실로 끌려가 "개도 영혼이 있어. 영혼이 있다고!"(70면)라고 절규한다. 그러면서 "죄, 잘못, 인간,

년을 보내며 "자기 몸에서 자라나기 시작한 강력한 힘을 느꼈다. 보육원의 독방에서부터 시작된 정신적 변화가 점점 형체를 갖추어가고 있었"(117면)다. 무엇이든 그 자신에 합당하지 않은 고통을 겪는 존재를 만나면, 제이도 그 고통을 느낀다. 이러한 제이의 교감능력은 다음의 인용문에서 알 수 있듯, 자본주의 자체를 근원적인 지점에서 부정하는 의미까지 지닌 것으로 볼 수 있다.

> 아메리칸 인디언들은 나무를 베기 전에 나무에게 용서를 구했대. 그들은 나무가 사라진다는 것이 뭘 의미하는지를 알았던 거야. 나무에게 용서를 구함으로써 그들은 나무의 부재를 받아들일 수 있게 돼. 평생 보던 나무를 베어 없앤다는 것은 자기 마음의 일부를 잘라버리는 것과 같아. 그들에겐 화폐가 없었어. 사물과 그들은 직접적으로 맺어져 있었어. 돈을 받고 일을 한다는 의식이 너의 참인식을 가로막았고 그 때문에 너는 큐브를 느낄 수 없었을 거야. (139면)

결국 자본주의의 근본원리인 화폐를 매개로 한 교환이 모든 것들을 분열시켜서 사람들에게서 교감의 능력을 빼앗아간 것이다. 그것은 나무와 같은 자연도 마찬가지이다. 따라서 세상 만물을 향한 교감능력은 자본주의적 교환원리를 벗어난 지점에서 가능하게 된다. 제이는 물건의 소유에 대한 개념도 남다르다. "자신은 물건과 직접 교감을 나누는 존재이므로 물건의 뜻을 존중하기만 한다면 잠시 가져다 쓰는 것은 아무 문제가 되지 않는다"(141면)라고 생각하는 것이다.

동물. 이런 식으로 모든 것을 구분"하는 것은 잘못이고(72면), '고통을 외면하는 것'이야말로 모든 죄악의 시작이며 가장 나쁜 일이라고 강변한다(73면). 제이는 보육시설에서 일주일간 독방에 갇히는 체험을 하고, 이를 통해 동물은 물론이고 스쿠터와 같은 기계의 내면까지 꿰뚫어보게 된다.

3. 아버지로부터 벗어났는가?

이처럼 『너의 목소리가 들려』는 똑같은 고아를 내세웠으면서도 『검은 꽃』이나 『퀴즈쇼』의 오이디푸스 구조와는 다른 모습을 보여준다. 『검은 꽃』이나 『퀴즈쇼』가 결국에는 철저히 아버지의 질서에 종속되는 모습을 보여주었다면, 『너의 목소리가 들려』는 아버지의 질서에 철저하게 저항하는 모습을 보여주고 있는 것이다. 그러나 여기서 놓치지 말아야 할 점은 "부권제 이데올로기가 모든 악의 근원이다"라는 명제를 선언하는 사람은, 그렇게 함으로써 부권제 이데올로기를 선포하게 된다는 역설이다.

예컨대 제이가 이끄는 대폭주란 결국 완벽하게 정비된 도로를 전제로 해야만 가능하다. 폭주는 질서 잡힌 도로를 엉망으로 만든다는 점에서 의미를 찾을 수 있을 뿐이지, 결코 새로운 것을 창조하지는 못한다. 그들이 분노를 표출할 때마다 그 분노의 대상인 아버지가 자연스럽게 호출되는 것이다. 이러한 호출을 통해 아이러니하게도 '아버지=시스템'은 자신의 모습을 드러내게 되고, 결국 아이들을 빈틈없이 지배하게 된다. '아버지가 나에게 그것을 금지했기에' 혹은 '아버지가 나를 분노케 만들었기에'라는 말을 하는 한, 아이들은 아버지로부터 결코 벗어날 수 없다. 대타자와의 반(反)동일시는 결국 대타자에 의해 모든 것이 규정된다는 점에서, 동일시와 마찬가지로 대타자로부터 한발짝도 벗어나지 못하는 것이다.

다음 문제는 '아버지=시스템'에 저항하는 전선의 맨 앞에 선 제이의 성격이다. 그는 이 작품을 통해 계속해서 변모하며, 끝내는 자신이 또다른 '아버지'가 된다. 제이는 처음부터 아버지가 되기에 충분한 능력을 지니고 있었다. 프레이저(J. Frazer)의 『황금가지』에서는 한 시대의 왕이란 사람들의 대표로서 목소리를 듣는 자라고 규정하고 있다. 그러한 왕은 앞장서서 사람들을 연결하는 회로가 된다. 목소리를 들을 수 있는 자, 그가 바로 예언자이자 왕인 것이다. 제이의 교감하는 능력은 왕이 되기에 충분한 자질이다.

제이는 서사가 진행될수록 점차 그토록 부정하던 '아버지'가 되어간다. 이러한 모습은 어린 시절부터 친구이자 이 작품의 화자인 '나', 즉 동규의 시선을 통해 그려진다. 동규와 제이는 어린 시절 다세대주택에 함께 살았다. 동규는 세살 이후 함구증에 걸려서 말을 하지 못한다는 이유로 하루 종일 집에만 틀어박혀 지낸다. 이때 동규와 함께 있어준 유일한 사람이 바로 제이이다. 제이는 동규의 "마음속에서 굳어가는 말, 입 밖으로 뛰쳐 나가지 못한 채 종유석처럼 굳어가는 그 무엇을" 즉각 알아차린다(33면). 제이는 유년 시절 동규에게 "내 욕망의 수신자가 아니라 통역자"(34면)였던 것이다. 제이의 능력이 커져갈수록 동규는 제이와 거리감을 느낀다. 동규는 "함구증의 시절에 제이는 내 욕망의 통역자"(131면)였지만 지금은 자신의 내면을 읽으려 하지 않고, 점차 제이가 자신감과 오만에 빠져든다고 느낀다. 동규는 나중에 "우리는 완벽한 타인이 되어가고 있었다"(150면)라고 단언할 정도이다. 동규는 어느 순간부터 "제이의 죽음을 상상"하고, 나아가 바라기까지 한다(171면).

제이는 폭주족들의 우두머리가 되고, 거리의 아이들에게 일종의 메시아로 군림한다. "아이들은 제이가 자기들의 고통에 공감하는 존재라고 느꼈고, 그의 기이한 생활태도에 외경심"을 품었던 것이다(141면). 여러 여자를 건드리며 "대장 수컷으로 행동"(169면)하는 제이는 폭주족들 사이에서 왕의 삶을 산다. 집필을 위해 만난 박 경위마저 "일종의 과대망상에 빠져 있던 제이를 제자리로 돌려놓을 필요가 있다"(250면)라고 생각할 정도인 것이다. 기성질서에 대한 분노로 펄펄 끓어오르고, 그러한 분노를 표출하는 방법을 모르고 있던 십대들의 전위에 선 제이는, 결국 스스로가 그토록 부정하던 '아버지=시스템'이 되어가고 있음을 확인할 수 있다.

소통과 공감의 사제(司祭)

김연수

1. 역사소설 이후의 역사소설

김연수(金衍洙)는 21세기 초반의 한국소설을 대표하는 작가 중의 한명이다. 정밀한 구성, 박학한 교양, 감각적인 묘사, 역사에 대한 관심만으로도 그는 지금 한국소설을 대표하기에 모자람이 없다. 김연수의 최근 장편소설 『네가 누구든 얼마나 외롭든』(문학동네 2007) 『밤은 노래한다』(문학과지성사 2008) 『원더보이』(문학동네 2012)는 모두 역사소설의 외양을 지니고 있다. 이들 작품은 근대 역사소설들처럼 꼼꼼한 사료 취재에 기초하고 문학적 상상력을 동원하여 역사적 실재에 다가서고자 하지는 않는다. 근대의 역사소설가가 역사적 사실 안에 존재하는 이야기를 '발견'하는 데 비해, 김연수는 역사적 사실의 경계에서 이야기를 '발명'한다. 김연수에게 역사란 분명한 사실로 주어진 것이 아니라 추리해서 맞추어나가야 할 대상이다. 김연수의 소설에서 역사의 의미를 찾는 과정은 개인이 기억의 의미를 찾는 과정과 함께 진행된다.

주지하다시피 대문자 역사와 같은 거대담론은 실체가 아니라 하나의 구성물에 불과함이 드러났다. 그 거대한 거울이 깨지고 이야기의 귀환이 시작되었다. 김연수에게 해체는 모든 것을 무의미하게 만드는 것이 아니라 모든 것을 의미있게 만들기 위한 시도에 가깝다. 이러한 문제의식은 『원더보이』에서 재진 아저씨가 출판한 '지금도 말할 수 없다'라는 제목의 책을 통하여 드러난다. 전쟁 당시 피해자 유가족의 육성을 담은 증언집인 이 책은 "말할 수 없는 것이라 말할 수 없다고 하는 말을 듣고 가감 없이 말할 수 없는 것이라 말할 수 없다는 말만을 출판한 것일 뿐"(220면)인데, 당국자는 "말하지 못하는 것이 있다고 말하는 것 자체가 이적 표현에 해당한다는 취지의 말"(221면)을 하여 등록 취소를 한다. 그렇다면 '말하지 못하는 것이 있다고 말하는 것'은 역사에 덕지덕지 붙어 있는 이념적 때를 벗겨내는 정치적 의미를 지니는 것이 된다.

최근 김연수가 쓴 장편소설들은 작가 자신이 온몸으로 직접 살아왔던 시기를 배경으로 삼고 있다. 『네가 누구든 얼마나 외롭든』이 1980년대 후반에서 1990년대 초기까지를 소설화했다면, 『원더보이』[1]는 1984년 교통사고로 아버지를 잃고 초능력이 생긴 열다섯살 소년의 눈을 통하여 뜨거웠던 1980년대를 되돌아보는 소설이다. 이러한 점은 여러가지 의미를 지니는 것으로 판단된다. 첫번째로 이는 자신의 뿌리에 해당하는 지난 시절을 돌아보고자 하는 인식적 욕망과 맞닿아 있는 것으로 이해할 수 있다. 두번째로 이는 미래의 새로운 가능성을 보유한 원천으로서 과거를 새롭게 조명하는 것으로 이해하는 것이 가능하다. 마지막 세번째로 이는 프레드릭 제임슨(Fredric Jameson)이 포스트모던적인 삶의 조건이자 미학적 조건이라고 말한 향수와 연관된 것으로 이해할 수 있다. 제임슨은 향수를 "내적 모순들을 통하여 우리 자신의 현재 경험을 재현하는 것이 점점 불

1 이 작품은 본래 2008년 봄부터 계간 청소년잡지 『풋』에 연재되기 시작했다. 하지만 두 차례 펑크를 내다가 2009년 여름에 결국 연재가 중단되었고, 그로부터 3년 만에 단행본으로 나왔다. 이 작품에는 완전히 체화된 '김연수다운 것'이 그대로 드러나 있다.

가능하게 되어가는 어떤 상황의 거대함을 드러내는 것"[2]이라고 주장한다. 이 중에서 김연수의 소설은 크게 첫번째와 두번째 의미와 관련하여 과거가 호출된 것으로 보인다. 『원더보이』에서는 그중에서도 새로운 가능성을 보유한 원천으로서의 의미가 더욱 두드러진다. 이 작품의 마지막은 다음과 같은 비장한 결의로 끝난다.

> 그리고 1987년 여름이 되자, 베드로의 집에서 국영수를 가르치던 형들이 우리에게 말했다. 이제 우리가 살아갈 세상은 완전히 다를 거라고. 다시는 예전으로 돌아가지 못할 거라고. 만약 누군가 그런 짓을 하려고 든다면, 우리가 가만히 있지 않을 것이라고. 뭐라도 할 것이라고. 절대로 가만히 있지 않을 거라고. 우린 혼자가 아니라고. (319면)

그런데 이 대목은 단순하게 1980년대가 반복되지 않을 거라는 의미로 이해할 수만은 없다. 이것은 퇴행적 노스탤지어와는 구분되는 것으로 다가올 미래를 제시하는 대목으로 볼 수도 있기 때문이다. 희선의 소개로 정훈은 집이 없는 소년들의 공동체인 '베드로의 집'에서 생활하기 위해 그곳을 방문한다. 그러나 강제철거로 인해 '베드로의 집'은 이미 융단폭격을 맞은 듯 폐허가 되어 있다. 희선은 신부님께 "실제로 우리는 보지 못해요. TV에서도, 신문에서도 그 일은 전혀 보도되지 않으니까요"(285면)라거나 "행복은 이토록 훤히 드러나는데, 고통은 꼭꼭 감춰져 있어요"(286면)라고 말한다. 결코 돌아가지 않을 '예전'에는 단순하게 1980년대의 폭압적인 정치적 상황뿐만 아니라 '베드로의 집'의 철거 경험도 포함되어 있다. 그것은 힘없는 자들의 고통과 그 고통마저 드러나지 않게 하는

2 프레드릭 제임슨 「포스트모더니즘—후기자본주의 문화논리」, 정정호·강내희 엮음 『포스트모더니즘론』, 문화과학사 1996, 163면.

억압의 근본구조에 대한 문제의식과 연결된다고 할 수 있다. 이것은 바로 지금의 문제이기도 한 것이다.

2. 지금은 연애중입니다

단행본 『밤은 노래한다』는 2004년에 『파라21』에 연재되었다가 4년 만에 단행본으로 묶인 작품이다. 연재본과 단행본 사이의 시간적 거리가 보여주듯이, 두 작품 사이에는 적지 않은 차이가 존재한다. 이러한 차이는 최근 김연수 소설세계가 보여주고 있는 많은 변화를 알려준다. 연재본 『밤은 노래한다』는 진실 혹은 사실에 대한 맹렬한 탐색과 그것의 불가능성에 대한 절규로 가득하다. 이것은 사실, 진실, 원본의 존재 가능성을 애타게 찾아 헤매던 초기 김연수 소설의 한 완결이라고 할 수 있다. 이에 비해 단행본 『밤은 노래한다』는 그러한 불가능성의 시대에 가능한 삶의 방식에 더욱 초점을 맞추고 있다. 물론 역사적 진실에 대한 천착은 단행본에서도 물질적인 증거와 함께 선명하게 드러난다. 그것은 『밤은 노래한다』의 해설을 문학평론가가 아닌 민생단 연구로 박사학위를 받은 역사학자가 썼다는 점에서 찾을 수 있다. 이것이야말로 역사적 진실의 천착에 대한 분명한 사후 승인을 받고자 하는 작가의 욕망이 거의 맨얼굴로 드러난 것이라고 할 수 있다.

연재본 『밤은 노래한다』는 민생단 사건[3]을 중심으로 1930년대 항일무

3 민생단 사건은 진실의 파악 (불)가능성과 이데올로기적 환상의 문제점을 드러내기에 적당한 역사적 소재이다. 민생단원으로 지목받는 것이 사형선고나 다름없던 상황에서, 그 지목을 받은 사람이 민생단원이라는 낙인에서 벗어날 수 있는 방법은 없었다. 당원들은 민생단을 객관적으로 보지 못하고, 지젝이 '현실을 바라보는 프레임'이라 부른 환상(fantasy)을 통해서만 바라보기 때문이다. 민생단은 간도의 소비에트가 자신을 보위하는 것이 불가능하며 당은 무오류의 절대적 존재가 아니라는 사실을 은폐

장독립군 문제를 다루고 있다. 언어학적 전환(linguistic turn)[4]의 시대에 김연수의 『밤은 노래한다』는 진실에 대한 열망으로 가득하다. 그러한 갈망과 그것을 추구하는 과정 자체가 작품의 서사가 되고 있다. 이 작품에서 김연수는 바디우(A. Badiou)가 말한 '실재에의 열정'(passion du réel), 즉 실재를 탐구하기 위해서 현실의 의미망을 넘어서려는 열정에 들려 있다고 해도 과언이 아니다. 『밤은 노래한다』에 나타난 정치적 행위는 세계의 실상에 도달하기 위해서 자신과 상징계의 구조마저 파괴하려는 행위라고 볼 수 있다. 『밤은 노래한다』의 서사는 엘리트로 편안한 생활을 할 수 있는 만철 직원 김해연이 진실을 알고 싶다는 열망으로 두차례에 걸친 의외의 행위를 함으로써 진행된다.[5]

추리소설적 구성을 취하고 있는 이 작품에서 진실과 거짓의 경계는 아주 모호하다. 그러나 여타의 추리소설과 다른 것은, 의문에 대한 해명이 끝내 이루어지지 않는다는 점이다. 작품의 서사를 추동하는 근본적인 의

하는 하나의 허구적 형상이다. 특히 민생단원이 아닌 박도만이 민생단원으로 몰려 죽으면서 외치는 "위대한 무산계급 만세. 위대한 세계혁명 만세. 위대한 공산주의 만세"(220면)라는 말은 이데올로기의 힘을 실감나게 보여준다. 이것은 대의의 결벽성을 위해 자신의 결벽성을 포기하는 것이라 할 수 있다. 이러한 박도만의 모습은 1937년 스딸린에게 숙청당한 부하린이나 1953년 북한 법정에 선 임화(林和)의 모습을 떠올리게 한다. 부하린은 사형당하기 전에 위대한 소련공산당을 위해서 죽는 것은 억울하지 않지만 스딸린이 정말로 자신이 죄가 있다고 믿는 것은 걱정이라는 내용의 편지를 스딸린에게 썼다. 임화는 법정에서 오래전부터 미제 스파이 노릇을 했다고 순순히 인정했다.

4 21세기에 들어와 창작된 역사소설들은 대부분 역사소설이라는 명칭이 어울리지 않을 만큼 역사적 진실을 괄호 친 상태에서 인간의 보편적 진실을 찾거나 과거를 유희화했다. 이는 언어학적 전환을 거치며 진리란 존재하지 않고 모든 것은 담론 효과일 뿐이라는 포스트모던적인 인식이 널리 퍼진 결과이다. 역사는 과거 실재의 모사가 아니라 지시 대상이 사라진 기호체계이자 담론적 구성물에 불과하다는 새로운 패러다임이 등장한 것이다.

5 첫번째는 경성으로 돌아가 조선총독부에 취직하는 것을 그만두고 유격구로 향한 것이고, 두번째는 어랑촌 유격구가 토벌대의 공격을 받았을 때 목숨을 걸고 그 현장에 끝까지 남은 것이다. 두번의 행위 모두 진실을 알고자 하는 욕망 때문에 이루어진다.

문인 '박길룡이 민생단인지 아닌지' '정희가 진정으로 사랑한 사람이 누구인지' 등은 끝내 알려지지 않는다. 오히려 서사가 진행될수록 그러한 불투명함과 의문은 더욱더 증폭되는 경향을 보인다. 이정희가 자살 직전 쪽지에 쓴 "당신만을 사랑해요. 미안해요. 지금 당장 피하세요."(『파라21』 2004년 봄호 177면)라는 짧은 문장의 '당신'이 누구인지는 마지막까지 밝혀지지 않는 것이다.[6]

단행본에서의 가장 큰 변화는 작품의 시작과 결말 부분의 변화를 들 수 있다.[7] 연재본의 시작 부분에는 불가지론과 그럼에도 포기할 수 없는 진실에 대한 열망을 드러내는 서술자의 목소리가 거의 절규에 가깝게 표출되어 있었는데, 단행본에서는 이 부분이 사라졌다. 단행본의 마지막 부분에는 연재본에는 없던 이정희의 편지가 삽입되어 있다. 김해연이 엘리트 코스를 버리고 유격대에 가서 온갖 험한 일을 겪는 이유는 정희에 대해서 알고 싶다는 욕망, 정희의 편지에 담긴 의문을 풀고 싶었기 때문이다. 마지막 부분에 새롭게 첨가된 편지는 이에 대한 의문을 풀어준다.

> 그걸 알겠어요. 이미 너무 늦었지만. 그러기에 말했잖아요. 지금까지 내게는 아무런 일도 일어나지 않았다고. 지금까지. 그러니까 당신과 그렇게

6 연재본의 마지막은 이정희가 남긴 쪽지에 대한 무한대의 해석 가능성을 남겨놓는다. 김해연은 이정희가 자신을 살리기 위해 어서 빨리 피하라는 메시지를 남긴 것으로 그 쪽지를 받아들인다. 최도식은 이정희가 단지 이념 때문에 김해연을 살리려 한 것이며 실제로는 자신을 사랑했다고 말한다. 그러자 김해연은 최도식이 나카지마의 지시로 이정희를 죽인 뒤 자살로 위장했다는 박길룡의 말을 전한다. 이 말을 들은 최도식은 박길룡에 대해 "그자는 미치광이요"(『파라21』 2004년 겨울호 182면)라고 자신 있게 말한다. 이처럼 그 쪽지의 의미는 끝내 사라져버린다. 이에 김해연이 "누구도 내가 듣고 싶어하는 말은 해주지 않소. 뭐가 진실인지 모르겠소. 사람들은 진실을 보는 게 아니라 보는 게 진실이라는 생각하는 듯하오."(같은 책 182~83면)라고 절규하는 것으로 작품은 끝난다.

7 다른 변화로는 서술자가 직접 개입하는 부분이 많이 줄었다는 것이고, 박도만의 비중이 커진 점이다. 박도만과 김해연의 대화가 크게 확장된 것 등은 그 구체적 예이다.

앉아서 이야기를 시작하기 전까지. 그때, 이 세상은 막 태어났고, 송어들처럼 힘이 넘치는 평안 속으로 나는 막 들어가고 있다고. 사랑이라는 게 우리가 함께 봄의 언덕에 나란히 앉아 있을 수 있는 것이라면, 죽음이라는 건 이제 더이상 그렇게 할 수 없다는 뜻이겠네요. 그런 뜻일 뿐이겠네요. (324~25면)

이 편지에 의해 '세계의 실상에 도달하기 위해서 자신과 상징계의 구조마저 파괴하려는 행위'가 단행본에서는 사랑으로 구체화된다. 이 편지에서 사랑은 공산주의 운동, 나아가 한 존재의 삶 전부와 맞먹을 만큼의 무게를 지닌다. 이러한 단행본의 마지막 대목은 김연수가 지금 사랑에 얼마나 중요한 가치를 부여하는지 여실하게 보여준다.

김연수는 타자의 외부성을 충분히 사유하면서도, 외부를 향해 말을 걸며 계속해서 나아간다. 그에게 사랑은 "개입하려는 의도를 지닌 여러가지 행동들과 말과 감정들"[8]이다. 최근 그의 다른 소설들에서도 사랑에 대한 선명한 가치 부여를 읽을 수 있다. 『네가 누구든 얼마나 외롭든』에서 정민의 이야기를 들은 '나'는 "나의 결론은 그에게도 사랑하는 사람이 있었다면 모든 게 달라졌으리라는 것이었다. 사랑은 입술이고 라디오고 거대한 책이므로. 사랑을 통해 세상의 모든 것들이 내게 말을 건네므로"(94면)라고 생각한다. 『원더보이』에서 김정훈은 여러가지 일을 겪으며 "믿음과 소망과 사랑의 이야기가 우리를 계속 살아가게 만든다는 사실"을 깨닫고, "믿는 것과 소망하는 것과 사랑하는 것, 그중에서도 사랑하는 것을 빼앗으면 인간으로서의 삶은 그 순간 끝난다"라는 말의 의미도 이해하게 된다(177면). 여기에도 '사랑'은 곧 '생명'이라는 확고한 인식이 나타나 있다. 김연수에게는 사랑이야말로 인간을 존재하게 하며, 인간과 세상을 재탄

8 김훈·김연수·신수정 좌담 「문학은 배교자의 편이다」, 『문학동네』 2009년 겨울호 72면.

생시킬 수 있는 거대한 축복이다.

3. 우주는 힘이 세다

최근 김연수의 소설은 계급이나 민족과 같은 근대의 거대담론이 종말을 고한 상황을 기본 배경으로 삼고 있다. 『네가 누구든 얼마나 외롭든』에는 대타자의 붕괴라는 상황에 맞서 자신을 확립하는 과정이 잘 나타나 있다. 1991년 "반석이라고 믿었던 모든 것들이 한낱 환상에 불과하다는 사실"(123면)을 깨달은 '나'는 방황을 하다가 "자기 자신이 되어라"(124면)라는 문구를 발견하고 간신히 자신을 추스른다. 이후 '나'는 "내게 조국은 하나입니다, 선생님. 나 자신이죠"(167면)라고 말하게 된다. 『네가 누구든 얼마나 외롭든』에서 '나 자신이 되어라'라는 명제는 하나의 정언명령이다.[9]

그러나 이렇게 개인의 자율성만을 강조할 경우, 인간은 자신의 정체성과 존재의 의미를 어떻게 획득할 수 있을까? 김연수는 이야기라는 끈으로 연결된 거대한 우주를 새로운 총체성의 매트릭스로 제시한다. 『네가 누구든 얼마나 외롭든』은 처음 '나'의 이야기에 집중하다가 후반부로 갈수록 모든 등장인물이 하나로 연결되어 있음을 보여준다. '나'의 할아버지, 레이의 할아버지, 이길용의 할아버지와 아버지, 정민의 삼촌 등은 하나의 그물망 속에 놓여 있었음이 드러나는 것이다.[10] 그리고 세상은 하나로 연결됨으로써 "삼등급의 별이라고 할지라도 서로 연결될 수 있는 한, 사자도,

---

9 졸저 『끝에서 바라본 문학의 미래』, 실천문학사 2012, 143면 참조.

10 이 소설의 곳곳에는 세상이 연결되어 있다는 인식이 강박적으로 드러난다. "우리는 이 세계의 모든 것들과 아름답게, 이토록 아름답게 연결되므로"(94면) "세계는 기묘한 방식으로 서로 연결돼 있었다"(296면) "처음부터 우리가 모두 연결돼 있다는 사실을 깨닫게 됐다"(338면) "그게 누구든, 나는 연결되고 싶었어"(68면)라는 어구는 그 대표적인 경우이다.

처녀도, 목동도 될 수 있"(113면)는 것처럼, 비로소 의미를 획득하게 된다. 이때 하나의 이야기(개인)에는 거대한 우주가 깃들어 있다. 우주는 모든 것을 포용하며 우주 속에 있는 모든 것은 서로 연결된다. 우주라는 거대한 총체성의 매트릭스라는 관념은 『원더보이』에서 더욱 강화된다.

『원더보이』에 따르면 우주라는 거대한 무한을 통해서 우리는 존재의 의미를 충분히 인정받을 수 있으며, 이때 우리에게는 불가능한 일 역시 사라진다. 이를테면 우주에는 1 뒤에 22개의 0이 따라붙은 갯수의 별들이 존재하고, 1초에 하나씩 그 별들을 헤아리면 317조년 이상이 걸린다. 그 별빛을 나눠서 쪼일 수 있었다면, 42년을 살았던 아빠는 평생 초당 7조개 이상의 별빛을 받으면서 살았던 셈이 된다. "그렇다면 그건 정말 대단한 1초"였을 것이며, "그렇게 대단한 1초라는 걸 알았더라면 아빠는 울지도 않"고 "소주를 마시지도 않았을 거고, 약병을 들고 죽겠다고 아들에게 소리치지도 않았을" 것이다(41면). 이런 식으로 모든 존재는 빛나는 의미를 지니게 된다. 또한 "우주가 무한에 가깝다면, 일어날 가능성이 있는 일은 반드시 일어난다. 지금 여기에서 일어나지 않은 일들이 다른 우주에서는 반드시 일어난다"(122면)라는 말이 성립하기도 한다. 만약 우리의 밤이 어둡다면, 그 까닭은 137억년밖에 살지 않은 "우리의 우주가 아직은 젊고 여전히 성장하고 있기 때문"(314면)이다.

『원더보이』의 세계는 기본적으로 양자역학의 세계이다. 아버지는 "고양이의 생사를 결정하는 것은 당신의 관찰이다"(121면)라는 말을 한다. 양자역학에서 객관적 관찰이란 불가능하기에 이러한 명제가 성립될 수도 있다. 당파적인 주관성과 가치중립적인 객관성은 상호 모순적이지만 서로가 서로를 규정하는 상보관계에 있기 때문에 주체를 배제한 객관이란 성립할 수 없는 것이다.[11] 이러한 세계를 이해할 때에만 김정훈이 말하는

11 김기봉 『역사들이 속삭인다』, 프로네시스 2009, 123~25면.

다음과 같은 말을 이해할 수 있다.

> 이 우주에서 일어나지 않은 일들, 어떻게 해도 할 수 없었던 일들, 불가능한 일들을 나는 계속 생각할 것이다. 왜냐하면 나는 양자론의 세계에서 살고 있으니까. 계속, 나는 쉬지 않고 생각할 것이다. 다른 우주에 사는 나를 위해서. 다른 우주에서는 여전히 시장에서 과일을 팔고 있을 아빠를 위해서. 또다른 우주에서는, 어쩌면 거기서는 우리와 함께 살고 있을 엄마를 위해서. 그 가능성을 위해서. (122~23면)

그런 세계에서는 정훈의 가장 절실한 소망인 죽은 엄마와의 만남도 실제로 가능해진다. 정훈은 아버지가 살아 있을 때 소원 말하기 놀이를 자주 했는데, 그때마다 "엄마하고 아빠하고 다 같이 손잡고"(25면) 서울대공원에 가서 돌고래쇼 보기라고 말한다. 이 소원은 무려 네번이나 반복해서 등장한다.[12] "모든 것들은 그렇게 지나갈 뿐이다. 그럼에도 지워지지 않는 얼굴이 있"(153면)는데, 그것은 바로 엄마의 얼굴이다. 나이가 들어서도 정훈의 소원에는 "엄마를 찾으리라! 엄마를 만나리라! 단 한번만이라도 엄마라고 불러보리라!"(189면)가 반드시 포함된다. 정훈에게는 온 인류의 머리를 총동원해도 풀 수 없는 가장 큰 문제가 "엄마는 누구냐는 질문"(242면)이다. 그리고 이 질문은 "나는 왜 이 세상에 태어났는가?"(같은 곳)라는 질문과도 맞닿아 있다.

정훈은 엄마 찾기를 포기하지 않는다. 아버지가 남긴 수첩을 통해 밀렵이 계기가 되어 아버지와 엄마가 만났다는 사실을 알게 된다. 나아가 정

12 작품에서는 상징적인 방식으로나마 이 소원이 이루어진다. 마지막 장 제목이 '서울대공원의 돌고래쇼'로서, 정훈은 희선, 재진과 함께 서울대공원 돌고래쇼를 보러 간다. "비록 나의 엄마와 아빠는 아니었지만, 그해 1월에 결혼한 두 사람은 곧 엄마와 아빠가 될 것이었다"(319면)라고 말한다.

훈은 국제조류보호협회에 편지를 보내서 엄마가 이전에 북으로 간 엄마의 아버지에게 쓴 편지까지 얻는다. 그 편지를 통해 새를 연구하는 엄마의 아버지와 소통하기 위해 엄마와 아빠가 철새의 발목에 가락지를 부착해 날려보냈음을 알게 된다. 그날 밤 정훈은 '꿈의 가장자리'에서 엄마를 만나 "모든 건 너의 선택이라는 걸 잊지 말아라"(300면)라는 말을 듣는다. 우주적 차원에서 사고하는 한, 정훈의 어떠한 선택도 결국 이루어질 것임은 분명하다.

4. 다 함께 울어라!

누구나 동의하듯이 소통과 공감의 문제에 김연수만큼 집요하게 매달린 작가도 드물다. 최근의 작품만 생각해보아도 아버지의 모습을 추적한 「달로 간 코미디언」, 언어의 한계를 뛰어넘어 소통의 가능성을 시험한 「케이케이의 이름을 불러봤어」, 한국말에 서툰 인도인이 하는 한국어와 영어에 서툰 한국인이 하는 영어로 이루어지는 대화를 들려주는 「모두에게 복된 새해: 레이먼드 카버에게」 등을 들 수 있다. 시간이 지날수록 소통과 공감에 대한 작가의 관심은 더욱 강렬해져, 『원더보이』에서는 소통과 공감의 초능력자가 주인공으로까지 등장한다. 『원더보이』의 정훈이 원더보이인 이유는 그에게 타인의 마음을 읽고 타인의 고통을 느끼는 초능력이 있기 때문이다.[13]

『원더보이』에서 김연수의 작가관을 살짝 엿볼 수 있는 대목이 나오는

---

13 엄마가 자신을 낳다 죽어 아버지와 단둘이 사는 정훈은 과일 행상을 하는 아버지의 트럭을 타고 귀가하다 교통사고를 당한다. 이 사고로 아버지는 죽고, 정훈은 다른 사람의 마음을 읽고, 그 고통에 공감할 수 있는 능력이 생긴다. 이러한 초능력 때문에 정훈은 재능개발연구소로 끌려가고, 사람들이 고문당할 때 하는 생각들을 억지로 읽게 된다.

데, 이것 역시 소통이나 교감과 관련된다. 희선은 정훈에게 “너는 작가가 될 거”(223면)라며 “네게는 고통받는 이들의 삶과 완벽하게 공감하는 능력이 있으니 이미 절반은 작가나 마찬가지지. 하지만 그보다 더 중요한 건 독자들에게 자신이 보고 듣고 맛보고 경험한 것들을 그대로 전할 수 있는 재능이야. 넌 그걸 가지고 있어”(224면)라고 말한다. 희선의 말을 통해 작가란 타인의 고통에 공감하며 그것을 독자들에게 전달하는 능력이 탁월한 사람이라는 김연수의 생각을 알 수 있다.

1980년대 독재권력의 하수인인 권 대령이 정훈에게 가장 많이 하는 말은 ‘웃어라’이다. 권 대령은 기회가 될 때마다 “웃으면 이제 세상이 군과 함께 웃겠지만, 울면 군 혼자 울 것”(28면)이라며, “다 함께 웃든지, 아니면 혼자서 울든지”(29면) 선택하라고 말한다. 그러나 원더보이 정훈은 자신의 모험을 통해 이러한 권 대령의 말이 완전한 거짓임을 깨닫는다. 희선의 고통스러운 과거를 알고서 “두개의 슬픔이 합쳐졌으니, 고통받아야 마땅했지만 그 순간 나는 위로받았다”(159면)라고 표현하는 것에서 알 수 있듯이, 희선의 슬픔이 전해진 순간 김정훈은 위로받는다. 정훈은 진정한 삶이란 ‘울어라’라는 명령의 실천에 있음을, 그리고 그러한 울음 속에서 새로운 연대와 위안의 가능성이 생김을 온몸으로 증언한다.

나아가 『원더보이』에서는 “만약 우리가 다른 사람의 고통을 고스란히 느낄 수 있었다면, 어떤 국가나 권력도 개인을 억압할 수 없었을 거예요. 타인의 고통을 공포보다 더 강하게 느껴야 한다는 건 그런 뜻이에요. 지금과 다른 국가를 원한다면 우리는 타인의 고통을 자기 것처럼 여겨야만 해요”(191면)라는 희선의 말처럼, 타인의 고통에 공감하는 것은 국가나 권력을 변화시킬 유력한 수단으로까지 의미 부여가 된다.

정훈은 타인의 마음을 읽고 타인의 고통을 느끼는 초능력이 생기지만 그것은 곧 없어진다. 초능력이 사라진 이유는 그 둔감한 권 대령도 눈치챘듯이 바로 희선을 ‘사랑’했기 때문이다(209면). 이것은 진정한 사랑이 타인을 신과 같은 미지의 영역으로 놓았을 때에만 가능하다는 인식에서 비롯된 것이다. "다른 사람의 생각을 읽을 수 있다는 것과 그 생각을 이해한다는 것은 다른 문제"(147면)이며, "이해란 누군가를 대신해서 그들에 대해서 이야기하는 것, 그리고 그 이야기를 통해서 다시 그들을 사랑하는 것"(164면)이라면, 독심술 따위로 타자를 이해한다는 것은 불가능하다. 진정한 소통은 상대방을 나와는 다른 온전한 타자로 받아들일 때 비로소 가능한 것이다.

5. 남는 문제들

『원더보이』의 상당 부분은 1980년대의 폭력적이고 억압적인 상황으로 채워져 있다. 교통사고로 사망한 아버지는 하루아침에 흉악한 남파간첩의 차량을 향해 돌진한 반공투사로 변모한다. 한 기사에는 정훈이 사망 판정을 받았지만, '대통령 각하 내외분'을 비롯한 각계각층 국민들의 기원에 힘입어 십분 만에 소생했다는 내용이 실리기도 한다(9면). 권 대령이 무고한 사람들을 취조하는 고문실의 풍경, 무공 아저씨가 유언비어 유포죄로 당하는 고초, 재진 아저씨가 어이없는 이유로 해직기자가 된 것, 무엇보다 희선의 약혼자가 심한 고문을 당하고 해안에서 변사체로 발견된 것은 이 시대의 폭력성을 증언하기에 모자람이 없다.

그럼에도 이 작품에서 역사와 현실은 그 실감이 자꾸만 엷어진다. 청와대에 초청된 정훈이 권 대령의 연출로 휠체어에서 벌떡 일어나는 순간 권 대령이 "이것이야말로 옥체의 건강한 기운이 이 병든 아이를 일으켜세운 것이 아니겠습니까!"(50면)라고 말하는 대목 등은 그 당시의 권위주의적인 상황을 떠올리기보다는 코믹한 느낌을 자아낸다. 김정훈이 '송년 특집 원더보이 대행진'에 출연했을 때 만난 자전거 아저씨의 삶이 다루어지는 방식도 비슷하다. 너무나 가난해서 사랑하는 연인과 헤어져야 했던 아저씨는 그 가난 때문에 십여년을 일하고 월급으로 받은 자전거를 씹어 먹는 묘기를 연출한다. 또한 권력의 최말단에서 안테나 역할을 하는 이만기와 쌍둥이들이 만화적이며 인간적인 모습으로 그려지는 것도 현실의 구체적인 실감과는 거리가 멀다.

마찬가지 맥락에서 『원더보이』에서 역사는 고유명사에서 일반명사로 자꾸만 번져가는 경향이 있다. 분명 이러한 고통들은 1980년대의 문제들과 관련된 것이지만, 그것이 꼭 1980년대와 관련된 것으로만 보이지 않는다. 한마디로 사건의 단독성은 사라지고 언제나 있었던 인간의 고통 일반으로 추상화되어버리는 것이다. 그럴 때 남는 것은 역사가 사라진 감미로운 아포리즘(aphorism)들일지도 모른다. 그리하여 이토록 끔찍했던 현실이 과연 끔찍했던 것인가라는 느낌이 들기도 한다. 이렇게 될 경우 낭만화되고 상식화된 인생의 진리 몇토막만이 아름다운 에피소드와 더불어 남게 되는 것은 아닌지 고민해볼 필요가 있다.

마지막으로 초능력자의 등장은 우리에게 여러가지를 고민하게 만든다. 말할 것도 없이 이러한 초인적인 능력이란 근대소설의 주인공에 부합되는 모습은 아니다. 그런데 더욱 문제인 것은 이러한 초능력을 지닌 사람들이 최근 소설에 너무나도 많이 등장한다는 점이다. 『원더보이』에 나타난 초능력은 교감의 능력과 관련된다. 본래 타인과의 공감능력을 신장하는 것은 근대소설의 중요한 역할이기도 하였다. 근대소설은 지적 능력과 감성적 능력을 매개하는 상상력의 힘을 적극적으로 활용하여 타자들과의 공감능력을 훈련시키는 역할을 수행해왔던 것이다. 이것은 소설이 구체적인 서사의 힘을 통하여 독자들의 공감하는 능력을 크게 향상시켜왔다는 의미이다. 이러한 공감능력을 바탕으로 서로 무관한 사람들이 네이션이라는 상상의 공동체를 만들어나갈 수 있었던 것이다.[14]

---

14 이외에도 소설은 객관적 재현장치인 언문일치, 묵독(默讀) 등을 발전시킴으로써 외적

그러나 최근의 한국소설은 장삼이사들을 통해 교감능력을 고양시키기보다는 초인적인 교감능력을 가진 주인공을 직접 등장시킨다. 김영하(金英夏)의 『너의 목소리가 들려』(문학동네 2012)의 주인공 제이는 타인의 마음을 읽는 초능력을 지니고 있으며, 오수연(吳受姸)의 『돌의 말』(문학동네 2012)에서 주인공은 돌의 말을 헤아리는 신비한 능력에 빠져 있다. 정찬(鄭贊)의 『유랑자』(문학동네 2012)에서도 자신과 타인의 전생을 꿰뚫어보는 사람이 등장하며, 이러한 능력을 통해 주인공은 타인과 깊이 연관된 사람으로 재탄생한다. 김연수의 『원더보이』에서도 주인공 소년은 우연한 사건을 계기로 타인의 마음속을 훤히 읽을 수 있게 된다. 이때의 초능력은 『너의 목소리가 들려』의 제이가 그러했듯이, 주로 교감능력과 관련되어 있다.

그러나 이러한 현상은 오히려 독자들이 작품에 공감할 가능성을 막는 것은 아닌지 고민해볼 필요가 있다. 교감과 소통을 해야 한다는 당위는 인정하지만, 그것을 구체적으로 형상화할 방법을 찾지 못할 때, 소설 속에 교감의 초능력자들이 등장하여 교감의 중요성을 강박적으로 설명하게 될 수도 있는 것이다.[15] 이러한 교감에 대한 성마른 의지는 소년 주인공의 등장과도 맞닿아 있는 것으로 판단된다. 본래 전달하고자 하는 의미를 선명하게 드러내는 인물로는 아이만한 존재가 없다. 복잡한 내면의 층위를 지닌 채 현실과 타협할 수밖에 없는 성인과 달리, 아이들은 하나의 가능성과 의미만을 온몸으로 체현한(혹은 체현한 것으로 상상되는) 존재

세계와 내면의 공간을 성찰적으로 재구성하는 내면적 주체를 형성하는 데 기여하였고 근대의 시대정신이라는 권위를 지닐 수 있었다. (카라따니 코오진 『근대문학의 종언』, 조영일 옮김, 도서출판b 2006, 50~65면 참조)

15 이것은 마치 1920년대 신경향파 소설의 일부에서 사회적 메시지는 있지만 그것을 뒷받침할 형상을 찾지 못해 생경한 이념을 그대로 전달하던 모습과 유사해 보이기도 한다. 교감과 소통의 중요성을 실험의 단계가 아니라, 현실에 기초해 구체적인 형상으로 표현하는 것은 지금 한국문학이 풀어야 할 과제이다.

이기 때문이다. 따라서 이러한 아이들의 존재 역시도 주제에 대한 강력한 전달의욕에서 비롯된 것이라 할 수 있다. 교감과 소통의 중요성을 발화하는 것이 아니라 구체적인 형상으로 뒷받침하는 것은 김연수에게 남은 마지막 과제인지도 모른다.

우리 시대의 디오게네스

◆

배상민 소설집 『조공원정대』

1. 깨알 같은 유머, 묵직한 주제의식

배상민의 소설은 독특하다. 그것은 모종의 부조화에서 비롯된다. 최근에 나온 소설 중에 배상민의 소설만큼 재미있는 소설도 찾기 힘들다. 동시에 배상민의 소설처럼 동시대의 사회적 환경에 뿌리박은 소설도 찾아보기 힘들다. 그럼에도 지나치게 웃긴 소설이 지니게 마련인 보수성이나 지나치게 정치적인 소설이 지니게 마련인 엄숙성을 배상민의 소설에서는 찾아보기 어렵다. 이 부조화야말로 배상민 소설의 고유한 독자성이라 볼 수 있다. 앞으로의 논의에서 밝혀지겠지만, 이것은 정치적 시선의 맹목성을 아우르는 인류학적 시선과 인류학적 시선의 공허를 파고드는 정치적 시선이 서로 깊이 어우러진 결과이다.

우선 주목해야 하는 것은 배상민의 거의 모든 소설이 IMF와 2008년 써브프라임 모기지 론(subprime mortgage loan) 사태로 이어지는 신자유주의 광풍을 시대적 배경으로 삼고 있다는 점이다. 배상민은 이 광풍이 가져온 비인간적인 모습들에 누구보다 예민한 자의식을 보여준다. 이번 소설집 『조공원정대』(자음과모음 2013)에서도 마찬가지이다.

「어느 추운 날의 스쿠터」에서 어중간한 대학을 낮은 학점으로 졸업한 '나'는 '어지간해서는 안 잘리는 정규직'과 '계약기간이 만료되면 자를 수 있는 비정규직'과 단 '한번의 잘못으로도 잘릴 수 있는 비정규직' 중에서 마지막 직업군의 삶을 선택(?)한다. 신자유주의의 전일적 지배로 인해 주인공이 전역한 후의 세상은 완전히 달라져 있었다. 정규직이었던 아버지의 친구들은 피자가게 내지는 치킨가게 사장이 되었다가 대부분 일년 안에 가게를 접고 경비로 전락한 상태이다. 대학을 졸업할 무렵에 세상에는 중년 경비, 젊은 노점상, 고학력 청소부, 배울 만큼 배운 백수들이 넘쳐났고, 이러한 상황에서 잘하는 거라고는 힙합밖에 없는 주인공 역시 그들과 합류하게 된다. 피자집 사장은 A급 태풍이 오면 배달을 못 나가게 하는데, 이유는 배달원이 아닌 스쿠터를 보호하기 위해서이다. 사람은 다치면 알아서 재생이 되지만 스쿠터는 그렇지 않다는 것이 사람보다 스쿠터를 더 아끼는 사장의 논리이다.

「유글레나」는 청년 실업이 이 시대 젊은이들을 얼마나 비참하게 만드는지를 돌직구처럼 전달하는 작품이다. '나'는 소라라는 여학생을 학교에서 개설한 토익 강의를 들으며 만났다. 둘은 수도권의 이름 없는 학교를 다니면서 "이름을 대도 모를 회사에 들어가는 것도 쉽지 않"(143면)다는 공감대 덕분에 연인관계에까지 이른다. 가난한 집의 맏딸인 소라의 취직을 향한 노력은 눈물겹다. 소라는 몸가짐을 똑바로 해야 면접 때도 실수하지 않는다며 늘 정장을 입고 다니지만, 알 만한 회사의 면접 기회는 단 한 번도 주어지지 않는다. 이후 소라는 웨딩마켓에 뛰어든다. 이름만 대면 알 만한 회사에 다니는 남자들과 선을 보는데, 이 선은 소라에게 일종의 '면접'이다. 소라는 드디어 자신보다 열살이나 많은 지방직 7급 공무원과 사귀는데 성공하지만, 박봉인 아들의 미래를 위해서는 며느리가 직업이 있어야 한다는 예비 시부모의 원칙 앞에 좌절한다. "직장이 안 잡히니까 불안해서 선택한 결혼"인데, "결혼을 하기 위해서는 또 직장이 필요"한 아이러니한 상황에 처한 것이다(150면). 소라가 살고 있는 지금의 세상이란 직장이 없으면 "철마다 눈치 보지 않고 옷을 사 입는 여유"(146면)를 누릴 수도 없고, 지방직 7급 공무원과 결혼을 할 수도 없는 곳이다. 이름 없는 수도권 대학 출신인 '나'는 남자여서 웨딩마켓에 뛰어들 기회조차 주어지지 않는다. '나'가 경험할 수 있는 사회생활이란 오직 인턴뿐이며, 인턴으로 회사에서 하는 일도 고작 복사 정도이다.

「조공원정대」에서 소녀시대를 만나기 위해 상경한 '나', 만석, 칠성의 삶은 "처음부터 정해져 있"(43면)었다. 그들에게 예정된 삶은 중학교를 졸업하면 실업계 고등학교를 가고, 그 이후에는 근처에 있는 공단에 취직하는 것이었다. 그러나 미국에서 벌어진 써브프라임 모기지 론 부실사태로 인한 글로벌 경기침체의 영향으로 공장에서도 사람을 뽑지 않거나, 공장이 아예 없어지기도 한다. '나', 만석, 칠성이 할 수 있는 일은 술 마시며 당구 치고 "미국이 이럴 줄 몰랐다고 푸념을 늘어놓는 것"(44면)이 전부이다. 이처럼 고단한 삶은 동네의 자랑이자 명예인 동수형에게도 해당된다. 동네의 우등생인 동수형은 서울에 위치한 대학까지 다녔지만, 현재 그는 서울의 가장 높은 동네에 있는 가장 높은 옥탑방에 살고 있다. 주식으로 폐인이 된 동수형은 "애초에 우리 같은 시골 출신들은 게임이 안돼"(56면)라는 말을 한다. 또한 동수형이 그렇게 된 데에는 역시나 써브프라임 모기지 론 부실사태로 인한 글로벌 경기침체의 영향도 무시할 수 없다. 결국 소녀시대도 만나지 못하고, 여비도 떨어진 셋은 토니, 제리, 티파니라는 이름을 얻어서 패밀리 레스토랑과 나이트클럽에서 일을 한다. "시골에 있을 때에는 한번도 누군가를 위해서 무릎을 꿇거나 구십도 인사를 해본 적이 없는 우리"지만, "토니, 제리, 티파니로 거듭나는 순간 그 모든 것이 너무나 자연스럽게 받아들여"진다(62면).

2. 아비 되기의 열망, 아비 되기의 난경

2000년대 젊은이들이 처한 사회적 난경에 대한 배상민의 천착은 이처럼 집요하다. 젊은이들의 불우는 배상민 소설에서 '임신과 유산의 서사'라는 고유한 내적 형식을 낳는다. 현대소설에서 사랑이 임신으로 연결되는 것은 흔한 일은 아니다. 더군다나 쿨한 감각이 삶의 표준처럼 받아들여지는 지금의 세상에서 임신으로 연결되는 남녀관계란 더더욱 평범한 설정은 아니다. 배상민의 모든 소설은 섹스가 곧 번식과 연결된다고 해도 과언이 아니다. 그것은 아비 되기의 욕망에 다름 아니며, 달리 말하자면 현실 속의 당당한 성인 주체로 자리매김되고자 하는 욕망이기도 하다. 그러나 그 열망은 현실 속에서 대부분, 아니 언제나 실패한다.

「미운 고릴라 새끼」의 '나'는 단 한번 보스의 여자와 관계를 맺은 후 아킬레스건이 끊기는 처벌을 당한다. 나중에 '나'의 아이가 아닌 것으로 드러나지만, 처음 '나'는 보스의 여자가 자신의 아이를 가졌다고 철석같이 믿는다. 「유글레나」에서 '나'가 소라와의 연애에서 가장 신경 쓰는 것은 다름 아닌 피임이지만, 소라는 임신을 한다. 「조공원정대」에서 '나'는 고등학교 때부터 사귀어오던 미선과 잠자리를 갖는 것으로 견딜 수 없는 심심함을 달래고는 하는데, 미선 역시 임신을 한다. 「헤드기어 맨」에서는 클럽의 도우미 아가씨와 처음으로 데이트를 하면서, '나'는 가장 먼저 "저 배에 나의 이세가 자라고 있다면 어떤 기분일까"(113면)라는 생각을 한다. 그리고 실제로 '나'는 그녀를 임신시키는 데 성공한다.

「헤드기어 맨」에서는 임신에 대한 욕망이 일종의 아비 되기 욕망과 밀접하게 연결되어 있음이 직접적으로 드러나 있다. 아내를 처음 만난 것은 미시클럽에서 웨이터로 일할 때였는데, 아내는 그 업소의 도우미 아가씨였다. 그녀는 못생긴 외모가 다른 아가씨들을 돋보이게 하는 목적에 이용될 정도의 추녀이다. 그럼에도 그녀에게 끌린 이유는 "보고 있으면 엄마가 떠올랐”(111면)기 때문이다. 그러니까 '나'는 지금 그녀를 통해 아비 되기를 실천하고자 하는 것이다. 「유글레나」에서 그토록 임신을 꺼리는 것 역시 일종의 반동 형성(reaction formation)으로 볼 수 있다. 이처럼 배상민 소설의 젊은이들은 그 누구보다도 아비 되기를 열망한다. 그러나 잔인하게도 그 열망이 실패하는 과정이야말로 배상민 소설의 기본 줄기라고 할 수 있다.

「유글레나」에서 '나'와 소라는 용기를 내어 결혼을 결심하지만, 가난한 청춘들에게 평균 이억육천만원이 드는 양육비와 평균 일억칠천만원 정도가 드는 결혼비용을 감당하는 것은 쉬운 일이 아니다. 결국 둘은 결혼을 포기한다. 취직에서도 실패할 가능성이 높아진 소라는 만취해서 '나'를 찾아온다. 그러고는 “오늘은 그냥 하자. 임신하면 낳아서 키우지 뭐. 부모가 되면 어떻게든 열심히 살게 될 거야”(157면)라고 중얼거린다. '나'는 다시 돌아온 소라 앞에서 “성기가 되기에는 아직도 가진 게 너무나 없”(162면)기에 끝내 관계를 맺는 데 실패한다. 「조공원정대」에서 '나'를 기다리는 데 지친 미선이는 결국 “나 애 지웠어. 지금 서울 가는 중이야. 찾지 마”(68면)라는 문자를 보낸다. 미선이와 만나기 위해 고속버스터미널에서 하루 종일 기다리던 '나'는 결국 미선을 만나지 못하고, 편안함과 비겁함과 잔인함을 동시에 느낀다. 「헤드기어 맨」에서 아내는 임신을 하지만, 아내가 원하는 아파트를 마련할 수 없는 상황에서 출산은 난망한 꿈이다. 결국 '나'가 업소 사장에게 철저히 이용만 당하고, 나중에는 사기까지 당한 것이 밝혀지자, 아내는 유산을 하고 만다. 「미운 고릴라 새끼」에서는 출산까지 이어지지만, 그녀가 낳은 아이는 황당하게도 백인이다. 어찌 보면 강렬한 아비 되기의 욕망이란, 아비 되기를 허용하지 않는 사회적 현실에 대한 반작용으로 더욱 강화된 것이라고 할 수도 있다.

배상민 소설에서 아비가 차지하는 높은 위상은 「아담의 배꼽」에 잘 나타나 있다. 카인은 아버지의 허구성과 이중성을 온몸으로 절실하게 체험한다. 그럼에도 카인이 결국 지향하는 것은 아버지에 대한 부정이나 무시가 아니라, 스스로 아버지가 되는 것이다. 카인이 아버지의 약점까지 잡아가면서 끝내 이루고자 하는 것은 다음의 인용문에 나타난 것과 같은 '세상의 주인', 곧 '아버지'가 되는 일이다.

> 나아마와 가정을 이루게 되면 아버지가 했던 것처럼 나는 나의 이야기를 시작할 생각이다. 세상을 창조한 신에 대해 이야기하고 신께 질문을 한 죄로 에덴에서 쫓겨난 부모님, 아담과 하와에 대해서도 이야기해줄 것이다. 그리하여 그 핏줄을 이어받은 나는 선과 악을 주관하는 내 세상의 주인이 될 것이다. (204~41면)

「아담의 배꼽」은 배상민 소설에서 거의 유일하게 아비 되기에 성공하는 소설인데, 이 소설이 일종의 판타지라는 것은 의미심장하다.

3. 이분법과 이분법 너머

배상민이 신자유주의의 광풍으로 표현될 수 있는 2000년대의 현실, 그중에서도 이 시대 청춘들이 그 광풍 속에서 어떻게 고통받고 있는지에 대해 깊은 관심을 가지고 있는 점을 살펴보았다. 이러한 관심은 배상민 특유의 '임신과 유산의 서사'를 만들어내고 있다. 배상민의 소설은 주제의식이 명확하고 선명하다. 이것은 현실에 대한 배상민의 간명한 사유를 반영하는 것이다.

배상민의 소설은 대부분 이분법으로 이루어져 있다. 「미운 고릴라 새끼」의 고릴라와 보노보 원숭이, 「아담의 배꼽」의 인간과 네피림, 그리고 아버지와 아들, 「안녕 할리」의 팔팔이와 할리, 스쿠터와 할리 데이비슨,

S(S대학, S전자, S라인)와 L, 「유글레나」의 AV 배우 소라와 여자친구 소라, 성기와 유글레나, 「조공원정대」의 소녀시대와 미선이 등은 이분법을 구성하는 각각의 항이다. 두 항 중에 전자가 세계의 지배적인 힘을 의미하는 것들이라면 후자는 그러한 현실 속에서 억압당하거나 고통받는 '나'의 현실을 의미하는 것들이다. 이러한 이분법 속에서 배상민은 언제나 후자의 편을 든다. 이러한 특징을 가장 선명하게 보여주는 작품이 바로 「악당의 탄생 — 슈퍼맨과의 인터뷰」와 「헤드기어 맨」이다.

「악당의 탄생 — 슈퍼맨과의 인터뷰」도 슈퍼맨과 클락 켄트 회장이라는 이분법으로 되어 있다. 슈퍼맨과 클락 켄트 회장은 어마어마한 초능력으로 위기에 처한 사람들을 구원하는 동일인물이다. 과거의 슈퍼맨이 순수한 인간애에 기초해 사람을 구했다면, 현재의 클락 켄트는 자본의 논리에 따라 사람을 구한다. 지금 거부가 된 클락 켄트 회장은 자신의 성공담을 토크쇼에 나와 이야기하고 있는 중이다. 작가가 클락 켄트 회장을 비판적으로 바라보고 있음은 너무나 분명하다. 그것은 돈이 없어 죽어간 소방관의 아들이 던져 켄트의 뒤통수를 너무도 정확히 맞춘 날계란 한알이 증명한다.

「헤드기어 맨」은 「악당의 탄생 — 슈퍼맨과의 인터뷰」에 이어지는 작품이다. 권투선수였던 아버지는 '나'가 태어나기 전에 헤드기어 하나만 남긴 채 교통사고로 죽었다. 아버지가 없던 '나'는 아이들에게 따돌림을 당했고, 엄마는 아버지가 남긴 헤드기어를 쓰면 아버지가 너의 곁에 있는 것과 같다는 말을 해준다. 실제로 헤드기어를 쓰자 '나'는 이전에 볼 수 없던 뛰어난 능력을 발휘한다. '나'는 아버지가 사고로 죽었으며, 아버지가 남긴 물건(슈퍼맨에게는 쫄쫄이 바지, '나'에게는 헤드기어)을 통해 초능력 인간으로 태어나는 점이 같다는 이유로 자신을 슈퍼맨이라고 생각한다.

'나'는 생존을 위해 사채업 등을 전전하다가 철거 깡패가 된다. 엄마가 철거현장에서 저항하다가 비참하게 죽어간 기억이 있음에도, '나'는 자신이 지구를 지킨답시고 철거를 그만둔다면 가족은 굶어 죽을 수밖에 없기에 철거 깡패가 된 것이다. '나'는 아빠가 헤드기어를 물려준 이유는 슈퍼맨처럼 악당을 물리치라는 의미임에도 불구하고, 자신은 오히려 악당의 편에서 헤드기어의 초능력을 사용한다는 자괴감에 시달린다. 결국 자신이 살던 동네가 철거되는 날 '나'는 헤드기어를 쓰고 철거민들의 편에 서서 용감하게 싸우다가 철거 용역들로부터 무지막지한 폭력을 당하고 끝내 죽고 만다.

이러한 이분법은 배상민의 장점인 동시에 약점일 수도 있다. 감당할 수 없는 거창한 문제나 새로움에 대한 강박으로 인해 현실과 독자로부터 점점 멀어져만 가는 오늘의 문학에서, 현실에 대한 인식과 그에 대한 뚜렷한 입장은 소중한 문학적 자산임에는 분명하다. 그러나 지나치게 단순화된 이분법적 현실 인식은 현실에 대한 정당한 이해를 가로막는 하나의 도그마가 될 수도 있다. 이는 단순히 해체론적 시각에서의 보완을 요청하는 것이 아니라, 현실의 다양한 주름과 그늘을 바라볼 수 있는 깊이있는 시각의 필요성을 요구하는 것이다.

이와 관련해 「어느 추운 날의 스쿠터」는 여러가지 이분법을 겹쳐놓음으로써, 현실을 바라보는 유연성과 깊이를 확보하고 있는 작품이다. 한편의 단막극을 연상시키는 「어느 추운 날의 스쿠터」의 스토리 시간은 민방위 훈련이 갑자기 발동되고 해제되기까지의 얼마간이다. 피자 배달원인 '나'는 갑자기 발동된 민방위 훈련 때문에 피자 배달을 할 수 없어 도로통제요원에게 항의를 하다가 나중에는 몸싸움까지 벌이고 지구대에 끌려간다. '나'가 그토록 민방위 훈련에 민감하게 반응한 이유는 25분 내로 피자를 배달해야 한다는 피자가게의 규정 때문이다.

지구대 안에서는 배달 오토바이를 훔친 혐의로 끌려온 두명의 미국인이 술에 취한 채, 경찰관들을 향해 영어로 온갖 욕을 퍼붓고 있다. 둘은 모두 남한에서 미군으로 근무한 경력이 있는 사람들로, 그들이 내뱉는 욕설의 핵심은 "US army에서 근무하며 목숨을 걸고 지켜준 fucking할 Korea의 stupid한 police들이 asshole 같은 motor cycle을 좀 탔기로서니 경찰서에다 감금하는 이런 shit한 상황이 말이 되냐"(75~76면)라는 것이었다.

이들처럼 은인인 척 한국인에게 온갖 추태를 연출하는 미국인들에게 한국인이 반감을 드러내지 않기는 힘든 일이다. 「어느 추운 날의 스쿠터」는 미국에 대한 반감과 그러한 반감을 가능케 한 상황에 대한 기술로 이루어져 있다. 주인공이 첫번째로 미국에 반감을 느낀 것은 대학시절 짝사랑하던 여자가 영어회화를 배우다가 미국인 강사와 눈이 맞아 떠나갔을 때이다. 두번째는 주인공이 일하는 피자가게 옆에 지점을 냄으로써 주인공으로 하여금 피 말리는 배달경쟁에 나서게 한 미국의 거대 피자회사와 맞닥뜨렸을 때이다. 미국에서 거대 피자회사 지점이 건너오기 전까지만 해도 주인공의 가게는 동네의 유일한 피자가게로서 나름 여유롭게 운영되고 있었다. 그러나 세계 굴지의 피자회사가 '무료쿠폰 제공' 및 '무조건 30분 내에 배달'이라는 슬로건이 적힌 전단지를 뿌리자마자 "오직 속도와 쿠폰만이 피자의 모든 것을 결정하는 시대"(78면)가 시작되었다. 이제 주인공이 다니는 피자가게도 동네 사람들에게 쿠폰을 제공하는 것은 물론이고 25분 내에 배달이 되지 않으면 피자를 무료로 제공하겠다는 약속까지 하기에 이른다.

'나'는 대학을 졸업한 지 얼마 안되었다는 이유로 지구대 안에서 미국인들의 통역을 맡는다. 다행히 온갖 영어 욕설로 지구대 안을 쩌렁쩌렁 울리던 그들은 한국말에도 능통하다. 그들과 많은 이야기를 나누자, 어느 순간부터 두명의 미국인들은 분노와 적대의 대상이 아닌 연민과 연대의 대상으로 변한다. 고등학교만 나온 그들은 먹고살기 위해 주한미군으로 근무했고, 제대한 후에는 미국 내의 한 자동차 공장의 조립 라인에서 일했으나 곧 구조조정 당할 위기에 처한다. 그들은 피자 배달일을 하기도 했는데, 그래봤자 대출 이자 갚기도 힘들었다. 그들은 살기 위해 무작정 학원 강사를 꿈꾸며 "미국이라고 하면 환장하는"(100면) 나라인 한국에 돌아왔다. 그러나 그들은 학원에서 칼리지 디플로마(college diploma)가 없는 것이 발각되어 쫓겨나게 되었고, 그 괴로움에 술을 먹고 오토바이를 훔치기에 이른 것이다.

이들의 말을 듣고, 특히 그들이 한때 피자 배달원이었다는 사실에 '나'는 묘한 동질감을 느낀다. 두명의 미국인은 국민국가(nation-state)의 시대인 근대에 가장 힘이 센 나라의 국민이지만, 계급적인 차원에서는 고통받는 전세계의 99퍼센트 사람들 중 한명인 것이다. '나'는 지구대에서 풀려나오면서 갑자기 스쿠터의 시동을 끈다. 이어서 소설은 "그리고 배달박스에서 아직 온기가 남아 있는 피자와 차가운 콜라를 꺼냈다"(같은 곳)라는 문장으로 끝난다. 피자와 콜라를 든 주인공이 누구에게로 향할지는 물을 필요도 없다. 배상민의 「어느 추운 날의 스쿠터」는 이 지구상의 그 누구도, 그 어느 곳도 비켜갈 수 없는 신자유주의의 광풍과 그 해결책으로서의 따뜻한 연대 가능성을 제기하고 있는 우리 시대의 드문 작품이다.

4. 최종심급으로서의 부끄러움

배상민의 소설은 단순하게 정치적이거나 사회적인 서사로만 볼 수 없는 또 하나의 층을 형성하는 경우가 많다. 그것은 문명 일반 혹은 인간 일반을 향한 비판적 시선이다. 그리하여 그의 소설은 인류학적 문제의식을 지니게 된다. 배상민의 소설에는 인간의 모든 불행이 부끄러움에 대한 인식에서 비롯되었다는 거시적인 시선이 존재한다. 배상민 버전의 창세기라고 할 수 있는 「아담의 배꼽」에서 카인의 부모가 에덴에서 쫓겨나 죄악의 땅인 콜로니로 오게 된 이유는 그자에게 어떤 일을 당했기 때문이다.

그자가 저지른 일은 바로 카인의 어머니에게 "그렇게 벌거벗고 다니면 부끄럽지 않냐고 물"(206면)은 것이다. 이 물음은 엄청난 파급효과를 가져오는데, 그것을 정리하면 다음과 같다.

> 그 부끄럽지 않냐는 말이 우리를 부끄럽게 만들었다. 옷을 입지 않고도 부끄러워하지 않는 우리를 처음으로 돌아보게 됐지. 결국 우리는 부끄럽지 않기 위해 옷을 해 입었다. 하지만 그게 시작이었다. 부끄럽지 않기 위해 화장실을 만들고, 부끄럽지 않기 위해 나를 숨겨야 하는 어둠을 만들어냈다. 부끄러운 마음을 감추기 위해 하는 거짓말 같은 것들 말이다. 부끄럽지 않게 사는 건 참으로 피곤한 일이었어. 하지만 멈출 수가 없었다. 부끄러운 것들은 날마다 생겨났거든. 그래서 신께서 그자와 접촉하지 말라고 하신 거였다. 그걸 우리는 너무 늦게 깨달은 거지. 결정적인 일은 그후에 일어났다. 신께서는 우리가 옷을 해 입는 걸 못마땅해하셨어. 다시 부끄러움 없는 자들로 돌아가길 원하셨던 거야. 하지만 이미 머릿속에 부끄러움이 가득했던 나는, 옷을 벗은 우리가 부끄럽지 않습니까? 하고 그분께 따져 묻고 말았다. (206~207면)

이 인용문에 의하면 부끄러움은 바로 타인의 시선을 의식하면서 발생한다. 그리고 그 부끄러움으로 인해 옷, 화장실, 어둠, 거짓말 같은 것들, 통칭하자면 문명이 발생하게 된다. 문명의 항목들이 끊임없이 생겨나면서 결국 부끄러움은 인간의 삶을 억압하게 된다. 일반적으로 부끄러움이 인간을 인간답게 한다면, 배상민의 소설에서 인간은 바로 그 부끄러움 때문에 개만도 못한 존재가 된다.

「안녕 할리」는 부끄러움이 결코 신화적인 이야기가 아니라 지금의 현실에서 지배논리로 기능하는 모습을 훌륭하게 보여주고 있다. 이 작품의 '나'는 애완견 팔팔이가 어머니에게 성욕과 식욕을 제거당한 채 사육당하듯이, 철저하게 사육당한다. 「안녕 할리」에서 아파트에 사는 엄마들은 명문대 입학이라든가 대기업 입사 같은 바람에 온몸을 맡기는데, '나'의 엄마 역시 예외는 아니다.

엄마의 요구대로 살아가던 '나'는 드디어 그 시선에서 벗어나, 즉 부끄러움의 압박에서 벗어나 자신의 삶을 살고자 한다. 회사를 그만두고 할리 데이비슨을 전문으로 수리하는 오토바이 가게를 연 것이다. 할리 데이비슨은 "형편없이 쪼그라든 나의 남성을 충분히 대신해줄 수 있을 거라는 믿음"(30면)을 주었기 때문이다. 그러나 오토바이 가게는 곧 망하고, '나'는 할리 데이비슨을 타고 퀵서비스 맨이 된다. 자신이 다녔던 회사에 가게 되었을 때, '나'는 가능한 한 당당하게 가고자 하지만, 엄마들이 만들어놓은 '기준', 즉 퀵서비스 맨은 회사원보다 못하다는 생각 따위가 본능처럼 몸에 아로새겨져 있기에 한없이 움츠러든다.

> 그날 나는 퀵서비스 회사를 관두고 할리를 팔기로 결심했다. 애초에 애완견으로 태어난 개는 유전적으로 절대 야생의 들개가 될 수 없는 것처럼 나 역시 엄마가 정해놓은 길을 벗어나 홀로 살아가기 힘든 유전자를 타고난 것이 틀림없다고 생각했다. 그것에서 벗어났을 때 몸은 부끄러움이라는 경고 신호를 보낸다. 나는 다시 엄마의 부끄럽지 않은 아들이 되기로 했다. 마음이 한결 홀가분했다. (35면)

그렇다면 모든 문제는 오직 엄마에게서 비롯된 것일까? 문제는 결코 그렇게 간단하지 않다. 어머니의 시선은 세상의 지배적 시선 중 하나일 뿐이기 때문이다. IMF가 터지면서 "누가 굳이 사생활을 감시하거나 학원 스케줄을 짜주지 않아도 알아서 취업이라는 하나의 목표를 향해 목숨을 걸고 달려갔다. 어떻게 보면 IMF는 아파트 엄마들보다 더 확실한 선수들의 조련사이자 감독이었다"(21면)는 말처럼, 엄마가 아니더라도 학교나

IMF 같은 사회적 장치들이 '나'에게 수많은 부끄러움을 가르쳐준다. "자신을 걸고 어떤 판단을 내린다는 것은 언제나 무척 어려운 일"(37면)이기에 다가오는 트럭을 피하지 않고 죽음에 이르는 '나'의 마지막 모습은 부끄러움, 즉 세상의 기준에 자신을 맞춘 존재의 슬픈 비극을 극명하게 보여준다.

이 작품에서 '나'는 죽기 직전에 어머니에 의해 철저한 사육을 받다가 집을 나간 팔팔이를 길에서 만난다. '나'가 부끄러움에 굴복한 끝에 한없이 왜소해지고 목숨마저 버린다면, 팔팔이는 부끄러움 따위에는 관심도 기울이지 않은 끝에 숭고한 대상이 된다. 엄마의 손길을 뿌리치고 집을 나간 팔팔이는 살점이 덕지덕지 붙은 뼈다귀를 입에 물고 암컷으로 보이는 개 한마리와 어슬렁어슬렁 사거리를 가로지른다. 이때 팔팔이는 신호등이나 차량의 경적 따위, 운전자들의 욕 따위에는 고개조차 돌리지 않는다. 이 순간 '나'는 팔팔이를 '인격을 가진 그 무엇'으로 느낀다.

이때의 개 팔팔이를 환생한 디오게네스(Diogenes)라고 볼 수는 없을까? 디오게네스는 문명적인 것 전체에 대한 거부감을 바탕에 두고, 우리가 문화적인 것이라고 부르는 제도와 관습, 덕성 등을 모두 부정하였다. 그는 공공의 광장에서 배설은 물론이고 자위행위까지도 했다고 한다. 이러한 행동이 그가 살던 시대의 문화적 허위와 제도화된 가식에 대한 조롱이었음은 모두가 아는 사실이다. 그러고 보면 디오게네스가 속했던 견유학파란 말의 유래가 된 희랍어 키니코스(kynicos)는 바로 '개 같다'라는 의미를 지니고 있다. 신호등이나 경적 따위는 안중에도 없이, 살점이 덕지덕지 붙은 뼈다귀를 입에 물고 암컷으로 보이는 개 한마리와 어슬렁어슬렁 사거리를 가로지르는 팔팔이야말로 진정한 21세기의 견유학파인 것이다.

5. 동물성과 유머

이상으로 배상민의 소설이 정치적 문제의식을 드러낼 뿐만 아니라, 인류학적 시선에서 볼 때 문명과 인간 일반의 문제에까지 깊이 관여되어 있음을 살펴보았다. 배상민은 인간의 가장 큰 문제가 타인의 시선을 의식함으로써 발생하는 부끄러움이라고 생각한다. 작가가 부끄러움에 대하여 이토록 예민한 것은 지금의 사회가 자연스러운 인간 본성을 상실하고 지나치게 획일화되고 위선적으로 되어가는 것에 대한 반동 때문일 것이다.

문명에 대한 반감은 인간을 동물과 같은 위치에 놓음으로써 해방적 힘을 얻게 된다. 앞에서 배상민 서사의 특징으로 '임신과 유산의 서사'를 이야기했는데, 남녀의 사랑을 임신이라는 측면에서 바라보는 것 역시 동물적 특징에 대한 강조와 맥락을 함께한다. 남녀의 성관계는 쾌락이나 유대감의 교류 같은 것과는 거리가 멀며, 그것은 무엇보다도 생명체의 유전자를 보존하는 행위인 것이다. 실제로 배상민은 인간의 성을 묘사할 때, 그것을 생명과학적 용어로 설명하고는 한다. 「미운 고릴라 새끼」에서 '나'는 단 한번 보스의 여자와 관계를 맺은 후 아킬레스건이 끊기는 처벌을 당한다. 이때 '나'는 "유전자를 잇는 대가로 아킬레스건이 끊기고 말았다"(181면)라고 스스로의 행위를 설명한다. 「유글레나」에서는 "수정도 없었던 걸로 했다"(161면)나 "수정할 수 없었다"(같은 곳) 혹은 "형체도 갖추지 못하고 사라진 우리의 수정체를 생각"(162면)한다와 같은 표현을 통하여 화자가 생물학적인 층위에서 인간의 사랑을 바라보고 있다는 것을 확인할 수 있다.

배상민의 천성처럼 거의 모든 작품에 묻어나는 유머도 문명 혹은 인간의 가식이나 위선을 까발리는 경우가 많다. 아니, 성공한 유머는 대부분 그러한 것들이다. 「안녕 할리」에서 모든 욕망이 거세된 채 수도승 같은 삶을 살던 팔팔이는 다비식에서 성철 스님의 사리와 맞먹는 숫자의 사리를 남긴다. 이를 두고 "당시 그 다비식을 지켜보던 스님들은 개에게도 불성이 있다는 말이 단순한 화두가 아니라 실체적인 진실이었다는 것에 충격을 받기도 했다"(20면)라고 할 때, 독자로서 웃음을 참기란 여간 어려운 일이 아니다. 이 웃음 속에는 가장 인간화된 강아지 팔팔이에 의한 조롱, 사리라는 유형의 물질에 집착하는 종교에 대한 야유 등이 적당한 비율로 혼합되어 있다. 「어느 추운 날의 스쿠터」에서 미국을 극도로 싫어하여 '나'에게 반미 의식을 심어주던 그녀는 '나'가 군대에 가자, 원수를 사랑하라는 성경의 가르침에 따라 영어회화를 가르쳐주던 미국인 학원 강사를 사랑하게 되었다는 마지막 편지를 남긴다. 이러한 상황이 빚어내는 유머 속에서도 어설프게 주의자(主義者)연하는 자들의 이념적 허위의식에 대한 야유와 조롱은 시퍼렇게 살아 있는 것이다.

마지막으로 한가지 오해에 대한 변호로 이 글을 마치고자 한다. 문명에 대한 거부가 뚜렷한 맥락 속에서 전달되지 않을 경우, 그것은 하나의 반지성주의로 보일 수도 있기 때문이다. 그러나 배상민은 막연하게 동물성 일반을 찬양하는 것은 아니다. 그가 주장하는 동물은 고릴라가 아닌 보노보 원숭이이기 때문이다. 「미운 고릴라 새끼」에서 보노보 원숭이는 때와 장소는 물론 암수도 가리지 않고 짝짓기를 한다. 그렇기에 보노보 원숭이는 자기 유전자 보존과 먹이를 놓고 경쟁하지 않으며, 서로 평화롭게 지낸다. 이에 비해 고릴라는 자신의 영역과 자신의 암컷 고릴라와 유전자를 지키기 위해 온 생애를 바친다. 이 작품에서 이야기하는 보노보 원숭이의 삶은 인간이 가닿아야 할 영역이자 인간보다 진보된 동물성이라고 보아도 아무런 무리가 없을 것이다.

제 4 부

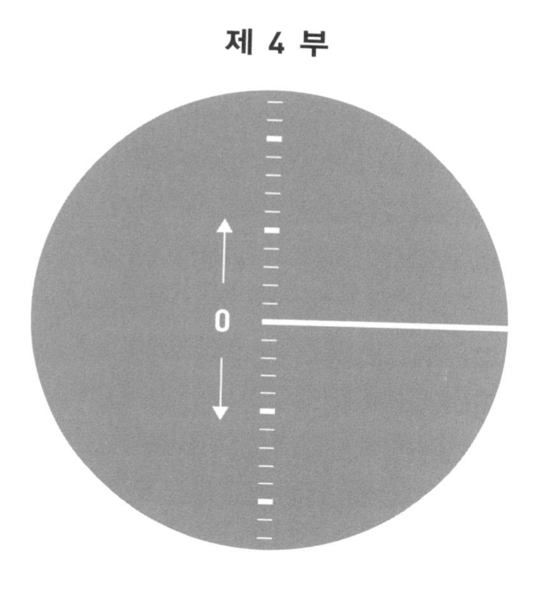

아시아의 창

맹세의 변천사

◆

방현석

1. 가열찬 맹세의 이야기

인간은 생명체 중에서 유일하게 자신의 말에 스스로를 거는 맹세를 할 수 있는 존재임에도 불구하고, 오늘날 임무나 약속을 꼭 실행하거나 목표를 반드시 이루겠다고 다짐하는 맹세는 사라져가고 있다. 맹세의 사라짐은 빈말이 공허하게 우리 삶을 지배하게 되었다는 의미이기도 하다. 조르조 아감벤(Giorgio Agamben)은 맹세의 쇠퇴라는 현상이 "정치적 동물로서의 인간의 존재 자체가 걸린 위기에 상당하는 것"[1]이라고 말한다. 맹세는 인간이 언어에 자신의 본성을 걸고 말과 사물(사태)과 행위를 윤리적이고 정치적인 차원에서 하나로 묶는 절박한 요구를 표현하는 것으로서, 맹세를 통해서만 역사와 같은 공적인 것이 산출될 수 있다고 보기 때문이다. 오늘날 우리는 맹세라는 결합과 무관한 집단생활을 하는 최초의 세대이며, 이러한 변화는 정치적 결사의 형식들에도 변화를 수반하지 않을 수

1 조르조 아감벤 『언어의 성사』, 정문영 옮김, 새물결 2012, 14면.

없다고 아감벤은 주장한다. 미디어 테크놀로지에 기반을 둔 각종 장치들에 의해 더욱더 공허해져버리는 말의 경험 속에서 인간은 생물학적인 실재이자, 벌거벗은 삶으로 축소되는 것이다.

맹세가 사라지고 빈말만이 남발되는 최근의 상황에 비춰볼 때, 방현석의 첫번째 소설집 『내일을 여는 집』(창작과비평사 1991)은 무척이나 이색적이다. 그의 소설은 그야말로 미래의 행동에 대한 약속을 확인하는 '맹세'들로 가득하기 때문이다. 『내일을 여는 집』에 수록된 작품 중 네편은 모두 미래의 행동에 대한 약속을 확인하는 맹세로 끝난다는 공통점이 있다. 대표적으로 「새벽 출정」(1989)과 「또 하나의 선택」(1991)의 결말을 들어보면 다음과 같다.

> 당신들이 우리를 짓밟음으로써 열사의 뜻을 지워버릴 수 있다고 생각한다면, 2,500만 노동자의 자존심을 짓뭉개버릴 수 있다고 생각한다면, 그것이 얼마나 착각인가를 우리는 보여주겠다.
>
> 우리의 요구는 단 한가지. 우리의 일터를 돌려달라!
>
> 이제 우리는 당신들을 2,500만 노동자의 이름으로 응징할 것이다!
>
> 우리는 선언한다. 죽을 수는 있어도 질 수는 없다! (「새벽 출정」, 『내일을 여는 집』 92면)

> "저는 갇혀 있습니다. 그러나 저는 이 시간에도 보람 없는 노동과 무권리를 다시 강요당하고 있을 조합원들과 마음으로부터 굳게 연계되어 있으며 기필코 다시 돌아갈 것이고, 다시 일어설 것입니다. 동료를 배신하지 않는 것이 도둑놈이라면 저는 도둑놈이 되겠습니다. 노동자가 인간답게 살기 위한 방법을 공부한 것이 빨갱이라면 저는 기꺼이 빨갱이가 되겠습니다."
>
> 며칠 밤낮을 준비하고 외운 최후진술이었다.
>
> "그것만이 폐렴에 걸린 아이를 들쳐업고 길거리에서 눈물 뿌리는 제 아

내를 감옥에서 지켜봐야 하는 이 땅 노동자의 운명을 영원히 바꾸는 길이 라면 그 길을 가겠습니다." (「또 하나의 선택」, 『내일을 여는 집』 281면)[2]

이처럼 방현석은 인간의 말다운 말이라 할 수 있는 맹세를 문학적 실천의 핵심적인 과제로 삼은 작가였으며, 그러하기에 역사를 만들어나갈 수 있는 인간의 정치적 측면을 언어로써 가장 열정적으로 형상화한 작가이기도 했다.

그렇다면 통칭하여 1980년대 방현석 소설에서 쟁쟁하게 울리던 맹세를 채우던 구체적 내용은 무엇인가? 그것은 첫번째로 루카치(G. Lukács)가 정교하게 정립한 노동자의 계급의식이라고 할 수 있다. 루카치는 노동자들이 자본주의 사회에서 자신들이 무엇을 해야 하는지 알기 위해서는 자본주의 사회에 대한 총체적인 인식이 필요하다고 주장했다. 프롤레따리아뜨는 목전의 이해(즉자적 의식)와 궁극 목표(대자적 의식)의 대립과 변증법적 분열을 극복하기 위해서 자본주의 사회의 총체적인 구조에 대한 인식이 필요하다는 것이다. 이런 총체적인 인식으로부터 노동자는 계급의식을 획득할 수 있다. 이때 노동자의 계급의식이란, 자본주의 사회구조 자체가 노동자계급의 전체적인 이해에 반하기 때문에, 노동자계급의 진정한 이해는 자본주의를 극복하고 노동자계급이 자본가계급의 정치적·경제적 지배로부터 해방되는 사회를 건설하는 것임을 아는 것이다.[3]

실제로 방현석의 소설에서 노동자들은 자본가들뿐만 아니라 국가권력을 포함한 사회 전체의 기득권 세력과 적대적 관계를 형성한다. 노동자 파업은 대공(對共)과에서 다루어지며, 「또 하나의 선택」에서 보듯, 가구공

---

2 「내딛는 첫발은」 「새벽 출정」 「내일을 여는 집」 「지옥선의 사람들」 「또 하나의 선택」은 『내일을 여는 집』(창작과비평사 1991)에서 인용하였다. 앞으로 작품 인용 시 이 책의 면수만 표시하기로 한다.

3 G. 루카치 『역사와 계급의식』, 박정호·조만영 옮김, 거름 1986 참조.

장에 다니는 석철이 제품을 만들고 난 뒤 버려진 나뭇조각으로 아이의 장난감을 만들어준 일은 절도죄로 둔갑한다. 「지옥선의 사람들」(1991)에서 해포대교를 막아버리면 완전히 고립되는 해포는 해포조선소가 속한 그룹의 왕국이다. 해포경찰서는 그룹의 일개 부서에 불과하며, 피투성이가 되어서도 회사의 지시 없이는 치료조차 받을 수 없다. "해포조선소에서 노동운동을 한다는 것은 곧 생명을 건다는 것"(154면)을 의미한다. 이러한 상황에서 노동자들은 직접적인 경제적 이해관계를 뛰어넘어 노동자로서의 혁명적 계급의식을 가지게 된다. 「또 하나의 선택」의 석철은 어이없이 도둑놈이 되는 상황에서 "태어나서 처음으로 이 사회체제 자체를 증오"(258면)하며, 「새벽 출정」의 철순, 민영, 미정 등은 "결코 사장과 자신들은 같은 줄에 서 있을 수 없음을, 7, 8년이 아니라 70년 80년을 다녀도 그들이 서야 할 줄은 노동자의 대열"(59면)임을 뼈아프게 인식한다.

루카치는 노동계급과 자본주의의 적대성을 인식하는 혁명적 계급의식이 진정한 의식인 데 비해, 직접적인 경제적 이해는 노동자의 허위의식으로 경시하였다.[4] 그런데 이렇게 경시된 직접적인 경제적 이해는 지배계급인 자본가계급이 노동자계급을 저항과 혁명으로부터 체제 내부로 포섭해 들이기 위해 우선적으로 활용하는 지배양식이다. 실제로 방현석의 소설에서 자본가의 가장 강력한 무기는 노동자들의 경제적 이해를 이용하는

4 허위의식으로 경시되면서 직접적 이해관계가 구체적으로 어떤 식으로 작동하는지, 개별적인 계기가 대립이 아니라 전체와 어떻게 유기적으로 연결될 수 있는지에 대한 분석이 이루어지지 못했다. 좌파가 계급의식을 고취하며 노동자계급을 혁명적 실천으로 이끌려 할 때, 우파는 여러가지 물질적 수단을 동원하여 노동자계급의 저항성을 약화시키려 했다. 20세기 서구 노동자들은 직접적인 이해 충족의 길을 걸었고, 이것은 서구의 혁명적 노동운동이 실패하게 된 원인이다.(이성백 「루카치, 계급의식과 혁명적 실천」, 한국철학사상연구회 『다시 쓰는 맑스주의 사상사』, 오월의봄 2013, 231면) 소설집 『내일을 여는 집』에 등장하는 노동자들이 경제적 이해관계가 아닌 노동자의 계급의식에 충실한 것에 비해, 1997년에 발표된 「겨울 미포만」에 등장하는 노동자들은 대부분 직접적인 이해 충족에만 관심을 기울인다.

것이었다.

「새벽 출정」의 사장은 노동청을 통해 협상을 제의해온다. 농성 조합원 65명에게 2억원의 보상금을 주고, 중앙일간지 두곳에 사과광고를 싣겠다는 것이다. 나아가 노동청은 조합원 전원의 타 회사 취업을 책임지겠다고 제안한다. 그러나 그들은 다음과 같은 이유로 이를 단호하게 거부한다.

> 2억, 너무나 큰돈입니다. 그러나 우리가 원했던 돈은 인간다운 삶을 이어나가기 위한 것이었을 뿐, 돈에 대한 탐욕이 아니었습니다. 우리는 부자가 되려고 했던 게 아닙니다. 인간답게 살고 싶었던 것뿐입니다. (…) 이제 우리는 화해를 믿지 않습니다. 우리는 오직 불타는 적개심으로, 비타협적으로 싸울 뿐입니다. (91면)

등단작인 「내딛는 첫발은」(1988)에서부터 노동자들을 움직이는 것은 결코 직접적인 경제적 이익이 아니다. 노동자들은 본질적으로 자본주의 체제와 불화하며 진정한 인간적 삶을 추구한다. 정식이는 자신의 아버지가 공사판에서 허리를 다친 후 보상금 한푼 받지 못한 채 4년 동안 누워 있는 것에 힘들어한다. 그러나 구사대의 공격에 동료 노동자가 끌려가는 것을 지켜보던 그는 끝내 스패너를 집어던지며 "언제까지 이렇게 개처럼 살 거야, 언제까지"(32면)라고 외친다. 「지옥선의 사람들」에서 해포조선소가 속한 그룹은, 노조가 있는 사업장만큼은 노동자들의 임금을 보장해준다는 원칙을 지니고 있다. 그럼에도 해포조선소의 노동자들은 치열한 투쟁에 나서는데, 이것은 노동자들이 단순히 경제적 이해관계만을 중요시한 것이 아니기 때문에 가능한 행동이다.

「또 하나의 선택」은 최근 활발하게 논의되는 랑시에르(J. Rancière)적 의미의 민주주의, 즉 분할 논리의 중지와 보편성의 구성으로서의 정치를 훌륭하게 서사화한 작품이다. 1990년 3당 통합 이후부터 회사 측은 노조와의 교섭 자체를 거부한다. 노조의 모든 사업이 부진을 면치 못하는 상황에서, 조합원들의 동참을 최대한 끌어내기 위해 노조는 식당투쟁을 결의한다. 그러나 노동자들은 동참을 거부하고, 이에 따라 조합 간부들은 조합원에 대한 경멸에 가까운 불신을 한다. "눈앞의 자기 배부른 것밖에 모르는 조합원들"(228면)이라고 생각하는 것이다.

석철을 비롯한 조합의 간부들은 랑시에르가 비판한 분할의 논리를 그대로 반복한다. 랑시에르는 진보주의가 대중들을 한갓 교육의 대상으로 삼음으로써 분할의 논리를 반복했다고 비판한다. 그는 가장 근본적인 분할, 지배와 예속을 정초하는 분할은 지능, 즉 사유하고 이해하는 능력에서의 분할이라고 주장한다. 따라서 정치에서의 평등은 도달점이 아니라 출발점에 해당하며, 지배자들의 분할 논리에 맞서 '우리도 당신들과 마찬가지로 보고 느끼고 생각하는 존재'라고 주장해야 한다고 본다. 이것이야말로 인간의 근원적 평등에 대한 긍정이다.[5] 그러나 「또 하나의 선택」에 등장하는 조합 간부들은 조합원을 평등한 투쟁의 주체가 아닌, 자신들의 지도가 필요한 계몽의 대상으로 여긴다.

이 점을 날카롭게 지적한 사람은 김석철의 멘토인 한형이다. 의욕을 상실한 김석철을 찾아온 한형은 "문제의 원인은 조합원들에게 있는 것이 아니라 조합원들 대신 조합원들의 문제를 해결사처럼 풀어주려던 집행부에 있는 건 아니오?"(232면)라는 충고를 한다. 한형의 말을 참고하여 석철은 식당문제를 부서별 현장토의에 붙이면서, "조합원들은 구경하고 간부들은 굶는, 한마디로 일체감 있는 투쟁이 못된 것"(236면)이 문제임을 깨닫는다. 자신이 조합원들에게 지침을 일방적으로 주입하고, 따라오지 않는 조합원들을 비난하는 전형적인 분할의 정치에 빠져 있었음을 알게 된 것이다.

5 박기순 「포스트-알튀세르주의자들, 주체 개념을 중심으로」, 한국철학사상연구회, 앞의 책 363~67면.

부서별 종합토론의 결과는 식당이 개선될 때까지 노동자들이 직접 취사하여 식사문제를 해결하자는 것이다. 언제나 투쟁에서 소외되었던 아주머니들마저 이 투쟁에 자발적이고 적극적으로 참여하여 활력을 불어넣는다. 결국 열흘 만에 정수태 사장은 손을 들고 노동자들의 요구를 들어준다. 이후에도 일반 노동자의 창조성과 사유는 빛난다. 회사 측이 휴가상여금을 인상하겠다는 약속을 지키지 않자 조합에서는 단돈 백원이라도 올려줘야 한다고 사장에게 요구한다. 그러자 사장은 정말로 조합원 1인당 백원만 더 지급한다. 이에 분노한 조합원들은 사장실로 몰려가 받은 백원을 도로 던져주고는 퇴근해버려 사장을 곤란에 빠뜨린다. 이것은 "조합원들 머리가 하여튼 기발한 데가 있어"(255면)라는 쟁의부장 민식의 말처럼 일반 조합원들의 아이디어에서 비롯된 행동이다.

석철이 수감되었을 때에도 랑시에르적인 의미의 정치는 계속된다. 이 작품에서 감옥은 정치범들이 수용된 8사동과 개털이라 불리는 일반 형사범들이 수용된 5사동으로 구분된다. 그러나 서사가 진행되면서 5사동과 8사동의 구분은 무화되어버린다. 5사동에는 야비하고 지저분한 이야기들이 넘쳐나지만, 동시에 들어온 물품을 없는 자들에게 나눠줄 만큼 인간미도 넘쳐난다. 석철은 일반 형사범들도 "자신과 똑같이 없이 살며 천대받기는 마찬가지"(259면)이며, 5사동 37방의 수인들이 흉측한 죄인들이 아니라 나름의 사연을 가진 이웃임을 확인한다. 석철은 5사동에서 계속 투쟁에 앞장서고 8사동의 정치범들이 단식투쟁을 벌인 결과, 8사동으로 옮겨가지만 그가 8사동에서도 식사거부 등의 투쟁을 하자 교도관들은 폭력배들이 가득한 5사동으로 그를 다시 보낸다. 그러나 석철은 "교도소 당국의 기대와 달리 5사동의 재소자들로부터 시달리기는커녕 오히려 그들의 원호를 받"(273면)는다. 결국 석철은 자신을 진정으로 필요로 하는 곳은 8사동보다 5사동이라는 생각에 5사동에 남기로 결심한다.

「또 하나의 선택」에서는 5사동과 8사동이라는 분할의 질서 속에서, 그

질서가 자신의 토대로 전제하고 있는, 근원적 평등을 가시화하는 랑시에르적인 의미의 정치가 행해진다. 정치는 서로 다른 세계의 충돌과 대립이며, 랑시에르는 이것을 불화라고 부른다. 이 불화의 무대는 스스로 사유할 능력이 없고 따라서 말할 자격이 없다고 간주되던, 따라서 들리지도 보이지도 않던 사람들이 자신들도 스스로 사유하고 말할 수 있는 능력을 가지고 있음을 드러내 보임으로써 구성되는 무대이다. 요컨대, 그것은 분할의 논리에 맞서 평등을 가시화하는 무대이다.[6] 「또 하나의 선택」은 야비하고 지저분한 이야기나 하며 '흉측한 죄인'에 불과하다고 인식되던 형사범들 역시 정치범들만큼이나 올곧은 의식과 단단한 의지를 가진 존재들임을 보여줌으로써, 진정한 평등을 가시화하고 있다.

2. 우울증적 주체의 불가피하지만 불가능한 맹세

1990년대는 방현석 소설에서 상실의 시대라 정리할 수 있다. 공동체의 연대나 대의를 위한 숭고한 헌신 등이 사라져버린 불모의 시공이었던 것이다. 「겨우살이」(1996)는 1990년대의 시대 상황을 압축해서 보여준다. '나'는 전교조 출신의 해직교사였다가 전교조를 탈퇴하고 교단에 복귀한다. 전교조 탈퇴각서에 도장을 찍고 복직하기로 했을 때, "세상 전체를 어떻게 바꿔보겠다는 희망"(186면)[7]도, "인간이라는 이름을 가진 동물 전체를 향한 막연한 기대"(같은 곳)도 포기했다. 그는 단지 "내 한 몸으로 책임질 수 있는, 나와 인연이 닿은 아이들에게 최선을 다하자"(같은 곳)라는 조

6 박기순, 앞의 글 369~70면 참조.

7 「존재의 형식」「랍스터를 먹는 시간」「겨우살이」「겨울 미포만」은 『랍스터를 먹는 시간』(창작과비평사 2003)에서 인용하였다. 앞으로 작품 인용 시 이 책의 면수만 표시하기로 한다.

그마한 진정성만 지니고 있었다. 그러나 1990년대는 개인의 조그마한 진정성을 지키는 것조차 쉽지 않은 시대이다.

최현미의 어머니는 국립대 원서를 써달라고 억지를 부리며, 자신의 재력을 믿고 교사의 권위를 우습게 여긴다. 학교에는 반장을 포함한 학생회 간부들은 성적이 상위 20퍼센트에 들어야 한다는 비민주적인 규정이 존재하며, 반장으로서 아이들을 훌륭하게 이끌고 공부도 열심히 한 박송미는 돈이 없어 대학 입학을 포기한다. 인간다운 삶이 부재하고 돈이 전능한 힘을 발휘하는 상황이 교단에서만 벌어지는 것은 아니다. '나'의 누나는 교통사고를 당하는데, 누나에게 중상을 입힌 운전기사는 자신은 보험에 들었으니 법대로 하라며 병원에 얼굴 한번 보이지 않는다. 실제로도 법에는 "사만원짜리 스티커 한장 끊고 돌려보"(214면)내게 되어 있다. "인간이 인간에게 이래서는 안된다"(219면)라는 생각에 사고를 낸 여자의 아파트에 갔을 때, 그 여자의 차량에 붙여진 스티커를 발견한다. 거기에는 "내 탓이오"(220면)라고 쓰여 있다.[8] 형식적 민주주의는 얻었을지 모르지만, 그것은 오히려 개인주의와 돈에 따른 위계질서를 강화해서 사람들을 인간다운 삶에서 멀어지게 만든다. 이 시기의 방현석 작품들에서는 과거와 같은 가열찬 맹세는 더이상 찾아보기 어렵다.

이러한 개인주의와 형식적 민주주의의 문제는 노동현장에서도 마찬가지이다. 「겨울 미포만」(1997)에서 노동자들은 완전히 개인의 경제적 이득에만 관심을 가질 뿐이다. 그리하여 노조가 옥쇄를 각오하고 결정 내린 전면파업에 따르는 평조합원은 이만이천명 중 백명밖에 되지 않는 처참한 상황이다. 이러한 상실은 거의 전적으로 시대의 변화에서 비롯한 것이다. 상실을 삶의 가장 근본적인 조건으로 받아들인 사람에게 화급한 삶의

8 「겨우살이」의 도입부에는 이미 고급 승용차를 탄 젊은이가 별다른 이유도 없이 '나'에게 쌍욕을 퍼붓는 모습을 보여줌으로써, 1990년대의 비윤리적 시대 분위기를 충분히 드러내고 있다.

과제는 애도가 될 수밖에 없다. 이념적 대타자의 상실이든 사랑하는 사랑과의 이별이든, 이제 사람들은 정상적인 삶을 살기 위해 상실의 극복이라는 문제에 맞서야만 하는 것이다.

「겨울 미포만」 역시 상실과 애도의 문제를 중심으로 서사가 짜여 있다. 이 작품에서 핵심 사건은 노동법 개악에 맞선 총파업이 참담한 실패로 끝난 일이다. 이 사건에 충격을 받은 최이현은 사직하고 자신의 고향으로 돌아간다. 이 작품에는 상실된 대상으로서의 원형적 시공이 등장하는데, 그것은 바로 1987년 노동자 대투쟁 시기이다. 1987년 8월 17일 노동자들이 어깨에 어깨를 겯고 남목고개를 넘을 때, “우리는 다른 세상을 보아버렸고 우리의 인생은 돌이킬 수 없이 달라져버렸”(232면)다. 이후 노조와 운명을 함께하기로 결심하고 모든 고난을 무릅쓴 것은, 바로 “이유가 있다면 단 하나 87년 남목고개를 넘으며 보았던, 그 아름다웠던 새로운 세상의 꿈이 노조와 함께 무너지는 것을 받아들일 수 없기 때문”(256면)이다. 상모는 나중에 이현의 환송회에서 “박을 때 다 같이 박는 집단주의”(262면)를 강조하는 박현강과 대중노선을 강조하는 최용구의 논쟁을 지켜보면서도, “하루하루를 견뎌내는 데 깊숙이 빠져들어서 처음 남목고개를 넘을 때 그 터질 것 같던 감동을 잃어버렸어”(263면)라며 안타까워한다. 이현이 미포중공업을 그만두고 고향으로 돌아가며 상모에게 건네는 통장의 비밀번호는 0817이다. 이는 남목고개를 넘었던 10년 전의 그날, ‘87년 8월 17일’을 의미한다.

1987년에 함께 남목고개를 넘었던 봉식이형과 이현은 각기 다른 모습을 보여준다. 옳은 쪽을 향해 무조건 ‘앞으로 갓’을 외치던 봉식이형은 프로이트(S. Freud)적인 의미에서 애도에 성공한다. 그는 지난 시기에 쏟아부었던 리비도를 철회하여 변화된 현실에 쏟아붓는다. 봉식이형은 팀장이 된 이후 노조가 옥쇄를 각오하고 내린 전면파업 결정에 복종하는 후배 노동자를 만류한다. 이에 반해 이현은 어떠한 애도도 하지 못한 채 우울증에 걸려 십년 전의 모습에 붙들려 있다. 그러하기에 이만이천명 중에 백여명이 총파업에 동참하는 상황도, 노동자들이 성과급에 목을 매는 상황도 도저히 받아들이지 못한 채 지독한 외로움에 시달린다. 그는 남목고개를 넘던 1987년을 온몸으로 살아가고 있는 것이다. 그리하여 끝내 너무나도 달라진 미포만을 감당하지 못하고, "살고 싶어서, 자살이라도 할까봐"(254면) 고향으로 돌아간다. 그러고는 끝내 교통사고로 죽고 만다.

이 작품의 초점화자인 서른여덟살의 해고노동자 박상모 역시 이현 쪽에 가깝다. 이는 해고자라는 신분이 증명할 뿐만 아니라, 자신이 "게을렀고 썩었"다며 날마다 정문 앞에서 '벌'을 서는 모습(287면)에서도 확인 가능하다. 그가 오랜만에 찾아온 봉식이형에게 "이현이 다시 돌아오고, 옛날의 당당하던 그 앞으로 갓 형의 모습 보여주지 않는 한 나 형 용납 못해"(294면)라고 말하는 것에서도 우울증적 주체의 모습은 잘 나타난다.

프로이트적인 의미에서 상모나 이현 등은 지난 시대에 실패하여 우울증을 앓는 병리적인 존재들이라고 볼 수도 있다.[9] 그러나 상실된 대상, 즉 과거에 자신의 진정을 바쳤던 대상들을 상징화한 후 그들을 기억의 공간에 편입하여 정상적으로 애도하는 것, 그리하여 그들을 나와는 완전히 분리하는 것을 과연 윤리적이라고 말할 수 있을까? 이러한 모습은 정신병리학적 측면에서는 성공적일지 모르지만, 지난 시대의 이상적인 가치와 대상을 포기한다는 점에서는 단연코 비윤리적이다.

방현석이 긍정적으로 바라보는 1990년대의 인간들은 상징적 죽음을 쉽

---

9 프로이트는 「슬픔과 우울증」이라는 논문에서 애도를 사랑하는 대상으로부터 그동안 투여된 리비도를 분리시키는 것으로 규정하고 있다. 정상적인 애도작업이 원활하게 이루어지지 않아 자아의 일부가 상실된 대상과 동일시될 때, 자아는 자신의 일부를 외부 대상으로 여기게 된다. 이때 자아는 상실된 대상을 자기 일부의 상실로 받아들이며, 이로 인해 우울증이 발생한다. 그리하여 프로이트의 입장에서 보면 애도는 건강한 것임에 비하여 우울은 병리적이다. (프로이트 「슬픔과 우울증」, 『정신분석학의 근본개념』, 윤희기 옮김, 열린책들 2004 참조)

게 지난 시대에 선사함으로써 그것으로부터 벗어나려 하지 않고, 반대로 지난 시대의 가치와 지향에 언제까지나 매달림으로써 자신의 책임을 다하고자 한다. 그렇다면 작가는 다분히 전략적으로 우울증을 선택한 것이라 할 수 있다. 상실을 애도하지 못할 때 주체는 상실된 대상을 자신과 합체하고 이를 통해 우울증적 자아를 형성해간다는 프로이트의 논지는 이후 주디스 버틀러(Judith P. Butler)에 의해 정치적으로 전유된다. 버틀러는 애도해야 할 대상을 제대로 애도할 수 없을 때 주체는 오히려 그 대상을 자신과 합체하고 그 대상이 이루려고 했던 이념을 실현하는 일에 열중하게 되며, 이를 통해 애도를 불가능하게 했던 권력을 교란하고 해체하는 정치적 행위를 할 수 있게 된다는 것이다. 이것이 바로 버틀러가 도출해내고자 하는 우울증적 주체의 정치성이다.[10] 방현석 소설의 우울증적 주체들 역시 버틀러적 의미의 정치성을 소유한 자들이라고 할 수 있다.

「겨울 미포만」의 마지막에도 이전의 노동소설과 마찬가지로 맹세의 형식이 등장한다. 이는 이현이 오토바이를 타고 가다가 벼랑에서 떨어졌다는 소식을 듣고 상모, 봉식, 현강, 창연이 이현이 있는 삼척으로 향하는 차 안에서 이루어진다. 라디오도 나오지 않는 차 안에서 그들은 할 수 없이 테이프를 듣는다. 그 테이프에는 다음과 같은 노래말이 흘러나온다.

> 사랑한다 미포중공업 노동조합 동지들이여
> 우리들의 결사투쟁은 이다지도 끝이 없구나
> 사나이 한평생 노동자로 태어나
> 투쟁과 투쟁으로 살아온 우리
> 이것이 나의 길 노동자의 길

10 주디스 버틀러 『불확실한 삶: 애도와 폭력의 권력들』, 양효실 옮김, 경성대출판부 2008 참조.

아— 아— 아 골리앗이여 서러워 울지 말아라
아— 아— 아 골리앗이여 노동자의 깃발이여 (312면)

이 노래는 이전처럼 어떠한 실천적 파토스(pathos)도 동반하지 못한다. 이 노래는 마치 장소를 잘못 찾아온 불청객처럼 차 안의 공기를 더욱 무겁게 만들 뿐이다. 그리하여 “상모와 봉식, 현강과 창연, 그 넷은 모두 굳게 입을 다물고 그들 앞으로 열린 길을 응시하고 있었다”(312면)라는 묘사로 끝날 뿐이다. 그토록 강건했던 맹세가 이토록 힘이 빠진 이유는 무엇일까?

흥미로운 것은 방현석의 소설이 ‘이상적인 과거’와 ‘상실로서의 현재’라는 이분법을 1980년대부터 보여왔다는 점이다. 『내일을 여는 집』의 「내딛는 첫발은」(1988)에서도 “노조는 벼랑 끝으로 밀리고 있는 중이었다. 날마다 탈퇴서가 조합 사무실에 한움큼씩 쌓여갔다”(13면)라고 이야기될 만큼 노조의 활동은 지금 극심한 어려움에 처해 있다. 이것은 용호와 강범의 회사에서만 그러한 것은 아니고, “저 공장도 깨졌다” “저 전자회사도 깨졌다”(12면)라고 할 만큼 전반적인 노동현장의 상황이다. 「새벽 출정」(1989) 역시도 노조가 극도로 수세에 몰린 상황에서 소설이 시작된다. 소설의 첫 문장이 “오늘 아침 윤희가 떠났다”(33면)일 정도이다. 농성이 100일이 지나자 별다른 소득 없이 같이 싸우던 동료들은 농성장을 하나둘 떠난다. 노조 활동비도 바닥이 나서 이웃 선흥정밀에 가서 돈을 빌리고, 조합원들은 역광장에서 커피를 판다. 「내일을 여는 집」(1990)의 주인공 성만은 해고노동자이고, 해고의 원인은 노조활동 때문이다. 해고자들이 정문에 매달려 외칠 때도 “동료들은 다만 눈먼 장님”이고 “귀먹은 벙어리”이다(123면). 「지옥선의 사람들」(1991)에서 남한 노동운동의 당당한 전위였던 해포조선소의 동지회는 사실상 와해된 상태이다. 시련 속에서도 흔들리지 않고 든든한 일꾼으로 성장해온 봉수는 흔들리고 있으며, 기대는 노조 지도부조차 "오합지졸이 되어버렸다는 느낌"(153면)에 괴로움을 느낀다.

그러나 소설집 『내일을 여는 집』에서 그러한 과거는 현실을 충격하고 이상적인 미래를 당겨오는 하나의 훌륭한 지침이 된다. 그러한 점은 결말부의 강렬한 맹세를 통해 드러난다. 이는 무엇보다도 이상적인 과거를 뒷받침할 만한 현실의 힘이 굳게 뒷받침되었기 때문이다. 『랍스터를 먹는 시간』의 「겨울 미포만」(1997)에서 그러한 과거는 미래를 만들어나갈 새로운 힘으로 기능하지 못한다. 그것은 무엇보다도 현실의 상황이 너무나도 척박하게 변했기 때문이라고 할 수 있다. 「겨울 미포만」에서는 수련회에서의 강력한 결의에도 불구하고 "현강을 비롯한 간부들은 혼신을 다했지만 노조의 상황은 쉽게 달라지지 않"(310면)는다.

이러한 상황에서 과거의 가치를 맹목적으로 고수하는 것은 과거에 대한 객관화를 거부한 채 '과거를 생생하게 되살려서 그 상태로 고착시켜 놓는 것'이라고 할 수 있다. 이현과 상모의 심리적 메커니즘 속에서 대상(과거)은 자아(현재)와 아무런 관련도 맺지 못하며, 이로 인해 분리된 채 존재할 수밖에 없다.[11] 즉 주인공들이 그토록 집착하는 과거의 이념은 현

11 자끄 데리다(Jacques Derrida)의 관점과 가장 가까운 정신분석학을 선보인 니콜라스 아브라함(Nicolas Abraham)과 마리아 토록(Maria Török)은 프로이트를 비롯한 대부분의 정신분석가들이 동일시했던 입사(introjection)와 합체(incorporation)라는 개념을 구분하고 이를 정상적인 애도작업과 실패한 애도작업, 또는 납골과 각각 결부시켰다. 아브라함과 토록에 따르면 입사는 적절한 상징화 과정을 통해 부재, 간극의 장애를 극복하고 이를 통해 자아를 강화하고 확장하며, 따라서 이는 정상적인 애도작업과 결부되어 있다. 반면 근원적으로 환상적인 성격을 지니는 합체는 대상의 부재를 상징화 과정을 통해 은유화하지 못하고 이 대상을 탈은유화해서 자아 안으로 삼켜버리며, 이 합체된 대상과 스스로를 동일화한다. 데리다가 보기에 애도작업은 본질적으로 타자를 상징적·이상적으로 내면화하는 것, 곧 타자를 자아의 상징구조 안에서 동일화하는 것을 의미한다. 이런 측면에서 본다면 소위 정상적 애도, 성공적인 애도는 타자의 타자성을 제거한다는 의미에서 타자에 대한 심각한 (상징적) 폭력을 함축하고 있다. 그렇다면 납골로서의 실패한 애도, 합체는 타자의 온전한 보존이라는 측면에서 볼 때에는 성공한 애도, 충실한 애도라고 할 수 있지 않을까? 데리다는 이는 충실한 애도일 수 없

실에서 철저히 배제되는 것이다. 그들의 내부에 과거의 기억이 그 자체로서 충실하게 보존되면 될수록 그 기억은 현실로부터 분리된 채 존재하게 되며, 과거의 기억은 현실에서 배제된다. 그렇기에 마지막에 테이프에서 흘러나오는 노래(맹세)를 들으며 등장인물이 보여주는 침묵 속의 응시는 '불가피하지만 불가능한' 혹은 '불가능하지만 불가피한', 그리하여 과정으로서만 존재하는 애도의 윤리에서 비롯된 것으로 이해할 수 있다.

3. 맹세의 부활

맹세는 이렇게 끝나는 것일까? 여기서 하나의 출구로 등장하는 것이 바로 베트남이다. 「겨울 미포만」의 이현이 삼척에 갔다면, 「존재의 형식」(2002)에서 "지하서클의 중심적 인물"(14면)이었던 재우는 "충분히 외로워서"(16면) 베트남에 간다. 그는 결코 변한 세상과 타협하고 싶지 않아 베트남으로 떠난 것이다. "불명예스러운 건 지난날이 아니라 지금의 우리"(56면)라고 생각하는 재우는 베트남에서 한국의 70년대 방식으로 베트남 노동자들을 대하는 한국기업을 비판하는 글을 쓰고, 그것이 신문에 보도되어 교민사회에서 '저주의 대상'이 된다(45면).

방현석의 소설에서 베트남은 무엇보다 혁명의 대의가 훼손되지 않은 채 숨을 쉬는 공간이다. 그곳은 바로 이상적인 대상이 남아 있는 우리의 80년대인 것이다. 「존재의 형식」에서 베트남의 식당과 술집에 왜 그렇게

다고 본다. 왜냐하면 자아 내부에 타자가 타자 그 자체로서 충실하게 보존되면 될수록 이 타자는 자아로부터 분리된 채 자아와 아무런 연관성 없이 존재하게 되며, 따라서 어떤 의미에서는 입사에서보다 더 폭력적으로 타자는 자아와의 관계에서 배제되기 때문이다. (자끄 데리다 『마르크스의 유령들』, 진태원 옮김, 이제이북스 2007, 388~89면; Jacques Derrida, *Memoires: For Paul de Man*, trans. Cecile Lindsay, Jonathan Culler, and Eduardo Cadava, Columbia University Press 1989, p. 35)

잡상인이 많으냐는 재우의 물음에, 레지투이는 "우리나라가 아직 가난하지만 남의 고된 생계수단을 빼앗으면서까지 부자가 되려고 하진 않아요"(68면)라고 답한다. 「랍스터를 먹는 시간」에서 이러한 베트남의 모습은 더욱 분명하게 드러난다. 한국인 조선소 관리자들이 술자리에서 베트남과 호치민 등을 모욕하는 말을 쏟아놓았다가 호된 댓가를 치른다. 또한 베트남에서는 한국에서 노동자를 다루는 수단으로 관리자들이 유용하게 사용하는 업무평점과 잔업, 특근에 대한 결정권이 그야말로 종이호랑이에 불과하다. 나중에 베트남 전쟁의 영웅인 보 반 러이는 한국인 관리자에 대한 폭행의 책임을 지고 사표를 쓰지만, 공안국에서는 "분명한 것은 그가 부당하게 훼손되어서는 안된다는 것이며 우리 당은 그를 보호할 책임이 있다"(131면)라는 말을 하며, 보 반 러이의 원상 회복을 강력하게 주장하여 관철시킨다.

「존재의 형식」과 「랍스터를 먹는 시간」에는 과거에 자신이 믿었던 대의를 완고하게 고수하는 우울증적 주체들이 등장한다. 「존재의 형식」에서 한국어 시나리오를 베트남어로 옮기는 재우의 일을 도와주는 레지투이는 고등학교 졸업과 동시에 자원 입대하여 베트남전쟁에 뛰어들었던 인물이다. 감독이자 소설가이기도 한 레지투이는 시인 반레로 불리기를 원한다. 반레라는 이름은 시인이 되고 싶었지만 시인이 되지 못한 채 전쟁 중에 죽은 친구의 이름이기도 하다. 수십년이 지난 지금도 레지투이는 친구의 삶을 살아가고 있는 것이다. 「랍스터를 먹는 시간」의 보 반 러이는 과거에서 한걸음도 벗어나지 못한 채 온전하게 과거를 살아가는 인물이다. 보 반 러이는 꽝떠이성의 항전사에 이름이 나오는 전사로서, 열다섯살에 입산하여 영웅 칭호에 버금가는 활약을 하였다. 보 반 러이는 열다섯에 동네 사람들 거의 전부가 학살되는 장면을 목격한 이후 산에 들어가 불사조라는 별명을 얻는다. 보 반 러이는 자신의 몸에 박혀 있는 '서른두개의 파편'을 수술로 제거할 수도 있지만, "이 파편은 나의 일부야. 내게 박힌 이 저주와 함께 살다가 죽을 거야"(153면)라고 말하며 수술을 거부한다. 또한 보 반 러이는 전쟁 때의 동지이자 연인이었던 이니(혹은 이니의 시신)를 지금도 애타게 찾아 헤맨다. 전쟁 중에 죽은 친구의 이름을 고집하는 레지투이나 몸속의 파편을 제거하길 거부하면서 옛 연인을 찾아 헤매는 보 반 러이는 프로이트가 말한 우울증적 주체의 전형이라고 할 수 있다.

그러나 베트남에서 우울증의 양상은 매우 독특하다. 베트남에서는 과거에 대한 상징화와 동일화가 동시에 일어나기 때문이다. 이것은 데리다(J. Derrida)가 말한 '불가능하지만 불가피한' 혹은 '불가피하지만 불가능한' 애도를 뒤집어놓은 양상이다. 베트남에서는 과거가 충분한 의미를 부여받은 채 현재 속에 생생하게 살아 숨쉬고 있기 때문이다. 한국에서는 불가능했던 애도가 베트남에서 가능해짐과 동시에 방현석 소설에서 사라졌던 맹세가 새롭게 부활한다. 「존재의 형식」은 재우가 창은[12]으로부터 들었던 "무언가를 꿈꾸려는 자는 그 꿈대로 살아가야 하지 않을까"(71면)라는 말을 되새김질하며 끝난다. 이전의 맹세와는 달리 한층 온화하고 사적인 진정성의 차원으로 축소되었지만, 이것은 존재론적으로 한층 심화된 맹세이다.[13] 창은의 말은 레지투이가 재우에게 했던 "우리는 공산주의

12 창은은 재우나 문태와 함께 공장에 갔다가 끝까지 현장에 남은 친구로서, 현재도 '이주노동자의 집 소장'을 하며 지난 시절의 가치를 지키고 있다.

13 「랍스터를 먹는 시간」에는 말 뜻 그대로의 맹세는 등장하지 않는다. 그러나 건석은 베트남인인 리엔과의 결혼을 통하여 자신의 삶을 옥죄어왔던 형의 삶을 그대로 살고자 한다. 리엔과의 결혼을 통하여 건석은 최건찬이자 우옌 카이 호앙이 되고자 하는 것이다. 이것은 행동을 통한 맹세라고 할 수 있다. 건석에게는 베트콩이라고 불렸던 이복형이 있었다. 아버지가 월남전에 참전하여 베트남 여자와의 사이에서 낳은 형이다. 동네 아이들은 신체적 장애까지 있는 형을 놀렸고, 건석 역시 한번도 형의 편이 되지 않고 아이들의 편에서 형을 놀렸다. 형은 공고를 졸업함과 동시에 D중공업에서 일을 했고, 건석은 형이 벌어온 돈으로 대학을 다녔다. 형은 자신을 째보나 베트콩이 아닌 진짜 이름으로 불러준 노동자들과 함께 노동운동에 나선다. 그러던 형은 D중공업 파업현장에

를 위해서 싸운 것이 아니고 공산주의를 살았어요"(69면)라는 증언과도 매우 흡사하다. 그러고 보면 창은을 떠올린 것 자체가 베트남이었기에 가능한 일이었다. 재우는 음식을 배달해준 "시커먼 기름때가 묻은 (베트남—인용자) 청년의 손"(31면)을 바라보며 창은을 떠올렸던 것이다. 2000년대 들어 방현석은 베트남을 경유함으로써 과거의 맹세를 부활시키고 있다.

4. 방현석, 그도 죽지 않았다

화자와 언어 사이에 윤리적 관계를 단단하게 얽어매는 맹세를 통하여 인간은 정치적 존재가 되며 역사 발전의 주체가 된다. 때로 문학은 그 자체로 맹세가 되기도 하며, 뜨거웠던 지난 시절 방현석의 소설은 맹세가 얼마나 감동적일 수 있는지를 보여준 전범이었다. 이때의 맹세는 노동자의 계급의식과 분할 논리의 중지와 보편성의 구성으로서의 민주주의에 대한 열망으로 채워져 있었다. 1990년대 중반 이후에 창작된 방현석의 소설에서는 과거와 같은 가열찬 약속의 맹세는 사라진다. 방현석이 파악한 1990년대가 "팔십년대에 딸린 별책부록"(「겨울 미포만」, 295면)이라는 점을 생각한다면, 맹세의 사라짐은 어찌 보면 당연한 일이다. 그럼에도 방현석은 맹세의 약속을, 아니 약속의 맹세를 끈질기게 지키려고 한다. 정확히 말하자면 1980년대의 맹세가 방현석을 놓아주지 않는다. 그러하기에 방현석의 자아라 할 만한 인물들은 우울증적 주체가 된다. 그 우울증적 주체들이 내놓은 1990년대식 맹세는 노동자들을 격동시키는 대신 침묵 속의 응시에 빠뜨린다. 이러한 상황에서 방현석은 과거의 이상적인 가치가 살아 숨쉬는 시공을 베트남(「존재의 형식」「랍스터를 먹는 시간」)과 김근태

병력이 투입되었을 때 끝까지 현장을 지키다가 시체로 발견된다.

(『그들이 내 이름을 부를 때』, 이야기 공작소 2012)에서 찾아낸다. 베트남과 김근태를 통해 방현석의 소설에서 맹세가 다시 부활하는 것이다. 이때의 맹세는 과거의 것들과는 다르다. 그것은 집단적 실천의 서약으로 강철처럼 단단한 것은 아니지만, 철 지난 유행가 가사처럼 황량한 것도 아니다. 그것은 작지만 한층 내밀한 울림으로 가득하다. 『그들이 내 이름을 부를 때』에서 1985년 겨울 남영동에서 서울구치소로 옮겨온 김근태는 마지막에 "내가 지켜낸 이름과 지켜내지 못한 이름, 나를 모욕하고 유린했던 이름, 끝없이 그리운 이름, 이름들. 그들의 이름을 기억하려는 안간힘으로, 그들이 불러준 내 이름을 잊지 않으려는 몸부림으로, 그해 겨울 나는 죽지 않았다"(372면)라고 말한다. 이 마지막 맹세를 변형시키는 것이 허용된다면, 이렇게도 말할 수 있을 것이다. '방현석, 그도 죽지 않았다.'

서로를 비춰보는 거울

◆

『한·중 걸작 단편선』

1. 비슷한 듯 다른 모습

박형서(朴馨瑞)의 「어떤 고요」(『한·중 걸작 단편선』, 자음과모음 2014)는 작가의 실제 삶이 거의 별다른 가공 없이 직접적으로 드러나 있는 자전소설이다. 부모님이 교사였다는 것, 강원도에서 유년기를 보냈다는 것, 2000년에 『현대문학』으로 등단했다는 것, 소설집으로 『토끼를 기르기 전에 알아두어야 할 것들』과 『자정의 픽션』을 출판했다는 것, 문예창작과 교수로 임용되었다는 것 등이 모두 사실에 부합한다. 그럼에도 이 작품은 소설이다. 그러하기에 작가의식에 바탕을 둔 의미의 강조점이 존재할 수밖에 없다. 「어떤 고요」에는 프로이트(S. Freud)가 말한 최초 기억에 해당하는 장면이 처음과 마지막에 하나의 거멀못처럼 놓여 있다.

그 장면은 '나'가 여섯살 시절에 경험한 청력 상실과 관련된다. 귀가 먼 직후부터 청력을 되찾기까지 두해 동안의 시간은 박형서의 삶을 기본적으로 결정지었다고 해도 과언이 아니다. 청력 상실의 경험은 2010년 겨울 크리스마스이브에 인도의 중부 벵갈루에서 남부 케랄라로 가는 2등 침대칸에서 다시 찾아온다.

침대칸에서 '나'는 큰 문학상을 받은 것과 문창과 교수로 임용된 것, 그리고 마지막으로 기차에 탑승한 직후 갑자기 귀가 멀었다가 다시 정상으로 돌아온 것을 떠올린다. 문학상을 탔다는 것은 자신의 소설이 이제까지보다 훨씬 큰 변화를 감당해야 하며, 그렇지 않을 경우 상을 탄 바로 그날이 문학적 성취의 최고점이 되리라는 불길한 메시지를 담고 있는 것이며, 교수로 임용되었다는 것은 '아찔한 시험'에 들게 되었음을 의미한다. 일시적으로 귀가 먼 것은 향후 수년 내에 청력을 완전히 상실하리라는 의사의 경고를 다시 한번 확인한 일에 해당한다.

세가지 모두 절실한 고민이기는 마찬가지다. 이러한 상황에서 '나'의 진정한 문제는 세가지 고민들의 우선순위를 정하는 것이다. 오랜 고민 끝에 하나의 원칙을 세우는데, 그것은 "내 몸과 내 역사에 대한 예의"(82면)부터 지켜야 한다는 것이다. '나'는 새로운 선택이 시작된 첫날이면 언제나 경험하곤 하던 "어떤 고요"(83면)를 느끼는데, 이는 모든 일의 시작에 앞서 우선 스스로에게 충실하겠다는 다짐의 육체적 표현이라고 할 수 있다. 이 소설을 통해 우리는 겉치레로서의 문학적 성취나 명성보다도 '자신의 몸과 역사'에 충실하겠다는 작가의 진정성 있는 다짐을 읽을 수 있다. 여기 『한·중 걸작 단편선』에 수록된 여덟편의 소설들은 모두 이러한 절실한 자기 진실을 담고 있다.

한국과 중국은 황해라는 바다를 사이에 두고 아주 오랜 시간을 함께 살아오고 있는 이웃이다. 두 나라가 서로의 삶에 별다른 영향을 주지 않았던 시기는 수천년의 역사 동안 거의 없었다고 해도 과언이 아니다. 특히나 지금은 그 어느 때보다 경제적으로나 사회적으로 긴밀한 관계를 형성하고 있다. 그리하여 우리 삶의 가장 큰 거울이라 할 수 있는 소설에서도 양쪽의 삶의 무늬는 비슷한 듯 다른 패턴을 그리며 그 모습을 드러내고 있다.

2. 문화대혁명에서 SM게임까지

중국처럼 지난 40여년간 극적인 변화를 겪은 나라도 드물다. 1966년 문화대혁명의 전면적 전개, 1976년 마오쩌둥의 사망과 사인방 체포, 1978년 중국공산당 제11기 3중전회와 4개 현대화 노선 결정, 1989년 천안문 사건 발생, 1992년 덩샤오핑의 남순강화, 2008년 베이징 올림픽 개최 등의 대사건들만 살펴보아도 중국인들이 지난 40여년간 얼마나 숨 가쁜 발전과 반전의 드라마를 겪어왔는지 확인할 수 있다. 이러한 현대사는 사람들의 삶에도 적지 않은 굴곡을 만들어냈으며, 그러한 굴곡들은 다채로운 삶의 무늬를 꽃피우고 있는 것으로 판단된다. 웨이웨이(魏微)의 「후원칭전」은 전통적인 서사양식인 인물전의 형식을 취하고 있는 작품이다. 후원칭이라는 한 인간의 어찌 보면 사적인 삶을 담담하게 그림으로써, 문화대혁명에서 개혁개방으로 이어지는 지난 40여년간의 중국 현대사를 알뜰하게 작품 속에 녹여내고 있다.

1948년에 태어난 후원칭은 훤칠하고 잘생긴 외모를 지니고 있다. 열다섯살 때 점쟁이로부터 "난세에 영웅이 나면 성공하기 쉽지만 너는 태평성세에 태어났으니 재능이 있다고 해도 사회주의 건설을 위한 나사에 불과할 거"(224면)라는 예언을 듣는다. 실제로 후원칭은 뛰어난 재능이 있지만 결국에는 시대라는 거대한 물결에 따라 이리저리 흔들리는 부평초 같은 인생을 살게 된다.

어렸을 때부터 다방면에 걸쳐 뛰어난 재능을 보인 후원칭은 문화대혁명 기간에 조반파(造反派)로 활동한다. 대혁명이 끝난 이후에는 두살배기 남자아이의 아버지가 되어 폐인처럼 동네 골목에 칩거한다. 그러나 몇년의 세월이 흐른 후 후원칭은 대단한 부자가 된다. 사람들이 '개혁개방'을 입에만 올리고 있을 때, 후원칭은 남쪽 지방으로 내려가 실제 행동을 하여 엄청난 부를 축적한 것이다. 쥐런샹 거리는 후원칭이 가져온 새로운 물건들로 활기를 띄게 되고, 후원칭은 다시 한번 '쥐런샹의 본보기'로 바뀐다. 작가 웨이웨이는 이러한 부의 축적을 무조건적으로 예찬만 하지는 않는다. 그 골목의 절대적인 생활이 이전보다 나아지긴 했지만, 그 거리는 가난한 사람과 벼락부자로 나누어지고 그 빈부의 격차는 이전에 상상도 할 수 없을 정도로 크다고 지적한다.

침착하고 여유로운 눈빛의 육십대가 된 후원칭은 맑스(K. Marx)가 『자본론』에서 비판한 "머리부터 발끝까지 피와 더러운 것들로 덮인 사람"(249면)이 된다. 후원칭은 '모범생'에서 '혁명가'를 거쳐 '자본가'의 삶까지 훌륭하게 살아내고 있는 것이다. 이러한 삶의 모습은 당대의 지배질서가 이상화한 삶의 모습에 대응되는 것이기도 하다. 후원칭의 삶은 마치 오이디푸스의 운명이 그러했듯이, 점쟁이의 말에서 결코 벗어나지 않는다. 그는 '사회주의 건설을 위한 나사'로서의 삶에 충실했던 것이다. 그렇다면 후원칭은 영웅도 아니며, 어쩌면 온전한 주체도 되지 못했다고 말할 수 있을는지 모른다. 후원칭은 자신이 진정으로 무엇을 원하는지 모르겠다는 반응까지 보인다. 마지막 부분에서는 후원칭이 석양이 비치는 창밖으로 공장 구역에서 무리지어 밖으로 나가는 근로자들을 바라본다. 그들을 바라보며 후원칭은 다음과 같은 생각을 하는데, 인용문 속에는 당의 부속품이 되어 살아간 것은 후원칭뿐만 아니라 대부분의 중국인들에게도 마찬가지라는 인식이 담겨 있다.

> 그들의 얼굴을 보거나 그들의 불평이나 고함소리를 들을 수는 없었지만 후원칭은 그들이 오늘을 살고 있다는 것을 알았다. 불현듯 눈앞의 광경이 사라지고 40년 전의 광경이 펼쳐졌다. 지금 저 사람들이 40년 전에 살고 있다면, 저들 가운데 누가 태도를 바꾸고 어떤 사람이 될지 과연 누가 알 수 있을까? 저들 중 누가 통곡할지, 누가 하늘을 보며 탄식할지, 누가 흉악하게 바뀔지 과연 누가 알겠는가? 자기 자신도 모를 텐데. (254~55면)

여기에 덧보태 「후원칭전」은 과거의 상처를 치유하는 방식에 대한 질문까지 담고 있다. 후원칭이 대혁명 이후에 폐인처럼 살아갈 때, 같은 마을의 아순은 후원칭을 옹호하는 태도를 보인다. 그는 "조반파가 얼마나 많은데 전부 죽이면 나라가 어떻게 제대로 돌아가겠어요? 또 현대화는 어떻게 이루고요?"(227면)라고 말하는 것이다. 아순은 현재를 위해 과거의 상처를 덮고 지나가자는 입장이라고 할 수 있다. 아순의 이러한 입장은 혁명 중에 가족을 셋이나 잃은 리 노인으로부터 "너희 집에는 죽은 사람 없지? 우리 집에는……"(같은 곳)이라는 저항에 부딪힐 수밖에 없다. 그러나 아순에게 문화대혁명은 "모든 게 완전히 엉망"(229면)이었던 대혼돈 그 자체이다. 선악 등을 구분한다는 것은 불가능하기에, 아순은 리 노인을 향해 "어르신이었다면 그 엄청난 바람에 휩쓸렸을 때 어떻게 했을 것 같아요? 우리보다 깨끗했을 거라고 장담할 수는 없죠!"(230면)라고 항변할 수도 있는 것이다. 후원칭 역시 이러한 아순의 입장에 동의한다. "사건들을 좀 되짚어봤는데 납득할 수 없는 게 많더라고요"(240면)라고 말하는 후원칭에게, "누가 상처를 입고 누가 상처를 주었"(같은 곳)는지 규정해준다는 것은 너무나 어려운 일이다.

아순에 이어 과거에 대한 또 하나의 반응은 후원칭에 의해 주어진다. 후원칭은 자신이 과거에 저지른 일들에 대하여 어떠한 사과의 제스처도 취하지 않았다. 그는 절대로 영락한 사람처럼 굴지도, 꼬질꼬질한 옷차림을 하지도, 동정을 얻을 만한 어떠한 언행도 하지 않았던 것이다. 아량을 베풀 최소한의 명분도 제공하지 않는 후원칭의 이러한 태도야말로 쥐런샹 거리의 사람들을 분노하게 만든다. 후원칭이 문화대혁명의 대의를 아직까지 믿고 있기 때문에 사과하지 않았던 것은 아니다. 후원칭은 사는 것도 귀찮지만 자살도 귀찮을 정도로 혁명 이후에 삶을 살아갈 에너지를 완전히 상실한 상태였던 것이다.

그러나 나중에 후원칭은 자신이 사과할 수 없는 진짜 이유를 밝힌다. 뜻밖에도 후원칭은 "너무 큰 잘못을 저질러서 사과할 수 없는 거예요!"(238면)라고 말한다. 그는 자신의 과거를 "속으로는 이미 부정"(같은 곳)했으나 말로 꺼내고 싶지 않았고 마음속에서 썩어 양분이 되도록 할 생각이었던 것이다. 누군가가 글로 명명백백하게 사과를 하고 모두가 감동을 받았다는 말에, 후원칭은 "그건 모두들 진지하지 않다는 뜻이에요"(239면)라고 말한다. 쉽게 사과한 사람은 비슷한 상황이 되면 다시 똑같은 행동을 한다는 것이다.

진정한 상처란 어쩌면 어떠한 방식으로도 상징화될 수 없는지도 모른다. 그렇다면 문화대혁명의 상처 역시 상징화되는 순간 일정한 왜곡이나 변형이 불가피하고, 그것은 그 자체로 문화대혁명의 진상과는 거리가 멀어질 수도 있다. 그렇다면 진정으로 지난 상처를 애도하는 방식은 그것에 적절한 이름을 부여하여 자신으로부터 떼어놓는 것이 아니라, 사건 그 자체를 자신과 일체화해 함께 살아가는 것이라는 말도 성립한다. 이것이야말로 지난날의 상처에 연루된 자신에 대한 가장 가혹한 벌일지도 모른다. 후원칭은 바로 가혹한 벌로서 침묵을 선택한 것이라 볼 수 있다. 그러나 후원칭은 곧 유능한 자본가로 변신함으로써 자신의 침묵을 철저하게 뒤집는 삶을 살아간다.

현재 중국을 지배하는 것은 아무래도 문화대혁명의 이념이라기보다는 개혁개방 이후 본격화한 자본주의화의 물결이라고 할 수 있다. 야오어메이(姚鄂梅)의 「교활한 아버지」는 중국사회의 급격한 현대화 속에서 전통윤리와 신생윤리 사이의 갈등을 보여주고 있는 작품이다. 그 갈등과 혼돈은 아버지라는 조금은 유머러스한 형상 속에 압축되어 있다. 아버지는 농민이었다가 개혁개방 때 도시로 들어와 장사를 하고 이런저런 일을 했지만 돈을 벌지는 못했다.

아버지가 보여주는 새로운 모습은 더이상 가족을 위해 희생하지 않고 자신을 위해 삶을 살려고 한다는 점이다. 아내의 죽음을 계기로 아버지는 아들에게, 너희들을 모두 키워서 결혼시키고 자립시키느라 내 인생의 절반을 보냈으며 이제 인생의 후반은 그 모든 것을 내려놓고 잘 살고 싶다고 선언한 것이다. 자신의 삶을 찾겠다는 아버지의 결심은 새로운 여자를 사귀는 것으로 나타난다. 아내의 장례가 끝나자마자 여자들을 유혹하기 시작한 아버지는 이후에도 새로운 여자들을 계속해서 사귀어나간다. 자식들은 이러한 아버지의 모습에 반발하지만, 아버지는 남은 인생을 스스로 계획할 권리가 있으며 자식들은 자신의 삶에 간섭할 수 없다고 주장한다.

그런데 자신을 위해 살겠다는 아버지의 계획은 결정적으로 효라는 전통윤리의 뒷받침을 통해서만 가능하다. 아들들로부터 부양비를 받아야만 아버지는 맘에 드는 여자와 자신을 위한 삶을 살아갈 수 있기 때문이다. 아들로부터 부양받는 것을 당연시하는 아버지와 아버지를 부양하는 것을 엄청난 부담으로 여기는 아들 사이의 갈등이 이 작품의 기본적인 구도라고 할 수 있다. 아버지는 자식들에게 자신은 자식들 셋 이외에 두 노인까지 부양했고 자식들 중 누구도 포기하지 않고 교육시켰기 때문에 부양비를 반드시 받아야만 한다는 입장이다. 이와 달리 자식들은 자신들은 먹고 살기 힘들어서 아버지까지 부양하는 것은 너무나 힘든 일이라고 주장한다. 큰아들과 아버지의 다음과 같은 대화에는 두 세대의 각기 다른 입장이 분명하게 드러나 있다.

> 아버지 세대는 전부 재산이 없고 누구나 가난에 당당해 하나같이 스트레스를 받지 않았지만 요즘 사람들은 집과 일, 가족, 자식 등으로 살기 힘들다고 했다. 상당수 남자가 생식능력을 잃었다는데 그게 다 스트레스 때문이라고 말했다. 아버지가 연신 고개를 끄덕이며 탄식까지 해서 공감대가 형성되는구나 싶었을 때, 아버지가 무심하게 내뱉었다.

"너는 내가 요즘 사람 같지 않니? 나도 현대를 사는 사람이야. 나도 똑같이 스트레스를 받아. 나이는 많아도 아직 죽지 않았다고. 똑같이 사심이 있고 야망이 있어. 더군다나 나는 건강한 남자이기도 해."

나는 정말 많이 놀랐다. 아버지가 그런 말을 하리라고는 전혀 예상하지 못했다. (204면)

그러나 부자간의 갈등에서 승자는 늘 그렇듯이 아들이 된다. 아버지는 '나'가 두번이나 터진 낡은 신발을 신고 있는 것을 보고서는 "너희들이 전부 이렇게 힘든 줄 몰랐구나"(206면)라며 자식들을 진심으로 이해하게 된다.

결국 간암에까지 걸린 아버지는 자신의 거대한 계획을 포기하고 전반부의 끝을 계속 이어가기로 결정한다. 자신을 위한 '인생 후반부'의 삶이 아니라 가족을 위한 '인생 전반부'의 삶을 살아가기로 결정한 것이다. 그럼에도 아버지는 자신을 위한 삶을 완전히 포기한 것은 아니다. 이로 인해 아버지에게는 교활함이 필요한데, 그 교활함은 자신의 애인인 '구 아줌마'를 향해 드러난다. 아버지는 아들들을 모아놓고 본처와도 혼인신고를 하지 않았다는 이유로 구 아줌마와도 혼인신고를 하지 않을 것이며, 구 아줌마와 함께 살고 있는 도시의 집을 둘째에게 넘길 것이라고 선언한다. 그러고는 구 아줌마를 정말 선량한 사람이라고 칭찬하며 그녀에게 "당신한테 잘해주는 사람을 만날 거야"(215면)라는 덕담을 건넨다. 그러나 이것은 하나의 사기극에 지나지 않았다. 이승과 작별하는 마지막 순간 자식들이 아버지에게 6개월 동안 보살펴준 여자를 어떻게 대해야 하는지 묻자, 아버지는 "잊어버려!"(217면)라고 간단하게 말해버린 것이다. 이 교활함은 전통윤리와 현대윤리의 마지막 타협점인지도 모른다.

「교활한 아버지」의 아들들은 모두 대학을 나왔고 직장이 있지만, 홀로 남은 아버지에게 용돈을 보내는 것에 부담감을 느낄 만큼 만만치 않은 삶을 산다. 쉬저천(徐則臣)의 「함박눈에 갇혀버린다면」은 「교활한 아버지」의 아들들보다 더 열악한 상황에 놓인 평범한 젊은이들이 가질 법한 꿈과 좌절 등에 대해 말하는 작품이다. 작품 속의 청년들은 나름의 꿈을 안고 베이징으로 올라오지만, '적자생존, 약육강식'의 법칙이 지배하는 베이징에서 버텨나가는 것은 결코 쉽지 않다. "바오라이(寶來)는 머리를 맞아 바보가 된 채 화제(花街)로 돌아왔고 베이징(北京)에는 겨울이 찾아왔다"(259면)라는 첫 문장 속에는 별다르게 기댈 곳도 없이 상경한 중국 젊은이들이 느낄 법한 삶의 실감이 압축되어 있다.

이 작품의 핵심에는 비둘기와 함박눈이 있다. 비둘기가 베이징에 와서 힘겨운 삶을 살아가는 청년들을 의미한다면, 함박눈은 청년들이 베이징에서 이루고자 하는 꿈을 의미한다. '나'는 두통을 멎게 하려고 무작정 달리다가 비둘기를 기르는 린후이총을 알게 된다. 린후이총은 중국 최남단 출신으로 '나'보다 두살이 많으며, 관상용 비둘기를 길러 날마다 정시 정각에 베이징의 각 광장과 관광지에 풀어놓고 관리하는 일을 한다. 전문대학 입시에 실패한 린후이총이 베이징에 온 이유는 "겨울에 내린다는 함박눈이 어떻게 생겼는지 직접 보고 싶"(272면)었기 때문이다. 남방 출신의 린후이총에게 베이징의 추위는 견디기 힘든데, 그가 느끼는 추위는 집주인인 구두쇠 할머니의 몰인정 등으로 인해 더욱 심해진다.

"비둘기들도 우리처럼 단체 기숙사에서 서너마리가 한 방을 쓰며 사는 것"(277면)이라는 문장에서 드러나듯이, 이 작품에서 비둘기는 상경한 젊은이들을 상징한다. 그러나 비둘기의 숫자는 자꾸만 줄어든다. 린후이총이 '나'를 처음 만났을 때 했던 말도 자신의 비둘기 두마리가 없어졌다는 것이었다. 처음에는 '나', 싱젠, 미뤄가 린후이총의 비둘기를 잡아먹어서 비둘기가 없어진 것으로 그려지지만, 서사가 진행될수록 진짜 이유는 꼭 그것 때문만은 아닌 것으로 밝혀진다. 비둘기들은 스스로 자멸의 길을 걷고 있었던 것이다. 어느날 사육장 앞에서 비둘기 네마리의 시체가 발견되는데, 비둘기들은 죽기 전에 나무문을 부리로 마구 쪼아댔고 제 부리를 날개 깃털 사이에 파묻은 채 죽어 있었던 것이다.

다음의 인용문에서 알 수 있듯, 이 작품에서 함박눈은 시골 출신의 젊은이들이 베이징에서 꾸는 꿈의 감각적 형상화에 해당한다. 린후이총이 베이징에 머무는 이유는 단지 함박눈이 내리는 것을 보기 위해서이다.

> 그는 또 '함박눈에 갇혀버리는' 자기만의 공상에 빠졌다. 나도 상상력을 동원해보았다. 함박눈이 베이징 전체를 뒤덮었을 때 이 옥상에 서면 뭐가 보일까? 하얗고 순결한 대지, 시작도 끝도 없는 은빛 세상이 펼쳐져 있을 것 같았다. 그 세상에는 빈부와 귀천의 차이도 없을 것이다. 고층 빌딩이든 단층 주택이든 높고 낮음의 차별이 없으며 그저 눈이 얼마나 두껍게 쌓였는지만 보일 것 같았다. 베이징이 어릴 적 읽었던 동화 속 세상처럼 깨끗하고 행복하고 순수한 세상으로 변하고 포근한 솜옷을 입은 사람들이 모두 나의 가족이자 친구처럼 친근하게 웃으며 지나가는 상상을 했다. (279면)

린후이총이 함박눈이 오는 것을 그토록 기다리는 이유는 함박눈이 그가 처한 비루한 현실을 덮어줄 것이라고 믿기 때문이다. 하얀 눈은 '빈부와 귀천의 차이'도 없애고, 베이징을 '동화 속 세상처럼 깨끗하고 행복하고 순수한 세상'으로 만들어줄 것이라고 기대하는 것이다. 이러한 기대는 싱젠과 미뤄의 "베이징에 있기만 하면 돈을 벌 기회를 찾을 수 있을 거"(287면)라는 말에 린후이총이 "나는 너희랑 달라. 남방에서 왔잖아"(같은 곳)라고 대답하는 것에서 드러나듯이, 린후이총이 처한 베이징에서의 삶이 가장 척박하기에 생겨난 것이라고 할 수 있다. 그러나 현실에서의 눈은 다음의 인용문에서 보듯 결코 린후이총의 기대를 채워줄 수 있는 그런 환상적인 대상이 아니다.

폭설이 내린 후의 베이징은 나의 상상과는 자못 달랐다. 눈도 모든 것을 다 뒤덮지는 못했기 때문이다. 고층 빌딩 위 유리창은 여전히 아슴아슴한 빛무리를 내뿜고 있었다. 그러나 후이총은 아주 만족스러운 듯했다. 그는 눈에 뒤덮인 베이징이 더욱 장엄하게 보인다고 했다. 흑백이 분명한 엄숙함이 느껴지고 검은 바위와 바닷가로 끝없이 밀려오는 흰 파도가 생각난다고 했다. (289~90면)

이 작품에서는 눈이 온 세상을 덮는 날 옥상에서 포커를 치고 싶다고 했던 바오라이가 베이징을 떠났고, 죽은 비둘기를 들고 어딘가로 갔던 싱젠과 미뤄는 누군가가 고향으로 내려갔다며 분노에 빠진다. 이유도 모르는 사이 비둘기들이 사라지듯이, 젊은이들 역시 베이징에서 자신만의 터전을 만들어내는 데 실패하고 있는 것이다. 이 작품이 다루고 있는 현실은 결코 낭만적이거나 아름다운 것이 아니다. 그럼에도 이 작품은 대단히 서정적으로 다가온다. 그것은 젊음이 갖고 있는 기본적인 매력에 더해 작품의 한복판을 가로지르는 비둘기의 푸른 이미지와 베이징을 완전히 뒤덮은 함박눈의 하얀 이미지가 가져다주는 미적 효과임에 분명하다.

웨이웨이의 「후원칭전」, 야오어메이의 「교활한 아버지」, 쉬저천의 「함박눈에 갇혀버린다면」은 모두 중국의 역사와 현실에 굳게 발 딛고 있는 작품이다. 이와 달리 둥쥔(東君)의 「고깃덩이」는 인간의 성욕이라는 시공을 초월한 보편적 문제를 유머러스하게 다루고 있다는 점에서 이채롭다.

군사학교를 졸업한 펑궈핑은 지원하는 회사마다 낙방하자 결국에는 아버지가 일하던 육가공 공장에 취직하여 돼지고기 다루는 일을 한다. 육가공 공장 이야기가 꽤나 상세하게 나오는데, 적나라한 고깃덩어리로서의 돼지고기 이미지는 이 작품이 인간 본연의 욕망에 대한 이야기임을 환기시킨다.

펑궈핑은 지방 관청의 공무원인 린천시와 결혼한다. 린천시는 회사일로 고위 공무원을 자주 접대하면서 상사들의 신임을 받고 있다. 평소 린천시는 평궈핑이 육가공 공장에 다니는 것을 끔찍하게 싫어했기 때문에, "남편은 뭐하는 사람이야?"라는 회사 동료들의 물음에 '시인'이라고 대답하곤 했다(303면). 평궈핑은 린천시에게 공항에서 새 쫓는 일을 한다고 거짓말을 할 정도로 아내 앞에서 늘 위축되어 있다. 접대할 기회가 부쩍 늘어난 린천시는 일주일에 몇번씩 술냄새를 풍기며 귀가하곤 한다. 평궈핑은 항상 아침 일찍 출근하고, 린천시는 밤늦게 들어오기 때문에 부부가 얼굴을 마주하는 시간은 거의 없다. 평궈핑은 여러가지로 아내 린천시에게 불만을 느끼는 상황인 것이다. 린천시에 대한 평궈핑의 불만이야말로 평궈핑이 병리적인 성적 환상에 빠져드는 계기를 마련해준다.

섹스에 권태를 느끼던 평궈핑은 '철의 트라이앵글'이라고 불릴 만큼 친한 사이인 리구와 왕창이 추천해준 SM게임에 빠진다. 관음증 환자들인 리구와 왕창은 야한 사진이나 동영상에 관심이 있어, 퇴근한 후에는 각자의 사적인 세계로 들어가 컴퓨터를 통해 남들의 섹스를 열심히 훔쳐보곤 한다. 평궈핑은 SM게임을 즐긴 후, "인간은 섹스 없이는 살 수 있지만 성적 환상 없이는 살 수 없다. 성적 환상이 가능하기에 인간은 비로소 돼지와 다를 수 있는 것이다"(320면)라는 결론에 도달한다. 리구와 왕창이 관음증을 보여준다면, 평궈핑은 SM게임에 탐닉하게 된다.

밤늦게까지 회식을 한 린천시는 정신을 잃은 사이에 누군가로부터 강간당한 사실을 알게 되고, 여러 사람을 범인으로 의심한다. 그 범인 목록에는 자신에게 추파를 던지며 성추행을 서슴지 않던 국장, 국장의 운전기사인 샤오판, 회사동료 라오세 등이 포함된다. 그러나 그들은 모두 범인이 아니다. 린천시는 그런 일을 당한 자신을 벌주어야 한다는 생각에, 평궈핑이 생일선물로 주었던 밧줄을 찾아 자신을 꽁꽁 묶는다. 흥미로운 점은 "얼마 안 가서 몸이 저리기 시작했지만 그 저릿저릿한 감각이 그녀를 기분 좋게 했다"(356면)라는 사실이다. 그녀는 밧줄에 묶인 채 침대에 누워 있다가 달콤한 잠에 빠져든다. 잠에서 깬 그녀는 몸을 감고 있는 밧줄을 푸는데, "밧줄이 지나갔던 자리마다 핏자국이 선명했지만 아린 통증이 오히려 그녀를 편안하게"(같은 곳) 만든다. 이는 린천시에게 마조히스트로서의 특징이 있음을 보여주는 것이다.

얼마 후 린천시는 주차장의 차 안에서 겁탈당할 위기에 빠진다. 그 순간 바로 이전에 당했던 겁탈의 기억이 생생하게 다시 떠오른다. 그리고 자기 몸에서 일어나는 격렬한 경련이 쾌감인지 공포인지 분간하지 못한다. 그리고 호신용으로 가지고 다니던 과도를 그 강간범의 배에 꽂는다. 그 강간범은 다름 아닌 평궈핑이다.

"이 나쁜 새끼, 평궈핑! 무슨 장난을 이렇게 심하게 쳐!"

평궈핑의 핏기 가신 입가에 미소가 매달렸다.

"훌륭한 칼솜씨야. 단칼에 내 몸의 피를 다 쏟아낼 수 있겠어."

린천시의 시선이 그제야 자신의 손에 들린 과도로 향했고 그녀의 입에서 처참한 웃음소리가 터져나왔다. 그녀의 웃음소리에 평궈핑도 함께 웃었다. 웃다보니 배가 아팠다. 그는 불빛 아래에서 자신의 두 손을 들어올렸다. 손이 온통 피칠갑이 되어 있었다. 평궈핑의 시선이 점점 아래로 내려갔다. 그의 물건이 여전히 아주 우아하고 도도하게 고개를 바짝 들고 서 있는 것을 보고 그 자신도 놀라 입을 다물지 못했다.

그 순간 차에서 몇 미터 떨어진 나무 뒤 깜깜한 그늘 밑에서 두 사람이 그 모든 광경을 지켜보고 있었다. 하지만 그들은 아무 말도 하지 않았다. (367~68면)

이 장면은 한편의 그로테스크한 풍속화이다. 평궈핑을 과도로 찌른 린천시는 웃음소리를 내고 있으며, 과도를 배에 꽂은 채 피칠갑을 한 평궈핑의 성기는 '우아하고 도도하게 고개를 바짝 들고 서 있'다. 멀리에서는 아무 말도 하지 않고 이 모습을 지켜보고 있는 리구와 왕창의 모습이 보인다. 펑궈핑과 린천시의 SM적인 욕망과 리구와 왕창의 관음증이 드러난 장면이라 할 수 있다. 이러한 욕망은 펑궈핑의 배에 꽂힌 과도가 보여주듯이 죽음과 맞닿아 있다. 인간은 고깃덩어리이기도 하지만 그 고깃덩어리에서 비롯된 욕망은 환상을 경유한 후에는 죽음을 향해 돌진할 정도로 강렬해지는 것이다.

3. K들의 윤리

이 책에 수록된 중국소설들은 대부분 문화대혁명에서부터 강대국으로 우뚝 선 지금에 이르는 중국의 역사와 현실이라는 굳건한 토대 위에서 창작된 작품들이다. 이와 달리 한국의 소설들은 역사와 현실의 문제보다는 좀더 내밀한 인간의 윤리 등을 문제 삼는다는 특징이 있다. 이러한 특징이 나타난 이유로는 중국과 비교할 때 상대적으로 최근 한국의 역사적 굴곡이 덜하다는 것, 현실에 대한 관심은 예전에 이미 한국소설의 주요한 관심영역이었다는 것, 한국 문학계가 포스트모던한 담론의 영향을 많이 받고 있다는 것 등을 제시할 수 있다.

최진영(崔眞英)의 「자칫」은 현재 한국사회가 얼마나 비루한 욕망과 단조로운 일상으로 채워지고 있는지를 증명하는 소설이다. K94, K96, K97, K98, K95 등의 초점화자가 번갈아 등장하며 초점화자에 따라 각 장이 나뉘어져 있다. K94, K96, K97, K98, K94, K96, K97, K98, K94, K96, K97, K98, K94, K96, K97, K, K95가 차례대로 등장하며, 'K94, K96, K97, K98'이 하나의 세트를 이루어 4번 반복된다. K는 한국의 가장 흔한 성인 김(Kim)의 첫 글자를 가져온 것이라고 볼 수 있다. 열여섯번째 초점화자인 K는 서술자로 볼 수도 있지만, K98이 등장할 자리인데다가 K98이 직전에 투신한 것을 생각한다면, 이미 이 세상 사람이 아닌 K98이 등장하여 비루하고 속된 지상을 내려다보는 것으로 이해할 수도 있다. K95는 소설을 쓰는 자로서, 네명의 인물이 K95의 눈을 통해 처음으로 한 장소에서 만나게 된다.

K94, K96, K97의 이야기는 고등학교 때부터 등장하는데, 그 고등학교 시절은 오직 여자친구를 사귀는 것이 삶의 목표이자 이유인 때로 그려진다. K94는 예쁜 애들이 많다는 이유로 교회에 가고, K96은 예쁜 애들이 많다는 이유로 독서실에 가고, K97은 예쁜 애들과 사귀기 위해 공부를 한다. 특히 K96의 삶은 성인이 된 이후에도 오직 본능으로 들끓던 고등학교 시절의 연장으로 그려진다. K96은 고등학교 시절 자신보다 다섯살 많은 간호사와 사랑에 빠지고, 이후 둘은 그것만이 만남의 목적인 듯 줄기차게 섹스를 한다. 그러나 간호사는 결혼과 동시에 핸드폰 번호를 바꾸고 서울로 떠나버린다. 이후 한참을 혼자 지내다가 우연히 고향으로 내려가는 버스에서 첫사랑 간호사와 똑같이 생긴 여자를 만난다. 그러고는 불같은 사랑에 빠져들지만, 새롭게 사귄 여자의 큰언니가 바로 첫사랑 간호사임을 알고 울부짖는다.

K94와 K96은 나름의 성장을 보이는데, 그것이 철저히 생존의 문제에 한정되어 있다는 점에서 진정한 성장으로 보기 힘들다. K94는 집 근처에 있는 지방대를 졸업한 후 공무원 시험을 준비하지만 계속해서 낙방하다가 서른다섯에 이르러 간신히 9급 공무원이 된다. 24평에서 32평으로 이사하던 날, 서랍 깊숙한 곳에서 옛 수첩을 발견하지만, "이러저러하게 살고 싶다는 그 시절의 바람이 적혀 있을"(115면) 그 수첩을 펼쳐보지 않는다. 직급이 올라갈수록 근무와 휴식, 성실과 태만, 합법과 불법의 경계가 애매해지고, 취업 못하는 젊은이들을 한심하게 여기는 중년이 된다.

K97은 남들이 웬만큼 알아주는 대학을 졸업하고, 원하는 회사에 취직한다. 그러고는 잘나가는 소시민으로서의 길을 착실하게 밟아나간다. 그

러나 K97은 가족 내에서 점차 자신의 자리를 잃어가고, 아들이 다니는 학교의 한 아이가 자살한 것을 두고 약해빠졌다고 말할 정도로 정신적으로 위태로워진다. 가끔 화를 내고 소리를 지르기는 해도 책임과 의무에 소홀한 적은 단 한번도 없었다고 자부하기에, 아내가 우울증에 걸리고 아들이 제 앞가림을 못하는 것은 그들이 "열정도, 인내도, 꿈도, 포부도 없기 때문"(118면)이라고 생각한다.

최진영의 「자칫」에 등장하는 사람들의 삶은 그야말로 장삼이사의 평범함 그 자체이다. 이들의 삶속에서 역사나 시대 혹은 현실의 문제를 찾아보기는 힘들다. 이들의 삶이 이처럼 왜소해진 것은 근본적 변화를 허용하지 않는 한국사회의 치명적 보수성(혹은 안정성)과 깊이 관련되어 있다. K97이 평생에 걸친 노력 끝에 깨달았듯이, 치명적인 실수를 하지 않은 이상 돈을 잘 벌든 못 벌든, 공부를 잘했든 못했든, 다들 고만고만한 삶을 살 수밖에 없는 것이 현재 한국사회의 기본적인 특징인 것이다.

K98은 이 소설에 등장하는 K들 중에 가장 어린데, 삶의 실상은 가장 불행하다. 그는 고등학생으로서 엄청난 학교폭력에 시달리고 있다. K98은 스스로 "나는 그들의 공이고 신발이고 쓰레기통이며 돈이다. 지갑이다"(97면)라고 인식한다. 끊임없는 폭력 속에서 K98에게 남겨진 선택은 도망치거나 복수하는 두가지뿐이다. K98은 '개새끼들'을 언급한 유서를 남기고 투신자살을 함으로써, 두가지 선택항을 모두 충족하는 길을 선택한다. 가장 젊은 세대인 K98의 삶이 가장 비극적이다. 이것은 K97의 생각처럼 한국사회가 개인의 생존을 지지해주지 않고 사람들을 폐차처럼 대할 때, 한국사회가 겪게 될 불행을 암시하는 것이라 할 수 있다.

K94, K96, K97, K98은 지금의 한국사회를 구성하는 장삼이사들이라고 할 수 있다. 이들의 삶을 유기적으로 조합하면 현재 한국사회의 전체적인 상이 떠오를 정도이다. 그러나 최진영은 이들을 파편화된 상태로 놓아둔다. 그들은 단지 K95가 시청하는 텔레비전 보도 속에서 서로 무관한

채 하나로 연결되어 등장할 뿐이다. 이것은 전통적인 방식으로 현실을 드러내는 것이 더이상 가능하지 않은 한국사회의 복합성을 반영한 것인지도 모른다. "소설을 시작하기도 전에 마지막 문장을 써버렸다"(123면)라는 K95의 고백은, 전통적인 방식으로 현실을 재현하는 것의 어려움에 대한 작가의 고백이라고 말할 수도 있을 것이다. 이는 소재 차원의 이야기가 유기적인 소설로 구성되지 못하는 상황, 즉 준비 단계에서 소설이 완성될 수밖에 없는 지금의 상황을 드러낸 것이라 할 수 있다.

현실과 역사의 문제를 한편에 밀어두었을 때, 공동체를 구성하는 개인 간의 문제는 가장 중요한 문제로 등장하게 된다. 이것은 지금의 한국소설이 윤리라는 문제에 그 어느 때보다 민감한 이유 중의 하나이다. 이때의 윤리는 타자의 고유성을 극한까지 밀어붙이는 레비나스(E. Levinas)의 윤리학과 맞닿아 있다. 구병모(具竝模)의 「이창」과 최윤(崔允)의 「동행」은 최근 한국문단을 주도한 윤리 담론과 깊은 관련을 지닌 작품들이다.

구병모의 「이창」은 처음에 아이러니한 풍자의 형식을 보이다가 마지막에는 토도로프(T. Todorov)가 말한 환상소설의 성격을 강하게 띤다. 작품은 오지라퍼라고 불리는 '나'의 요설에 가까운 장광설로 이루어져 있다. 이러한 장광설은 주로 상황의 앞뒤를 이리저리 재보는 작가의 복합적인 시선에서 비롯되는데, 이 작품의 핵심적인 주제 역시 이러한 복합적인 시선과 밀접하게 관련된다. 오지라퍼란 우리말인 오지랖에 '그 일을 하는 사람' 내지는 '직업'을 뜻하는 영어 어미 '-er'이 붙어 만들어진 신조어이다. "만인이 만인의 일에 신경 끌 것"(127면)을 지향하는 이 세계에서 '나'는 "역사적으로 기아와 질병을 없애고 폭력을 단죄하며 세상을 바꿔온 많은 이들의 속성이 이를테면 오지라퍼 아니었던가"(128면)라는 신념으로 사람들의 일에 적극적으로 개입한다. 남들의 일에 적극적으로 개입하는 '나'는 긍정적이라기보다는 조금 풍자적으로 그려진다. '나'가 자신의 정당성을 주장하면 할수록 그것은 과장의 방법을 통하여 독자로 하여금

'나'를 조롱하도록 만들기 때문이다. 남편이 "당신은 개인적인 관심사를 자꾸 있어 보이게 포장하려 들어. 행위의 본질은 대동소이한데 거기 자꾸 논리와 이유를 부여함으로써 자신이 정치적으로 올바른 인간이라 자위하고 싶은 거지"(148면)라고 말하는데, 이는 '나'를 향한 사람들의 일반적인 반응에 해당한다.

오지라퍼 '나'가 어느날 아동학대(?)의 현장을 발견한다. 베란다를 통해 같은 아파트의 301동 1001호에서 한 여자가 자식인 듯한 아이를 발로 걷어차는 모습을 목격한 것이다. 오지라퍼답게 '나'는 경찰에 신고하지만, 경찰은 1001호 여자의 말만 믿고 그대로 돌아가버린다. 1001호 여자는 베란다를 통해 '나'를 한참 바라보다가 "알지 못할 묘한 미소를 짓더니"(132면) 버티컬을 친다. '나'의 관심은 이후에도 지속되어, 우연히 만나 그 문제에 대해 여러가지 질문을 나누기도 하고, 아이를 걷어차는 모습을 다시 보고서는 그 집에 직접 찾아가기도 한다. 그러나 1001호 여자가 아이를 폭행했다는 '나'의 주장을 믿을 수 없는 상황이 계속해서 발생한다. '나'는 비정상적인 모습을 계속해서 연출하는 것이다. 집요한 '나'를 향해 주위에서는 "오지랖을 넘어선 편집증이 의심되니 정신과에 가보라"(162면)라는 반응을 보인다. 여기까지 읽었을 때, 독자들은 이 소설을 남의 일에 과도하게 개입하는 한 인간의 몰상식한 모습을 그린 것으로 읽게 된다.

반전은 1001호 아이가 사고로 죽으면서 일어난다. 그 아이의 장례식장에 찾아간 오지라퍼 '나'는 그곳에서 "최소한의 가식조차 내려놓은 진정한 의미로서의 조소"(166면)를 짓는 1001호 여자를 보게 된다. 그녀가 짓고 있는 웃음은 "남편이 한 말처럼 고통과 슬픔의 여진으로 아무나 붙잡고 생떼를 쓰고 싶어하는 눈치가 아니라, 내가 이겼다"(같은 곳)라고 말하는 것만 같다. 마지막은 "그녀 웃음의 진의가 무엇이었을지, 비이성적인 사람은 누구이며 이 일이 누구의 잘못에서 비롯되었는지, 이제 당신들이 멋대로 판단하라. 진실을 아는 이는 무덤에 있으니"(같은 곳)라는 '나'의 회의로 끝난다. 이 작품은 비정상적인 일(아이의 학대와 죽음)에 대한 독자의 궁금증(지적인 망설임)이 끝내 해소되지 않은 채로 끝나는 환상소설(the fantastic)의 서사 문법을 보여준다. 그렇다면 '나'가 남겼던 다음과 같은 말들은 한 오지라퍼의 편집증만은 아닌 그 나름의 가치를 충분히 지닌 우려의 말로 기억될 수도 있을 것이다.

> 피아간 구별이 자기 자식만 물고 빠는 행위로 규정되는 세상에서 나와 일 그램의 상관도 없는 남의 집 자식 안위를 염려하는 게 그렇게 잘못된 일이라고 생각지 않는다. 당신들은 옆집에서 누군가가 죽어나간들 그게 나와 내 자식만 아니면 그만이라고 할지 모르나 사람이 산다는 건 그런 게 아니다, 적어도 사람답게 산다는 건. (145면)

> 내 아이가 다치지 않으면 그만이라는 이런 사람들이 길러내는 아이가, 훗날 누군가를 다치게 하는 아이로 자라난다는 걸 그들은, 당신들은 정말 모르는 걸까. (162면)

오지라퍼가 남긴 말들은 타인의 타자성에 대한 지나친 고려가 때로 타인에 대한 무관심을 당연시하는 극단적 개인주의로 귀착될 수도 있다는 것을 분명하게 보여준다.

최윤의 「동행」 역시 타자의 타자성을 극단의 심연까지 파고든 동시에, 타자의 타자성에 대한 이해만으로 결코 인간은 행복할 수 없다는 점을 말하고 있는 작품이다. 동시통역가인 남편과 아들 하나를 두고 평범하게 살아가던 '나'의 가정에 아들 지훈이 투신자살하는 비극이 발생한다. 지훈의 죽음과 관련하여 경찰이 '어떻게'에 집중한다면 '나'와 남편은 '왜'에 초점을 맞춘다. '어떻게'가 형식논리에 바탕을 둔 법의 문제라면, '왜'는 윤리에 바탕을 둔 죄의식의 문제와 맞닿아 있다. 이 죄의식과의 싸움이야말로 끝까지 '나'와 동행하는 핵심적인 문제이다. 아들이 죽은 이유에 대한 의문이 타자에 대한 질문과 맞닿아 있는 것은 당연한 일. 나중에는 "미래의 언젠가를 위해 우리는 지훈이 남긴 모든 것을 사진 찍어 파일에 담"(24면)고, 파일명을 J라고 써 붙인다.

얼마 후 이 가정에 겨우 이름만 기억날 뿐인 동창 부부가 여자아이 J를 데리고 나타난다. 이 여자아이는 아들과 같은 또래이고, 아들의 이름과 첫 자가 같다. '나'는 J에게서 지훈을 발견하고, 이 발견은 '나'에게 신경안정제 없이도 잠들 수 있게 하는 평화를 가져다준다. 어느날 동창 부부는 J만 남겨두고 사라지며, 그로부터 열흘이 지났을 때 J의 말문이 트인다. 아이는 도저히 상상할 수 없는 욕설을 내뱉으며, 자신들의 부모가 사기꾼이라고 말한다. 아이는 엄마가 이런 식으로 자기를 내버려두고 사라진 것이 처음이 아니라며, 엄마 얘기를 할 때마다 온몸을 뒤흔들며 폭죽처럼 터져 나오는 '지독한 쌍욕'을 해댄다.

엄마와 자식 사이에도 해소할 수 없는 간극이 존재하는 것이다. 그 안타까움은 아이가 '나'로부터 올 메일을 밤늦게까지 기다리는 사이에 '나'는 아들에게 수취인 없는 이메일을 수없이 보내는 장면을 통해서도 상징적으로 드러난다. 누군가는 보내고 누군가는 기다리지만, 결코 그것에 서로 접속하지 못한다. J와 5개월을 보냈을 때, J는 책상 서랍 속에 넣어둔 'J라고 이름 붙인 아들에 대한 자료 파일'만을 들고 사라진다. 그리고 J가 떠난 후에야 '나'는 "아들이 우리를 영원히 떠났다는 것을, 그것은 돌이킬 수 없는 사실"(41면)이라는 것을 받아들인다.

J가 떠난 지 얼마 후 '나'는 강도를 당한다. 주동자가 J인 이 강도단의 행위는 TV 속 J의 마술과 나란히 작품 속에 서술된다. 강도단이 '나'를 굵은 가죽 느낌의 어떤 것으로 침대에 묶어놓고 밖으로 나가려 하자, J로 짐작되는 여자아이는 "뭐해. 임마! 그냥 나오면 어떡해. 찔러. 새꺄! 찌르라니까! 야, 너 죽고 싶어!"(44면)라고 외친다. 그 말에 누군가 방 안으로 들

어와 허벅지를 서너번 내리찌르고, TV 속 마술에서는 J가 여인이 들어간 관을 날카로운 칼로 찌른다. 이 마술을 하는 J는 예전 어릴 적 지훈이 즐겨 입던 비슷한 모양의 칠부 상의를 입고 있다. J의 칼질은 죽은 아들 지훈에 대한 '나'의 모든 생각을 뒤흔들어놓는다. 지훈을 이해한다는 것은 결코 인간의 영역이 아님을 깨닫게 된 것이다.

허벅지에 상처를 입은 채 결박되어 사흘을 혼자 누워 있으면서, '나'는 "한번도 겪어보지 못한 놀라운 평화를 경험"(45면)한다. 이 일을 겪은 후에 '나'는 오히려 "J, 나는 아무렇지도 않아. J, 네 덕분에 내 인생에 불필요한 것들이 쓸려가버렸으니 오히려 너한테 고맙다고 해야 하지 않을까"(46면)라는 말을 J에게 하고 싶어한다. 이는 아들이 자기를 칼로 찌를 수 있는 존재일 수도 있다는 것, 그렇기에 아들을 이해한다는 것은 인간의 영역이 아니라는 것을 온몸으로 깨달은 결과라고 할 수 있다.

안타까운 점은 이 깨달음이 부부를 결코 사건 이전의 평화로 이끌지는 못한다는 점이다. 그러고 보면, 아들을 이해할 수 없다는 사실에 대한 깨달음은 그 이전에도 있었다. 아들의 모든 것을 정리하여 파일을 만들었을 때, "우리는 '왜'의 부재, 그것이 바로 '왜'의 답이라는 것을 감지"(24면)한 바 있었던 것이다. 이 작품은 "그러나 황량하고 견고한 시멘트 바닥에 육체가 부딪치며 내는 둔중한 소리와 동행하는 사람들에게 웬만한 쓴맛은 차 한잔에 넘겨버릴 수 있을 정도로 가벼운 것이 된다"(46면)라는 문장으로 끝난다. 이 문장은 타자를 이해할 수 없음을 온몸으로 깨닫는 것만으로는 끝나지 않을 고통과 번민에 대한 암시일 것이다. 최윤의 「동행」은 타자의 이해라는 윤리의 근본명제를 심문한다. 내 핏줄조차 이해할 수 없다는 것. 그러나 그 깨달음만으로는 결코 행복도 평화도 불가능하다는 것. 그렇기에 우리는 이 작품을 윤리의 주장인 동시에 윤리의 비판으로 읽어야 할 것이다.

4. 서로를 비춰보는 거울

밤하늘의 별처럼 많은 한국과 중국의 소설작품 중에서 여덟편을 읽고, 두 나라의 최근 소설 경향을 논한다는 것은 어불성설일 것이다. 그러나 우리가 간장 맛을 알기 위해 장독에 든 간장을 모두 마셔야 하는 것은 아니다. 여기 『한·중 걸작 단편선』에 수록된 여덟편의 소설은 두 나라의 눈 밝은 비평가들의 엄정한 판단에 따라 선별된 것이다. 그러하기에 이 책에 수록된 소설들을 통해 두 나라의 최근 소설 경향을 논하는 것이 불가능한 일만은 아니라고 생각한다.

20세기는 자본주의와 사회주의라는 거대이념이 사람들의 삶을 규정지은 세기라고 할 수 있다. 이와 관련해 중국은 두 거대이념의 극단적 모습을 불과 40여년 동안에 보여준 지구상에서 거의 유일한 나라라고 할 수 있다. 이러한 역사의 급격한 반전은 중국소설의 중요한 창작 원천이 되고 있다고 판단된다. 소설보다도 더욱 소설적인 역사와 현실의 무게가 중국문학을 뒷받침하는 가장 중요한 토대가 되고 있는 것이다. 중국의 작가와 비교할 때 한국의 작가들은 현실의 볼륨을 뚜렷하게 느끼는 것으로 보이지는 않는다. 한국소설은 예전에 한동안 창작의 기본토대였던 현실과 역사의 드넓은 대지를 떠나 좀더 내밀하고 깊이있는 윤리라는 새로운 영역으로 관심의 초점을 이동시켰다고 판단된다. 그러나 말할 것도 없이 '현실'과 '윤리'는 소설을 사회적으로 의미있게 만드는 두개의 바퀴이다. 윤리에 대한 고려 없는 현실에 대한 관심도, 현실에 발 딛고 있지 않은 윤리에 대한 천착도 결코 건강하고 풍요로운 문학을 낳을 수는 없다. 그러하기에 한국과 중국의 소설은 서로의 장점은 물론이고 한계까지를 비춰주는 소중한 거울이라고 말할 수 있다.

제국의 고차원적 회복

◆

카라따니 코오진 『제국의 구조』

카라따니 코오진(柄谷行人)의 『제국의 구조』(조영일 옮김, 도서출판b 2016)는 『세계사의 구조』(조영일 옮김, 도서출판b 2012)에서 제시했던 교환양식이라는 개념을 제국에 적용했다는 점에서, 또한 『세계공화국으로』(조영일 옮김, 도서출판b 2007)에서 이념으로 언급한 세계공화국 건설의 구체적이고 실제적인 원리를 제시했다는 점에서, 『세계사의 구조』와 『세계공화국으로』에 이어지는 저작이라고 볼 수 있다.

저자가 지닌 시급한 문제의식을 고려할 때, 『제국의 구조』는 결코 한가한 역사서나 학술서가 아니다. 문제의식의 핵심은 서구중심주의에 대한 비판과 근대 민족국가(주권국가)에 대한 비판 두가지이다. 카라따니 코오진이 민족국가를 제국(아시아)과 대비되는 서구의 고유한 산물로 본다는 점에서 사실상 두 문제의식은 긴밀하게 연결되어 있다. 헤겔(G. Hegel), 맑스(K. Marx), 한나 아렌트(Hannah Arendt) 등 거의 모든 서구 지식인들은 역사의 발전은 서양에서 이루어졌고 아시아는 동양적 전제국가의 형태로 정체되었다고 보았다. 그리고 서구에서 발생한 자본주의와 민족국가에 의해 제국(아시아)이 역사의 뒤편으로 밀려났다고 보았다. 이러한 사관에 따를 때, 역사 발전은 그리스·로마의 고대사회, 중세의 봉건제, 근대 자본주의로 이어진 서양에서만 이루어졌고, 동양에서는 아시아적 생산양식이라 일컬어지는 전제국가 체제로 정체되었다고 보게 된다. 따라서 제국의 복권은 민족국가가 제국(아시아적 전제국가)보다 발달된 역사적 단계라고 주장하는 서구 중심의 역사발전론에 대한 비판과 긴밀하게 연결될 수밖에 없다. 제국에 대한 성찰은 전근대적이라고 여겨서 부정되어온 것을 고차원적으로 회복함으로써 서양 문명의 한계를 넘어서는 하나의 방법론일 수 있는 것이다.

다음으로 근대 민족국가에 대한 비판은 더욱 급박한 문제의식이라고 할 수 있다. 카라따니 코오진은 현재의 세계 상황은 19세기 말의 제국주의적 상황을 반복하는 것으로 이해한다. 동아시아의 경우에는 청일전쟁이 일어나던 때와 유사하다고 할 수 있다. 신제국주의가 진전되는 지금의 상황은 반드시 세계전쟁으로 이어질 수밖에 없으며, 이러한 위기적 상황에 대해 '국민국가의 원리'로 대항할 수는 없기에 "제국의 원리라는 문제를 사고"(9면)해야 한다는 것이다.

이상의 논의를 이해하기 위해서는 세계사를 바라보는 카라따니 코오진의 기본 입장을 숙지해야 한다. 그는 생산양식 대신에 교환양식을 중심으로 사회구성체 역사를 바라보아야 한다고 주장한다. 맑스가 제기한 "경제적 하부구조=생산양식이라는 전제에 서게 되면, 자본제 이전 사회를 설명할 수 없"(31면)고, 네이션이나 국가를 상부구조에 불과한 것으로 볼 수밖에 없기 때문이다. 이를 극복하기 위해 생산양식 대신 교환양식을 중심으로 바라볼 필요가 있으며, 교환양식에는 "교환양식A 호수(증여와 답례), 교환양식B 약탈과 재분배(지배와 보호), 교환양식C 상품교환(화폐와 상품)과 그것을 넘어서는 무언가로서의 교환양식D"(35면)가 있다고 주장한다. 여기서 중요한 것은 D가 교환양식A에 존재한 호수적(互酬的)=상호부조적 관계의 고차원적 회복이라는 사실이다. 이러한 교환양식에 기초해 세계시스템도 네가지로 나누어진다. 첫째로 교환양식A(호수)에 의해 형성되는 미니 세계시스템, 둘째로 교환양식B(약탈과 재분배)에 의해 형성되는 세계=제국, 셋째로 교환양식C(상품교환)에 의해 형성되는 세계=경제(근대 세계시스템), 마지막으로 교환양식D에 의해 형성되는 세계공화국이다.

제국은 교환양식B가 우월한 세계시스템이며, 교환양식C가 우세한 세계=경제(민족국가)는 중심(제국)에 종속되는 주변과 달리 중심(제국)에 대한 선택적 태도가 가능한 주변부에서 성립한다. 교환양식B가 우월한 아시아(제국)와 교환양식C가 우세한 서양(세계=경제)의 역전은 18세기 말 산업혁명에 의해서 가능해졌다. 여기서 한가지 유의할 점은 각각의 교환양식에 근거한 사회체제는 순차적으로 존재한다기보다는 공시적으로 존재한다는 점이다. 이것은 카라따니 코오진이 안드레 군더 프랑크(Andre Gunder Frank)를 인용하여 세계=제국과 그 아주변(亞周邊)에서 발달한 세계=경제가 동시에 상관적으로 존재했다고 설명하는 것에서도 알 수 있다. 그러나 세계=경제에서는 교환양식C가 지배적인 세계시스템이 되며, 여기서는 제국 대신 헤게모니 국가의 제국주의가 생겨난다.[1]

카라따니 코오진이 『제국의 구조』에서 사용하는 제국이라는 말은 제국주의와 거의 반대되는 의미를 지닌다. 우리가 일상적으로 사용하는 제국이라는 말은 사실상 이 책에서 카라따니 코오진이 부정적으로 보고 있는 제국주의에 가깝다. 이는 안토니 파그덴(Anthony Pagden)이 마케도니아, 로마, 오스만튀르크, 중국 등의 제국과 더불어 소련이나 미국, 심지어 유럽공동체(EU)까지도 제국이라 부르는 것에서도 확인할 수 있다. 이때 제국은 "대개 기술적으로 진보한 민족이 무방비 상태의 기술 후진국을 무자

1 카라따니 코오진은 교환양식C가 우세한 시스템에서는 제국처럼 광역권을 지배한다고 하더라도 제국은 아니고 제국주의에 불과하다고 말한다. 제국은 근대 이후에는 존재할 수 없으며, '자본의 제국'처럼 비유로만 존재할 수 있다고 한다.

비하게 착취하는 것을 암시"하며 "한 민족이 수많은 다른 민족들의 권리(특히 자결권)를 부인하는 일종의 정치적인 억압방식"이고, "세계 대부분의 민족들이 정복자 또는 피정복자로 살아가는 일종의 생활방식"과 같은 부정적인 의미를 지니게 된다.[2] 이것은 카라따니 코오진이 제국주의의 특징으로 말하는 것과 거의 그대로 일치한다. 맑스주의와 비맑스주의에서는 모두 제국을 제국주의와 동일시한다.

카라따니 코오진이 말하는 제국의 원리는 "다수의 부족이나 국가를 복종이나 보호라는 교환에 의해 통합하는 시스템"(113면)이다. 따라서 상대를 전면적으로 동화시키거나 하지 않는다. 그들이 복종하고 공납만 한다면 자신들의 방식을 그대로 유지해도 무방하다. 이를 뒷받침하는 것이 만민법, 세계종교, 관용성과 다양성, 보편문자, 세계화폐 등이다.

이러한 카라따니 코오진의 견해는 제국을 긍정하는 최근의 학자들이 보편적으로 인정하는 제국의 특징이기도 하다. 제국을 민족국가의 대안으로 여기는 사람들은 제국의 관용성을 무엇보다도 높게 평가한다. 민족국가와 달리 제국은 다양성(차이)을 체제의 정상적인 현실로 전제하며, 국가 안팎의 그런 다양성을 통합하고 분화하며 안정화하여 수직적 위계구조와의 연계를 구축한다. 요컨대 제국은 "차이를 (내부의 동질성을 침해하는 유해한 요소로 여기고서 제거하려 들지 않고 오히려) 정치의 도구로 활용"[3]한다는 것이다. 에이미 추아(Amy Chua)도 지겨울 정도로 '관용'을 제국의 절대적 조건으로 제시하고 있으며,[4] 유발 하라리(Yuval Harari)도 제국의 특징으로 "문화의 다양성과 국경의 탄력성"[5]을 들고 있다.

카라따니 코오진은 절대왕권을 타도한 시민혁명 후에 탄생한 국민국가

---

2 안토니 파그덴 『민족과 제국』, 한은경 옮김, 을유문화사 2003, 20~21면.

3 제인 버뱅크, 프레더릭 쿠퍼 『세계제국사』, 이재만 옮김, 책과함께 2016, 687면.

4 에이미 추아 『제국의 미래』, 이순희 옮김, 비아북 2008 참조.

5 유발 하라리 『사피엔스』, 조현욱 옮김, 김영사 2015, 273면.

(주권국가)는 그것을 넘어서는 것, 즉 상위에 있는 제국 내지 교회를 부정하는 곳에서 성립하기 때문에, 주권국가 간의 전쟁상태는 불가피하며 그것을 넘어설 방법은 없다고 보았다. 제인 버뱅크(Jane Burbank)와 프레더릭 쿠퍼(Frederick Cooper) 역시 "민족국가의 뿌리를 '종족적'이라고 여기든 '시민적'이라고 여기든, 아니면 이 두가지가 어느정도 결합된 것이라고 여기든, 민족국가는 공통성에 기반을 두고서 공동체를 만들어내는 한편, 민족에 포함되는 사람들과 배제되는 사람들을 확고하게 구별하고 대개 이 구별을 엄격하게 단속한다"[6]고 주장한다. 이 엄격한 이분법 속에는 반드시 배제와 갈등의 폭력이 존재할 수밖에 없는 것이다. 주권국가의 관념이 유럽을 넘어서 일반화된 것은 그것의 우월성 때문이 아니라, 유럽이 비서양 국가를 침략할 때 제국을 붕괴시키기 위해 주권국가의 원리를 내세웠기 때문이다.

제국에 대한 사유는 민족국가 건설 또는 국민국가 사유체계에 대한 비판적 의미를 지닌다.[7] 20세기를 에릭 홉스봄(Eric Hobsbawm)처럼 1914년에 시작하여 1989년에 끝난 세기로서 파악할 때, 20세기는 "제국과 왕국들이 마치 파도처럼 뒤따르며 붕괴"[8]한 시기로 설명될 수도 있다. 제국이

6 제인 버뱅크, 프레더릭 쿠퍼, 앞의 책 28면.

7 제인 버뱅크와 프레더릭 쿠퍼는 제국과 민족국가의 차이를 다음처럼 정리하고 있다. "제국이란 팽창주의적이거나 한때 공간을 가로질러 팽창했던 기억을 간직한 커다란 정치 단위, 새로운 사람들을 통합하면서 구별과 위계를 유지하는 정치체다. 그에 반해 민족국가는 단일한 민족이 단일한 영토 안에서 자신들만의 정치공동체를 구성한다는 생각에 기반을 둔다. 민족국가는 구성원들의 공통성—설령 실상은 더 복잡할지라도—을 선언하는 반면, 제국국가는 다양한 주민 집단들의 비동등성을 선언한다. 두 종류의 국가 모두 통합적이지만—둘 다 사람들이 자국 제도의 통치를 받아야 한다고 고집한다—민족국가는 국경 안쪽 사람들을 동질화하고 바깥쪽 사람들을 배제하는 반면, 제국은 공동체들에 접근하여 보통 강압적으로 지배하고 통치받는 공동체들 간의 차이를 명백하게 드러낸다. 제국 개념은 정치체 내부의 서로 다른 공동체들이 다르게 통치될 것을 전제한다."(제인 버뱅크, 프레더릭 쿠퍼, 앞의 책 24~25면)

8 헤어프리트 뮌클러 『제국: 평천하의 논리』, 공진성 옮김, 책세상 2015, 312면에서 재인용.

붕괴된 자리는 민족국가와 각종 민족담론으로 채워졌다. 제국주의 시대와, 상대 진영을 타자화하는 수단으로 제국이라는 명칭을 사용한 냉전시대[9]를 거치며 민족은 긍정적인 의미를 지닌 준거 개념으로서의 권위를 누렸다. 그러나 21세기의 현 상황은 민족국가의 실패가 이야기되고 있는 시점이고, 이러한 상황에서 제국의 등장이 다양한 측면에서 논의되고 있다. "민족국가들의 세계는 겨우 60년 전에야 출현했다"[10]는 말처럼, 역사를 통틀어 대다수 사람들은 단일한 민족을 대표한다고 주장하는 정치 단위에서 살지 않았다. 오늘날은 내구성이 강했던 제국과 달리 "민족국가는 역사의 지평선 위에 일시적으로 나타나는 현상으로 보이며, 근래 들어 제국들의 하늘 아래에서 등장한 국가 형태로서 훗날 세계의 정치적 상상을 일부만 또는 한시적으로만 사로잡았던 것으로 드러날지도 모른다"[11]라고 할 정도로 민족국가를 하나의 예외적인 현상으로 바라보기도 한다. 민족이라는 개념이 그 시대적 의의를 잃어가는 것과 더불어, 세계화 시대인 오늘날 제국은 보편주의와 보편적 문명의 원리를 표상하는 개념으로 되어간다고 말하는 사람도 있다.[12]

그동안 민족자결주의 등과 관련된 민족주의를 절대적인 가치로 오랫동안 내면화한 우리에게 제국을 고평하는 카라따니 코오진의 견해는 낯설게 느껴지지만, 사실 제국에 대한 긍정적인 평가는 21세기에 들어와 보편적으로 나타나고 있다. 유발 하라리는 제국에 대한 부정적인 시각에 의문

---

9 일반인이 가지고 있는 제국에 대한 부정적 인식은 대부분 미국과 소련을 중심으로 한 냉전 시기에 제국이 "적대 진영의 질서를 실질적인 지배와 종속, 억압과 착취의 질서로 매도하는 지극히 부정적인 질서 표상 개념"(이삼성 『제국』, 소화 2014, 472면)으로 사용된 것에서 비롯한 것으로 보인다. 이때의 제국 개념은 냉전의 도구로 적극 동원되면서, 이를테면 대상을 타자화하는 수단으로 사용되었다.

10 제인 버뱅크, 프레더릭 쿠퍼, 앞의 책 13면.

11 같은 책 16면.

12 이삼성, 앞의 책 486면.

을 제기하며,[13] 국가들이 상호간에 긴밀하게 연결되는 지구적 환경 속에서 인류는 "대부분 하나의 제국 안에서 살게 될 가능성이 크다"[14]라고 예측한다.

카라따니 코오진은 『제국의 구조』에서 몇번이고 반복하여 자신이 주장하는 세계공화국은 교환양식D에 바탕을 두고 있으며, 그것은 제국을 '고차원적으로 회복'하는 것이라고 주장한다. 칸트(I. Kant) 역시도 "주권국가를 지양"하고 "'제국'을 고차원에서 회복"하는 것을 이야기했다고 말한다(7면). 헤게모니 국가에 의해 평화가 가능하다고 본 토머스 홉스(Thomas Hobbes)나 헤겔과 달리, 칸트는 국가연방이라는 구상을 통해 국가들의 자율성을 유지한 채로 서서히 국가 간의 '자연상태'를 해소하는 방식을 주장했다고 한다. 결국 세계공화국으로의 길은 '전쟁을 방지하고 지속되면서 끊임없이 확대되는 연합'에 지나지 않는 것이다.[15]

여기서 한가지 해명해야 할 문제가 남는다. 문학평론가 김동수(金仝洙)

13 제국에 대한 현대의 비판은 '첫째, 제국은 제대로 작동하지 않는다. 수많은 피정복 민족을 효과적으로 다스리는 것은 결국 불가능하다. 둘째, 설사 그것이 가능하다 할지라도 실행해서는 안된다. 제국은 파괴와 착취의 사악한 엔진이기 때문이다. 모든 민족은 자결권이 있고 다른 민족의 지배를 받아서는 안된다'로 정리할 수 있는데, 전자는 '난센스'이고 후자는 '문제'라는 게 하라리의 입장이다. 역사적으로 제국은 지난 2500년간 세계에서 가장 일반적인 형태의 정치조직으로서 매우 안정된 형태의 정부였다는 것이다. 나아가 제국을 무너뜨린 것은 외부의 침공이나 내분에 따른 지배 엘리트의 분열밖에 없었다고 한다. 정복당한 민족이 제국의 지배자로부터 스스로를 해방한 기록은 그리 눈에 띄지 않는다. 많은 경우 하나의 제국이 무너진다고 해서 피지배 민족들이 독립하는 일은 드물었다. 옛 제국이 붕괴하거나 후퇴한 자리에 생긴 진공에는 새로운 제국이 발을 들여놓았던 것이다. (유발 하라리, 앞의 책 275~78면)

14 같은 책 295면.

15 칸트가 주장한 코즈모폴리터니즘은 내셔널리즘과 배치되며 코즈모폴리스와 수많은 향토가 공존하는 공간을 의미한다. 그것은 말하자면 제국이다. 제국은 다수의 향토, 언어, 종교를 허용하는 것이고, 칸트가 말하는 세계공화국은 라이프니츠(G. Leibniz)만이 아니라 아우구스티누스(A. Augustinus)를 경유하여 제국과 이어진다. (『제국의 구조』 249~51면)

가 지적한 바와 같이, 세계공화국과 제국의 관계가 불명료하다는 점이다. 즉, 제국이 교환양식B에 근거한다면 세계공화국은 교환양식D에 근거하는데 제국에서 세계공화국으로 이르는 경로가 막연하다는 것이다.[16] 이와 관련해 카라따니 코오진은 "증여의 힘"(271면)을 내세운다. 교환양식B에 바탕을 둔 제국과 달리[17] 국가연방에서 세계공화국으로 이르는 과정에는 '증여의 힘'이 강하게 작동한다는 것이다. 이때의 증여는 "승자 쪽이 무장방기를 하는 것을 의미"(271면)한다. 국제여론 때문에 증여의 힘은 어떤 무력보다도 강할 수 있다. 상대의 증여(무장방기)에 대항하는 방법은 자신도 증여(무장방기)로 답례하는 방법밖에 없으며, 이처럼 세계공화국은 아래로부터의 자발적인 증여가 연쇄적으로 확대되면서 창설되는 영구평화의 상태이기 때문에 제국과는 구별된다는 것이다.[18]

오히려 문제는 세계공화국이 창설된 후에 그 내부의 다양성과 고유성을 어떻게 유지할 수 있느냐 하는 것이다. 『제국의 구조』에서 카라따니 코오진은 시종일관 제국을 긍정적으로 찬양하며 근대 주권국가(민족국가)의 대안으로 이야기한다. 그러나 세계공화국의 창설에까지 이어지는 증

---

16 김동수 「임박한 파국, '제국'은 그 탈출구가 될 수 있을까?」, 『창비주간논평』 2016년 9월 21일.

17 홉스의 입장에서 헤게모니 국가의 수단은 금력과 무력으로 굴종시키는 것이다.

18 그러나 이러한 증여가 과연 가능할까? 이와 관련해 카라따니 코오진은 프로이트(S. Freud)의 이론을 가져와 그것이 '자연의 간지'로서 강박적으로(무의식적으로) 이루어질 것이라는 예측을 내놓는다. "칸트는 평화가 인간의 선의가 아닌, 인간의 '비사교적 사교성'을 통해 이루어진다고 보았다. '비사교적 사교성'은 '자연'이 인간에게 부여한 소질이다. 각국에서 국제연맹의 설립을 받아들인 것은 세계전쟁이라는 잔혹한 현실 때문이다. 헤겔은 이러한 과정을 '이성의 간지'라고 했으며, 칸트는 '자연의 간지'라고 했다. 칸트가 말하는 '비사교적 사교성'은 프로이트가 말하는 '죽음 충동' 내지 '공격 충동'과 비슷한 것"(267면)이다. 프로이트가 생각하기에 공격 충동을 억누를 수 있는 것은 공격 충동에서 나온 초자아이다. 바꿔 말해, 전쟁이야말로 전쟁을 억누르는 제도를 만들어낸다는 것이다. 좋은 국가체제는 오히려 끔찍한 전쟁 또는 공격 충동에서 생겨나는 것이다. 칸트는 전쟁을 통해 국가연방이 실현될 것이라고 예상했다.

여의 힘이 세계공화국 창설 이후에는 어떻게 작동하는지, 즉 '국가 대 국가'의 관계를 넘어선 새로운 공동체의 관계양상은 어떠할지에 대한 탐구는 아직 이루어지고 있지 않다. 이에 대한 응답이야말로 카라따니 코오진이 다음에 반드시 수행해야 할 과제이다.

『제국의 구조』 7장은 제국·주변·아주변이라는 관점으로 일본의 역사를 조망한 글이다. 아시아의 아주변인 일본은 16세기의 토요또미 히데요시(豊臣秀吉) 때에도, 메이지(明治) 이후의 시기에도, 전후에도 제국의 존재방식을 전혀 이해하지 못했으며, 그렇기 때문에 동아시아의 인접 국가와 좋은 관계를 만들 수 없었고, 그 결과로 안에 틀어박히거나 그러지 않으면 공격적으로 외부로 향하는, 즉 내폐적 고립과 공격적 팽창 사이를 오가게 되었다고 한다. 그러나 일본은 제국주의가 아닌 제국이 되는 조건을 이미 갖추고 있다고 카라따니 코오진은 말한다. 그 조건은 다름 아닌 '전쟁할 권리 자체를 방기한 헌법, 특히 그 9조'이다. 제국주의의 결과로서 얻게 된 이 헌법은 일국에 머물지 않고, 세계공화국으로 가는 첫걸음이 될 수도 있다고 그는 고평한다.

'헌법 9조'는 카라따니 코오진에게 너무나 중요한 문제여서 이후의 강연집 『헌법의 무의식』(조영일 옮김, 도서출판b 2017)에서는 이에 대한 본격적인 탐구를 하고 있다. 이 저서에서는 헌법 9조가 단순하게 2차 세계대전 패전에 뒤이은 미국의 강요로만 이루어진 것이 아니라고 말한다. 거기에는 일본인의 무의식이 작동하고 있으며, 헌법 9조는 일본인의 무의식 차원의 죄악감을 고스란히 드러내고 있다고 한다. 카라따니 코오진은 초자아는 죽음 충동이 공격성으로서 바깥으로 향한 후에 다시 안으로 향함으로써 형성되는 것이라는 프로이트의 견해에 기초해 이러한 주장을 펼치고 있다. 외부의 힘에 의한 전쟁(공격성)의 단념이 있고, 그것이 양심(초자아)을 낳고, 다시 그것이 전쟁의 단념을 더욱 요구하게 되었다는 것이다. 이때 외부의 힘은 미국, 전쟁의 단념은 2차 세계대전에서의 패배, 초자

아는 헌법 9조, 새로운 전쟁의 단념은 헌법 9조의 개헌 불가능에 각각 대응시킬 수 있다.

또한 망각된 것, 억압된 것은 반드시 어떤 형태로든 회귀한다는 프로이트의 이론에 바탕을 두고[19] 헌법 9조는 토꾸가와(德川) 시대의 평화를 재건하고자 한 것이라고 주장한다. 토꾸가와 체제 역시 2차 세계대전 이후의 일본처럼 상징천황제(헌법 1조)와 전반적인 비군사화(헌법 9조)를 그 특징으로 한다는 것이다. 그것은 동시에 메이지 유신 이래 77년 동안 일본인이 목표로 한 것에 대한 '총체적 회한'이 담겨 있다고 주장한다. 토꾸가와의 '국제(國制)'야말로 전후 헌법 9조의 선행형태라는 것이다. 토꾸가와 체제의 평화가 바탕에 있었기에 2차 세계대전 후 무의식의 죄악감이 깊숙이 정착되어갔다는 것이다. 카라따니 코오진은 헌법 9조가 함의하고 있는 것은 칸트가 명확히 한 보편적 이념이라고 본다. 나아가 헌법 9조는 단순한 자위권의 방기를 넘어서, 세계전쟁의 파국을 막을 수 있는 순수증여의 사례로까지 의미 부여가 된다.

그러나 여기서 동아시아에 조금이라도 관심을 가진 이라면 오끼나와를 생각하지 않을 수 없을 것이다. 17세기까지 류우뀨우(琉球) 왕국으로 불리던 오끼나와는 중세 조선과 중국, 일본, 동남아시아 간의 무역중계지로서 번영을 누리며 독자적인 문화를 유지해온 독립국가였다. 그러나 일본은 1609년 사쯔마(薩摩)를 시켜 류우뀨우를 복속했다. 그러나 이때의 복속은 그야말로 제국적 조공질서 속에 편입되었다는 의미이지, 일본이라는 민족국가의 일부로 편입되었다는 의미는 아니다. 류우뀨우는 메이지

19 덧붙여 나까따니 노리히또(中谷礼仁)의 선행형태라는 개념을 함께 제시하고 있다. 선행형태란 지금은 보이지 않고 존재하지 않지만, 그것에 의해 현재의 형태가 규정되고 있는 이상은 존재한다고 말해야 하는 것이다. 선행형태란 주요한 원인이 되어 있음에도 불구하고 그후 망각되어버린 것이다. (카라따니 코오진 『헌법의 무의식』, 조영일 옮김, 도서출판b 2017, 56~59면)

정부가 출범한 이후인 1879년에야 오끼나와라는 이름으로 일본에 편입된다.[20] 지금 오끼나와에서는 '독립'이라는 목소리까지 나오고 있다. 그럼에도 일본 정부는 물론이고 일본의 진보적 지성인조차 오끼나와 문제에 진지하게 대응하는 경우를 찾기란 쉽지 않다. 그것은 카라따니 코오진에게도 해당된다. 이러한 상황에서 헌법 9조에 이토록 과대한 의미를 부여하고, 개헌은 절대 이루어질 수 없다고 자신하는 것이 타당한 일인지 묻지 않을 수 없다. 오끼나와를 중심에 두고 사유한다면, 순수증여이자 토꾸가와 시대의 평화로의 회귀라는 의미를 지닌 '헌법 9조'는 일본에서 한번도 실현된 적이 없는 것은 아닌지 고민해보지 않을 수 없다. 오끼나와와 그에 대한 침묵은 현재 일본이 카라따니 코오진이 긍정하는 제국의 상태와 얼마나 먼 거리에 있는가를 증명하는 하나의 사례라고 할 수 있다.

---

20 오끼나와는 1945년 4월 1일 미군이 상륙하여 3개월간의 전투로 20여만명의 사망자(일반 주민 사망자는 9만 4000명)가 발생했고, 이후 27년간 미군의 통치를 받았다. 1971년 6월 17일 미국과 일본 사이에 오끼나와 반환협정이 조인되었고, 1972년 5월 15일에 협정이 발효됨으로써 26년 만에 오끼나와는 일본에 다시 귀속되었다.

인정 욕망이 만들어낸 인간의 역사

◆

한사오궁 『혁명후/기』

1. 상식화된 문혁 해석을 넘어서

2014년 홍콩에서 출판된 『혁명후/기(革命后记)』는 저자 한사오궁(韓少功)이 “만약 저한테 일평생 제대로 해낸 대표 업적이 뭐냐고 묻는다면, 아마 이 책이 그중 하나가 아닐까 싶습니다”[1]라고 말할 정도로 공들인 저서이다. 이는 문화대혁명 기간 반동으로 내몰려 자살했던 아버지의 기억과 이 책이 직접적으로 관련되기 때문일 것이다. 한사오궁의 아버지는 지주의 아들이었고, 항일전쟁 시기 공산당에서 활동하기 이전에 국민당의 혁명에 참가하기도 하였다. 문혁(문화대혁명) 중에 한사오궁의 아버지는 아마도 과거의 국민당 경력 때문인지 비판을 받아 자살한다. 『혁명후/기』는 일생을 사회 진보라는 이상을 위해 살았지만, “자살을 결심하면서도 제대로 이해할 수 없었던 당시 상황을, 아들로서 대신 정리하여 서술”

1 한사오궁 『혁명후/기』, 백지운 옮김, 글항아리 2016, 381면. 앞으로 이 책의 인용 시 본문 중에 면수만 표시하기로 한다.

(394면)하고 싶다는 비원(悲願) 아래 씌어진 책이다.

이 책은 철저하게 문혁의 이면, 작가의 표현을 빌리자면 '사회 저층의 흐름'에 주목하고자 한다. 그렇기에 1966년 5·16통지가 하달되면서 대형 막이 올랐으며, 1966년부터 1968년 사이에 불길이 가장 뜨겁게 타올랐던 문혁의 구체적인 전개양상 등에는 크게 관심을 기울이지 않는다. 5·16통지, 공작조 파견, 문혁 16조(「프롤레따리아 문화대혁명에 관한 중국공산당 중앙위원회의 결정」) 발표, 조반파(造反派)를 포함한 홍위병의 결성, 노동자들의 등장, 탈권(권력탈취)으로의 전환, 상하이인민공사(상하이코뮌)의 성립, 혁명위원회의 등장, 문공무위(文功武衛)와 조반파의 분열, 군의 개입, 홍위병의 해산, 당조직의 복구, 린뱌오(林彪) 사건, 마오쩌둥의 죽음과 사인방의 체포로 이어지는 구체적인 역사의 행보는 부록으로 간단하게 처리되고 있다.[2]

한사오궁은 문혁학이라는 말이 있을 정도로 활발하게 이루어진 서구에서의 문혁 연구를 크게 "궁정화(宮廷化)"(23면)와 "도덕화"(33면)로 정리한 후 이를 비판한다.[3] 이러한 연구는 기본적으로 문혁의 원인을 마오쩌둥이나 사인방과 같은 특정한 개인에게 돌린다는 공통점이 있다. 한사오궁은 "문혁을 비이성적 변태로 보는 것, 큰 미치광이가 수억명의 작은 미치광이들을 대동하고 부린 난동으로 보는 것"이야말로 문혁에 대한 가장 나태한 해석이라면서, "역사를 한 떼거리의 정신병자들이 벌인 사건으로 만들

2 이러한 과정에 대해서는 백승욱 『문화대혁명: 중국 현대사의 트라우마』, 살림 2007, 28~85면 참조.

3 문화대혁명에 대한 해석은 크게 세가지로 나누어볼 수 있다. 첫번째는 문화대혁명을 권력투쟁으로 보는 시각이다. 이때의 권력투쟁은, 좁게는 마오쩌둥이 권력을 재장악하기 위해서 대중을 선동한 것으로, 넓게는 당내 노선대립의 차원으로 이해하는 것이다. 두번째는 문화대혁명을 마오쩌둥의 고결한 이상과 대안적 모델을 향한 유토피아적 전망의 결과로 해석하는 시각이다. 마지막으로 이전부터 누적되어온 사회 모순이 문화대혁명의 공간 속에서 표출된 사회적 충돌로 해석하는 시각이다. (백승욱, 앞의 책 5~16면)

어 손쉽게 소탕해버린다"고 강하게 비판한다(98면). 한사오궁은 외교문제에서의 무오류를 근거로 들어 문혁의 과오를 결코 특정 개인의 문제로 돌려서는 안된다고 말한다.[4] 또한 마오쩌둥은 외부에 알려진 것과 달리 문혁 기간 동안 절대적인 힘을 지닌 존재가 아니었다고 주장한다. 마오쩌둥은 문혁 진행 도중에 이미 확신을 잃은 공허한 마음이었으며, 1972년부터 1976년까지 4년간 그의 형상은 중재자 정도에 머물며 사상의 공전, 헛발질, 독백성을 노출했을 뿐이라는 것이다.

2. 사회 저층의 흐름

한사오궁은 기본적인 서술방법으로 데이터와 인용, 사상적 논변을 살피는 것과 더불어 '사회생활과 사회심리에 관한 현장 묘사'에 집중했다고 밝힌다(6면). 특히 초점을 맞추고 있는 '사회생활과 사회심리에 관한 현장 묘사'는 문혁에 대한 일종의 심리 분석이라고 할 수 있으며, 문혁이라는 거대한 역사적 생명체를 움직인 무의식을 읽어내는 작업에 해당한다. 그것은 문서화되거나 공표되지 않은 '사회 저층'의 흐름을 읽는 것이기도 하다. 한사오궁은 문혁을 가능케 한 것도, 문혁을 종결시킨 것도 결국에는 '사회 저층'이었다고 본다.

먼저 문혁을 가능케 한 사회 저층의 흐름으로 들고 있는 것이 바로 '만민의 성도화(聖徒化)'와 '만민의 경찰화'이다. 문혁 당시 중국인들에게는 봉헌형 경쟁(자신의 공평무사한 성품과 용기를 드러내는 방식)과 공격형

---

4 문혁 시기 오류가 많았던 국내 정책과는 달리 외교문제에서는 오류가 없었는데, 국내 정보들이 잘못된 관료체제를 거쳐 왜곡된 것과 달리 외국에 관한 정보는 외국 신문을 통해 직접 수집되었기 때문이라는 것이다. 이처럼 역사를 결정하는 것은 체제이지 인물이 아니라는 것이다. (『혁명후/기』 385~86면)

경쟁(자기 친구나 환상 속의 적에 대한 적개심을 발산하는 방식)이라는 두가지 경쟁방식이 존재했다고 한다. 봉헌형 경쟁의 결과가 바로 '만민의 성도화'이다. 이때의 성도란 "'스스로 입법'(칸트)하고 맑은 마음으로 본성을 읽어내며 하늘을 대신하여 도를 행하고 어떤 경쟁에도 참여하지 않으며 타인이 배신한다 해도 한결같은 사람"(108면)이라고 할 수 있다. 다음으로 공격형 경쟁의 결과는 '만민의 경찰화'이다. 감독과 비판의 시선이 가정과 기층사회 구석구석까지 두루 미쳤으며, 거의 모든 사람이 아마추어 감시자, 감독관, 순찰관, 사상경찰이 되었다는 것이다. 성도화와 경찰화는 씨너지 효과를 내며 서로를 부추겼지만, 안타깝게도 수많은 성도는 사기꾼이 되기 쉬웠고 수많은 경찰은 학살자가 되기 쉬웠다는 데 문혁의 비극이 있다. 성도화와 경찰화는 각각 문혁을 발동시킬 가능성과 문혁을 발동시킬 필요성을 만들어냈기에, 두가지 사회 저층의 흐름이야말로 문혁을 만들어낸 가장 근본적인 힘이었다고 할 수 있다.

다음으로 한사오궁은 문혁을 종결시킨 사회 저층의 흐름으로 물질적 욕망에 대한 추구를 제시한다. 이러한 욕망은 문혁 기간에 증대되기 시작한 생산력과 그에 따른 생산양식의 변화에서 비롯된 것이다. 한사오궁은 문혁 이후 혹은 문혁에 대한 반발로 이루어진 경제개방이, 사실은 문혁 중에 이루어졌으며 그것이 문혁의 종결을 가져왔다는 놀라운 주장을 펼치고 있다. 문혁 중에 지하시장이 성행했고 중국 정부가 이를 암묵적으로 용인했다는 것이다. 번역자 백지운(白池雲)과의 대담에서 한사오궁은 "1972년이 되면 이미 잉여생산이 발생하면서 시장경제의 조건이 생겨났"(384면)다고 말하는데, 이것은 생산력의 변화에 따른 생산양식의 변화에 해당한다. 1972년 이후 지하 공산품 거래가 출현했고 또 향진(鄕鎭)기업이라는 새로운 출로가 생겼으며, 이것이 "문혁 종결의 보이지 않는 큰손"(같은 곳)으로 작용했다는 것이다.[5] 이러한 변화는 무의식에도 변화를 가져왔다. 즉 시장 경쟁이 생기면서 정치투기나 정치투쟁이 아니더라도 생존과 자기인정을 위한 새로운 길이 열린 것이다. 이제 물질에 대한 개인적인 욕망이 되살아나자 만민은 성도나 경찰이 되기를 바라는 대신 새로운 삶의 목표와 성공의 기준을 떠올렸다. 마침내 '문혁'에 대한 심리적 배반감과 거대한 정치적 원심력이 형성된 것이다.

제시된 두가지 현상 모두 "경쟁심이야말로 인간의 가장 기본적인 본성"(99면)이라는 대전제에서 비롯된 것이라고 볼 수 있다. 문혁에서 경쟁심은 다음과 같이 작동했다. 이익이 평등한 분배시스템 안에 갇히고 사유재산제가 사라져 누구도 부를 생각하거나 추구할 수 없게 되면, 정치적 명예, 정치적 안전, 정치적 권력과 같은 정치적 이익만이 유일하게 가질 수 있는 것이 된다. 남보다 자신이 낫다는 것을 증명할 수 있는 영역은 오직 정치로 축소되었던 것이다. 문혁 당시에는 자본주의에서 그러하듯이, 정치적 이익과 관련된 "기호의 거대한 생산지, 거대한 도박장, 거대한 주식시장"(102면)이 중국에 형성되었다.

이 대목에서는 헤겔(G. Hegel)이 말한 인정 욕망을 떠올리지 않을 수 없다. 인간에게는 가장 근본적인 욕망으로서 인정 욕망이 있으며, 이것이야말로 인간을 동물과 구별 짓는 본질적인 특징이다. 이러한 인정 욕망에서 인정투쟁이 벌어지고, 이를 통해 주인과 노예의 변증법이라 불리는 역사의 전개도 가능하다는 것이 헤겔의 입장이다. 문혁을 낳은 것은 다른 한편에서는 인정 욕망으로의 통로가 막혀 있는 상황에서 오직 모든 욕망이 정치적 투기장으로만 몰려들었기에 발생한 일인 것이다. 왜곡된 사회기제에 기인한 인간 욕망의 비정상적 분출로 인해 발생한 문혁은, 인정

5 1972년부터는 집안 배경이 좋지 않았던 젊은이들도 집단제나 집단제 상표를 도용한 소기업에 들어가 기계, 전기, 화공 방면의 기능공으로 일하는 것이 가능했다. 맹아 단계의 시장 주체로서 이들 기업은 국가계획체제 바깥에 있었다. 흑시장(암시장)과 더불어 군에 입대하거나 일자리를 구하거나 대학에 입학할 때, 관계 부처 관료들이 권력을 이용하여 서로 비호하는 행위를 일컫는 '뒷문'이 활짝 열리게 된 것이다. (『혁명후/기』 204~209면)

욕망의 통로가 보다 다양화되었을 때 비로소 해소될 수 있었다.

이러한 입장에서 보면, 시장과 종교가 폐단이 있다고 하더라도 그것을 사회에서 배제해버리면 커다란 위험을 낳을 수 있다는 결론이 도출된다. 이익의 유통이 막히고 경쟁이 느슨해지면, 너무나 많은 사람에게 권력은 유일한 밑천이자 기회이며 생활의 급선무가 된다. 문혁에서 발생한 최대 규모의 성도화와 경찰화는 이러한 메커니즘의 결과라고 할 수 있다. 따라서 홍위병의 구타와 총살의 가능성을 줄이는 것은, “권력, 자본, 문화(종교를 포함)로 구성된 적절한 상호 견제, 사회역학적 삼각 안정구도”를 갖추고, “다원적으로 자원을 조직”하는 것을 통해서 가능하다(213면)는 것이 한사오궁의 주장이다.

3. ‘혁명/후기’가 아니라 ‘혁명후/기’인 이유

『혁명후/기』는 문혁의 심층을 파헤치는 내용으로 시종하는 단순한 학술서는 아니다. 이 작품은 작가 한사오궁의 절실한 시대 인식이 담긴 논설집이기도 하다. 그것은 이 책의 제목이 ‘혁명/후기’가 아니라 ‘혁명후/기’인 것에서도 분명하게 암시되어 있다. 이 저서는 단순하게 문혁의 이모저모를 연구하고 기록한 ‘혁명/후기’가 아니라, 혁명 이후에 진행된 개혁개방의 40년이 지난 시점에서의 기록인 ‘혁명후/기’인 것이다. 이 제목에서 분명하게 드러나듯이, 한사오궁은 문혁 이후 자본주의를 향한 맹렬한 돌진까지 경험한 이후의 관점에서 문혁을 바라보고자 한다.

한사오궁에게 ‘혁명후’는 ‘문혁의 그림자’ 시기이자 새로운 위계화가 진행된 시기이다. 한사오궁이 대학에 입학(1978년 후난 사범대학 중문과 입학)했을 때, 이미 혁명에 대한 역습과 지속이 암묵적으로 교착하고 있었고, 이후에는 수많은 사람이 일치단결하여 당당히 문혁을 매장하기 시작했다. 우선 여론과 강단에서는 도덕을 집단 구타하면서 욕망을 부르짖었고, 평등보다 더 억지스러운 개념은 없다는 인식이 널리 퍼지게 되었다. 재(再)위계화의 광란 속에서 인민을 무시하는 탐욕과 오만은 재빨리 정신의 반역을 구성했다. 한사오궁은 이것은 문혁에 대한 전복이지만, 동시에 "그림자 문혁의 재등장"(243면)이라는 입장을 보인다.[6] '그림자 문혁'은 문혁을 자본주의화하고 자본주의를 문혁화한 것에 불과하다는 것이다. 이러한 흐름은 문혁을 "인구 대국의 우향우 궤도전환을 위한 거대한 위치에너지를 축적시킴으로써, 훗날 또 한차례 자본주의의 지구적 확장을 촉진한 것"(5면)으로 보게 한다.

혁명에 이은 40여년의 시간은 어찌 보면 전도된 문혁의 시기, 한사오궁의 표현을 빌리자면 '그림자 문혁의 시기'라고 할 수 있다. 이토록 강력하게 중국이 우향우 할 수 있었던 것은 중국인에게 문화대혁명이 하나의 트라우마로 남아 있고, 문화대혁명에 대해 이야기하는 것이 금기시되었기 때문이다. 문혁 이후 나타난 사회적 모순들에 대한 어떠한 대응도 문화대혁명을 연상케 하는 방식이 되면, 더이상 그것을 해결책으로 간주할 수 없다는 자기검열이 작동하곤 했다.[7] 따라서 문혁을 냉철하게 되돌아보는 일은 문혁을 넘어서는 일이자 '문혁의 그림자'를 넘어서기 위해서도 반드시 필요한 일이다. 한사오궁의 방점은 전자보다는 후자 쪽에 놓여 있음이 분명하다.

그것은 『혁명후/기』의 마지막 장에서 '초록 막대기'라는 그야말로 세

---

6 '그림자 문혁'은 이후 더욱 가속도를 낸다. 문혁 이후 중국은 고속 경제성장을 실현했을 뿐 아니라 불안한 사회 분열을 향해 돌진했다. 1980년에 사대, 즉 대명(大鳴), 대방(大放), 대자보(大字報), 대변론(大辯論)이 금지되고, 1989년에 군대가 광장을 쓸어버린 정치 풍파 이래 중국은 안정된 발전 환경을 확보했고 시차를 얻어냈다. 그러나 민의를 전달하는 대체 통로가 결핍되었고 탐욕을 억제할 최상의 지혈 시기를 놓치고 말았다. (『혁명후/기』 245면)

7 백승욱, 앞의 책 87면.

계적인 작가만이 쓸 수 있는 감동적인 이야기를 통해 강한 울림으로 전달된다. 이 이야기에서 문혁은 부정하고 폐기해야 할 대상이기는커녕 인간을 인간이게 하는 영원한 유토피아에 가까운 것으로 표현된다.[8] 똘스또이(L. Tolstoy)의 형 니꼴라이는 "세상에 다시는 빈부 차이도 없고, 질병도, 굴욕도, 원한도 없어 모든 이가 행복하게 살 방법"(295면)이 적혀 있는 초록 막대기에 대한 이야기를 어린 똘스또이에게 해주었고, 똘스또이는 평생 초록 막대기에 대한 동경을 가슴에 품고 살았다. 아버지는 한사오궁의 꿈에 나타나 "'초록 막대기'가 저기에 있단다. '초록 막대기'는 찾을 수 있단다. 왜냐하면 '초록 막대기'에 대한 동경이 바로 '초록 막대기'거든"(296면)이라고 말한다. 다음의 인용문에서 알 수 있듯, 초록 막대기에 대한 동경은 실로 인류에게 엄청난 힘을 가져다주는 것이다.

> 톨스토이에게, 이처럼 완강한 초록 막대기에 대한 추구는 천당을 가져다주진 않았지만 지옥은 막아주었다. 사회의 병균을 없애진 못했지만 사회의 항체는 만들어주었다. 바꿔 말하면, 이상을 향한 장구한 인력(引力)은 샘처럼 끊이지 않는 감성과 지식, 사상, 운동, 제도, 실천 전략을 격발시킨 것이다. 이 모든 것이 사회를 최고로 아름답게 만들지는 못해도, 사회가 망가지지 않도록 막는 데는 성공했다. (296~97면)

---

8 문혁이 지닌 긍정적인 측면에 대한 한사오궁의 생각은 다음과 같은 말에서도 직접적으로 확인된다. "충분한 사상적 준비와 지식의 보급, 특히 문혁 같은 경험에 대한 최대한의 소화는 미래에 사회 대수술이 일어날 때 전날의 시행착오를 줄이고 공공성과 건설성을 더 많이 확보할 수 있도록 공헌할지 모른다. 이러한 '일직다업(一職多業)'과 '일전다능(一專多能)'의 괴상한 기획은 인류의 전면적 발전을 실현하는 아름다운 비전이었다. 사회적 위계를 제거하고 부르주아 계급을 비판할 뿐 아니라 노동분업을 약화시키고 모든 인간의 평등을 비호한다. 관민이 하나 되고 머리와 몸이 합치된, 사회적 소외 극복의 청사진은 문혁 발동 초기인 1966년 5월 7일 제기되자마자 즉시 공표되었다."(『혁명후/기』 228면)

이 말을 수긍할 수 있다면, 초록 막대기에 대한 추구는 바로 인간이 인간일 수 있는 최소한의 조건일 수도 있다. 문혁은 바로 한사오궁에게 '초록 막대기'에 해당한다. 그렇기에 한사오궁은 사회의 재(再)위계화 물결 속에서 억압이 되살아나면 저항도 되살아날 것이라고 확신하는 것이다. 계급이 다시 형성되면 분명 계급투쟁에 관한 기억과 상상이 환기되고 강한 생명을 얻게 되며, 수많은 사람이 다시 공농연맹, 무장투쟁, 억압으로부터의 해방을 위한 사상궤도 안으로 뛰어들 것이라는 진단이다.

이상의 논의를 종합할 때, 한사오궁에게 문혁은 무조건적인 추구의 대상도 그렇다고 무조건적인 거부의 대상도 아니다. 그는 문혁을 재구성하고자 하는 입장에 가깝다고 할 수 있다. 이는 그가 주장하는 민주주의라는 개념을 통해 구체화된다. 한사오궁은 민주주의가 자본주의 체제만의 산물이라는 생각에 반대하며, "사회주의와 자본주의를 뛰어넘는 보편적 삶의 정의"(388면)라고 말한다. 이러한 민주주의의 보편적 특징으로 제기하는 것이 바로 '권리의 제한'이다. 구체적으로 민주주의가 지향해야 할 방향으로 '작은 정부/작은 자본/큰 사회'를 제시하는데(319면), 이는 자본주의와 공산주의를 넘어선 제3의 방향에 해당한다고 볼 수 있다. 자본주의는 작은 정부와 큰 사회를 말하지만 이때 사회는 사실상 자본을 의미하며, 공산주의는 기본적으로 큰 정부와 작은 사회를 의미하기 때문이다.

결국 인간이 인정 욕망에서 벗어날 수 없다면, 그러한 욕망의 통로를 다양하게 제시하는 것은 이상적인 사회를 위한 첩경이라고 할 수 있다. 문혁의 비극이 인정 욕망의 통로를 정치의 영역에 한정해서 발생한 것이라면, 이후 진행된 자본주의의 문제는 인정 욕망의 통로를 오직 자본의 영역에만 한정해서 발생한 문제라고 할 수 있다. 따라서 이를 방지하는 방법으로 '작은 정부/작은 자본/큰 사회'를 지향해야 한다는 한사오궁의 주장은 진지하게 사유되어야 할 것이다.

| 발표지면 |

| 제1부 | 장편소설의 새로운 문법

장편소설의 새로운 가능성 『창작과비평』 2012년 가을호

21세기를 담아내는 세가지 방식 『문학의 오늘』 2012년 가을호

장편소설의 경량화가 의미하는 것 『자음과모음』 2013년 겨울호

새로운 장편소설을 위한 하나의 조건 『자음과모음』 2013년 여름호

| 제2부 | 6·25와 5·18의 재현

한국전쟁에 대한 새로운 소설적 형상화 『한국문학과 예술』 제9집, 2012년 3월

역사적 사실과 개인적 체험의 분리 『학산문학』 2014년 봄호

광주를 통해 바라본 우리 시대 리얼리즘 『자음과모음』 2014년 여름호

소년이 우리에게 오는 이유 『자음과모음』 2014년 가을호

| 제3부 | 재현된 현실의 모습

부채와 실존 『자음과모음』 2013년 봄호

우리 시대의 사랑 『문학의 오늘』 2013년 봄호

스노브와 동물 『현대소설 연구』 제52호, 2013년 3월(원제: 김훈 소설의 인간상 연구)

민족이라는 아버지와의 만남 『이문열 중단편전집 4』, 민음사 2016

감당(堪當)과 담당(擔當)의 삶 조성기 소설집 『우리는 아슬아슬하게 살아간다』, 민음사 2016

가족 서사를 통해 드러난 유토피아에의 열망 『학산문학』 2015년 가을호

아버지, 아버지, 그리고 아버지 『학산문학』 2012년 여름호

소통과 공감의 사제(司祭) 『자음과모음』 2012년 여름호(원제: 김연수가 남긴 것)

우리 시대의 디오게네스 배상민 소설집 『조공원정대』, 자음과모음 2013

| 제4부 | 아시아의 창

맹세의 변천사 『작가세계』 2013년 가을호

서로를 비춰보는 거울 『한·중 걸작 단편선』, 자음과모음 2014

제국의 고차원적 회복 『아시아』 2017년 봄호

인정 욕망이 만들어낸 인간의 역사 『아시아』 2017년 여름호

| 찾아보기 |

ㅈ

재현의 현재

초판 1쇄 발행/2017년 7월 14일

지은이/이경재
펴낸이/강일우
책임편집/박지영·김성은
조판/박아경
펴낸곳/(주)창비
등록/1986년 8월 5일 제85호
주소/10881 경기도 파주시 회동길 184
전화/031-955-3333
팩시밀리/영업 031-955-3399 편집 031-955-3400
홈페이지/www.changbi.com
전자우편/lit@changbi.com

ISBN 978-89-364-6347-2 03810